dtv

zu Weihnachten 2017

alles Liebe

von Lauritz
und
Tibor

Kaum hat sich Frankfurt von einer Serie grausamer Frauenmorde erholt, erschüttern Anschläge auf Politiker die Stadt. Wie zuvor finden sich an den Tatorten bewusst hinterlassene Spuren. Gibt es einen Zusammenhang? Wieder stürzt sich der Polizeireporter Norman Jacobi in die Recherchen. Gemeinsam mit der Historikerin Katharina Beck stößt er auf ein schmutziges Geflecht aus Machtgier und wirtschaftlichen Interessen. Durch ein weiteres Attentat gerät Jacobi selbst in die Schusslinie und Katharina in Lebensgefahr. Um sie zu retten, muss sich Jacobi auf einen Täter einlassen, der längst die Kontrolle verloren hat. Wer zieht dann die Fäden? Gibt es doch eine Verbindung zu den Frauenmorden? Und welche Rolle ist Norman Jacobi in diesem wahnsinnigen Spiel zugedacht?

Frank Uhlmann, 1971 in Niedersachsen geboren, ist Soziologe, Politologe und freier Autor. Er lebt in Gießen. Nach ›Brennen sollst du‹ (dtv 21552) ist dies der zweite Teil seiner Thriller-Serie um den Polizeireporter Norman Jacobi und die Historikerin Katharina Beck.
Mehr unter: www.frank-uhlmann.net

Frank Uhlmann

DU HAST KEINE WAHL

Thriller

dtv

Ausführliche Informationen über unsere Autoren und Bücher
www.dtv.de

Von Frank Uhlmann
ist bei dtv außerdem erschienen:
Brennen sollst du (21552)

MIX
Papier aus verantwortungsvollen Quellen
FSC® C019821
www.fsc.org

Originalausgabe 2016

Umschlaggestaltung: Alexandra Bowien/dtv
Gesetzt aus der Aldus 9,75/12·
Gesamtherstellung: Druckerei C.H.Beck, Nördlingen
Gedruckt auf säurefreiem, chlorfrei gebleichtem Papier
Printed in Germany · ISBN 978-3-423-21658-6

PROLOG

Forster kämpfte.

Geschmeidig und kraftvoll zugleich bewegte er sich am Rand der Bühne entlang.

Blieb stehen.

Ballte die Fäuste.

Beugte sich vor.

Fixierte sein Publikum mit durchdringendem Blick.

Wie ein Raubtier, dachte Holm. Und dadurch umso faszinierender.

»Wie wollen wir unseren Enkeln erklären, dass wir diesen Planeten in eine Wüste verwandelt haben?«, rief Forster scharf in den Saal. »Wollen wir behaupten, wir hätten von alldem nichts gewusst? Oder dass wir nichts dagegen tun konnten?«

Nun richtete er sich ein wenig auf, eine Hand in der Hosentasche. Selbstsichere Gelassenheit.

»Unsere Kritiker behaupten, wir seien Irre. Spinner, die leichtfertig die Zukunft der ganzen Stadt aufs Spiel setzen.«

Feines, wissendes Grinsen und eine kunstvolle Pause, in der die Kamera über die ersten Zuschauerreihen schwenkte: Businessfrauen in teuren Kostümen und Manager in perfekt sitzenden Anzügen. Aufrechte Haltung, wohldosierte Arroganz.

Trotzdem hatte er sie.

Sie hingen an Forsters Lippen und beobachteten jede seiner Bewegungen. Sie hörten aufmerksam zu, obwohl er ihnen gerade erklärte, dass er plante, die ganze Stadt auf den Kopf zu stellen.

Auch Holm ließ Forster nicht aus den Augen, den geöffneten Hemdknopf, die aufgekrempelten Ärmel, den durchtrainierten Körper. Er registrierte die Schweißflecke auf der Brust, das glänzende Gesicht. Forster kämpfte, als ginge es um sein Leben. Ob er etwas ahnte?

»Ich kann nur sagen: Sie haben recht«, erklärte er nun und erntete irritiertes Lachen. »Aber lieber bin ich ein Spinner, der etwas riskiert, als zuzusehen, wie wir unsere Zukunft verspielen.«

Verhaltener Applaus schwappte durch den Saal, und Holm lehnte sich zurück an das Kopfteil des Bettes. Er verfolgte Forsters Auftritt im Fernsehen, aufmerksam, mit der gebotenen Distanz. Er genoss die Stille um sich herum und dass die Klimaanlage für angenehme zwanzig Grad sorgte. Draußen dagegen war die Luft klebrig wie Limonade. Selbst die Bäume schienen zu schwitzen.

Forster macht das gut, dachte Holm. Er ist aggressiv, ohne zu verletzen, souverän und gleichzeitig selbstironisch. Dafür hätte er Respekt verdient.

Sein Auftritt hatte nur einen einzigen Makel.

Er war nicht echt.

Holm kannte Forster. Den Politiker. Den Ehemann. Den Vater. Er kannte dessen Büro und den Inhalt der Schreibtischschubladen genauso wie das Haus, den Garten, die Frau, das Kind und dessen Lieblingsspielzeug. Er wusste sogar, welche Geschichten Forster seinem Sohn vorlas.

Und er wusste, dass Forster ein Spieler war, der glaubte, nur zur richtigen Zeit die richtigen Züge machen zu müssen, um zu bekommen, was er wollte.

Aber für Holm war es kein Spiel.

Für ihn war es ein Kampf auf Leben und Tod, und Holm erwartete, dass Forster ihn ernst nahm. Dass er sich Mühe gab, ein ebenbürtiger Gegner zu sein. Dass er wenigstens versuchte, ihn zu überraschen.

Tatsächlich wirkte Forster nun nachdenklich. Mit gedämpfter Stimme erzählte er eine Geschichte aus seiner Jugend. Ein Nachbar hatte ihn um Hilfe bei Baumarbeiten im Garten gebeten, doch er hatte sich geweigert. »Es war mir einfach zu anstrengend«, erklärte er und blickte ernst zu Boden.

Der Saal hielt den Atem an, und Holm beugte sich erneut vor.

»Also hat mein Nachbar es allein versucht, und dabei ist er schwer gestürzt. Seit diesem Unfall kann er kaum noch laufen, und für ihn vergeht kein Tag ohne Schmerzen.«

Erst jetzt sah er wieder auf.

Die Zuschauer waren gerührt und warteten auf die erlösende Pointe. Doch er gönnte sie ihnen nicht.

»Ich kann das nicht wiedergutmachen«, sagte Forster. »Aber ich habe mir etwas geschworen. Nie wieder sollen andere leiden, nur weil ich zu bequem bin.«

Ein Seufzer lief durchs Publikum, doch Holm lehnte sich enttäuscht zurück. Das war auch nur eine weitere Varieténummer, sorgfältig einstudiert, perfekt vorgetragen.

Holm hatte genug davon, schaltete den Ton ab und ging in das kleine Bad nebenan. Dort ließ er das Wasser laufen, bis es eiskalt war, und wusch sich Gesicht und Hände. Nachdem er sich abgetrocknet hatte, wischte er mit dem Handtuch über Waschbecken und Armaturen.

Im Zimmer zog er die Schuhe an und holte Waffe und Handschuhe aus dem Rucksack. Er kontrollierte das Magazin, bevor er den Schalldämpfer aufschraubte. Die Pistole steckte er im Rücken in die Hose und zog sein Hemd über den Bund. Als Letztes nahm Holm das Handy von der Konsole neben dem Bett und rief an.

In diesem Augenblick hatte Forster verloren.

KAPITEL 1

Der Anruf kam um kurz vor neun am Abend.

»Norman? Norman, hier ist Bruno. Wo steckst du? Ich brauch dich hier. Sofort.«

Norman Jacobi kniff die Augen zusammen. »Was ist los?«

»Du kennst Roland Forster?«

»Den Politiker?«

»Jemand hat ihm ins Gesicht geschossen. Drei Mal. Aus nächster Nähe. Und das ist nicht das Schlimmste.«

Jacobi spürte eine warme Welle seinen Körper hinaufrollen und sah Forsters Gesicht aufblitzen, den Kopf, herumgerissen vom Einschuss. Er blinzelte. »Sondern?«

Schweigen am anderen Ende der Leitung. Hauptkommissar Bruno Demandt schien nach Worten zu suchen für den Schrecken, der ihm offenbar in den Knochen steckte. »Forum-Hotel, Hintereingang«, sagte er schließlich. »Beeil dich.«

Anfang August atmete Frankfurt schwer unter der Hitze. Sie lag über der Stadt wie eine undurchlässige Decke. Darunter sammelte sich stickige, feuchte Luft, die zusehends aggressiv machte. Auch ein Platzregen vor wenigen Stunden hatte nichts daran geändert. Noch immer schimmerte der Asphalt feucht unter einem düster graublauen Himmel. Durch das geöffnete Seitenfenster wirbelte klamme Luft in Jacobis Audi 80, und am Rücken war sein T-Shirt nass vom Schweiß.

Unterwegs schien ihm, als habe jemand die Geräusche

der Stadt heruntergeregelt. In den Ferien wirkte sie wie leer gefegt. Überdimensionierte Straßen zwischen verlassenen Häuserzeilen. So kam er zügig voran und ließ seinen Blick über die Wahlplakate am Rand der Theodor-Heuss-Allee springen. Ungefähr jedes dritte zeigte Roland Forster. Darauf wirkte er relativ jung, höchstens Anfang vierzig, nicht übermäßig sympathisch, aber ungeheuer entschlossen. Als könne man bedenkenlos das Schicksal der ganzen Stadt allein in seine Hände legen. »Mit Energie für Frankfurt« lautete der Slogan.

Nur einmal hatte Jacobi ihn persönlich getroffen. Während dieser unglückseligen Talkshow, in der sie beide zu Gast gewesen waren. Forster, Spitzenkandidat der Freien Bürger, wollte Frankfurts Bürgermeister werden und mit seinem Auftritt Wähler gewinnen. Jacobi hatte als Polizeireporter der kleinen *Frankfurter Nachrichten* in den schlimmsten Recherchen seines Lebens gesteckt. Nächtelang hatte er kaum geschlafen und war mit seiner Kraft am Ende gewesen.

So konnte er sich nicht mehr an Einzelheiten erinnern. Nur an Forsters Blick und Präsenz, den unbändigen Willen. Anfangs war er Jacobi durchaus smart erschienen. Und im nächsten Augenblick hatte er sein Gegenüber mit Worten förmlich an die Wand genagelt. Ein Politprofi, der sein Ziel verfolgte und sich durch nichts und niemanden davon abbringen ließ.

Etwas mehr als zwei Monate war das her. Und nun war Forster tot. Ermordet. Nein, hingerichtet. In einem Hotel. Vier Wochen vor der Wahl.

Jacobi bog ab. Knorrige Bäume breiteten ihr Blätterdach weit über die Fahrbahn und dimmten das trübe Licht noch ein wenig stärker. Ein dünner grauer Schleier legte sich über Jacobi. Er wusste, was nun folgen würde.

Er sah Forster vor sich. Der Politiker hatte sich über

einige Notizen gebeugt, die Ärmel aufgekrempelt, bereit, in den Ring zu steigen und nicht eher nachzulassen, bis er seine Zuhörer niedergerungen und vollkommen überzeugt haben würde.

Plötzlich fuhr er herum und blickte in die Mündung einer Pistole. Er hatte den Täter nicht kommen hören, und der Schreck war ihm anzusehen. Doch mit viel Kraft drängte er seine Angst beiseite und fand seine Selbstbeherrschung wieder. Jahrelanges Training im Politdschungel. Forster redete auf den Unbekannten ein, versuchte, ihn aus dem Konzept zu bringen, lächelnd, mahnend. Er glaubte, die Situation mit seiner Erfahrung, seinem rhetorischen Geschick und seiner intellektuellen Überlegenheit in den Griff zu bekommen. Den Gegner in die Knie zu zwingen, bis er das Handtuch warf. Das hatte schon so oft funktioniert. So redete er sich immer mehr in Rage. Schließlich drohte er dem Täter sogar.

Der Fremde jedoch blieb völlig unbeeindruckt, und irgendwann begriff Forster, dass seine Taktik nicht funktionieren würde. Schlagartig kehrte die Angst zurück und steigerte sich zur Panik. Forster bot Geld, verzichtete auf seine Kandidatur, war bereit, alles zu tun, um sein Leben zu retten. Er erniedrigte sich, bettelte, flehte.

Aber der Unbekannte war nicht gekommen, um zu feilschen. Er hatte etwas zu erledigen. Eine winzige Bewegung des Zeigefingers, ein Zucken im Unterarm, ein dumpfer Laut. Forsters Kopf wurde herumgerissen, mit beiden Händen hielt er sich das Gesicht, stöhnte. Zwei weitere Schüsse in schneller Folge. Forster schrie nicht, sondern kippte einfach zur Seite und rührte sich nicht mehr. Tiefrotes Blut breitete sich langsam um seinen Kopf herum aus.

Es dauerte eine Weile, bis das Bild verschwamm und die Bäume vom Straßenrand auf Jacobis Netzhaut zurückkehrten. Die Fahrt zum Tatort gehörte zu seiner täglichen Arbeit als Polizeireporter. Unterwegs fügten sich die Informationen, die er zu diesem Zeitpunkt besaß, zu kurzen Filmen zusammen, die auf einer unsichtbaren Leinwand vor seinen Augen liefen. Meist waren es grausame Streifen, blutige Horrorfilme, und lange hatte er sich dagegen gewehrt. Irgendwann hatte er begriffen, dass er keinen Einfluss darauf besaß. Seitdem versuchte er, sich damit abzufinden. Wenn er Glück hatte, dämpften die Bilder ein wenig den Schrecken der Realität, die ihn am Ziel erwartete.

Jetzt spürte Jacobi schwelende Unruhe. Über die Jahre hatte er ein gutes Verhältnis zu Kommissar Demandt entwickelt. Vielleicht war Bruno mittlerweile so etwas wie ein Freund. Manchmal gingen sie zusammen ein Bier trinken, und Bruno erzählte von seiner Familie, dem Garten. Hin und wieder ließ er Jacobi sogar spüren, wie sehr ihm sein Job zu schaffen machte.

Aber noch nie hatte er Jacobi zu einem Tatort bestellt.

Und dann diese seltsame Andeutung: *Und das ist nicht das Schlimmste.*

Jacobi bog in die Genter Straße. Monströs hob sich der Hotelturm gegen das graublaue Dämmerlicht ab. Jemand hatte den leuchtenden Namensschriftzug abgeschaltet, der sich seitlich über mehrere Stockwerke hinaufzog. Offenbar wollte das Management keine Schaulustigen anlocken, sondern die unappetitliche Angelegenheit möglichst unauffällig über die Bühne bringen. Trotzdem waren an der Flatterleine vor dem Haupteingang bereits Passanten stehen geblieben. Manche schossen Handyfotos, obwohl es nichts zu sehen gab außer einigen Polizisten. Selbst andere Journalisten konnte Jacobi nicht entdecken. Offenbar war er früh dran.

Die Sache schien Bruno ernst zu sein.

Langsam fuhr Jacobi am Hotel vorbei und folgte der Beschilderung zur Lieferantenzufahrt, wo er einen Parkplatz am Straßenrand suchte. Von hier sah er auch den fünfstöckigen Erweiterungsbau, der schräg hinter dem Haupthaus lag, und an einer Seite davon ein Baugerüst für Renovierungsarbeiten. Zum ersten Mal fragte er sich, was genau Bruno von ihm erwartete. Sollte er ihm die Hand halten oder gleich den Fall aufklären? Aus einem Gefühl heraus verzichtete er auf Kamera und Diktiergerät und steckte nur das Handy ein. Als Letztes blickte er in den Rückspiegel. Er sah müde aus, und seine Haut glänzte. Aber das war nicht zu ändern.

Draußen legte sich die Luft auf die Haut wie ein feuchtes Handtuch, und Jacobi spürte den Schweiß auf dem Rücken. Der Weg zum Hintereingang führte über eine schmale, gepflasterte Zufahrt, in der Lieferwagen über die Jahre tiefe Spuren hinterlassen hatten. Jacobi passierte große Mülltonnen, während aus Abluftschächten schwülwarme Küchendämpfe strömten. Eine schwere Stahltür, deren linker Flügel aufgeklappt war, führte ins Gebäude. Jacobi hatte gehofft, dass Bruno ihn hier in Empfang nehmen würde. Stattdessen sah er zwei uniformierte Polizisten, die sich anschwiegen. Einer rauchte und hatte einen Fuß auf einen leeren Blumenkübel aus Waschbeton gestellt. Beide wirkten angespannt.

»Hier geht's nicht weiter. Der Zugang ist gesperrt«, sagte der Raucher, als er Jacobi bemerkte. »Wenn Sie ins Hotel wollen, melden Sie sich am Haupteingang. Aber Sie werden einen sehr guten Grund brauchen.«

»Kommissar Demandt erwartet mich«, antwortete Jacobi und bereute es im selben Augenblick.

Die beiden Uniformierten sahen sich an. »Aha«, sagte der Raucher. »Und warum, wenn ich fragen darf?«

Jacobi überlegte. Auf keinen Fall wollte er Ärger mit den Beamten. Er sah ihnen an, unter welchem Stress sie standen. Jeder Mordfall war belastend, aber ein prominentes

Opfer bedeutete zusätzlichen Druck. Alle fürchteten sich vor Fehlern, die dann in den Zeitungen ausgeschlachtet würden. Deshalb begegneten sie Journalisten mit noch mehr Misstrauen. Für einen Moment verfluchte Jacobi, sich darauf eingelassen zu haben. Auf keinen Fall würde er ihnen auf die Nase binden, wer er war. »Ich warte einfach, bis er kommt«, sagte er betont beiläufig.

»Hör mal, Freundchen«, entgegnete der Raucher und richtete sich auf. »Ich habe dich was gefragt und möchte eine Antwort.« In seiner Statur ähnelte er Jacobi, groß und breitschultrig. Dazu schien er erschreckend leicht die Beherrschung zu verlieren. Keine gute Kombination. Jacobi spürte ein Kribbeln unter der Haut. Wenn Bruno nicht bald auftauchte und die Situation klarstellte, würde er sich eine blutige Nase holen.

Tatsächlich schnippte der Raucher seine Zigarette auf den Boden. »Mir reicht's«, sagte er und fasste Jacobi hart am Oberarm. »Du gehst jetzt.«

»Der gehört zu mir.«

Jacobi fuhr herum und sah Demandt, der endlich in der Stahltür stand und ihn ungeduldig zu sich winkte. Überrascht ließ der Beamte los, Jacobi rieb sich den Oberarm und betrat hastig das Gebäude. »Du hättest dich ruhig ein bisschen beeilen können.«

»Ich hab dich nicht so schnell erwartet«, antwortete Bruno und wandte sich einer weiteren Stahltür zu.

»So viel Dankbarkeit wäre gar nicht nötig«, sagte Jacobi. »Ich komme ja gerne hier raus und lasse mich von deinen Leuten anpöbeln.«

Demandt reagierte nicht, sondern ging zügig voran. Der Gang war schmal und verwinkelt, nur beleuchtet durch einige Wegweiser zum Notausgang. Unter der niedrigen Decke verliefen Rohre, die ein vibrierendes Brummen erzeugten.

»Also, was ist so dringend, dass du mich herbestellst?«, fragte Jacobi.

»Heute Abend hat Forster eine Rede vor Frankfurter Wirtschaftsheinis gehalten«, sagte Demandt, ohne sich umzudrehen. »Seit einigen Wochen hatte er Rückenwind. Nachdem er sein Projekt angekündigt hat, sind die Umfragewerte gestiegen. Trotzdem braucht er die Unternehmer.«

Jacobi musste zugeben, dass er den Wahlkampf kaum verfolgt hatte. Doch von Forsters Plänen, die Energieversorgung der Stadt auf völlig andere Füße zu stellen, hatte er gehört. Mittelfristig sah das Konzept den kompletten Verzicht auf fossile Brennstoffe vor. An den gigantischen Kosten des Umbaus sollten sich die Bürger beteiligen – und dafür später die Gewinne einstreichen. Eine Revolution. Und eine offene Kampfansage an die Konzerne.

»Die Partei mietet also den größten Saal im Haus«, fuhr Demandt fort, »damit ihnen Forster seine bahnbrechenden Ideen erklären kann. Schließlich sitzen da fast dreihundert Leute. Außerdem wird es live auf dem Hotelkanal übertragen.«

Sie erreichten die Tür zum Foyer. In der weitläufigen Halle herrschten stickige Luft und ein ziemliches Durcheinander. Gäste, die gehört hatten, dass etwas passiert war, standen unschlüssig herum. Hotelangestellte schoben Sackkarren mit Limonadenkisten durch das Gewühl und verteilten Getränke, um die Leute zu beruhigen. Unterdessen versuchten Polizisten, das Chaos zu ordnen, und erklärten, dass niemand das Gebäude verlassen dürfe. Dazwischen waren überall im Raum Plakataufsteller mit Forsters lebensgroßem Abbild verteilt. Doch nun wirkte sein aggressiver Optimismus nicht länger anziehend, sondern nur noch absurd, beinahe surreal.

»Ihr wollt sie alle befragen?«, fragte Jacobi. »Alle dreihundert?«

»Das lässt du mal meine Sorge sein«, sagte Bruno und drückte auf den Fahrstuhlknopf. Während sie warteten, hielt er die Arme vor der Brust verschränkt, die Schultern ein wenig hochgezogen und den Kopf leicht gesenkt. Als wollte er am liebsten in Deckung gehen. Sein Gesicht wirkte aufgeschwemmt, und die Augen lagen tief in graubraunen Höhlen. Plötzlich kniff er sie zusammen. Irgendjemand oder -etwas schien er entdeckt zu haben, das ihn noch mehr beunruhigte.

»Was ist?«, fragte Jacobi und sah sich um.

Statt einer Antwort zog Bruno ihn mit sich. »Wir nehmen die Treppe.«

Auf den Stufen schlug er dasselbe Tempo an wie zuvor im Gang. »Auf seinen Auftritt hat sich Forster im zweiten Stock vorbereitet, wo die Partei ein Zimmer gemietet hat. Mitten im Vortrag erhalten seine Leute einen Anruf vom Krankenhaus. Irgendwas mit seinem Sohn. Sehr ernst. Sie informieren ihn. Einen Augenblick überlegt er. Dann unterbricht Forster die Show und geht nach oben. Allein. Darauf besteht er. Sein Team bleibt unten, um die Zuschauer bei Laune zu halten. Als Forster nach einer Viertelstunde nicht wieder auftaucht, geht jemand nachsehen.«

Bruno öffnete die Tür zum Flur im zweiten Obergeschoss. Dicker Teppichboden mit rotblauem Muster, gedämpfte Stille. Niemand zu sehen.

»Das Zimmer ist gleich vorn um die Ecke, 207. Du wartest hier«, sagte Demandt und ließ Jacobi stehen.

Bruno war über fünfzig und seit einer Ewigkeit bei der Mordkommission. Mittlerweile kannte Jacobi viele seiner Fälle. So aber hatte er Demandt selten gesehen, und er fragte sich, was ihm einen derartigen Schrecken eingejagt hatte.

Und das ist nicht das Schlimmste.

Jacobi überlegte, was schlimmer sein konnte als eine regelrechte Hinrichtung, als er Gemurmel von vorn hörte.

Er schlich vor und blickte um die Ecke. Dr. Gehlen, der Rechtsmediziner, und mehrere Leute der Spurensicherung in weißen Faseranzügen kamen aus dem Zimmer und gingen Richtung Fahrstuhl. Erschöpft zogen sie sich die Kapuzen vom Kopf. Darunter waren ihre Haare schweißnass. Die Beamten schienen überrascht, aber nicht unglücklich über die unerwartete Zigarettenpause. Nachdem sie verschwunden waren, lehnte sich Bruno aus der Tür und winkte Jacobi zu sich.

»Was hast du ihnen gesagt?«

»Ich muss ihnen nichts sagen«, antwortete Demandt.

Im Zimmer schlug Jacobi warme, schlechte Luft entgegen. Der Raum war recht groß, aber unspektakulär eingerichtet, ein normales Doppelzimmer mit einer kleinen Sitzecke und demselben Teppichboden wie im Flur. Im Eingangsbereich standen die Metallkoffer der Spurensicherung und ein Karton mit aufgerollten Plakaten. Auf dem Bett sah Jacobi zwei weitere Kartons. In dem einen lagen stapelweise Flyer mit Wahlwerbung, in dem anderen Buttons mit der Aufschrift »Ich bin ein Freier Bürger«.

Forster trug ein hellblaues Hemd zu einer dunkelblauen Anzughose und lag bäuchlings vor dem Bett, fast genau so, wie Jacobi ihn vor Augen gehabt hatte. Nur der linke Fuß war ein wenig verdreht. Die nach oben gewandte Gesichtshälfte schien unversehrt, aber die Haare am Hinterkopf waren großflächig mit Blut verklebt, das sich auch schwarzrot auf dem Teppich ausgebreitet hatte. Einen kurzen Moment horchte Jacobi in sich hinein, ob ihm übel wurde. Erleichtert stellte er fest, dass ihn der Anblick erstaunlich wenig rührte.

Um Forster herum auf dem Boden lagen einige Notizzettel mit Stichwörtern seiner Rede, teilweise mit Blut verschmiert. Jacobi trat einen Schritt näher und ging in die Knie. Auf einem der Blätter las er: »Ich glaube an freie, selbstbestimmte Bürger in einer freien, selbstbestimmten Stadt.«

»Wie geht es seinem Sohn?«, fragte Jacobi.

»Blendend. Jedenfalls bis wir seine Mutter angerufen haben.« Bruno machte eine Pause. »Forster hatte nicht den Hauch einer Chance.«

Jacobi nickte. »Schlimm. Aber warum zeigst du mir das alles?«

Einen Moment sah Bruno auf ihn hinab und schien wieder nach angemessenen Worten zu suchen. Sein Blick verriet ernste Sorge, und auf der Oberlippe glänzte Schweiß. »Dreh dich um«, sagte er schließlich.

Jacobi wandte den Kopf und spürte augenblicklich das Blut in seine Beine sacken. Mit einer Hand stützte er sich am Boden ab. Schlagartig war ihm klar, warum Bruno ihn hierhaben wollte. Auf der Wand hinter ihm hatte der Mörder Zeichen hinterlassen, hastig hingeschmiert in dunkelroter Farbe auf einer Breite von vielleicht anderthalb Metern, zwei Zeilen einer fremden Sprache in einem unförmigen Viertelkreis.

»Es ist Blut«, sagte Bruno tonlos. »Ziemlich sicher sein Blut. Der Doc behauptet, dass es Griechisch ist, kann es aber selbst nicht lesen. Ich nehme an, wir sind uns einig, dass das unser kleinstes Problem ist.«

Als der Schwindel nachließ, richtete sich Jacobi langsam auf. Zweimal schon hatte er bewusst hinterlassene Schriftzeichen an Tatorten gesehen, zweimal innerhalb weniger Tage, vor etwas mehr als zwei Monaten. Ganz anders zwar, in einer anderen Sprache und nicht so nachlässig angebracht. Trotzdem überspülten ihn die Bilder. Die grausamen Folterungen. Die verbrannten Äcker und die verkohlten Leichen der Frauen, die an Pfähle gekettet waren. Rebeccas Schmerzen. Ihre Verzweiflung. Jacobis hektische, panische Suche. In jenen Tagen war es ihm vorgekommen, als hätte er einen Blick in die Hölle geworfen. Aber er war sicher gewesen, dass sie am Ende den Teufel besiegt hatten.

Und jetzt?

War er zurück?

Es konnte, nein, es musste eine andere Erklärung geben. Aber wenn es tatsächlich weiterging, dann hatte Bruno allen Grund, sich zu fürchten. Dann hatten sie es mit jemandem zu tun, der nicht nur extrem grausam war, sondern gleichzeitig unheimlich abgebrüht.

Unheimlich.

Genau das richtige Wort.

»Spuren?«, fragte Jacobi, um das Kribbeln loszuwerden.

Bruno schüttelte den Kopf. »Ein Profi.«

»Fehlt was? Hat er was mitgenommen? Oder irgendwas gesucht?«

»Nichts«, antwortete Bruno, »jedenfalls nicht auf den ersten Blick. Wie es aussieht, ist er hereingekommen, hat Forster erledigt, sein Gekritzel an die Wand geschmiert und ist wieder verschwunden. Verdammter Bastard.«

»Und du glaubst, es geht weiter? Was macht dich so sicher? Es könnte ein billiger Trick sein. Ein Trittbrettfahrer.«

»Bei diesem Mist bin ich mir überhaupt nicht sicher. Aber wenn ich mich nicht irre, ist Wolff ziemlich tot. Und alle Welt weiß das. Er kann es also nicht gewesen sein. Und Gegenfrage: Was macht dich so sicher, dass Wolff tatsächlich allein war? Was, wenn es doch einen zweiten Mann gegeben hat? Der die Sache jetzt zu Ende bringen will.«

Bruno sah ihn an mit einem Blick, der Widerspruch verlangte. Er bettelte geradezu darum. Jacobi sollte ihn überzeugen, dass alles ganz sicher ganz anders war, als es aussah. Aber er konnte nicht. Stattdessen fragte er sich fieberhaft, was »die Sache« sein sollte. Er hatte geglaubt, Wolffs Motive und die Zusammenhänge am Ende verstanden zu haben.

Jetzt verstand er gar nichts mehr.

Sie sahen sich an. »Was willst du von mir?«, fragte Jacobi.

»Dir ist hoffentlich klar«, sagte Bruno und deutete auf die Zeichen an der Wand, »dass die Öffentlichkeit kein Wort davon erfahren darf.«

»Was soll ich tun?«

KAPITEL 2

Die Jagd auf das Phantom begann in einem winzigen Raum ohne Fenster. Er lag in einem Bürotrakt hinter der Rezeption. In weiß lackierten Metallregalen standen jede Menge Ordner, und neben einem wuchtigen Röhrenmonitor hingen Postkarten an einer Pinnwand. Magical Northern Cape. Bem-vindo a Lisboa. Grüße aus dem Engadin. Ein Kätzchen, das aus einem Wäschekorb lugte.

Schweigend warteten Jacobi und Demandt auf die Aufzeichnungen der Überwachungskameras. Dabei vermieden sie, sich anzusehen. Zu viele beängstigende Fragen hingen in der verbrauchten Luft.

Vor etwas mehr als zwei Monaten waren in Frankfurt innerhalb kürzester Zeit zwei Frauen verschwunden. Wieder aufgetaucht waren sie jeweils drei Tage später: entsetzlich gefoltert, an Pfähle gekettet und verbrannt wie Hexen. An den Tatorten hatte Jacobi bewusst hinterlassene Spuren entdeckt, Zeichen einer fremden Sprache. Sie hatten auf die Katharer gedeutet, eine streng religiöse Sekte, deren Wurzeln zurückreichten bis ins Mittelalter. Natürlich hatte Jacobi ausführlich darüber geschrieben. Dadurch hatte er Katharina Beck kennengelernt, die als Historikerin an der Universität arbeitete und ihn nun als Ermittlerin im Hintergrund unterstützte. Von Anfang an hatte Katharina ihre Zweifel an der Sektentheorie, aber die Fährte war einfach zu verlockend gewesen. Spätestens als auch noch Jacobis Freundin Rebecca verschwunden war, geriet er in Panik. Und nicht nur er. Zu dieser Zeit schien die ganze Stadt aus den Fugen. Es hatte antireligiöse Demonstrationen gegeben, die in hässlichen Scharmützeln mit der Polizei gipfelten, öffentliche Hasstiraden aus Angst vor dem Unerklärlichen, schießwütige Bürgerwehren.

Nur kein weiteres Feuer.

Stattdessen hatte Jacobi einen Anruf erhalten von einem alten Mann, der von ihm verlangte, seine Suche abzubrechen. Andernfalls werde alles außer Kontrolle geraten. Aber sich vorzustellen, wie Rebecca weiter litt und am Ende doch grausam hingerichtet würde, war unerträglich. So hatten sie noch intensiver gesucht als zuvor, und schließlich war Katharina auf Wolff gestoßen. Er musste völlig verrückt gewesen sein und hatte aus Hass auf die Sekte diesen irrwitzigen Feldzug geführt. Dazu hatte nicht nur gehört, die Frauen zu entführen, zu foltern und zu töten. Er hatte auch die Spuren gelegt, um Jacobi und Katharina, ihre Recherchen und seine Artikel für seine Pläne einzuspannen: Sekten und Religion als solche unmöglich zu machen. Wolffs Ziel war, die beiden und mit ihnen die öffentliche Stimmung vollkommen zu manipulieren. Das hatte hervorragend geklappt. Jacobi und Katharina hatten sich aufgeführt wie Wolffs Marionetten. Aber im letzten Augenblick war es ihnen doch noch gelungen, Rebecca zu befreien.

Und jetzt?

Begann es wieder von vorn?

Oder hatte es gar nicht aufgehört?

»Aber Wolff ist tot«, sagte Jacobi, in Gedanken versunken.

»Natürlich ist er das«, antwortete Bruno. »Bis vor zwei Stunden jedenfalls.«

Endlich schob ein Hotelmitarbeiter, ein junger, massiger Mann mit quadratischem Schädel, einen Servierwagen mit Fernseher und DVD-Player in den Raum. Wenigstens für einen Moment löste sich damit die stickige Anspannung.

Jacobi drängte sich in die einzige freie Ecke und sah, dass die Hände des Mannes zitterten, als er die erste DVD einlegte und den Videokanal auf der Fernbedienung suchte.

»Wie viele Kameras?«, fragte Bruno.

»In der Lobby zwei. Die eine ist auf den Haupteingang gerichtet, die andere erfasst die Halle.« Am Revers des jungen Mannes steckte ein Namensschild. Sebastian Wernecke, Auszubildender. »Außerdem je eine am Hintereingang und in der Tiefgarage.«

»Was ist mit den Etagen?«

Wernecke schüttelte den Kopf. »Das wäre nicht gut für den Ruf des Hotels, glaube ich.«

»Gibt es eine Gästeliste von Forsters Vortrag?«

»Leider nein. Es war eine öffentliche Veranstaltung«, antwortete Wernecke. Ein wenig hilflos sah er zuerst Bruno an, dann Jacobi und schließlich seine Schuhe.

»Wir kriegen den Kerl«, sagte Demandt nach einer Pause.

Wernecke blickte auf und nickte. »Bestimmt. Dann hole ich mal einen zweiten Stuhl.«

»Nicht nötig«, entgegnete Bruno. »Ich muss wieder nach oben. Um die Bänder kümmert sich mein Kollege.«

Wieder nickte Wernecke, bevor er mit einem Schulterzucken den Raum verließ.

»Armer Kerl«, sagte Bruno. »Er wird nie wieder Spaß an seinem Job haben.«

»Hast du mich gerade ›Kollege‹ genannt?«, fragte Jacobi, während er sich setzte und die DVD startete.

»Solange es mir lästige Fragen erspart. Wenn du nicht spurst, bist du sofort wieder draußen.«

Jacobi nickte lächelnd. »Natürlich.«

Auf dem Fernsehschirm erschienen die ersten Aufnahmen der Überwachungskamera vom Haupteingang, schwarz-weiß und ruckelig. Die Digitaluhr rechts unten im Bild zeigte kurz vor sieben. Frauen im Kostüm und anzugtragende Männer betraten das Foyer. Sicherheitspersonal kontrollierte die größeren Taschen, während Hotelangestellte Getränke reichten. Die Stimmung schien erwartungsvoll, aber gelöst. Nur ein älteres Paar – offensichtlich Hotelgäste, die aus der Stadt zurückkehrten – wirkte ein wenig erschrocken über den Menschenauflauf und verschwand schnell aus dem Bild.

Ob irgendjemand geahnt hatte, dass etwas passieren würde?

»Glaubst du wirklich, wir finden ihn hier?«, fragte Jacobi.

Bruno stand hinter ihm. »Irgendwie muss er ja reingekommen sein. Und wie ginge das unauffälliger als in einer Meute wie dieser?« Es klang, als müsste er sich selbst davon überzeugen.

Wie sah also jemand aus, der ein Hotel betrat, um einen Politiker zu töten? Vermutlich kam er allein, versuchte, den Raum und die Situation einzuschätzen. War er nervös? Verriet er sich durch Gesten, Blicke, Bewegungen?

Bruno beugte sich vor und deutete auf den Bildschirm. »Was ist mit dem da?«

Ein einzelner Mann um die fünfzig blieb unweit des Eingangs stehen und sah sich um. Eine Hotelmitarbeiterin bot an, ihm seinen Trenchcoat abzunehmen, er aber lehnte ab.

»Verdammt, wir haben vierzig Grad«, rief Bruno, »und der Kerl trägt einen Mantel!«

Gebannt sahen sie auf den Bildschirm. Äußerlich passte der Mann zum Rest des Publikums. Trotzdem wirkte er seltsam deplatziert, schien sich unwohl zu fühlen. Machte ihn das verdächtig? Er sah sich um. Sondierte er die Lage oder suchte er jemanden? Schließlich wurde er von einem weiteren Besucher begrüßt. Sie schüttelten sich die Hände und lachten.

Bruno stöhnte auf. »Verdammter Mist! Also, ich muss wieder nach oben. Sobald du was hast, sagst du Bescheid.«

Jacobi grinste. »Sicher, Chef.«

Allein im Raum zu sein kam ihm entgegen. Bruno in dieser Verfassung im Nacken zu haben machte die Sache nicht leichter. Jacobi zog den Stuhl noch näher an das Fernsehgerät und beugte sich vor, bis sein Kopf kaum zwanzig Zentimeter vom Bildschirm entfernt war. Er ließ die Aufzeichnungen weiterlaufen und bemühte sich, jedes einzelne Gesicht zu mustern. Dabei suchte er nach auffälligen Anzeichen, nach Nervosität oder besonderer Lässigkeit.

Es war ein seltsames Gefühl, den Leuten beim Smalltalk zuzusehen, während nur wenig später, nur einige Zimmer entfernt, jemand sein Leben verlieren würde.

Schließlich zeigte die Bildschirmuhr halb acht. Forster durchmaß das Foyer wie ein Schneepflug, begleitet von einem Mann, offensichtlich der Hoteldirektor, der ihn vermutlich mit schwärmerischen Worten ankündigen würde. Ihnen folgte ein Tross aus Parteimitgliedern und Sicherheitsleuten. Sie alle verschwanden im Saal.

In der Stille tauchte Forsters Gesicht wieder auf. Alle Aggressivität, alle Selbstsicherheit waren daraus verschwunden. Geblieben war nackte Panik. Jacobi wischte sich über die Augen, doch das Bild ließ sich nicht beiseiteschieben. Stattdessen schien es immer näher zu kommen, bis es im nächsten Augenblick von der ersten Kugel zerrissen werden würde. Ein platzender Kopf in Großaufnahme. Bevor es dazu kam, starrte Jacobi auf das Bild des Kätzchens an der Pinnwand und rang seine Vorstellungskraft nieder.

Schnaubend atmete er aus, lehnte sich zurück und ahnte, dass er so nicht weiterkommen würde. So leicht würde der Mörder es ihnen nicht machen, wer auch immer der Kerl war. Schließlich war er mitten unter ihnen, unter dreihundert Leuten. Er tötete und hinterließ Spuren.

Und blieb trotzdem unsichtbar.

Für einen Moment erzeugte der Gedanke Übelkeit, dass

vielleicht alles von Neuem begann, und eine Weile ließ Jacobi zur Ablenkung seinen Blick über Postkarten und Aktenordner gleiten. Plötzlich schlug er sich vor den Kopf. Es war vollkommen unwichtig, wer das Hotel vor dem Mord betreten hatte. Entscheidend war, wer es unmittelbar danach verlassen hatte.

Zügig ging Jacobi ins Foyer, um Wernecke zu suchen, und fand ihn an der Rezeption. Der junge Mann schien noch immer ziemlich mitgenommen. »Haben Sie was entdeckt?«

Jacobi schüttelte den Kopf. »Gibt es einen Grundriss des Hotels, der einzelnen Etagen?«

»Moment«, sagte Wernecke und verschwand in einem kleinen Raum hinter dem Empfang.

Während er wartete, sah sich Jacobi um. Noch immer herrschte ziemliches Durcheinander, aber der erste Schrecken schien einer Erschöpfung gewichen zu sein. Die meisten Gäste nippten schweigend an ihren Getränken und warteten geduldig, dass die Polizei sie befragte. Aus den Augenwinkeln bemerkte Jacobi jedoch einige Bewegung und war überrascht, Bruno hier unten zu sehen. Aufgeregt fuchtelte er mit den Armen, während er mit zwei Männern diskutierte. Jacobi begegnete dem Blick des einen, der ihn seltsam anlächelte. Bruno schien es zu bemerken, wandte sich um und zerrte die beiden aus Jacobis Blickfeld.

Bevor er weiter über diese Szene nachdenken konnte, kam Wernecke zurück und breitete mehrere großformatige Blätter auf der Theke aus. »Das hier ist das Erdgeschoss des Haupthauses.«

Jacobi fiel es schwer, sich im Gewirr der Linien, Zahlen und Beschriftungen zu orientieren, bis der junge Portier den Finger auf das Papier legte. »Wir sind genau hier.« Dann schob er ein zweites Blatt über das erste. »Der Grundriss der Etagen mit den Zimmern. Insgesamt gibt es acht Stockwerke, die aber alle identisch aufgeteilt sind.« Schließlich deutete er auf den dritten Bogen. »Der Erweiterungsbau mit fünf Geschossen.«

»Wie viele Zugänge gibt es?«

»Nur Haupteingang, Lieferantenzufahrt und Tiefgarage.«

»Und dort sind überall Kameras.«

»Ja.«

»Lassen sich die Fenster öffnen?«

»Kippen ja, öffnen nein. Aus Sicherheitsgründen.«

»Das heißt, wer rein- oder rauswill, muss an den Kameras vorbei?«

»Ja.«

»Danke.«

Zurück in der kleinen Kammer, befestigte Jacobi die Grundrisse mit Klebestreifen an den Regalen. Dabei dachte er an die beiden Typen, mit denen Bruno diskutiert hatte. Er fragte sich, wer sie waren. Jedenfalls nicht Demandts Vorgesetzte. Die hätte er erkannt. Trotzdem schienen sie Bruno Respekt einzuflößen. Sollte ihm das zu denken geben? Jacobi beschloss, nicht weiter darüber zu grübeln. Bruno hatte ihn herbestellt, also war es sein Job, ihm den Rücken freizuhalten.

Jacobi blickte auf das Standbild vor sich. Der Mord war um kurz vor acht geschehen. Eine Stunde später hatte ihn Bruno angerufen. Zu diesem Zeitpunkt waren die ersten Beamten sicher schon dreißig Minuten vor Ort gewesen. Blieb für den Mörder also ein Zeitfenster von etwa einer halben Stunde, um aus dem Hotel zu verschwinden.

Während er die Aufzeichnungen aus dem Foyer startete, hatte Jacobi das Gefühl, dem Täter tatsächlich näher zu kommen. Er fragte sich, wie es wäre, ihm gegenüberzustehen. Ihm in die Augen zu schauen. Zu sagen, buh, ich hab dich. Er spürte, dass er lächelte. Doch im selben Augenblick wurde ihm bewusst, wie gefährlich dieser Gedanke war.

Wenn tatsächlich weiterging, was vor zwei Monaten begonnen hatte, dann spielte jemand mit ihnen, wer und warum auch immer. Aber dies war keine Schnitzeljagd. Eher ein altrömischer Gladiatorenwettkampf. Die Waffen waren ungleich verteilt, und in jedem Fall würde es Opfer geben. Tote. Und jeder Schritt, den Jacobi unternahm, konnte von Bedeutung sein. Im schlimmsten Fall würde er über das Leben von Menschen entscheiden. Vielleicht sogar über sein eigenes. Also presste er die Hände an den Kopf und schärfte sich ein, aufmerksam zu sein. Kein Detail durfte ihm entgehen.

Dann startete er die DVD von Neuem.

Um fünf vor acht verließ Forster den Saal im selben Tempo wie auf dem Hinweg. Auf einem verwischten Standbild glaubte Jacobi, in seinem Gesicht die Sorge um den Sohn zu erkennen. Der Politiker war also doch keine Maschine.

Danach passierte wenig. Jacobi sah die geöffnete Tür zum Vortragssaal, in der um kurz nach acht erste Besucher auftauchten. Ungeduldig warteten sie darauf, dass es endlich weiterging. Wenig später trat ein Mann heraus mit einem Handy am Ohr. Jemand aus der Partei, der Forster anrief, um zu fragen, wo er blieb? Jedenfalls schien er niemanden zu erreichen und stieg in den Fahrstuhl. Nach und nach erschienen weitere Besucher im Foyer. Immer wieder blickten sie auf die Uhr und sahen sich ratlos an. Um 20.34 Uhr traf schließlich die erste Streife ein. Tatsächlich also nur eine gute halbe Stunde nach dem Mord.

Jacobi wechselte zur Kamera, die auf den Haupteingang gerichtet war. Wenige Minuten nach acht verließ ein Touristenpärchen das Hotel. Nachdem er sie in Zeitlupe betrachtet hatte, schloss Jacobi aus, dass sie etwas mit dem Mord zu tun hatten. Kurz darauf liefen zwei Hotelangestellte kichernd durchs Bild.

Nun die Aufzeichnungen vom Hintereingang. Dort tauchten in der ganzen Zeit nur zwei Küchenjungen auf. Der eine warf etwas in den Müll, der andere rauchte eine Zigarette. Die beiden Polizisten, die Jacobi getroffen hatte, bezogen ihren Posten um 20.37 Uhr. Und in der Tiefgarage war niemand zu sehen außer einem Mann, der einige Unterlagen aus seinem Auto holte, bevor er zurück ins Hotel ging.

Jacobi stoppte die DVD und legte die Hände auf den Mund. Er sah auf die Grundrisse rechts neben sich und wartete, dass das heftige Kribbeln in seinem Magen nachließ.

Es war zwecklos.

Wenn er nichts übersehen und keinen groben Schnitzer gemacht hatte, ließ das nur einen Schluss zu. Einen Moment fragte er sich, ob das genial war oder Wahnsinn. Dann rief er Bruno an und atmete tief aus.

»Ich glaub, ich hab ihn.«

KAPITEL 3

»Wo? Wo ist er?« Bruno war völlig außer Atem. Er musste den Weg hinuntergerannt sein. »Zeig ihn mir. Ich will den Mistkerl sehen. Sofort!«

»Das geht nicht. Er ist nicht auf den Bildern.«

»Was? Was soll das heißen? Und dafür scheuchst du mich hier runter? Willst du mich verarschen? Kapierst du nicht, was hier los ist?«

Jacobi konnte sich ein Grinsen nicht verkneifen. »Bruno, bitte, beruhige dich. Setz dich, sonst kippst du noch um.« Er stand auf und zog Demandt auf den Stuhl. »Und jetzt hör mir zu: Er ist nicht auf den Bildern, weil es Kameras nur an den Ausgängen gibt. Und dort ist er nach dem Mord nicht vorbeigekommen.«

Bruno schien kein Wort zu verstehen. Jacobi beugte sich zu ihm hinunter, stützte die Hände auf den Tisch und senkte die Stimme. »Begreif doch: Er ist noch hier. Er versteckt sich im Hotel.«

»Was? Spinnst du?! Warum, zum Teufel, sollte er das tun?«

»Weil er schlau ist. Er weiß genau, dass wir uns die Aufnahmen ansehen. Besonders die Minuten kurz vor und nach der Tat.«

»Und du meinst, er hockt jetzt irgendwo in einer Wäschekammer, wartet, bis wir verschwinden, und spaziert dann seelenruhig wieder raus?«

Kurz zuckte Jacobi mit den Schultern, nickte und sah, wie

es in Demandt arbeitete. Er schien sich die Situation vorzustellen, und langsam ballten sich seine Hände zu Fäusten. Dann jedoch schob sich ein Lächeln in sein Gesicht, das zu einem Grinsen wurde. »Das ist gut«, sagte er leise, »das ist richtig gut.«

»Fragt sich nur, wie wir ihn finden. Wo würdest du dich verstecken?«

Demandt überlegte. »Wenn er sich auf einem Klo verkriecht, im Keller oder im Treppenhaus, muss er immer damit rechnen, dass ihm jemand über den Weg läuft. Viel zu anstrengend.« Bruno schüttelte den Kopf, bevor er aufsah. »Ich würde mir ein Zimmer nehmen.«

»Wie bitte?«

»Überleg doch mal.«

»Aber dann erkennt ihn Wernecke an der Rezeption.«

Einen Moment dachte Bruno über den Einwand nach. »Nicht, wenn er nicht kommt.«

»Was?«

Bruno stand auf. »Seit wann steht fest, dass Forster hier seinen Vortrag halten wird?«

»Keine Ahnung. Vermutlich seit Wochen.«

»Also genug Zeit, sich umzusehen. Das macht unser Mann sicher sehr sorgfältig. Er sucht sich ein Zimmer aus, das ihm geeignet erscheint. Dann ruft er im Hotel an und reserviert genau diese Bude. Irgendwann heute kommt er her, holt sich aber nicht den Schlüssel, weil er nicht gesehen werden will. Stattdessen wartet er auf den richtigen Moment und knackt das Schloss. Das dürfte kein besonderes Problem für ihn sein. Dann muss er nichts weiter tun, als zu warten wie eine verdammte Spinne im Netz. So würde ich es machen.«

»Erstaunlich, wie viel kriminelle Energie in dir steckt. Das heißt, wir klären jetzt an der Rezeption, welche Zimmer für heute gebucht, aber nicht belegt sind, klopfen an die Tür und haben ihn?«

Sie sahen sich an, und Jacobi war sicher, dass Bruno dasselbe dachte. Diese Vorstellung war extrem verlockend, aber auch ziemlich unheimlich.

Die vermummten Gestalten des Spezialeinsatzkommandos bewegten sich durch die Eingeweide des Hotels wie eine ganze Horde gefräßiger Parasiten. Das schwache Licht ließ sie noch gewaltiger erscheinen, als sie mit Helm, gepanzerter Uniform und schwerer Bewaffnung sowieso schon wirkten. Alles auf ihrem Weg würden sie fressen und unverdaut wieder ausspucken.

Bruno hatte das SEK zum Hintereingang bestellt, ohne seine Leute zu informieren. Er wollte jeden Anflug von Unruhe vermeiden, um die Aktion nicht zu gefährden.

Von Wernecke hatten Bruno und Jacobi erfahren, dass die Gäste von vier reservierten Zimmern bisher nicht erschienen waren. Die 212 schied aus, weil sie nur wenige Meter neben dem Tatort lag. Seit zwei Stunden arbeiteten dort Brunos Leute, und alle Bewohner der Etage waren bereits befragt worden. Außerdem weigerten sich Demandt und Jacobi, anzunehmen, dass der Täter derart kaltblütig sein konnte. Genauso hatten sie nach kurzer Diskussion Zimmer 807 in der obersten Etage ausgeschlossen. Der Weg zum Tatort war weit, und auch sonst schien ihnen die Lage strategisch ungünstig. Blieben die 312 im dritten und 403 im vierten Obergeschoss.

Wie eine menschliche Kampfmaschine schob sich das SEK die Treppen hinauf. Niemand sagte ein Wort. Nur einzelne Teile der Ausrüstung schlugen bei jedem Schritt gegen die Schutzwesten und erzeugten ein gefräßiges Rauschen. Bruno und Jacobi bildeten die Nachhut und hatten Mühe zu folgen.

»Mit wem hast du vorhin geredet?«, fragte Jacobi flüsternd.

Bruno sah ihn fragend an.

»In der Halle, als ich die Pläne geholt habe. Die zwei Typen. Wer war das?«

Bruno zuckte mit den Schultern.

»Wer, Bruno? BKA?«

»Nicht jetzt.«

Abrupt stoppte das Kommando am Zugang zum dritten Obergeschoss. Einer der Polizisten öffnete ohne jedes Geräusch die Tür zum Flur und lugte vorsichtig hinein. Nach wenigen Sekunden signalisierte er mit Zeige- und Mittelfinger eine Zwei. Jacobi stand einige Stufen unter dem Rest der Truppe und überlegte, was das bedeuten konnte, als er die Stimmen hörte. Ein Mann und eine Frau, ohne Zweifel ein junges Pärchen. Ausgerechnet einen Platz neben dem Treppenhaus hatten sie sich für ihren Flirt ausgesucht. Eine unerträglich lange Weile tröpfelte ihr Kichern und Flüstern zu ihnen hinunter. Jacobi sah Brunos Gesicht und fürchtete, er würde die beiden erwürgen, als sich die Stimmen endlich entfernten und schließlich verstummten.

Der Mann an der Tür gab ein Zeichen, das Team strömte in den Flur und postierte sich zu beiden Seiten von Zimmer 312.

Vollkommene Stille.

Niemand schien zu atmen.

An die Wand gepresst, schob einer der Vermummten die Chipkarte in das Türschloss. Leises Klicken, die Tür wurde aufgestoßen und das Zimmer im selben Moment von wild brüllenden Männern geflutet. Türen schlugen, Stühle fielen. Auf dem Flur klang es, als würde der Raum in seine Einzelteile zerlegt. Erschrocken steckten Hotelgäste aus den umliegenden Zimmern den Kopf in den Gang. Bruno schwenkte seine Polizeimarke und gab ihnen zu verstehen, sich wieder zurückzuziehen.

Dann brach das Geschrei ab. Kopfschüttelnd kamen die SEK-Männer wieder heraus.

Bruno warf Jacobi einen kurzen Blick zu. Sicher war der Tumult über mehrere Stockwerke zu hören. Es musste also schnell gehen.

In dichter Reihe liefen sie zurück zum Treppenhaus. Kaum hatten sie die ersten Stufen hinter sich, blieb der Mann an der Spitze stehen und drehte sich zu den anderen um, den Zeigefinger auf den Mund gelegt. Da hörte Jacobi es auch: schnelle Schritte über ihnen.

Er haute ab!

Sofort setzte sich das Team wieder in Bewegung, ohne jede Formation. Sie wollten ihn kriegen und erledigen.

Ihn ausschalten.

Über ihnen knallte eine Stahltür. Die Männer beschleunigten noch einmal, schienen die Treppe hinaufgesaugt zu werden und warfen sich gegen die massive Tür.

Sie gab nicht nach.

Sie versuchten es noch einmal.

Nichts.

Der Kerl musste die Tür von außen verkeilt haben. Vielleicht hätte ein Rammbock geholfen, doch darauf hatte die Truppe verzichtet. Sie hatten ja die Chipkarten.

Ratlose Blicke.

»Wohin geht's da?«, schrie einer der Männer.

Schulterzucken.

»Das muss das Dach vom Erweiterungsbau sein«, rief Jacobi.

»Und jetzt?«

»Jetzt haut er ab.«

Wieder stemmten sie sich gegen die Tür, rissen und rüttelten an der Klinke. Einen kurzen Moment sah Jacobi zu, erschrocken über die Hilflosigkeit. Dann rannte er die Treppe hinunter. Er nahm drei Stufen auf einmal, sicher, sich den

Hals zu brechen, würde er sich einen einzigen Fehltritt erlauben. Erleichtert erreichte er den Gang im Erdgeschoss. Aber was würde er tun, sollte er dem Mörder über den Weg laufen? Würde er wirklich so wahnsinnig sein, sich auf ihn zu stürzen?

Am Hinterausgang unterhielten sich die beiden Polizisten noch immer. »Er haut ab! Er haut ab!«, schrie Jacobi und rannte an ihnen vorbei zur Straße, die in einem Bogen um das Hotel herumführte. Wie Schüsse peitschten seine Schritte über den Asphalt. Er spürte Schweiß im Rücken und an den Schenkeln. Noch immer wusste er nicht, was er tun sollte, als er die Männer des SEK auf dem Dach des Erweiterungsgebäudes sah, monströs, trotzdem schnell und geschmeidig. Dennoch hatte er das Gefühl, dass sie keine Hilfe sein würden.

An der Rückseite des Hotelkomplexes wurde Jacobi von einem zwei Meter hohen Maschendrahtzaun gestoppt. Dahinter wuchsen dichte Büsche. Jacobi überlegte nicht, nahm kurzen Anlauf, griff den oberen Rand des Zaunes und zog sich stöhnend hoch. Als er ein Bein auf die andere Seite warf, sah er die dunkle Gestalt in ungefähr dreißig Meter Entfernung auf dem Baugerüst, das auf dieser Seite errichtet worden war. Daran hangelte sich der Mörder herunter. Er schien nicht besonders groß oder kräftig, dafür schnell und geschickt. Er trug nur einen leichten Rucksack.

»Hey!«, schrie Jacobi und streckte im Reflex die Hand nach ihm aus. Dadurch verlor er das Gleichgewicht und stürzte in das Gebüsch. Äste rauschten durch sein Gesicht, und er schlug hart auf dem Boden auf. Er ignorierte den Schmerz in der Hüfte und kroch auf allen vieren aus dem Gestrüpp. Mittlerweile hatten die Männer des SEK den Rand des Daches erreicht und sahen sich suchend um.

Der Mörder war verschwunden.

KAPITEL 4

Graublau schimmerte das Wasser des Sees und schwappte träge ans Ufer. Vorsichtig streckte sie ihren nackten Fuß vor, bis die nächste kleine Welle ihre Zehen umspülte. Sofort zuckte sie zurück. Das Wasser war eiskalt.

Sie hob den Blick. Auf der kleinen Insel in der Mitte des Sees lief die Party. Am Strand erkannte sie ein großes Lagerfeuer und mehrere Sonnenschirme, zwischen denen eine Menge Leute ausgelassen herumtanzte. In Fetzen wehten Musik, Stimmen und Gekicher herüber. Dabei hatte sie den Eindruck, dass auch der Sand und die Bäume graublau schillerten. Nicht wie das Wasser, irgendwie anders.

Unbedingt wollte sie auf diese Insel und zog sich die Kleider vom Leib. Im selben Augenblick spürte sie kühlen Wind, der über Hände und Beine strich. Stieg sie so ins Wasser, würde sie sich den Tod holen. Außerdem wäre sie dann vollkommen nackt auf der Party. Das war unmöglich, völlig undenkbar. Hastig zog sie sich wieder an.

Was dann?

Ratlos sah sie sich um und fand kein Boot. Auch am Strand der Insel konnte sie keines entdecken. Aber irgendwie mussten die anderen doch hinübergekommen sein. Unruhig lief sie am Ufer auf und ab. Schließlich begann sie wieder, sich auszuziehen. Dabei schien ihr der Pullover unendlich dick und lang. Sie schaffte es nicht, ihn über den Kopf zu streifen. Wieder Gekicher, nun aber näher, lauter und derber als zuvor. Die anderen lachten sie aus. Heftig zog und zerrte sie an ihrem Pullover und bekam kaum noch Luft, als plötzlich ein schrilles Läuten ertönte. Es ist zu spät, sagte eine strenge Frauenstimme. Die Zeit ist um.

Hastig zog sie den Pullover wieder über ihren Körper und blickte sich um. Von einer Frau war nichts zu sehen. Auch die Party war vorüber, die Insel menschenleer.

Nur das Läuten blieb.

Katharina Beck schlug die Augen auf und spürte die Anstrengung in den Armen. Ihr Mund war trocken und rau. Immerhin wusste sie, wo sie war. Wieder läutete es. Mühsam setzte sie sich auf die Bettkante, ließ den Kopf hängen und fuhr sich mit den Händen durch die Haare. Sie hasste solche Träume.

Schwerfällig stand sie auf und tapste im Dunkeln aus dem Schlafzimmer über den Flur. Dabei stützte sie sich mehrmals an der Wand ab, bis sie ihr Gleichgewicht gefunden hatte. Als sie den Hörer der Gegensprechanlage abhob, ärgerte sie sich über die Nachbarn, die vermutlich wieder ihren Schlüssel vergessen hatten.

»Ja?«

»Katharina? Hier ist Norman. Norman Jacobi. Vielleicht erinnerst du dich.«

Sie taumelte zwei Schritte zurück.

Natürlich erinnerte sie sich. Die Eindrücke hatten sich eingebrannt: seine Statur, die Stimme, sein Blick, der Geruch und jede seiner Berührungen. Aber auch die Angst und der Horror, die auf ewig mit seinem Namen verbunden bleiben würden. Eine ganze Weile stand sie reglos in der Dunkelheit und hatte keine Ahnung, was sie tun sollte. Irgendwann wurde ihr bewusst, dass sie etwas sagen musste. »Was willst du?«

»Entschuldige, dass ich dich so überfalle, aber ich muss mit dir reden. Ich brauche deine Hilfe.«

Wieder zögerte sie. Schließlich drückte sie den Türöffner,

zog die Wohnungstür auf und horchte. Katharina zählte jeden seiner Schritte und wusste genau, wann er in der Biegung der Treppe erscheinen würde. Bei siebzehn fiel ihr ein, dass sie nur ein weites Hemd trug. Schlagartig fühlte sie sich nackt, doch es war zu spät.

Schließlich stand er vor ihr, groß, in dreckigem T-Shirt und schmutziger Hose. Lange sahen sie sich an. Sein Blick war ernst, aber irgendwo in seinem Gesicht glaubte sie ein feines Lächeln zu bemerken.

»Darf ich reinkommen?«

Sie trat einen Schritt zurück, gab ihm aber nicht die Hand, schob nur die Tür hinter ihm zu.

»Als wir uns das letzte Mal gesehen haben, hast du gesagt, du würdest dich melden«, erklärte sie. »Ich hätte nicht gedacht, dass du damit nach zwei Monaten meinst und mitten in der Nacht.« Kaum war es ausgesprochen, ärgerte sie sich über ihre Aggressivität. Auf keinen Fall wollte sie zickig sein. Besser Abstand halten und hören, was er zu sagen hatte.

»Ich weiß. Ich hätte anrufen sollen. Tut mir leid. Ich hatte furchtbar viel zu tun.«

Genau das hatte er auch zu seiner Tochter und deren Mutter gesagt, in Katharinas Gegenwart. Und vermutlich noch zu einigen anderen. Verdammt, Katja, hör auf damit, dachte sie, das macht es nur schlimmer. Schließlich rang sie sich ein Nicken ab. »Ich zieh mir nur was an.«

Im Schlafzimmer schlüpfte sie in eine Jogginghose und einen dünnen Pullover, obwohl es viel zu warm dafür war. Dann schloss sie die Augen und atmete tief durch. Erst jetzt spürte sie, dass sie zitterte. Er hatte sie überrumpelt. Wieder mal. Warum nur hatte sie ihm nichts entgegenzusetzen?

Jacobi stand im Wohnzimmer, den Rücken zur Tür. Einen Moment betrachtete sie ihn, das breite Kreuz, die Muskeln, die sich unter dem dreckigen T-Shirt abzeichneten. In den

Tagen und Wochen, nachdem er abgetaucht war, hatte sie sich oft vorgestellt, ihn so zu sehen. Hier, in ihrer Wohnung. Jetzt wusste sie nicht, wie sie damit umgehen sollte. »Setz dich. Willst du was trinken?«

Er fuhr herum und schüttelte den Kopf.

Katharina kroch auf das Sofa, zog ihre Beine dicht an den Körper und deutete auf sein T-Shirt. »Was ist passiert?«

»Nicht der Rede wert«, sagte er und grinste. »Du kennst mich. Ich war wieder ein bisschen voreilig und bin auf die Nase gefallen.«

Stimmte das? Kannte sie ihn?

Eine Weile schwiegen sie sich an. Erwartungsvoll sah er auf sie hinab, während sie überlegte, was sie sagen sollte. Dann fiel ihr ein, dass er etwas von ihr wollte. Sie hob den Blick.

Jacobi nickte, zog sein Handy aus der Hosentasche und suchte etwas. »Das hier habe ich heute Abend entdeckt. Vermutlich ist es Griechisch, und ich dachte, du als Historikerin könntest es vielleicht übersetzen.«

»Deshalb kommst du her?«

»Würdest du es dir anschauen? Bitte. Es ist wichtig.«

Katharina sah ihn an. Gerne hätte sie ihn gefragt, ob er wirklich kein Gespür dafür besaß, wie unverschämt er sie behandelte. Aber sie brachte es nicht fertig.

Langsam schob Jacobi das Handy über den Couchtisch. »Bitte.«

Zögernd zog sie das Telefon ein wenig näher. Das Foto zeigte tatsächlich griechische Buchstaben. Allerdings brauchte sie einen Moment, um die Staubschicht auf ihrer Erinnerung ein wenig aufzuwirbeln. Buchstabe für Buchstabe fügte sie aneinander. »Menschen«, sagte sie leise. »Glücklich. Gutes. Sie hören, sie hören Gutes.« Je länger sie das Foto betrachtete, umso mehr hatte sie das Gefühl, vor einem Schleier zu stehen, hinter dem sie Schemen erahnen konnte. »Ich glaub, ich kenne das. Warte. Die Menschen sind glücklich … nein … Glücklich sind die Menschen, wenn sie hören, was gut für sie ist. Ja, genau.« Sie sah auf.

»Kannst du irgendwas damit anfangen?«

»Ein ziemlich bekanntes Zitat. Platon oder Sokrates. Ich weiß nicht mehr, in welchem Zusammenhang. Aber das lässt sich rauskriegen. Und das ist heute passiert?« Sie schob das Handy zurück über den Tisch.

Jacobi sah auf seine Schuhe und schien nach den richtigen Worten zu suchen. Unwillkürlich richtete sich Katharina etwas auf.

»Was du da siehst, ist keine rote Farbe«, erklärte er behutsam. »Es ist Blut.«

»Oh.«

»Willst du wissen, wessen Blut?«

»Ich weiß nicht.«

»Du kennst Roland Forster? Ich meine, du weißt, wer das ist?«

Katharina zuckte mit den Schultern und nickte.

»Er ist tot. Ermordet. Heute Abend. Im Forum-Hotel. Und dort haben wir –«

Abwehrend hob sie die Hand. Er musste nicht weitersprechen. Alles war sofort da: die Scheune, in der sie sich gefühlt hatte wie in der Hölle, das grauenhafte Video, die entsetzlich zugerichtete Rebecca. In diesem Moment schrumpften die Wochen, in denen sie mühsam versucht hatte, wieder Boden unter den Füßen zu spüren, zusammen auf die Größe eines Nichts. »Du willst, dass ich wieder einen verrückten Mörder für dich schnappe? Ist es das? Bist du deshalb hier?«

Er schüttelte den Kopf. »Nein. Nein. Ich habe nur gehofft, du könntest mir erklären, was die Zeichen bedeuten. Das ist alles. Ehrlich.«

»Als du mich das letzte Mal darum gebeten hast, wäre ich

beinahe verbrannt worden. Entschuldige. Ich bin … ich bin nur überrascht. Und setz dich endlich. Bitte.«

Er nahm ihr gegenüber Platz, stützte die Ellenbogen auf die Knie, faltete die Hände vor dem Mund und sah sie auffordernd an. In seinen Augen erkannte sie wieder diesen jugendlichen Eifer und fragte sich nicht zum ersten Mal, ob sie ihn dafür bewunderte oder für furchtbar naiv hielt. Sie atmete aus. »Okay«, sagte sie, »du glaubst, es geht weiter. Du willst sie kriegen, und ich soll dir dabei helfen.«

»Und wenn es so wäre?«

»Wolff ist tot, Norman! Und dann kommt irgendjemand und schmiert ein Zitat an die Wand, das er vermutlich aus dem Internet hat. Und du springst sofort darauf an, ohne einen Gedanken daran zu verschwenden, ob das überhaupt Sinn macht.«

Er beugte sich vor und legte die Hände auf den Tisch. »Vielleicht hast du recht. Aber fällt dir was auf? Vor ein paar Monaten ging es um die Katharer, eine streng religiöse christliche Sekte, und die Zeichen waren auf Aramäisch, die Sprache der frühen Christen. Jetzt erwischt es einen Politiker, und die Zeichen sind in Griechisch, was so was ist wie die Sprache der ersten Politiker. Und warum ausgerechnet Forster? Vor zwei Monaten habe ich ihn in der Talkshow getroffen. Du erinnerst dich? Er war also dabei, in gewisser Weise. Nur Zufall? Wolff wollte sich rächen für das, was ihm angetan wurde. Was, wenn Forster eine Leiche im Keller hat und jetzt dafür bezahlt? Ich finde, das sind ein bisschen viele Zufälle.«

Katharina verschränkte die Arme. »Möglich. Aber genau das kann sich auch der Täter gedacht haben. Vielleicht hat er sich das alles aus der Zeitung zusammengebastelt. Immerhin hast du ziemlich ausführlich darüber berichtet.«

»Stimmt. Aber warum sollte er das tun? Angenommen, er ist tatsächlich ein Nachahmer, und es gibt keinerlei Verbindung zu damals, zu Wolff. Warum dann so auffällig? Wenn er den Fall verfolgt hat, dann muss ihm doch klar sein, dass die Polizei alles auffahren wird, damit es nicht wieder so läuft wie beim letzten Mal. Wenn er Forster nur erledigen will, weil er ihn nicht ausstehen kann, dann jagt er ihm vielleicht eine Kugel in den Kopf. Aber er schmiert keine Zeichen an die Wand. Das tut er nur, wenn die Tat an sich eine Bedeutung hat.«

Während seines kurzen Vortrags hatte Katharina ihn beobachtet. Er war noch ein Stück weiter vorgerutscht und hatte die Hände auf den Tisch gepresst. Mit jedem Satz war seine Stimme fester geworden, entschlossener.

Nun beugte auch sie sich vor und bemühte sich, nicht vorwurfsvoll zu klingen. »Norman, meinst du nicht, das sollten wir der Polizei überlassen?«

Jacobi grinste und schüttelte den Kopf. »Bruno hat mich angerufen, nicht umgekehrt. Er würde es nie zugeben, aber er hat Schiss. Er braucht uns.«

»Du glaubst immer noch, dass es ein Spiel ist, ein großes Rätsel, oder?«, fragte sie leise. »Und am Ende wirst du es lösen und gewinnen. Du glaubst, dann hast du alle Fragen beantwortet und alle Schurken erledigt. Aber wenn es tatsächlich weitergeht, dann ist es kein Spiel. Glaub mir, ich weiß, wovon ich rede.«

Er legte seine Hände auf ihre. Sein Griff war fest, ohne hart zu sein. Er hatte sie in der Hand. »Katharina, so viele Fragen sind nach wie vor ungeklärt. Es gibt so vieles, das wir noch nicht verstehen. Sieh mir in die Augen und sag mir, dass du nicht wissen willst, wie das alles zusammenhängt und wer wirklich dahintersteckt.«

Sie wich seinem Blick aus.

»Schau mich an«, sagte er. »Dieses Mal lasse ich dich nicht allein. Versprochen. Wir arbeiten zusammen. Und keine Idee, keine Theorie ist zu abwegig. Das habe ich begriffen.«

Katharina bemerkte Wärme, Hitze, die sich von seinen Händen über ihre Arme im ganzen Körper ausbreitete. Sie hatte das Gefühl, keine Luft mehr zu bekommen, befreite sich aus seinem Griff und machte einige Schritte Richtung Tür. Mit ein bisschen Abstand fühlte sie sich wohler. Sie sah auf ihre Füße, bis sie wieder den Boden spürte. »Angenommen, ich würde dir helfen.«

Jacobi grinste.

»Ich sagte, angenommen. Was sollte ich dann tun?«

»Die Frage ist: Warum Forster? Wer war er? Was hat er gewollt, getan? Und wem könnte das nicht gepasst haben?«

»Das weiß doch jeder.«

»Wir brauchen genauere Informationen. Wie wollte er seine Pläne umsetzen? Wer sollte daran beteiligt sein? Und wer nicht?«

Bedächtig nickte Katharina. »Wirst du wieder darüber schreiben?«

Er zuckte mit den Schultern. »Das ist mein Job.«

»Du weißt, dass es genau das war, was Wolff gewollt hat. Und dass es alles nur noch schlimmer gemacht hat.«

»Und du weißt, dass er nicht aufgehört hätte, wenn wir nichts unternommen hätten. Dann würde er vermutlich immer noch Frauen entführen und töten.«

»Du willst also, dass wir weitermachen, obwohl vielleicht genau das unser größter Fehler ist?«

»Wir haben keine Wahl.«

»Wolff hat uns bei jedem Schritt beobachtet, Norman. Er hat uns manipuliert. Er war hier, in meiner Wohnung!« Katharina spürte, dass ihre Augen feucht wurden. Sie wollte nicht, dass er es sah, und wandte sich ab.

Nach einer Weile spürte sie seine Hände auf ihren Armen, dieses Mal sehr sanft. »Ich weiß«, sagte er leise. »Und deshalb werde ich vorsichtig sein. Die Zeichen werde ich nicht erwähnen. Niemals. Und ich weiß, was du hinter dir hast. Ich weiß aber auch, was du geschafft hast. Wozu du fähig bist. Und was ich dir zu verdanken habe.« Er streichelte ihren Arm.

Sie rang sich ein Lächeln ab, erleichtert, die Tränen im Griff zu haben. »Das machst du gut.«

Er drehte sie zu sich herum und sah ihr in die Augen. »Das meine ich ernst.«

Sie nickte. »Darf ich dich was fragen?«

»Alles.«

»Es ist sicher nicht leicht, an einen Politiker heranzukommen. Da sind bestimmt jede Menge Sicherheitsleute.«

Er nickte.

»Und trotzdem wird Forster mitten in einem Hotel getötet. Macht dir das keine Angst? Denkst du nicht, dass wir es wieder mit einem völlig abgebrühten Mörder zu tun haben? Dass es sogar noch schlimmer werden könnte?«

Sie sah, dass er daran noch nicht gedacht hatte. »Vielleicht«, sagte er gedehnt. »Aber er macht Fehler. Fast hätte ich ihn schon geschnappt, nur deshalb sehe ich so aus. Er war noch im Hotel und ist mir knapp entwischt. Zwar konnte ich sein Gesicht nicht erkennen, aber Bruno sagt, dass seine Leute genug Spuren für einen DNA-Abdruck gefunden haben.«

Katharina kniff die Augen zusammen.

»Was?«, fragte Jacobi.

»Wolff hat keine Fehler gemacht. Alle Spuren haben wir nur entdeckt, weil er es so wollte.«

»Du meinst ...?«

»Alles ist denkbar und keine Theorie zu absurd. Deine Worte.«

Nachdenklich ließ er sie los. »Trotzdem. Wir können nicht einfach zusehen. Und deshalb werde ich jetzt gehen. Entschuldige, dass ich dich so überfallen habe.« Er ging zur Wohnungstür. »Vielleicht hast du recht, und es wird noch schlimmer. Vielleicht schlimmer, als wir uns vorstellen können. Aber ich werde in jedem Fall etwas unternehmen. Und dabei hätte ich niemanden lieber an meiner Seite als dich. Überleg's dir wenigstens.«

Jacobi umarmte sie, nahm sie in die Zange. Ihr ganzer Körper war von ihm umgeben. Ihr Kopf lag an seiner Brust, sie roch seinen Schweiß, aber auch den warmen, weichen Duft seiner Haut. Und ein wenig hatte sie den Eindruck, dass er sich auch an ihr festhielt. War das ein gutes Zeichen oder eher bedenklich? Sie beschloss, es als Beweis seines Vertrauens zu werten. Vielleicht kam sie ihm, diesem seltsamen, eigensinnigen Kerl, der in einer symbiotischen Beziehung mit einem altersschwachen Hund lebte, ja irgendwann tatsächlich ein Stück näher.

Gerade hatte sie an diesem Gedanken Gefallen gefunden, als er sie losließ und die Wohnungstür öffnete. Feuchtwarme Nachtluft zog das Treppenhaus hinauf. Noch einmal drehte er sich um und grinste. »Vielleicht überzeugt dich ja etwas anderes: Wenn du mitmachst, spendiere ich dir am Ende ein Eis. Nicht irgendeines, sondern das größte, das gigantischste Eis, das du dir vorstellen kannst. Mit allen Sorten, die du haben willst, mit Früchten, Sahne, Schokoperlen und« – er hob den Zeigefinger – »mit Schirmchen. Es wird so gewaltig sein, dass dir danach mindestens zwei Tage übel ist. Also, was sagst du?«

»Wow.«

»Ich hab's gewusst. Dann geh jetzt wieder schlafen. Wir werden unsere Kraft brauchen.«

Ein letztes Mal strich er mit der Hand über ihren Arm, bevor er die Treppe hinunterging. Während sie ihm nachsah, fragte sich Katharina, ob sie gerade alles richtig machte oder entsetzlich falsch.

KAPITEL 5

Sie begriff, wie wichtig die Ärmel seines Hemdes waren.

Auf den meisten Bildern trug er sie aufgekrempelt bis über die Ellenbogen. Nicht wegen der Temperatur. Es war eine Metapher, die besagte, dass Roland Forster nicht eher aufhören würde, bis er die ganze Stadt umgekrempelt hatte. Manche mochte das abschrecken, Katharina aber spürte, wie mitreißend es sein konnte.

Seit zwanzig Minuten saß sie im Wohnzimmer auf dem Fußboden, den Rücken an ihren Ohrensessel gelehnt. Sie trug noch ihr weites Hemd, das sie im Sommer zum Schlafen nutzte, trank einen Becher Tee und folgte der Berichterstattung im Frühstücksfernsehen. Vom Balkon wehten frische Morgenluft und die Geräusche der erwachenden Stadt herein.

Die Fernsehbilder zeigten in schneller Folge, wie Forster Karriere gemacht hatte. Sie begannen mit dem jungen, bissigen Anwalt, der Bürger im Kampf gegen Konzerne und die übermächtige Bürokratie vertreten und sich so bald einen Namen gemacht hatte. Der nach wenigen Jahren Partner einer renommierten Kanzlei geworden war und dessen Weg in die Politik vorgezeichnet schien. Dann der private Forster, der auf seine Gesundheit achtete und joggen ging. Der in seiner knappen Freizeit mit seinem kleinen Sohn Ball spielte, in einem gepflegten Garten, mit einer gepflegten Frau. Schließlich die ersten Auftritte als Politiker, an seiner Seite immer ein gewisser Vahlen, eine Art väterlicher Mentor und offenbar das programmatische Epizentrum der Partei. Und schon damals aufgekrempelte Hemdsärmel. Das alles wirkte so glatt, dass sich Katharina fragte, ob ihr ein reales Bild geboten wurde oder nur eine Fiktion.

Trotzdem waren vor der Bürgermeisterwahl die Infostände der Freien Bürger lange kaum wahrgenommen worden. Zu fest saß der Amtsinhaber im Sattel, zu selbstverständlich schien seine Wiederwahl. Das hatte sich erst vor wenigen Wochen geändert, als Forster mit einer Idee an die Öffentlichkeit getreten war, die den gesamten Wahlkampf wie ein Beben erschüttert hatte: regenerative Energie für alle, die Komplettversorgung der ganzen Stadt aus nachhaltigen Quellen. Aber der eigentliche Clou daran war, dass sein Projekt »Mit Energie für Frankfurt« getragen werden sollte von einer Gesellschaft, an der sich neben der Stadt jeder einzelne Bürger beteiligen konnte. An den Kosten, aber auch an den Gewinnen. So sollten Konzerne und Spekulanten verdrängt werden. Er wolle nicht weniger, hatte Forster immer wieder betont, als den Bürgern ihre Stadt zurückzugeben. Katharina musste zugeben, dass diese Vorstellung auch für sie verlockend klang.

Während Aufnahmen von Windkraftanlagen über den Bildschirm flimmerten, erklärte der Kommentator, dass die Idee aber nicht nur Zustimmung hervorgerufen habe. Politische Konkurrenz und Industrie hätten Forster heftig angegriffen, und selbst Umweltverbände hätten sich kritisch geäußert. Fragen zu Kosten und zur konkreten Umsetzung habe Forster einfach weggefegt, anstatt sie zu beantworten. Aber bei vielen Bürgern habe der Plan für Begeisterung gesorgt. Die Umfragewerte seien kräftig gestiegen, und plötzlich sei Forster ein ernsthafter Kandidat für das Bürgermeisteramt gewesen.

Doch nun war er tot. Die Partei stand unter Schock, und

es war völlig unklar, wer ihm nachfolgen sollte. Es gab niemanden von seinem Format.

Jetzt zeigten die Bilder die vielen Journalisten vor der Parteizentrale in der Ringstraße. Von den Politikern ließ sich niemand blicken. Deshalb stürzte sich die Meute auf ein einzelnes Auto, einen kleinen Japaner, der einige Meter entfernt am Straßenrand einparkte. Eine gut gekleidete Frau um die fünfzig stieg aus. Katharina erfuhr, dass es Regine Albrecht war, Forsters Sekretärin. Sie versuchte, Haltung zu bewahren. Trotzdem spürte Katharina, wie sehr sie mit der Situation überfordert war. Wie ein Reh, das in die Scheinwerfer eines heranrasenden Autos starrte. Sie wiederholte immer wieder, wie entsetzlich alles sei und dass sie nicht mehr sagen könne. Schließlich hatte sie das rettende Gebäude erreicht und verschwand durch die Tür.

Der Bericht schloss mit dem Hinweis, dass sich auch die Polizei mit Äußerungen zu Tathergang und Motiv zurückhalte. Ganz Frankfurt stehe unter Schock.

Katharina schaltete den Fernseher aus und wartete, bis sich das Flimmern auch auf ihrer Netzhaut aufgelöst hatte. Behutsam ließ sie ihren Blick über die Möbel gleiten und über die Fotos an den Wänden. Diese Wohnung war ihr Schlupfloch, und sie versuchte sich zu vergewissern, dass das immer noch stimmte. In der Nacht war Jacobi hier hindurchgerauscht wie ein Tornado. Ihr mühsam austariertes Gleichgewicht hatte er aus den Angeln gehoben und nichts zurückgelassen als furchtbare Erinnerungen. Um sich wieder zu sammeln, war Katharina in der Dunkelheit auf den Balkon getreten, doch statt Erleichterung hatte sie Wellen von Angst gespürt.

Katharina war eine der wenigen, die Wolff je zu Gesicht bekommen hatten. Noch immer sah sie sein Bild vor Augen, und noch immer erinnerte sie sich an jedes einzelne Wort ihres kurzen Gesprächs. An seine ruhige Stimme ohne eine

Spur von Aggressivität. Er war gebildet gewesen, Wissenschaftler wie sie selbst. Das machte seine grausamen Taten nur noch schwerer zu verstehen. Am schlimmsten aber war die Erkenntnis, dass er sie jederzeit im Griff gehabt hatte, schon lange bevor sie etwas von seiner Existenz geahnt hatte. Jeden ihrer Schritte hatte er vorhergesehen und sie vollkommen beherrscht. Und sie hatte sich benommen wie ferngesteuert. Selbst als klar war, dass er nichts anderes plante, als sie zu töten, war sie nicht abgehauen. Sie war ihm gefolgt. Wie ein Schaf zur Schlachtbank.

Und jetzt? Standen die Zeichen wieder auf Start?

Sicher, Wolff war tot, daran bestand nicht der geringste Zweifel. Aber genauso sicher war er nicht der einzige Verrückte.

Und Katharina? War sie wahnsinnig genug, sich wieder darauf einzulassen? Oder hatte sie doch etwas gelernt?

Sie stand auf, presste ihre nackten Füße auf den Laminatboden und hoffte, dass die Kühle bis unter ihre Schädeldecke ausstrahlen würde.

Sie sah auf die Uhr. Zwanzig vor acht. Eigentlich sollte sie ins Büro fahren. Dort wartete genug Arbeit. Nach den Ereignissen im Mai hatte sie eine Weile gebraucht, bis sie sich wieder voll auf ihren Job an der Universität und ihre Habilitation konzentrieren konnte. Jetzt fehlten ihr noch ein, vielleicht zwei Monate bis zur Abgabe, und sie wäre am Ziel. Sie wäre frei und könnte endlich ein neues Leben beginnen.

Katharina schloss die Augen.

Blieb ihnen tatsächlich gar keine andere Wahl, wie Jacobi behauptete? Weil sie wussten oder zumindest ahnten, dass es wieder um mehr ging als um ein Mordopfer. Trug Katharina dadurch Verantwortung?

Auf dem Couchtisch lag ihr Tablet-PC, auf dem Jacobi das Bild mit den Zeichen hinterlassen hatte. Als sie sich in Gedanken daran herantastete, bemerkte Katharina aus den

Augenwinkeln eine flüchtige Bewegung. Sie fuhr herum und brauchte einen Moment, bis sie erkannte, dass nur einige Blüten im Blumenkasten auf und ab schwangen. Trotzdem schloss sie die Balkontür. Wenn sie sich tatsächlich wieder dem Fall näherte, wollte sie den ersten Schritt an einem Ort machen, der ihr Sicherheit bot.

Oder zumindest eine Illusion davon.

Sie trat an den Couchtisch und bemerkte, dass ihre Hand zitterte, als sie sich zögernd dem Bildschirm näherte. Schließlich gab sie sich einen Ruck und berührte das Display. Sofort öffnete sich das Bild, auf dem die blutigen Zeichen über die Wand zu fließen schienen.

Glücklich sind die Menschen, wenn sie hören, was gut für sie ist.

Kaum hatte sie die Worte in Gedanken ausgesprochen, sah sie im Geiste einen Mann, der mit bluttriefenden Armen in großer Geste griechische Buchstaben an eine Wand schmierte. Wie ein Dirigent vor einem imaginären Orchester. Katharina konnte sein Gesicht nicht erkennen, aber sie war sicher, dass er grinste. Sie schüttelte die Vorstellung ab und zwang sich, nur auf das zu achten, was sie tatsächlich vor sich sah.

Was hatten die Zeichen zu bedeuten? Forster hatte den Leuten versprochen, dass sie durch sein Projekt etwas für die Umwelt tun und unabhängiger leben konnten. Außerdem sollten sie zumindest langfristig auch noch Geld sparen. Die Energie, die sie dann verbrauchten, gehörte ja gewissermaßen ihnen selbst. Diese Aussicht hatte eine Menge Menschen vielleicht nicht glücklich, aber immerhin neugierig gemacht.

Grund genug, Forster zu töten?

Vielleicht für die politische Konkurrenz und für Unternehmen, die mit Energie viel Geld verdienten. Sie konnten sich bedroht fühlen, ausgebootet. Aber Katharina fiel es schwer, sich vorzustellen, dass ein Partei- oder Konzernchef einen Killer beauftragte, um einen Konkurrenten aus dem Weg zu räumen. Dieses Motiv war so naheliegend, dass es die Polizei sofort überprüfen würde. Und war der Verdacht einmal ausgesprochen, ließ er sich vielleicht nie wieder aus der Welt schaffen. Das konnte dem Geschäft nur schaden.

Vor allem aber passte es überhaupt nicht zu den Erfahrungen, die sie beim letzten Mal mit den Zeichen gemacht hatte.

Noch einmal sah sie sich das Zitat auf ihrem Bildschirm an. War es ein Hinweis oder doch wieder ein Ablenkungsmanöver? Kam es auf jedes einzelne Wort, jeden Buchstaben an, oder sollte sie sich nur in Details verbeißen, damit sie das große Ganze übersah?

Erst jetzt hatte sie den Eindruck, dass mit dem Zitat etwas nicht stimmte. Ein wenig schwenkte Katharina das dünne Tablet hin und her, als fügte sich Forsters Blut an der Wand so zu anderen Buchstaben oder Zeichen zusammen. Aber es blieb dabei. Um sicherzugehen, dass sie ihren dürren Griechischkenntnissen trauen konnte, tippte sie jeden einzelnen Buchstaben in das Übersetzungsprogramm der Suchmaschine.

Glücklich sind die Menschen, wenn sie hören, was gut für sie ist.

So stand es an der Wand, so hatte sie es gelesen. Dann rief sie im Internet eine Liste mit Zitaten auf, die Platon zugeschrieben wurden. Dort lautete der Spruch ganz ähnlich, aber doch anders. *Glücklich sind die Menschen, wenn sie haben, was gut für sie ist.* Haben, nicht hören. Auch diese Wörter ließ sie sich übersetzen, und es blieb dabei: Die Unterschiede waren winzig, aber sie waren da.

Katharina kniete sich auf ihr Sofa und legte den Rechner auf ihre Oberschenkel. Er macht keine Fehler, dachte sie.

Alle Spuren, die sie im Zusammenhang mit den Frauenmorden gefunden hatten, hatte Wolff selbst gelegt. Und jetzt schon zwei Ungereimtheiten in nicht einmal zwölf Stunden. Zuerst das DNA-Material, das der Mörder im Hotel hinterlassen hatte. Und nun das. Zwei mögliche Erklärungen kamen Katharina in den Sinn, und keine gefiel ihr. Entweder war der Täter tatsächlich nachlässig. Das konnte es für Jacobi und Katharina leichter machen. Es konnte aber auch bedeuten, dass er spontan handelte. Willkürlich. Dass es keinen Plan gab, nach dem er vorging. Und wenn es den nicht gab, wie sollten sie ihn dann finden?

Oder der Leichtsinn am Tatort war wie der Fehler im Zitat Teil seines Plans. Weil er sich so sicher fühlte. Das Schlimmste aber wäre eine Kombination aus beidem: ein rücksichtsloser Mörder, der ohne System zuschlug.

Lass es, sagte eine deutliche Stimme zu Katharina, tu es nicht. Es ist nicht deine Aufgabe. Du bist nicht verantwortlich. Was du getan hast, reicht für ein Leben.

Trotzdem rief sie Forsters Sekretärin an. Die Stimme der Frau klang genauso gehetzt, wie sie im Fernsehen gewirkt hatte. Sie hielt Katharina nur für eine weitere Journalistin, verwies auf die Pressestelle der Partei und legte auf.

Lass es.

Dreißig Minuten später saß Katharina im Auto auf dem Weg zur Parteizentrale der Freien Bürger. Die Luft wurde bereits stickig, und Katharina war froh, sich gegen ihren dunklen Blazer entschieden zu haben.

Während der ersten Wochen nach den Ereignissen im Mai hatte sie noch gehofft, Jacobi würde sich wie versprochen melden. In zarten Farbtönen hatte sie sich ausgemalt, wie sie sich wirklich kennenlernten und langsam näherkamen. Bis sie aufgewacht war und begriffen hatte, dass es nicht passieren würde. Sie hatte sich über sich selbst geärgert und gefragt, ob sie jemals aufhören würde, so naiv zu sein.

Dann war die Panik gekommen.

Mitten in einer Vorlesung hatte sie heftiges Zittern überfallen und das Gefühl, der Boden würde sich öffnen und sie in endlose Tiefe stürzen. Mit letzter Kraft hatte sie sich in ihr Büro geschleppt. Dort hatte sie zwei Stunden in der Ecke auf dem Fußboden gehockt, schweißgebadet, unfähig, sich zu bewegen oder einen Gedanken zu fassen.

Sie hatte erwartet, dass so etwas passierte, aber die Heftigkeit erschreckte sie. Ihrer Ärztin machte sie klar, dass sie nicht über die Ursachen reden würde, sondern nur ein Medikament erwartete. Weitere, kleinere Attacken folgten, bevor sie sich stabilisierte. Katharina begann wieder mit dem Selbstverteidigungstraining und dem Jogging, zuerst fünf Kilometer, dann zehn. Unterwegs im Wald schlug sie mit Ästen auf Bäume ein und schrie dabei, bis sie heiser war. Am Anfang brach sie danach regelmäßig in Tränen aus, doch auch das ließ irgendwann nach.

Für den nächsten Schritt auf ihrem Weg, die Kontrolle über ihr Leben zurückzugewinnen, wählte sie einen jungen, etwas schüchternen Mitarbeiter des Instituts für Klassische Philologie aus. Sie kannte ihn von einigen Veranstaltungen und traf ihn gelegentlich im Flur. Nun achtete sie darauf, ihm häufiger zu begegnen, bemühte sich um Smalltalk und verabredete sich schließlich auf ein Glas Wein. Am Anfang war sie furchtbar angespannt. Doch als sie erkannte, dass er mindestens genauso nervös war, beruhigte sie sich. Je länger sie ihn beobachtete, umso sicherer war sie, dass er ihr nicht wehtun würde. Dass sie stärker war als er. Schließlich gingen sie zu ihm. Es war nicht sonderlich schön, aber ungefährlich, ungefähr so, wie sie erwartet hatte. Noch vor dem Frühstück verabschiedete sie sich und ging ihm einige Tage aus dem Weg. Bei ihrer nächsten Begegnung im Treppenhaus bedankte sie sich und erklärte, dass sie ihn nicht wiedersehen würde. Danach fühlte sie sich so leicht und frei wie seit zwanzig Jahren nicht mehr.

Zumindest für einen kurzen Moment.

Denn es bedeutete auch, dass sie dieses Gefühl nur erleben konnte, wenn sie aktiv wurde. Wenn sie kämpfte, die Situation kontrollierte, jederzeit bereit, sich zu wehren. Bei Ralf, ihrem ersten Freund, hatte sie sich nicht gewehrt, und dafür zahlte sie noch heute. Auch deshalb saß sie jetzt in ihrem Wagen.

Langsam fuhr Katharina an der Parteizentrale vorbei. Die fünfstöckige, schick polierte Sandsteinfassade wirkte ein wenig gedrängt zwischen weiteren Altbauten. Über dem Eingang prangte der Namenszug »Freie Bürger« in Rot und Blau, den Farben der Partei. Davor warteten noch immer Zeitungsleute und Kamerateams, dass sich irgendwer von Bedeutung blicken ließ. Jacobi konnte Katharina nicht entdecken. So, wie sie ihn kannte, war er auch nicht der Typ, der auf andere wartete.

Nicht weit vom Auto der Sekretärin parkte sie mit den Journalisten im Rückspiegel. Sie alle wussten nichts von den Zeichen am Tatort, und Katharina bezweifelte, dass sie sich sonderlich dafür interessierten. Weil sie die Bedeutung nicht verstanden und die möglichen Zusammenhänge nicht erkannten. Katharina bemerkte eine Spur von Genugtuung.

Ruckartig richtete sie sich auf und strich mit den Händen über ihre Schenkel. Hatte sie noch immer nicht genug davon, verfolgt und beinahe getötet zu werden? Möglicherweise beobachtete der Täter die Szene und amüsierte sich über die Hilflosigkeit von Polizei und Öffentlichkeit. Und über Katharinas naive Idee, es mit ihm aufnehmen zu können.

Aufmerksam sah sie sich um, entdeckte aber nichts Auffälliges. Sie holte tief Luft und wählte die Nummer.

Die Sekretärin meldete sich mit derselben erschöpften Stimme. »Büro Dr. Forster, Albrecht.«

Katharina hoffte, dass sie sich nicht erinnern würde. »Guten Tag … ähm, guten Morgen. Mein Name ist Beck und, ähm, es tut mir furchtbar leid, aber beim Einparken habe ich ein Auto angefahren, und die Leute hier auf der Straße sagen, es sei vielleicht Ihres.«

Ein tiefer Seufzer am anderen Ende der Leitung. Katharina konnte das massive Gewicht spüren, das sie Frau Albrecht zusätzlich auflud. »Es tut mir wirklich leid.«

Noch ein Seufzer. »Sind Sie noch am Wagen?«

»Natürlich.«

»Ich komme runter.«

»Ähm, also, vor der Tür ist ziemlich viel los. Vielleicht nehmen Sie den Hinterausgang.«

»Sicher.«

Während sie auf ihr Handy sah, wurde Katharina bewusst, dass auch sie begonnen hatte, Tricks zu nutzen. Sie betrachtete sich im Rückspiegel und fragte sich, ob das akzeptabel war. Vielleicht sogar notwendig. Sie erinnerte sich an das blöde Sprichwort, dass in der Liebe und im Krieg alle Mittel erlaubt seien.

Befand sie sich im Krieg?

Während sie noch darüber nachdachte, erschien Frau Albrecht in einer Hofeinfahrt zwei Häuser weiter und lugte um die Ecke. Als sie sicher war, dass die Journalisten sie nicht bemerkten, huschte sie über die Straße zu ihrem Auto. Sie schlich um den Wagen und beugte sich immer wieder hinunter auf der Suche nach einem Kratzer. Nach einer Weile blickte sie sich ratlos um nach der Frau, die sie angerufen hatte. Dann machte sie eine weitere Runde um das Auto.

Katharina stieg aus, und Frau Albrecht fuhr erschrocken herum, als sie die Schritte hörte. Die Erschöpfung war ihr anzusehen. Lange würde das Reh den Jägern nicht mehr davonlaufen können.

»Mit dem Wagen ist alles in Ordnung«, sagte Katharina ruhig. »Entschuldigen Sie.«

Instinktiv wich die Sekretärin einige Schritte zurück und brachte so das Auto zwischen sich und Katharina. »Wer sind Sie? Was wollen Sie?«

»Mein Name ist Beck. Hier ist meine Karte.« Langsam schob sie das Papier über das Wagendach. »Sie können dort anrufen.«

Ohne Katharina aus den Augen zu lassen, warf Frau Albrecht einen schnellen Blick darauf. »Was wollen Sie von mir?«

»Ich muss mit Ihnen sprechen.«

»Warum?«

»Der Mord an Dr. Forster.«

»Sie wissen etwas darüber? Woher?«

»Sie erinnern sich an die Frauenmorde vor zwei Monaten?«

»Was hat das mit Dr. Forster zu tun?«

»Vielleicht sehr viel. Deshalb muss ich mit Ihnen reden.«

Langsam schien die Furcht aus Frau Albrechts Blick zu verschwinden. Die Skepsis blieb. »Sie sind von der Uni. Wieso wissen Sie etwas darüber?«

Katharina schloss die Augen. Lange hatte sie sich davor gefürchtet, es auszusprechen. Nun konnte sie nicht mehr zurück. »Haben Sie damals gelesen, dass der Täter von einer unbekannten Frau überwältigt wurde?«

Nicken. »Und?«

»Das war ich«, sagte Katharina und blickte Frau Albrecht so aufrecht in die Augen, wie sie es in diesem Moment vermochte.

»Sie haben ihn getötet?«, sagte Frau Albrecht, und Katharina war nicht sicher, ob Schrecken oder Bewunderung in ihrer Stimme lag.

»Ja.«

»Sie wären beinahe selbst gestorben.«

Katharina nickte.

»Damit Sie die Frau retten.«

»Ja.«

Das kleine Café lag zwei Straßen weiter. Von ihrem Platz blickte Katharina auf das Schaufenster eines Blumenladens mit exotischen Grünpflanzen. Kunden konnte sie nicht erkennen. Auf sie machte das Geschäft einen traurigen, verlassenen Eindruck, bis sie sich erinnerte, wie früh am Morgen es noch war.

Frau Albrecht rührte matt in ihrem Teeglas und beobachtete das kreiselnde Wasser. Katharina zweifelte bereits, ob es richtig gewesen war, sie anzusprechen, als sie unvermittelt aufsah. »Was haben die Morde miteinander zu tun? Bitte sagen Sie es mir.«

Einen Moment überlegte Katharina, wie offen sie sein durfte oder musste. »Die Polizei hat am Tatort Spuren gefunden, die auf eine Verbindung deuten. Mehr kann ich im Augenblick wirklich nicht sagen.«

Frau Albrecht nickte und sah wieder auf die Wellen in ihrem Glas, die sich langsam beruhigten.

»Wie war er?«, fragte Katharina. »So wie im Fernsehen?«

»Dr. Forster? Wahrscheinlich der klügste Mensch, den ich kenne. Kannte. Er war … einnehmend. Einer dieser Menschen, die ganz allein einen Raum füllen, wissen Sie? Er konnte mich zum Lachen bringen. Manchmal hat er mir Schokolade mitgebracht und ein- oder zweimal einen Strauß Blumen von da drüben. Nicht, was Sie denken, sondern einfach so. Niemals hat er Grenzen überschritten. Dazu war er viel zu beherrscht. Ich glaube, er wusste genau, wie Menschen funktionieren. Jedenfalls wusste er, wie Politik funktioniert. Und er hat mitgespielt, um an die Macht zu kommen.«

»War es ein Spiel für ihn?«

»Ganz sicher ein Wettkampf, den er gewinnen wollte. Ich glaube, er war gewohnt zu gewinnen. Fast vier Jahre habe ich für ihn gearbeitet. Aber ob ich ihn gekannt habe?« Sie sah an Katharina vorbei aus dem Fenster. »Ich weiß es nicht.«

»Haben Sie gerne für ihn gearbeitet?«

»Er hat viel verlangt.«

»Gibt es jemanden, der ihn besser kannte, der ein engeres Verhältnis zu ihm hatte?«

Frau Albrecht lachte verächtlich. »Fragen Sie Kaltenborn.«

»Wer ist das?«

»Der Geschäftsführer der Partei.«

»Und was ist so lustig daran?«

»Sie haben sehr eng zusammengearbeitet. Nur dadurch steht die Partei jetzt so gut da. Einer allein hätte es nie geschafft. Aber in Wahrheit haben sie sich gehasst. Kaltenborn weiß alles, wirklich, er ist unheimlich belesen, merkt sich alles, kennt jeden. Aber menschlich? Eine Katastrophe. Wissen Sie, wie Dr. Forster ihn genannt hat?«

Katharina zuckte mit den Schultern.

»Das Aktenköfferchen. Und ich schätze, Kaltenborn hatte einen ähnlich charmanten Namen für Dr. Forster.«

Katharina lächelte, schob ihr Wasserglas zur Seite und stützte die Ellenbogen auf den Tisch. »Frau Albrecht, was wissen Sie über Forsters großes Projekt? Die Beteiligung der Bürger an der Energieversorgung.«

Sie schüttelte den Kopf. »Nicht viel. Wahrscheinlich nicht mehr als Sie. Es soll eine Gesellschaft gegründet werden, an der sich jeder Frankfurter beteiligen kann. Mit dem Geld soll die Energieversorgung finanziert werden, sodass Frankfurt irgendwann unabhängig ist von den Konzernen. Das jedenfalls war Kaltenborns Plan.«

»Kaltenborn? Die Idee stammte gar nicht von Forster?«

»Ich sage doch, sie waren aufeinander angewiesen. Kaltenborn war der Kopf, aber ihm fehlt die Ausstrahlung. Er brauchte Forster. Und umgekehrt.«

»Was noch?«

Erneut schüttelte Frau Albrecht den Kopf. »Meistens haben Dr. Forster, Kaltenborn und Vahlen hinter verschlossenen Türen darüber geredet.«

»Wissen Sie, warum?«

»Besprechen Sie die wichtigen Dinge Ihrer Arbeit auf dem Flur?«

Katharina lächelte. »Was ist mit Vahlen? Was denken Sie über ihn?«

»Gefährlich«, sagte Frau Albrecht schnell und bestimmt. »Zwar hat er kein Amt, aber ohne ihn läuft nichts in der Partei. Er war Forsters Mentor, hat ihn unterstützt, von Anfang an. Ich weiß nicht, ob Forster ihm vertraut hat, aber er wusste, wie wichtig Vahlen für ihn war. Ich persönlich finde ihn schrecklich. Vielleicht, weil ich ihn nicht durchschaue. Und ich bin nicht sicher, ob Forster ihn durchschaut hat. Sicher hat er geglaubt, dass er keine andere Wahl hatte. Wahrscheinlich war es auch so.«

»Haben Sie Material zu dem Projekt? Papiere, Zahlen, Konzepte?«

Frau Albrecht blickte Katharina an, dann auf die Straße. Es war deutlich zu sehen, wie sie mit sich rang. »Und Sie meinen, es hat etwas mit den Morden an den Frauen zu tun?«

Katharina zögerte, dann nickte sie.

Frau Albrecht zog die Stirn in Falten. »Manchmal hat Dr. Forster das Projekt begeistert. Dann war er richtig euphorisch. Ich weiß nicht, ob wegen der Sache oder weil er hoffte, damit die Wahl zu gewinnen. Jedenfalls hat er dann gesagt, dass es die Stadt für immer verändern würde. Aber manchmal, wenn er mit Kaltenborn diskutiert hatte, war da etwas in seinem Blick …«

»Was?«

Frau Albrecht zögerte. »Angst. Nackte Angst. Als ob er dem Teufel persönlich begegnet wäre.«

»Wovor hatte er Angst? Vor wem? Den Konzernen? Vor Kaltenborn?«

»Ich weiß es nicht. Wirklich nicht. Aber einmal hat er gesagt, dass er sich nie auf Kaltenborn und das Projekt hätte einlassen dürfen.«

»Wollte Forster aussteigen?«

KAPITEL 6

Nach der Mordserie, die Frankfurt vor zwei Monaten in Atem gehalten hatte, hatte Jacobi gehofft, dass sich etwas ändern würde. Sein Stellenwert in der Redaktion. Dass er andere Artikel schreiben durfte und weniger im Dreck wühlen musste. Doch nichts war passiert. Zwar besaß er nun einen festen Platz in der täglichen Konferenz, aber er berichtete weiter über Verkehrsunfälle und Familientragödien und ließ die schaurigen Eindrücke an den Tatorten über sich ergehen. Der Spott der Kollegen über seine Arbeit war genauso bissig wie zuvor, und der Weg zum Chefredakteur führte noch immer über einen Flur, in dem es nach feuchtem Teppich und Reinigungsmitteln roch. Als er ihn an diesem späten Vormittag ging, fragte sich Jacobi, ob er selbst sich verändert hatte. Darauf fand er jedoch keine Antwort und schob den Gedanken beiseite.

Jacobi betrat das Büro und wunderte sich nicht, außer Thiel auch Wuttke zu sehen, seinen Lieblingsfeind aus dem Politikressort. In der Redaktionskonferenz hatte der Chef die Ereignisse der Nacht nur am Rande gestreift, und es war klar, dass es für die *Frankfurter Nachrichten* nicht dabei bleiben konnte. Die Zeitung brauchte Geschichten wie diese. Sie lebte davon. Vermutlich hatte Thiel sie nun zu sich zitiert, um Jacobi und Wuttke auf die Story einzuschwören.

»Endlich«, sagte der Chefredakteur. »Setzen Sie sich.«

In dem lang gestreckten Raum war es schwülwarm. Auf einem Sideboard surrte ein Ventilator. Thiel lehnte an seinem Schreibtisch und beobachtete die Kontrahenten wie ein Ringrichter.

»Ihr wisst, warum ich euch herbestellt habe«, sagte er und sah angespannt zwischen ihnen hin und her. »Die Sache mit Forster ist übel, aber wir müssen was daraus machen. Wir müssen das groß aufziehen. Ganz groß. Stefan, wir brauchen alles über ihn, Hintergrund, Karriere, Motive, sein Projekt, über das alle reden, Konkurrenten, Feinde, innerhalb der Partei oder sonst wo. Und vor allem brauchen wir das, was die anderen nicht haben.«

Wuttke lag in seinem Stuhl, die Beine lässig übereinandergelegt, und grinste wie ein schmieriger Buchmacher. »Kein Problem. Du kriegst alles, was du willst. Es gibt übrigens schon die ersten Forderungen nach strengeren Gesetzen zum Schutz von Politikern.« Abschätzig schüttelte er den Kopf. »Wie die Pawlow'schen Hunde.«

»Gut, gut«, sagte Thiel. »Und jetzt zu Ihnen, Jacobi. Ihr Job ist die Tat an sich. Ich habe Ihren Netzartikel gelesen: ›Der Hoffnungsträger stirbt zuerst‹. Ein hübsches Wortspiel, aber wir brauchen mehr. Wer bringt so was fertig? Und wann und wie ist er reingekommen? Reden Sie mit jedem, der was gesehen haben könnte, Zimmerkellner, Putzfrauen, ist mir egal.«

Jacobi nickte und wollte aufstehen.

»Moment noch«, sagte Thiel und stützte sich mit den Händen an der Tischkante ab. Was er zu sagen hatte, schien ihm schwerzufallen. Jacobi ahnte nichts Gutes.

»Die Sache ist groß. Und sie ist wichtig für uns. Deshalb erwarte ich, dass ihr zusammenarbeitet. Und ich meine: zusammenarbeiten.«

Augenblicklich spürte Jacobi, wie sich seine Muskeln anspannten, in den Armen, im Bauch, in den Schenkeln.

»Redet miteinander«, sagte Thiel. »Tauscht euch aus.«

»Kein Problem«, wiederholte Wuttke und schien sich

köstlich zu amüsieren. »Ich arbeite liebend gern mit dem Helden der *FN*. Und wenn er sich auf unser bescheidenes Niveau herablässt, kann ich sicher viel von ihm lernen.«

»Und spart euch dieses Gezänk«, bat Thiel. »Benehmt euch einmal wie Erwachsene. Für uns steht viel auf dem Spiel. Wir sind das einzige Blatt im Konzern, das in den letzten Monaten bei der Auflage sogar leicht zulegen konnte. Und ich möchte, dass das so bleibt. Stellt euch vor, es gäbe eine Verbindung zwischen Mord und Politik, und wir würden sie finden. Das wäre sensationell. Also, Jacobi, was wissen Sie? Was weiß die Polizei?«

Ein wenig richtete sich Jacobi auf. Er dachte an die Vereinbarung mit Bruno, die Zeichen nicht zu erwähnen. Und an das Versprechen, das er Katharina gegeben hatte. Außerdem wurde ihm übel bei dem Gedanken, dass Wuttke von seiner Arbeit profitieren sollte. »Sie hält sich bedeckt.«

»Ich dachte, Sie und der Kommissar sind befreundet«, sagte Thiel.

»Spielst du nicht regelmäßig mit ihm Mau-Mau?«, kicherte Wuttke. »Oder war's Mikado?«

Jacobi spürte das große Bedürfnis, Wuttke seine Trümpfe um die Ohren zu hauen. Aber ihm war klar, dass er vorsichtig sein musste. »Die Polizei ist auch deshalb so zurückhaltend«, sagte er leise, »weil es Hinweise gibt, dass die Tat in Verbindung zu den Frauenmorden vom Mai steht.«

Thiels Hände rutschten von der Tischkante, und Wuttkes Mund stand offen.

»Was für Hinweise?«, fragte Thiel.

»Das ist vertraulich. Off the record. Ich habe Kommissar Demandt mein Wort gegeben. Und jetzt muss ich los.«

Er stand auf und sah die brodelnde Wut in Wuttkes Augen. Statt wie einen Partner hatte Jacobi ihn behandelt wie einen Praktikanten, der weder alles wissen durfte noch alles verstand. Und das in Gegenwart von Thiel. Das würde er später zu spüren bekommen. Aber für den Moment fühlte es sich großartig an.

Rollsplitt knirschte unter den Rädern, als Jacobi zwanzig Minuten später auf den Parkplatz der Wohnanlage in Sachsenhausen fuhr. Er stoppte ungefähr dort, wo auch Rebecca mit Vorliebe geparkt hatte. Nach der Entführung war ihr Wagen jedoch nie wieder aufgetaucht, und noch immer war sie außerstande zu fahren.

In den vergangenen Wochen war Jacobi oft hier gewesen, doch mit jedem Mal kostete es ihn mehr Überwindung. Schon lange hatte er keine Antworten mehr auf Rebeccas immer gleiche Fragen. Wie hätte er auch erklären sollen, warum es ausgerechnet sie getroffen hatte? Der einzige Grund dafür wäre in Wolffs krankem Hirn zu finden gewesen.

Mit schweren Schritten ging er die Treppen hinauf. Vor einiger Zeit hatte sie ihm einen Schlüssel zu ihrer Wohnung angeboten, doch mit einer fadenscheinigen Begründung hatte Jacobi abgelehnt. Es hatte sie verletzt, und er war nicht sicher, ob sie überhaupt spürte, dass sie kein Paar mehr waren wie vor den Ereignissen. Und dass sie nie wieder eines sein würden. Irgendwann musste er das Thema ansprechen. Aber nicht jetzt. Jetzt brauchte er ihre Hilfe. Das machte es nicht leichter.

»So früh?«, fragte sie, als sie ihn an der Wohnungstür empfing. Mit rechts umarmte sie ihn fest, während der linke Arm leicht verdreht herabhing. Es war eine Folge der Folter, und sie würde ihn wohl nie wieder richtig gebrauchen können.

»Ich war gerade in der Nähe«, log Jacobi, machte sich frei und ging ins Wohnzimmer. Dort bemerkte er wieder die Unordnung, die es früher nicht gegeben hatte. Er wünschte sich, dass Rebecca bald wieder arbeiten ging, machte sich aber wenig Hoffnung.

Mit einer Wasserflasche unter dem Arm und zwei Gläsern in der Hand setzte sich Rebecca auf das Sofa. Ihre Augen wirkten müde und die dunklen Haare strähnig. Die Flasche klemmte sie zwischen die Knie, um sie mit einer Hand öffnen zu können. Am Anfang hatte er Hilfe angeboten, und sie war in Tränen ausgebrochen. Jetzt trat er an die Balkontür. Auch die Blumen waren in einem jämmerlichen Zustand. Seit einiger Zeit hatte Jacobi das Gefühl, dass sich Rebecca nicht nur an ihn, sondern auch an ihr Leiden klammerte. Von ihrer Lebendigkeit, ihrem Optimismus waren nichts mehr übrig. Sie schien wie in Watte gepackt. Wenn sie wenigstens mit den Beruhigungsmitteln aufhören würde.

Sie trat neben ihn, reichte ihm sein Glas und streichelte seinen Arm. »Hast du etwas Zeit? Ich könnte Pasta machen. Vorausgesetzt, du hilfst mir ein bisschen.«

Er machte einen Schritt zur Seite. »Heute nicht. Ein anderes Mal.« Er fasste sie am Arm und setzte sie zurück auf das Sofa. »Ich muss dich etwas fragen. Aber bitte nicht aufregen.«

Sie lachte. »Bin ich wirklich so schlimm?«, fragte sie und sah ihn erwartungsvoll an.

»Hast du gehört, was heute Nacht passiert ist?«

Sie schüttelte den Kopf. »Du weißt, ich höre kaum noch Nachrichten. Mir reicht, was ich erlebt habe.«

»Der Politiker Roland Forster wurde im Forum-Hotel erschossen.«

»Oh. Und jetzt willst du von mir wissen, wer es war?« Wieder lachte sie.

Jacobi blickte ernst und holte tief Luft. »Vielleicht gibt es eine Verbindung zu Wolff. Ich muss wissen, ob er damals wirklich allein war. Kannst du dich an irgendwas erinnern, das auf einen zweiten Mann hindeuten könnte?«

Schlagartig wurde sie blass. »Es geschehen wieder diese

schrecklichen Morde? Und da kommst du zu mir? Ausgerechnet zu mir?«

Sie stand auf und ließ ihr Glas einfach aus der Hand rutschen. Das Wasser ergoss sich über das Polster. »Du führst einen Mörder direkt zu meiner Wohnung? Willst du, dass ich wieder entführt werde? Wieder gefoltert?« Ihre Stimme überschlug sich, und ihr ganzer Körper zitterte. »Warum tust du das?«

Jacobi nahm sie fest in beide Arme. »Rebecca, niemand kommt hierher. Niemand folgt mir, und niemand hat es auf dich abgesehen.«

Mit einer Hand stieß sie ihn zurück. »Ach ja, und woher weißt du das? Wusstest du damals auch, was passiert?«

»Beruhige dich, Rebecca.«

»Hör auf, so eine Scheiße zu reden! Du hast überhaupt keine Ahnung!«

»Okay, ich habe keine Ahnung. Aber ich zeig dir was. Komm mit.« Er zog sie ins Schlafzimmer, das zum Parkplatz lag. »Sieh raus. Siehst du das? Da ist niemand. Niemand ist hinter dir her.«

»Und wer ist das da an deinem Auto?«

Jacobi fuhr herum. Tatsächlich schlich ein Mann um den Audi. Er wandte ihnen den Rücken zu, beugte sich vor und sah ins Innere des Wagens.

Während ihrer Suche nach Wolff hatten Katharina und Jacobi irgendwann begriffen, dass er sie ständig beobachtet haben musste. Jeden ihrer Schritte hatte er kontrolliert. Und nun? Begann tatsächlich alles wieder von vorn?

Oder hatte es nie aufgehört?

Der Mann gab ein Zeichen in Richtung eines anderen PKW, ein größerer Opel, schwarz. Mit heruntergelassenen Seitenscheiben stand er rückwärts am Rand des Parkplatzes. Dort bot das kleine Waldstück, das sich entlang der Wohnanlage erstreckte, etwas Schatten. Im Wagen erkannte Jacobi die Umrisse eines weiteren Mannes. Beide schienen größer, kräftiger als die Gestalt, die sich am Hotel hinuntergehangelt hatte.

Es waren also drei.

Mindestens.

»Wer ist das, Norman?«

»Ich weiß es nicht.«

»Warum bringst du sie hierher? Was wollen die von mir?« Rebeccas Stimme bebte.

Jacobi war fassungslos. »Pack ein paar Sachen. Schnell.«

»Was? Was soll das heißen?«

Jacobi zog Rebeccas Sporttasche unter dem Bett hervor und schaufelte Unterwäsche aus einer Kommode und weitere Kleidungsstücke aus dem Schrank hinein.

»Was tust du da? Norman, was passiert hier? Sag was! Rede mit mir!«

»Ich bringe dich weg von hier. Zu deiner Freundin Susann. Da bist du sicher.«

»Sicher? Was meinst du damit?«

Er zerrte sie weg vom Fenster in den Flur, stellte sie neben die Garderobe und ging in die Knie, um ihr Schuhe anzuziehen. »Können wir durch den Keller raus?«

»Was?«

Jacobi richtete sich auf und fasste sie an den Armen. »Ich bringe dich hier raus. Dir wird nichts passieren. Das verspreche ich dir Aber du wirst jetzt nicht hysterisch, okay?«

Ohne auf eine Antwort zu warten, schnappte er sich die Sporttasche, griff Rebecca und zog sie die Treppe hinunter. Rebecca weinte, und er betete, dass sie nicht stürzten. Im Erdgeschoss sah er durch die Eingangstür auf den Parkplatz. Der Mann war wieder ins Auto gestiegen. Er und sein Partner schienen zu warten, dass Jacobi das Haus verließ. Was würden sie dann tun? Er jedenfalls hätte sie am liebsten verprügelt. Stattdessen lief er weiter in den Keller.

»Können wir von hier unbemerkt verschwinden?«, fragte Jacobi.

Rebecca sagte nichts, sondern blickte ihn aus feuchten Augen hilflos an.

Im Keller stieß er eine Tür auf und sah jede Menge Fahrräder. Am Ende des Raumes befand sich ein Ausgang, der direkt auf den Parkplatz führen musste. Jacobi warf einen Blick in die anderen Räume. Im Waschkeller gab es in etwa eineinhalb Meter Höhe ein schmales Fenster, hinter dem Jacobi das kleine Waldstück erkannte. Er zerrte Rebecca mit sich, öffnete das Fenster, warf die Tasche hindurch und lehnte sich mit dem Rücken gegen die Wand darunter. »Wir machen eine Räuberleiter.«

»Norman, ich kann nicht. Ich hab Angst.«

»Du kannst das. Halt dich mit einer Hand am Rahmen fest.«

Nach einem Moment des Zögerns trat Rebecca in seine Hände. Vorsichtig hob er sie an, bis sie mit dem Oberkörper im Gras vor dem Fenster lag. »Weiter«, flüsterte er, »du musst weiterkriechen.« Er schob und drückte sie ins Freie, bevor er sich selbst mühsam durch die enge Öffnung zwängte. Rebecca kniete im Rasen und sah sich panisch um. Jacobi riss sie hoch, schnappte sich die Tasche und lief in den Wald hinein.

Nachdem er sich orientiert hatte, erkannte er, dass der einzige Weg zur Straße am Parkplatz entlangführte. Sie hatten keine andere Wahl, als irgendwie an dem Opel vorbeizukommen. »Kein Laut, hörst du?«, zischte er. »Du bleibst absolut still.«

Geduckt lief er mit Rebecca an der Hand zwischen Bäumen und dichten Sträuchern hindurch. Wann immer sie auf trockenes Laub oder einen Zweig traten, blieb er stehen und spähte zum Wagen der beiden Männer. Als sie etwa auf gleicher Höhe mit dem Opel waren, schob er Rebecca hinter einen Baum und legte den Zeigefinger auf die Lippen. »Eine Minute«, flüsterte er.

Heftig schüttelte sie den Kopf.

»Dreißig Sekunden. Und du rührst dich nicht von der Stelle.«

Er wollte unbedingt das Kennzeichen sehen.

Und ihre Gesichter.

Hinter einem Busch am Waldrand ging er in die Hocke und schob einige Zweige zur Seite. Der Wagen stand etwa drei Meter von ihm entfernt und mit dem Heck zum Wald. So konnte Jacobi zwar nicht die Gesichter erkennen, wohl aber das Nummernschild: F-WB 478.

Nachdem er sich die Kombination eingeprägt hatte, fragte er sich, was die beiden eigentlich von ihm wollten. Jacobi spürte den Impuls, an den Wagen zu treten, sie genau das zu fragen und ihnen dann die Fresse zu polieren. Dabei fiel ihm ein, dass vieles, was Wolff getan hatte, auch nur schwer zu verstehen war. Jedenfalls für einen geistig gesunden Menschen.

In diesem Moment registrierte Jacobi eine Bewegung im linken Außenspiegel. Langsam streckte der Fahrer seinen Arm aus dem geöffneten Fenster und ließ ihn hinabbaumeln.

Dann ein Rascheln hinter ihm. Jacobi fuhr herum und sah Rebecca auf sich zukommen. Mit hektischen Handbewegungen signalisierte er ihr, sich zu ducken. Sie aber lief weiter, viel zu schnell und viel zu laut.

Als Jacobi sich zurückwandte, blickte er in das Gesicht des Fahrers, der sich aus dem Fenster lehnte und den Wald absuchte. Er hatte einen großen, kantigen Schädel mit tief liegenden Augen und struppigen Haaren. Auch er schien überrascht, beinahe erschrocken, und für einen winzigen Moment war unklar, wer eigentlich wen ertappt hatte.

Jacobi sprang auf, schnappte sich Rebeccas Hand und

rannte mit ihr so schnell wie möglich Richtung Straße. Aus den Augenwinkeln bemerkte er, dass sich auch der Wagen der Männer in Bewegung setzte, die genau wussten, wohin die beiden Gestalten im Wald wollten. Es gab nur diesen einen Weg zur Straße. Jacobi und Rebecca blieb nichts, als schneller zu sein als der Opel, der zuerst die Zufahrt zur Wohnanlage zurückfahren musste.

Nach wenigen Augenblicken erreichten sie die Hohenzollernstraße. Um diese Zeit am späten Vormittag herrschte relativ wenig Verkehr. Und natürlich war kein Taxi zu sehen.

»Ruf sie an«, keuchte Jacobi. »Ruf deine Freundin an und sag ihr, dass wir kommen.«

»Meine Tasche«, schluchzte Rebecca.

»Was?«

»Mein Telefon. Du hast es in die Tasche geworfen. Die Tasche steht im Wald.«

»Nimm meins.« Er reichte es ihr, ohne den Blick von der Straße zu nehmen. Lange würden ihre Verfolger nicht mehr brauchen. Also stellte sich Jacobi mitten auf die Fahrbahn und breitete die Arme aus. Ein Wagen raste auf ihn zu. Jacobi wurde schwindelig, und er biss sich auf die Lippen. Die Motorgeräusche wurden lauter und das Auto beängstigend groß, bis es dicht vor ihm zum Stehen kam. Erleichtert öffnete Jacobi die Beifahrertür. Von drinnen blickte ihn ein Mann um die sechzig entgeistert an.

»Meine Freundin muss ins Krankenhaus! Schnell! Sie hat aus Versehen Lösungsmittel getrunken.«

Ohne eine Antwort abzuwarten, bugsierte Jacobi Rebecca auf den Rücksitz, bevor er vorne einstieg. »Schnell!«, rief er, und der Fahrer gab Gas. Als sie die Abzweigung zur Wohnanlage passierten, erkannte Jacobi hinter weiteren Fahrzeugen den schwarzen Opel. Im Seitenspiegel beobachtete er, dass der Wagen in die andere Richtung abbog.

Erst jetzt atmete Jacobi tief durch und schloss für einen winzigen Moment die Augen. Sofort sah er das kantige Gesicht seines Verfolgers vor sich. Es war verrückt. Falls sie einen Beweis gebraucht hatten, dass es tatsächlich weiterging: Jetzt hatten sie ihn. Schon zum zweiten Mal war er ihnen sehr nah gekommen.

Trotzdem spürte er ein Lächeln auf seinen Lippen.

Ja, er hatte sich verändert.

Er hatte keine Angst mehr vor ihnen.

Er war ihnen ebenbürtig.

Während Rebecca auf der Rückbank jammerte, sah der Fahrer abwechselnd zu Jacobi und auf die Straße. Er schien unsicher, was das alles zu bedeuten hatte.

In der Nähe des Mainufers musste er an einer Ampel halten. Nicht weit entfernt am Straßenrand standen zwei Taxen, deren Fahrer sich unterhielten. »Danke«, sagte Jacobi, »von hier kommen wir allein weiter.«

KAPITEL 7

Jacobi fragte sich, in welche Hölle sie dieses Mal gestürzt war. Dreißig Minuten nach ihrer Flucht lag Rebecca Marx unter einer Wolldecke im Wohnzimmer ihrer Freundin, die Knie dicht an ihren Körper gezogen. Sie hatte aufgehört zu weinen, aber das Zittern wollte nicht nachlassen. Ihr verstörter Blick schien auf irgendetwas außerhalb des Raumes gerichtet. Vielleicht sah sie dort Wolff. Oder den finsteren Schuppen und die Foltergeräte.

Susann Caspers saß neben ihr auf dem Sofa und strich ihr über das Haar. »Was ist passiert?«, fragte sie leise.

»Sie kennen die Geschichte?«

Sie nickte.

»Eine Panikattacke«, sagte Jacobi. »Das passiert immer wieder. Heute ist es besonders schlimm, aber leider kann ich mich nicht um sie kümmern. Danke, dass Sie das übernehmen.«

Schweigend schauten sie auf Rebecca hinab. Bei ihrem Anblick verspürte Jacobi ein schlechtes Gewissen. Er wandte sich ab und betrachtete die Familienfotos und gerahmten Drucke an den Wänden. Auf dem Fußboden neben einer Glasvitrine lagen ein Brettspiel, ein Malbuch und einige Buntstifte, Zeichen für ein ganz normales Leben.

Etwas, das er mit Lea nie gehabt hatte.

Peggy hatte sich von ihm getrennt, als seine Tochter ein halbes Jahr alt war, angeblich wegen seiner Arbeit als Polizeireporter, wegen der Fälle, mit denen er zu tun hatte, der

Einsätze spätabends und am Wochenende. Und weil sie ihn für unzuverlässig hielt. Eine Weile hatte er sich abgestrampelt, beides unter einen Hut zu bekommen. Mittlerweile glaubte er, dass Peggy nie etwas anderes gewollt hatte als ein Kind, sein Geld und einen Vorwand, ihn wieder loszuwerden. Jetzt sah er Lea jedes zweite Wochenende. Wenn überhaupt.

Um sich nicht wieder darüber zu ärgern, blickte Jacobi an sich hinab und bemerkte mehrere grünliche Streifen auf seiner Hose, Spuren der Verfolgung. Seit einer guten halben Stunde bestand kein Zweifel mehr: Sie waren hinter ihm her.

Sie.

Dieses Mal waren es tatsächlich mehrere. Und sie gingen ganz anders vor als Wolff. Nicht sonderlich geschickt. Geradezu dilettantisch. Schon zum zweiten Mal hatte er sie jetzt gesehen und einen von ihnen sogar aus nächster Nähe.

Jacobi hatte keine Ahnung, was sie damit bezweckten, aber vielleicht war das auch gar nicht wichtig. Entscheidend war etwas anderes: Katharina hatte recht.

Sie hatten es nicht mit dem wiederauferstandenen Teufel zu tun, nicht mit einer Reinkarnation von Wolff. Es waren andere Leute, ein anderes Vorgehen und sicher ein anderer Plan. Wahrscheinlich waren die Zeichen am Tatort tatsächlich nur ein Ablenkungsmanöver, ein absichtlich hinterlassener Hinweis auf einen Zusammenhang, den es in Wahrheit gar nicht gab. Noch war völlig unklar, welches Ziel die Täter verfolgten, aber Jacobi musste sich schnellstens von dem Gedanken lösen, in diesem Fall Antworten auf all die offenen Fragen aus den Ereignissen im Mai zu finden. Auch danach würde Rebecca nicht wieder die werden, die sie einmal gewesen war. Diese Erkenntnis schmerzte, fühlte sich aber richtig an.

Er musste einen Schnitt machen.

Von vorn beginnen und sich nur auf das konzentrieren, was vor ihm lag, anstatt einem Phantom nachzujagen.

Tief atmete Jacobi aus, trat in den Flur und rief Bruno Demandt an.

»Es sind mehrere, und sie sind hinter mir her«, erklärte er und fasste die Ereignisse des Vormittags kurz zusammen. »Immerhin habe ich das Kennzeichen. F-WB 478. Und ich habe das Gesicht eines der Typen gesehen. Ich würde ihn wiedererkennen.«

Jacobi hatte keine Euphorie erwartet, aber eine Spur von Zuversicht. Stattdessen schwieg Bruno einen langen Moment. »Gut«, sagte er schließlich seltsam gedehnt. »Dann komm her, und wir machen ein Bild. Inzwischen haben wir das DNA-Material aus dem Hotel ausgewertet. Die Spuren sind einigermaßen brauchbar. Wir lassen sie gerade durch die Datenbank laufen. Außerdem fühlen wir Forsters politischen Konkurrenten auf den Zahn und den Konzernen, denen er mit seinen Plänen in die Quere gekommen wäre.« Wieder entstand eine Pause.

»Was?«, fragte Jacobi in die Stille.

»Sie machen Fehler.«

»Ich weiß.«

»Ziemlich viele Fehler.«

»Schon möglich. Vielleicht fühlen sie sich zu sicher. Vielleicht gehört es zum Spiel. Ehrlich gesagt, ist es mir egal. Ich habe aufgegeben, einen Sinn darin zu suchen. Wenn sie mit mir tanzen wollen, bitte, ich bin bereit.«

Wieder schwieg Bruno. Er schien darüber nachzudenken, was er davon halten sollte. »Schon gehört?«, fragte er nach einer Pause. »Die Partei hat einen Nachfolger für Forster als Spitzenkandidat benannt.«

»Wen?«

»Einen gewissen Kaltenborn, Geschäftsführer der Partei.«

Jacobi bedankte sich für die Information, legte auf und ging zurück ins Wohnzimmer. Susann Caspers flüsterte, und tatsächlich war auf Rebeccas Mund ein zerbrechliches Lächeln zu erkennen. Jacobi war erleichtert. »Könnte ich kurz Ihren Fernseher einschalten?«, fragte er.

Rebeccas Freundin schien ein wenig verwundert, nickte aber. Jacobi schaltete schnell durch die Kanäle. Im Regionalprogramm stieß er auf die Pressekonferenz der Freien Bürger. Sie fand in einem schmucklosen Besprechungsraum statt, beherrscht von einem riesigen Wahlplakat mit dem Bild des toten Kandidaten. Vor zwei Tischen war ein Strauß von Mikrofonen und Aufnahmegeräten aufgebaut. Eines davon gehörte garantiert Wuttke, der Jacobi natürlich nicht informiert hatte. Hinter den Tischen saßen drei Männer. Derjenige in der Mitte sprach.

»Wir befinden uns in einer ungeheuer schwierigen Situation. Aber von unserem Programm bin ich nach wie vor absolut überzeugt. Und ich sehe überhaupt keinen Grund, etwas daran zu ändern.«

Das musste Kaltenborn sein. Er war kleiner und älter als Forster und besaß rein gar nichts von dessen Ausstrahlung. Irgendwie wirkte er linkisch und ein wenig schmierig.

Jetzt beugte er sich vor, vielleicht, um größer zu erscheinen oder seinen Worten mehr Gewicht zu verleihen. »Ich bin mir bewusst, in welch riesige Fußstapfen ich trete. Aber ich fühle mich den Ideen von Dr. Forster verpflichtet, und ich werde mich mit aller Kraft dafür einsetzen. Auch wenn manchen Leuten das nicht passt.«

»Wen meinen Sie damit?«, fragte eine Stimme aus dem Off. »Wem könnte das Projekt Ihrer Partei nicht gefallen?«

»Vielleicht können Sie sich das nicht vorstellen, aber wir sind uns durchaus bewusst, welche Herausforderungen unsere Ideen zum Beispiel für die Energiewirtschaft bedeuten. Deshalb werden wir nach der Wahl das Gespräch suchen.

Für unsere politischen Gegner, die den Wählern kein vergleichbares Angebot machen können, haben wir verständlicherweise weniger Mitgefühl«, sagte Kaltenborn und konnte sich ein Grinsen nicht verkneifen.

»Wollen Sie andeuten, andere Parteien könnten in den Anschlag auf Dr. Forster verwickelt sein?«, fragte eine Journalistin, deren Stimme Jacobi bekannt vorkam.

»Ich will gar nichts andeuten, auch wenn Sie das gerne hätten. Alles, was ich sage, ist, dass wir uns durch niemanden von unserem Weg abbringen lassen. Das sind wir den Bürgerinnen und Bürgern unserer Stadt schuldig. Ich danke Ihnen.«

Damit stand der Kandidat auf und verließ den Raum, gefolgt von den beiden Männern vom Podium.

Nachdenklich schaltete Jacobi den Fernseher aus. Hatte Kaltenborn tatsächlich eine Ahnung, wer hinter dem Anschlag steckte? Oder war es nur ein Schachzug, um den politischen Gegner unter Druck zu setzen? So oder so, er musste mit Kaltenborn reden, je schneller, desto besser.

Er wandte sich um. Susann Caspers strich Rebecca sanft über den Kopf. Sie hatte sich beruhigt und schien zu schlafen. Jacobi ahnte, dass es damit allein nicht getan sein würde, hoffte aber, dass sie zumindest endgültig aus der Schusslinie war. Das war wenig, doch alles, was er im Moment für sie tun konnte. Mit einem Nicken verabschiedete er sich von ihrer Freundin.

Auf der Straße wählte er Katharinas Nummer. Während er wartete, sah er sich unwillkürlich nach dem dunklen Opel um, bis ihn eine Welle aus Trotz überrollte. Sie folgten ihm sowieso. Und wenn sie sich schon keine Mühe gaben, unauffällig zu bleiben, sah er keinen Grund, sich vor ihnen zu verkriechen.

Als Katharina nach einer Ewigkeit abhob, hörte er zuerst nur Rauschen, Klappern und Stimmengewirr. Er musste sie beim Essen in der Mensa erwischt haben. »Moment«, sagte sie mit vollem Mund, »ich gehe kurz raus.« Dort berichtete sie von ihrem Gespräch mit Forsters Sekretärin, den großen Hoffnungen der Partei, aber auch von der gegenseitigen Abhängigkeit und dem tiefen Misstrauen zwischen dem toten Kandidaten und seinem Nachfolger. Sie schloss mit Forsters Sorge, sich übernommen zu haben. Während sie redete, achtete Jacobi auf den Klang ihrer Stimme, die Pausen, wie sie Luft holte. Er hörte keinen Zweifel. Jacobi war erleichtert.

»Und jetzt ist Forster tot und ausgerechnet Kaltenborn sein Nachfolger«, erklärte sie. »Was sagst du dazu?«

»Und was denkst du?«

»Durch das Projekt hatte Forster echte Chancen auf den Wahlsieg. Aber damit hat er sich nicht nur Freunde gemacht. Es gibt sicher eine Menge Leute, die sich auf die Füße getreten fühlen.«

Während er die Straße entlangging, schüttelte Jacobi den Kopf. »Viel zu offensichtlich. Die Polizei überprüft jede denkbare Verbindung. Und um einen renitenten Politiker loszuwerden, gibt es bessere, subtilere Methoden. Außerdem wird Forster dadurch zum Märtyrer, und das Projekt kriegt noch mehr Aufmerksamkeit. Hast du gehört, was Kaltenborn gesagt hat? Er will Forsters Erbe fortführen, gegen jeden Widerstand.«

Jacobi sah sich suchend nach seinem Wagen um, bis ihm einfiel, dass er noch vor Rebeccas Wohnung stand. Er würde die U-Bahn nehmen müssen.

»Ich weiß nicht, Norman«, sagte Katharina, »ob das eine gute Idee ist. Unsere Recherchen, meine ich.«

Da war er also doch, der Zweifel. Katharina hatte allen Grund dazu, schließlich war sie vor zwei Monaten nur knapp mit dem Leben davongekommen. Jacobi wusste, dass er ihr von der Verfolgung erzählen musste. Aber eine Reaktion wie bei Rebecca wollte er auf jeden Fall vermeiden. Er brauchte Katharina. »Wir sind aufmerksam und vorsichtig«, sagte er so ruhig wie möglich. »Wir tappen nicht mehr in jede Falle.«

»Bist du dir sicher?«

Jacobi suchte nach Worten. Er wollte weder lügen noch Panik verbreiten.

»Du willst es unbedingt, oder?«, fragte sie.

»Ich will kein Held sein, Katharina. Aber ich will wissen, wer dahintersteckt. Deshalb bin ich Journalist. Ich will nur einen guten Job machen. Und was ist mit dir?«

Nun war sie es, die nachdachte. »Apropos«, sagte sie schließlich. »Mir ist was aufgefallen. Ich weiß nicht, ob es wichtig ist, aber im Zitat steckt ein Fehler. Im Original heißt es, die Menschen sind glücklich, wenn sie *haben*, was gut für sie ist. An der Wand steht aber, wenn sie *hören*, was gut für sie ist. Hören statt haben. Es sind nur ein paar Buchstaben. Aber es ist ein Fehler. Was denkst du?«

Jacobi lächelte. Katharina hatte sich entschieden, er hörte es am Klang ihrer Stimme. »Ich weiß es nicht. Es kann Nachlässigkeit sein oder Taktik.«

»Und jetzt? Wie geht es weiter?«

»Du bist dabei, oder?«

Sie zögerte nur kurz. »Jemand muss ja auf dich aufpassen.«

»Das stimmt. Und es gibt noch etwas, womit du recht hattest. Mittlerweile glaube ich auch, dass uns die Zeichen nur ablenken sollen.«

»Woher der plötzliche Sinneswandel?«

Einen Moment zögerte Jacobi. »Nenn es Intuition. Oder Lernfähigkeit.«

Nun schwieg sie, und in der Stille glaubte er zu spüren, dass sie geschmeichelt war. »Aber wovon?«, fragte sie schließlich. »Wovon sollen wir abgelenkt werden?«

»Das ist die große Frage, die wir beantworten müssen.«
»Und wie?«
»Kümmere du dich weiter um Forsters Energieprojekt. Wie genau soll es funktionieren? Wer ist daran beteiligt? Was sind die Risiken? Ich versuche, an Kaltenborn ranzukommen und mehr über Forsters Feinde herauszufinden.«

Nachdem er aufgelegt hatte, ging Jacobi weiter Richtung U-Bahn. Er bekam Hunger und hielt es für ein gutes Zeichen. In einer Bäckerei kaufte er eine Laugenbrezel und eine Sprite. Er aß und trank im Gehen, anschließend ließ er sich von der Auskunft mit Kaltenborns Büro verbinden. Dort sah man sich außerstande, ihm einen Termin für eine Audienz zu gewähren. Schließlich wolle alle Welt etwas vom neuen Star am Polithimmel. Außerdem sei bereits ein Gespräch mit Jacobis Kollegen Wuttke geplant, und die Fairness gebiete, die knappe Zeit des Kandidaten gleichmäßig auf die Medien zu verteilen. Man könne Jacobi höchstens anbieten, ihn auf eine Warteliste zu setzen. Die sei allerdings bereits sehr lang. Er lehnte dankend ab.

Jacobi spürte großen Widerwillen, bei Wuttke darum zu betteln, ihn zu Kaltenborn begleiten zu dürfen. Aber er sah ein, dass er Abstriche bei seiner Würde machen musste. Es half alles nichts.

»Was soll das bringen?«, fragte Wuttke am Telefon.

»Immerhin recherchiere ich auch zu dem Fall. Wir arbeiten gemeinsam daran, schon vergessen?«

»Was kann Kaltenborn schon wissen, das dir weiterhelfen könnte?«

»Zum Beispiel, ob es Hinweise oder Drohungen gab.«

»Das kann ich ihn auch fragen.«

Jacobi atmete tief aus. Offenbar hatte er Wuttke mit seinem Manöver stärker getroffen als gedacht. »Okay«, sagte er, »das war nicht sauber von mir heute Morgen. Ich entschuldige mich. Ich werfe mich vor dir in den Dreck.«

»Ich weiß nicht, wovon du redest.«

»Bitte, Stefan.«

»Nein«, sagte Wuttke und legte auf.

Verärgert blickte Jacobi auf das Display seines Telefons. Warum nur gaben sich alle so zugeknöpft? Ein Mensch war getötet worden, regelrecht hingerichtet. Und alle schienen nur an die taktischen Vorteile zu denken, die sie daraus ziehen konnten.

Das bedeutete, dass Jacobi und Katharina auf sich allein gestellt waren. Und er hatte das Gefühl, noch einmal ganz von vorn beginnen zu müssen. Am Tatort. Vielleicht war er tatsächlich so auf die Zeichen fixiert gewesen, dass er etwas anderes übersehen hatte.

Mittlerweile war es Viertel vor zwei, aber zu früh, um noch einmal ins Hotel zu fahren. Außerdem musste er dringend ausführlich zum Mord an Forster schreiben. Radio, Fernsehen und Internet waren voll davon, und es wurde Zeit, dass er sich zu Wort meldete. Der Text musste beeindruckend sein und beängstigend, ohne das Zitat zu erwähnen.

Und dann waren da noch profanere Dinge wie das Phantombild seines Verfolgers und sein Auto in Sachsenhausen. Genug zu tun also.

Jacobi gönnte sich ein Taxi und stieg hinten ein, weil er keine Lust auf Smalltalk verspürte. Still zog die Stadt an ihm vorbei.

Würde sie auch wieder zur Ruhe kommen?

KAPITEL 8

Gegen halb acht am Abend wirbelte ein leichter Wind die Schwüle des Tages ein wenig auf. Die Leuchtschrift an der Fassade des Forum-Hotels war noch nicht eingeschaltet, aber von den Ereignissen der vergangenen Nacht war nichts mehr zu spüren. Zumindest nicht an der Oberfläche. Im Foyer empfingen Jacobi der kühle Luftzug der Klimaanlage und die gedämpfte Höflichkeit des Personals.

Er hatte gehofft, Wernecke wieder an der Rezeption zu treffen. Nachdem Jacobi ihn eine Weile vergeblich gesucht hatte, sah er seinen Plan bereits den Bach hinuntergehen. Schließlich entdeckte er den jungen Mann doch noch. Mit einem Hotelgast stand er am Süßigkeitenautomat, der offenbar nicht richtig funktionierte. Als der Gast kopfschüttelnd gegangen war, erkannte Wernecke Jacobi sofort wieder.

Der Azubi sah müde aus. »Gibt es was Neues?«

»Leider nein«, antwortete Jacobi. »Aber ich müsste mir noch mal die Zimmer ansehen, 207 und 403. Es sind noch einige Fragen offen.«

Dies war der heikle Moment in Jacobis Plan. Immerhin versuchte er, sich ohne Wissen der Polizei Zugang zu einem Tatort zu verschaffen. Doch Wernecke schöpfte keinen Verdacht, schließlich hatte Demandt Jacobi als seinen Kollegen vorgestellt. Er ging zur Rezeption und schob die Schlüsselkarten über die Theke.

»Es dauert nicht lang«, sagte Jacobi erleichtert.

»Lassen Sie sich Zeit. Die Zimmer können sowieso nicht vermietet werden, solange sie versiegelt sind.«

Daran hatte Jacobi nicht gedacht, und vor der Zimmertür im vierten Stock zögerte er. Auf der Siegelmarke erkannte er Demandts Unterschrift. Mit dem Betreten des Zimmers würde er eine Grenze überschreiten. Das würde er Bruno irgendwann erklären müssen. Bei diesem Gedanken erinnerte er sich an ihre Begegnung vom Nachmittag. Gemeinsam mit einem Kriminaltechniker hatte Jacobi ein Phantombild seines Verfolgers entworfen. Mit dem Ergebnis war er sehr zufrieden und setzte einige Hoffnungen darauf. Doch Bruno hatte das Bild kaum beachtet, es abgetan wie eine lästige Nebensache. Jacobi konnte sich das nicht erklären. Musste er sich Sorgen um Bruno machen? War er mit dem Fall überfordert? Dann kam es umso mehr auf Jacobi an. Mit dem Autoschlüssel durchtrennte er das Siegel und öffnete die Tür.

Das einfache Doppelzimmer war kaum anders eingerichtet als die 207, in der Forster gestorben war. Hier hatte der Mörder jedoch nur wenige Spuren hinterlassen. An der Fernbedienung hatten Brunos Leute Fingerabdrücke gefunden und Haare auf dem Kopfkissen. Deshalb vermuteten sie, dass er die meiste Zeit auf dem Bett gesessen und ferngesehen hatte. Beim Blick ins Bad erkannte Jacobi am Waschbecken Reste vom Rußpulver der Kriminaltechnik. Vielleicht hatte sich der Mörder zwischendurch frisch gemacht. Oder es waren nur Spuren der Putzfrau. Jedenfalls fanden sich weder der physische noch der genetische Fingerabdruck des Täters in den Datenbanken des LKA. Das hatte ihm Bruno mitgeteilt, während sie in seinem Büro das Phantombild betrachtet hatten, und die Enttäuschung war ihm anzusehen gewesen.

Im Zimmer überlegte Jacobi, sich zu setzen. Damit würde er sichtbar: für die Leute im Hotel, für Bruno, für die, nach denen er suchte. Dann erinnerte er sich, dass er sich vorgenommen hatte, sich nicht länger zu verstecken. Demonstrativ ließ er sich auf das Bett fallen, legte den Kopf aufs Kissen und die Beine übereinander.

So oder so ähnlich musste der Mörder gewartet haben, vermutlich stundenlang. Jacobi spürte, wie viel Selbstbeherrschung nötig war, sich in dieser Situation Serien oder Talkshows anzusehen. Sicher hatte der Mann auch Forsters Auftritt auf dem Hotelkanal verfolgt, um sein Opfer jederzeit im Blick zu haben. Vergeblich suchte Jacobi nach der Fernbedienung. Wahrscheinlich war sie im Labor der KTU.

Irgendwann hatte der Täter den Zeitpunkt für gekommen gehalten. Mit einem simplen Anruf hatte er Forster in die Falle gelockt. Statt den Aufzug zu nehmen, war er dann vermutlich die Treppe hinuntergegangen, um möglichst wenigen Menschen zu begegnen.

Aus dem Treppenhaus trat Jacobi in das zweite Obergeschoss. Wie einen Tag zuvor wartete er an der Ecke, von der aus er die Tür zu Zimmer 207 einsehen konnte. Vermutlich hatte auch der Mörder hier gestanden. Gesehen hatte ihn von den Gästen der Etage niemand. Vielleicht hatte er irgendwann an der Tür gehorcht. Oder einfach gewartet, bis Forster das Zimmer betreten hatte. Dann hatte er geklopft.

Das Siegel zerriss mit hellem Rauschen, die Tür sprang klickend auf. Jacobi sah Forster herumfahren, den Schrecken, die Angst. Dann die Schüsse. Schnell schloss Jacobi die Tür. Als ob es etwas ändern würde. Einen Moment wartete er, bis die Bilder zu Boden gesunken waren.

Innen war die Luft schlecht, und Jacobi hatte das Bedürfnis, die Fenster aufzureißen. Stattdessen sah er sich um, ohne zu wissen, wonach er suchte. Er hoffte, es zu erkennen, sobald er es sah.

Die Papiere und Kartons waren verschwunden. Nur der große dunkle Fleck auf dem Teppichboden war geblieben – der letzte Hinweis, dass hier die verheißungsvolle Karriere von Roland Forster abrupt geendet hatte.

Seine Leute hatten das Zimmer nur genutzt, um ihr Material abzustellen und letzte Absprachen zu treffen. Sie würden nicht allzu viele Spuren hinterlassen haben. Ebenso wenig die Spurensicherung in ihren Faseranzügen. Und der Täter hatte während des Mordes Handschuhe getragen.

Was also konnte Jacobi überhaupt finden?

Er erinnerte sich, dass er vor zwei Monaten die Zeichen nur hatte entdecken können, weil er irgendwann seinen Standpunkt und damit seine Perspektive verändert hatte. Nun ging er in die Knie und sah unter das Bett. Dort entdeckte er außer einem schlichten Stofffetzen nur Wollmäuse. Danach kletterte er auf einen Stuhl. Der Blickwinkel war tatsächlich ungewohnt, brachte ihn aber nicht weiter.

Jacobi stieg wieder hinunter und setzte sich auf den Fußboden, den Rücken an das Bett gelehnt. Von hier aus betrachtete er das an die Wand geschmierte Zitat, in dem ein Fehler stecken sollte.

Und nun?

Da er keine Antwort fand, ließ er es zu, dass Bilder des Mörders in ihm aufstiegen. So ruhig wie möglich sah Jacobi ihm zu. Über Wochen hatte er die Tat geplant, das Hotel sondiert, vielleicht sogar hier übernachtet. Gestern hatte er im vierten Stock gewartet, war um kurz vor acht die Treppe hinuntergegangen, hatte wieder gewartet. Nachdem Forster aufgetaucht war, hatte er an die Tür geklopft und dem Politiker genau dort gegenübergestanden, wo er ihn haben wollte. Mit drei Schüssen hatte er ihn getötet, seinen Finger in dessen Blut getaucht, das Zitat an der Wand hinterlassen und war zurück in den vierten Stock gegangen, wo er vermutlich weiter ferngesehen hatte. Das alles hatte er erledigt, ohne von einem einzigen Menschen gesehen zu werden.

Und trotzdem sollte ihm bei den Zeichen ein Fehler unterlaufen sein? Das konnte sich Jacobi nicht vorstellen.

Noch einmal blickte er auf die griechischen Buchstaben an der Wand. Das Rot hatte sich mittlerweile weiter verdunkelt. In der Mitte war es etwas heller, an den Rändern dafür kräftiger. So, wie es eben aussah, wenn man mit den Fingern schrieb. Aber von Hektik oder gar Panik konnte Jacobi keine Spur erkennen.

Also kein unabsichtlicher Fehler.

Ein absichtlicher?

Im zurückliegenden Fall hatte Jacobi nach den Zeichen suchen müssen. Jetzt wurde er mit der Nase darauf gestoßen. Nur ein Scherz? Ein kleiner, spöttischer Hinweis auf die Überlegenheit des Täters? Seht her, ich bin überall. Und während ihr euch den Kopf darüber zerbrecht, was das zu bedeuten hat, bin ich längst einen Schritt weiter.

Jacobi spürte Unruhe. Er hatte das Gefühl, der Lösung nahe zu sein, wusste aber nicht, wie er sie fassen sollte. Vielleicht, dachte er, muss ich die Sache nicht nur körperlich, sondern auch gedanklich aus einer anderen Richtung betrachten.

Er saß auf dem Boden und starrte reglos auf die Wand. Nichts geschah, fünf Minuten, zehn Minuten. Doch irgendwann hatte er den Eindruck, die blutigen Zeichen auf der Wand würden sich ein wenig verändern. Nicht in ihrer Farbe oder in ihren Umrissen.

In ihrer Bedeutung.

Und endlich verstand er, was sie ihm sagen wollten.

Ein kalter Schauer lief Jacobis Rücken hinunter bis in die Beine. Nachdem er abgeebbt war, blieb Jacobi noch eine Weile sitzen und blickte auf die Wand. Wieder spürte er die

Gegenwart des Mörders. Hier im Zimmer. Aber er hatte keine Angst.

Er würde ihn kriegen.

Dann rief er Katharina an. »Wir müssen reden. Kannst du zu mir kommen? In einer halben Stunde. Und bring alles zu Forsters Projekt mit, das du hast.«

KAPITEL 9

Sie kannte das alles.

Das Knarren der Treppe. Den wuchtigen Handlauf unter ihren Fingern. Die ausgetretenen Stufen. Den Geruch von altem Holz. Den Weg hinauf zu Jacobis Wohnung.

Aber nicht nur das.

Nach dem Gespräch mit Forsters Sekretärin war Katharina direkt ins Büro gefahren. Auf ihrem Schreibtisch stapelten sich Seminararbeiten, und sie hatte versucht, ihre Gedanken nicht länger von den blutigen Zeichen an der Wand eines Hotelzimmers und durch die Angst eines toten Politikers bestimmen zu lassen. Mit den Korrekturen war sie ganz gut vorangekommen, doch immer war beides präsent gewesen. Gleichzeitig hatte sie eine Art glimmenden Genuss gespürt.

Sie war eingeweiht.

Nur zu gut wusste Katharina, wie gefährlich dieses Gefühl sein konnte.

Aber es war da.

Als die Hitze etwas nachgelassen hatte, war Katharina über eine Stunde durch den Niddapark gejoggt, an dessen Rand sie wohnte. Sie hatte sich eingeredet, dadurch den Fall aus dem Kopf zu bekommen. Doch wenn sie ehrlich war, wappnete sie sich auch für das, was ihr bevorstand. Während des Laufs war sie im Kopf Selbstverteidigungstechniken durchgegangen und hatte beschlossen, wieder zum Kurs zu gehen.

Vor einer guten halben Stunde hatte Jacobi angerufen. Irgendwie hatte sie es erwartet, vielleicht sogar gehofft. Während er eine Idee andeutete, die ihm bei seinen Recherchen gekommen war, hatte sie wieder diese Überzeugung in seiner Stimme gehört, der jeder Zweifel fremd war. Und sie musste sich eingestehen, dass sie sich davon angezogen fühlte. So war sie natürlich gefahren. Auch wenn es vielleicht bedeutete, sich auf etwas einzulassen, das sie mit der Wucht eines Tsunami treffen konnte.

Nun stieg sie also die knirschenden Stufen hinauf. Jacobi wartete an der Wohnungstür und umarmte sie. Sein Griff war warm und fest und von entwaffnender Selbstverständlichkeit. »Gut, dass du da bist«, sagte er. »Ich glaube, ich habe etwas gefunden.« Er nahm ihr die Unterlagen ab, die sie von Forsters Sekretärin bekommen hatte, und verschwand im Flur.

Noch bevor Katharina über die Schwelle trat, wusste sie, wie es riechen würde. Nach altem Holz, Aftershave und Hund. Dann machte sie den ersten Schritt auf die hässlichen Dielen, sah das einfache Regal und das Rennrad an der Wand. Es kam ihr vor, als wäre es seit ihrem letzten Besuch keinen Zentimeter bewegt worden. Während sie sich langsam vorwärtstastete, wartete Jacobi ungeduldig in der Tür zum Wohnzimmer. »Nimm dir einen Stuhl aus der Küche.«

Auch dort roch es wie beim letzten Mal, und gleich würde sie Juri auf dem Sofa liegen sehen.

Als sie das Wohnzimmer betrat, erschrak Katharina. Reglos lag der Golden Retriever auf dem Fußboden und hechelte entsetzlich. Sie wusste, dass er an diversen Altersgebrechen litt, aber so hatte sie ihn noch nie gesehen. Sie ging neben ihm in die Knie und streichelte ihn. Sein Bauch hob und senkte sich in raschem Tempo, die Augen waren geschlossen und die Zunge war aus der geöffneten Schnauze auf die Dielen gerutscht.

»Was ist mit ihm?«

»Die Hitze. Aber mach dir keine Sorgen. Er ist zäh.«

»Armer Kerl.«

Jacobi saß am Schreibtisch, in die Unterlagen vertieft. Er sah gut aus. Und er wirkte längst nicht mehr so entsetzlich müde wie am Schluss ihrer gemeinsamen Suche vor zwei Monaten. Dafür bemerkte Katharina wieder diesen Eifer, mit dem er sich in die Sache stürzte. Als würde er auf die Jagd gehen und nicht eher nachlassen, bis er die Beute erlegt hatte.

Sie richtete sich auf und trat neben ihn. Dass er sie nicht beachtete, fand sie in diesem Moment nur schade und hielt das für ein gutes Zeichen.

Gestern Nacht hatte er sie überrumpelt, und sie hatte schroff reagiert. Inzwischen hatte sie einen Tag Zeit gehabt, sich an den Gedanken zu gewöhnen, dass Jacobi wieder in ihr Leben gestürzt war. Und so fragte sie sich, wie sie zueinander standen. Immerhin hatten sie schon gemeinsam hier auf dem Sofa gelegen, beide mit bloßem Oberkörper. Sie hatten sich geküsst, und er hatte ihre nackte Brust berührt. Bedeutete das etwas? Verband es sie? Katharina wusste es nicht. Sie war jetzt fünfunddreißig und hatte keinerlei Erfahrung damit.

So entschloss sie sich zu einem Test, einer kleinen Mutprobe. Sie winkelte ihr linkes Bein an, stellte den Fuß auf die Zehenspitzen und legte ihre Hand auf seine Schultern, um sich abzustützen. Sie spürte ein aufregendes Prickeln. Doch Jacobi reagierte wieder nicht. Zuerst war sie enttäuscht, dann erleichtert. Immerhin erschrak er nicht. Vielleicht war das ein guter Anfang.

Während Jacobi das Konzeptpapier aufmerksam studierte, ließ Katharina ihren Blick über mehrere Kopien einer Anzeigenkampagne gleiten. Sie sah Radfahrer, die an einem Hügel entlangfuhren, an dem Schafe weideten, während im

Hintergrund eine Windkraftanlage stand. Auf einer anderen Aufnahme spielten Kinder im Garten vor einem hell erleuchteten Haus aus viel Holz und Glas. Ein drittes Bild zeigte eine Straßenbahn, die eine beeindruckende Spur aus Licht hinter sich herzog. Unter jedem Foto prangte der Slogan »Mit Energie für Frankfurt«, für den eine Agentur sicher Unsummen an Geld kassiert hatte.

Alles das hatte Katharina schon einmal überflogen. Bis 2023 sollte sich Frankfurt selbst mit Energie versorgen, unabhängig von Konzernen, Preisschwankungen an den Märkten, konjunkturellen Krisen und politischem Geschacher. Dazu sollten Sonnen-, Wind- und Wasserenergie sowie Biomasse massiv ausgebaut und in effizientere Technik investiert werden. Und an jedem neuen Projekt würden sich Frankfurter Bürger beteiligen können.

»Hast du schon gehört?«, fragte Katharina. »Besorgte Politiker denken bereits über verschärfte Gesetze nach, um sich besser vor Anschlägen zu schützen. Einschränkung des Demonstrationsrechts und so was.«

»Ja, ich weiß. Immer dieselbe Leier.«

»Und im Netz formiert sich schon Widerstand dagegen. Also, was ist dir aufgefallen?«

»Ich war noch mal im Hotel und habe mir die Zimmer angesehen.«

»Sie haben dich einfach so reingelassen?«

Endlich sah er sie an. »Immerhin bin ich im Auftrag von Kriminalhauptkommissar Demandt unterwegs«, sagte er grinsend. Dann wurde er ernst. »Angenommen, die Zeichen haben eine inhaltliche Bedeutung. Du hast gesagt, da steht, *die Leute sind glücklich, wenn sie hören, was gut für sie ist*. Aber im Original heißt es *haben*, nicht *hören*. Weiter angenommen, dass es keine blumigen philosophischen Betrachtungen sind, an denen uns der Mörder teilhaben lässt.«

»Sondern?«

»Ein Hinweis.«

Katharina trat einen Schritt zur Seite und hob eine Augenbraue.

»Mal unterstellt, die Zeichen beziehen sich tatsächlich auf Forsters Projekt. Darüber haben die Leute bisher einiges gehört. Und das gefällt ihnen. Aber im Zitat steckt ein Fehler, weil …«

»… auch am Projekt was faul ist?«

Jacobi nickte.

»Und was?«

»Hören anstatt haben. Forsters Ideen klingen sehr verlockend, nach Unabhängigkeit und Wohlstand. Aber noch haben die Leute nichts davon. Und vielleicht werden sie es nie bekommen.«

»Du meinst, das Ganze ist nur ein leeres Versprechen? Eine gigantische Luftnummer, um die Wahl zu gewinnen? Und jemand ist dahintergekommen und will durch den Mord darauf aufmerksam machen?«

Jacobi zuckte mit den Schultern und nickte.

Bisher war Katharina das Projekt sympathisch erschienen. Sie hatte sich durchaus vorstellen können, Forster zu wählen. Jetzt kam sie sich furchtbar naiv vor. Während sie versuchte, ihre Gedanken zu sortieren, fragte sie sich, ob sie wieder geradewegs in eine Falle tappten, weil der Köder so verlockend war. Wer war hier eigentlich der Jäger und wer die Beute? »Und du glaubst, wir finden in den Unterlagen einen Beweis für deine Theorie?«, fragte sie.

»Ich weiß es nicht. Vielleicht.«

»Ich meine, wir wissen noch nicht mal, ob es wirklich etwas mit dem Projekt zu tun hat.«

»Ja, aber wir können nicht einfach nur dasitzen und auf die große Eingebung warten. Wir müssen mit dem arbeiten, was wir haben.«

»Aber mit ein bisschen Blättern in Papieren ist es nicht getan.«

»Aha, und was schlägst du vor?«

Er sah sie an. Wütend? Auffordernd? Anfeuernd? Sie kam sich vor wie in einer Prüfung. Die Verteidigung ihrer Diplomarbeit. Die Rolle der Kirche während der Hexenprozesse. Der bohrende Blick von Professor Böhmer. Und es war egal, was sie sagen würde, sie konnte nur verlieren. »Ich mach mir doch nur Sorgen«, stammelte sie schließlich.

Jacobi sah zu ihr auf. »Ich doch auch. Deshalb versuche ich, so aufmerksam und sorgfältig wie nur irgend möglich zu sein. Und deshalb habe ich dich um Hilfe gebeten.«

Er nahm ihre Hand, und sie nickte. »Und jetzt?«

Norman schob einige Zettel mit Tabellen an den Rand des Tisches. »Vielleicht machst du damit weiter. Ich glaube, das kannst du besser als ich.«

Mit den Papieren setzte sie sich auf das Sofa. Juri öffnete nur kurz die Augen. Er sah wirklich schlecht aus.

Ein böses Omen?

Um nicht weiter darüber nachzudenken, wandte sich Katharina den Unterlagen zu. In langen Zahlenkolonnen wurden für einzelne bestehende oder geplante Energieanlagen Leistungsfähigkeit, prognostizierter Ausbau, nötige Investitionen und ihr Beitrag zur Gesamtversorgung aufgeführt. Katharina brauchte eine Weile, bis sie verstand, wie die Werte miteinander in Beziehung standen. Wenn Jacobi recht hatte, war es vielleicht ganz in Forsters Sinne, die Berechnungen möglichst unübersichtlich zu halten, damit niemand auf die Idee kam, genauer hinzusehen. Langsam arbeitete sie sich durch die Aufstellungen, addierte, überschlug Prozentzahlen. Das dauerte, weil Kopfrechnen nicht zu ihren Stärken gehörte. Aber sie hatte den Eindruck, dass die Werte stimmten. Nach zwanzig Minuten hatte sie eine viertel Seite von insgesamt dreien geschafft. Sie räkelte sich.

»Hast du was?«, fragte Jacobi.

»Ja, Nackenschmerzen.«

»Tut mir leid. Du kannst dich gerne hinlegen.«

»Und Juri? Ich dachte, das Sofa gehört ihm.«

»Das ist okay. Er mag dich.«

»Ach ja?«

»Seit du hier bist, hat er noch keinmal gefurzt. Ein untrüglicher Liebesbeweis.«

»So viel Zuneigung schmeichelt mir.«

»Bei mir reißt er sich nie so zusammen«, sagte Jacobi, stand auf und warf die Hundedecke vom Sofa auf den Boden. »Möchtest du was trinken? Bier?«

»Wasser wäre toll.«

»Aus der Leitung?«

»Perfekt.«

Jacobi verschwand, und langsam legte sich Katharina auf das Sofa. Es war ein seltsames Gefühl, sich hier auszubreiten. Als gehörte sie hierher. Während sie versuchte, sich an die Vorstellung zu gewöhnen, brachte sich Juri eindrucksvoll in Erinnerung. Es roch nach faulen Eiern.

Als sich der Gestank etwas verzogen hatte, kehrte Jacobi zurück, reichte ihr lächelnd ein Glas Wasser und setzte sich wieder an den Tisch. Katharina trank einen Schluck und machte sich wieder an die Arbeit. Es dauerte, bis sie sich ganz entspannt hatte. Kurz darauf hatte sie den Eindruck, dass mit den Zahlen tatsächlich etwas nicht stimmte, auch wenn sie nicht genau sagen konnte, was es war. Sie richtete sich auf und rechnete dieselbe Stelle mehrmals durch.

»Ich glaube, du hast recht«, sagte sie schließlich.

Sofort setzte sich Jacobi zu ihr auf das Sofa. »Was hast du?«

»Mittelfristig sollen Atomenergie komplett und Kohle und Erdöl weitestgehend ersetzt werden«, erklärte sie. »Dadurch entsteht bis 2023 eine Versorgungslücke von vierundsechzig Prozent, die durch die anderen Energien aufgefangen werden soll. Die Zahlen in den Tabellen geben an, um wie viel dafür bei den einzelnen Energieträgern zugelegt werden muss. Die Steigerungsraten sind beeindruckend, und am Ende kommt sogar ein Plus von einundsiebzig Prozent dabei raus. Das Problem ist, dass die absoluten Zahlen das nicht hergeben.«

Jacobi sah sie fragend an.

»Stell dir vor, du hast hundert Euro in der Tasche, und davon werden dir zwanzig geklaut. Das bedeutet ein Minus von zwanzig Prozent. Wenn du aber die restlichen achtzig Euro um zwanzig Prozent aufstockst, bist du nicht wieder bei hundert Euro, sondern hast erst sechsundneunzig. Und weil der Anteil der regenerativen Energien im Augenblick sehr viel geringer ist, bleibt der Effekt durch ihren Ausbau auch deutlich kleiner. Mit anderen Worten –«

»Es bleibt eine Lücke.«

»Eine ziemlich große Lücke.«

»Das heißt, sie haben den Mund zu voll genommen. Wieder mal.« Jacobi schüttelte den Kopf. »Das muss doch rauskommen.«

»Offensichtlich. Aber wäre Forster gewählt worden, hätte er zumindest ein paar Jahre Zeit gewonnen.«

»Um sich in seiner Macht zu sonnen und uns ein unkalkulierbares Risiko ans Bein zu binden. Zum Kotzen«, sagte Jacobi und kniff die Augen zusammen. »Forster muss davon gewusst haben. Und Kaltenborn auch.«

»Mit Sicherheit. Das erklärt auch Forsters Angst. Wäre das vor der Wahl rausgekommen, wäre er erledigt gewesen.«

»Du musst noch mal in sein Büro.«

»Was?«

»Es gibt sicher noch mehr Unterlagen. Und du hast doch einen guten Draht zu seiner Sekretärin.«

»Aber warum? Wir haben doch alles. Warum gehen wir damit nicht zur Polizei?«

Heftig schüttelte Jacobi den Kopf. »Alles, was wir haben, sind Papiere und ein paar Zahlen. Bruno würde mich auslachen. Und Kaltenborn könnte immer sagen, sorry, da haben wir uns wohl verrechnet. Wir brauchen eindeutige Beweise, dass es einen Zusammenhang gibt zwischen den Zahlen und dem Mord.«

Katharina erschrak über Jacobis Entschlossenheit, die in diesem Augenblick nichts Anziehendes mehr besaß. Er bekam einfach nicht genug und verlangte von ihr, sich dafür in Gefahr zu begeben. Sie stand auf, um ein wenig Abstand zwischen sich und ihn zu bringen.

Immerhin schien er ihren Schrecken zu bemerken. »Bitte, Katharina, wir sind schon so nah dran.«

»Genau, und weil ich weiß, was es bedeutet, nah dran zu sein, werde ich zur Polizei gehen.«

Nun schien Jacobi erschrocken, geradezu entsetzt. »Das ist zu früh. Die sind damit überfordert.« Er fasste sie an den Handgelenken. »Gib uns Zeit. Nur ein bisschen. Versprich mir das.«

Katharina spürte seinen festen Griff und erkannte das Flehen in seinem Blick. Schließlich nickte sie.

»Großartig. Danke«, sagte er erleichtert und griff zum Telefon. Unruhig lief er im Zimmer umher, bis sich am anderen Ende jemand meldete. »Wuttke? Hier ist Norman … Ja, ich weiß, wie spät es ist. Aber ich habe einen Job zu erledigen. Und dabei habe ich erfahren, dass an den schönen Plänen von Roland Forster einiges faul ist. Und sein Nachfolger Kaltenborn hängt mit drin. Deshalb werde ich beim Interview mit ihm dabei sein.«

Katharina hörte Wuttkes Lachen. Es klang höhnisch. Am Rande hatte ihr Jacobi von seinem besonderen Verhältnis zu seinem Kollegen erzählt. Sie hoffte nur, dass sich Norman nicht provozieren ließ.

»Schön, dass du dich amüsierst«, sagte Jacobi gefasst, aber entschlossen. »Ich möchte dich nur daran erinnern, dass Thiel erwartet, dass wir in dieser Sache zusammenarbeiten. Und du kannst noch so oft beim lieben Christoph auf dem Schoß sitzen: Wenn du das hier versaust, nagelt er deinen Arsch an die Wand. Und wenn du nicht kooperierst, werde ich dafür sorgen, dass du es versaust. Hast du mich verstanden?«, fragte Jacobi, legte auf und atmete durch. Dann bemerkte er Katharinas Blick. »Mein Lieblingskollege«, sagte er lächelnd. »Wir verstehen uns blendend.«

Katharina nickte. »Und du denkst, wir sind dem wirklich gewachsen?«

Wieder nahm er ihre Hände. »Der Killer glaubt, uns einen Schritt voraus zu sein«, sagte er leise. »Aber mittlerweile verstehen wir ihn.« Er grinste. »Wir wissen, wie er denkt.«

»Und hast du das schon mal zu Ende gedacht?«

»Was meinst du? Dass er verrückt ist und gefährlich? Davon dürfen wir uns nicht einschüchtern lassen. Wir müssen einen Schritt nach dem anderen machen.«

»Und wenn es gar nicht nur um Forster, Kaltenborn und das Projekt geht? Wenn es um viel mehr geht?«

»Sag ich doch: Er ist komplett irre.«

Katharina schüttelte den Kopf. »Ich meine, was tun wir, wenn er jeden Politiker töten will, der falsche Versprechungen macht? Der besonders populär ist. Oder der ihm einfach nicht passt. Was dann?«

Jacobi kniff die Augen zusammen. Katharina sah, dass er schluckte.

KAPITEL 10

Die wuchtigen Mauern des IG-Farben-Hauses hielten die Hitze zumindest ein wenig auf Abstand. Wie meistens in den Semesterferien drangen nur selten Geräusche vom Flur in ihr Büro, und die Seminararbeit, die sie las, war erstaunlich gut.

Katharina hätte diesen heißen Tag Anfang August genießen können.

Wäre da nicht ein Gedanke gewesen, den sie selbst in die Welt gesetzt hatte. Jemand tötete wahllos Politiker, die ihm nicht passten. Diese Idee, mehr ein undeutliches Jucken irgendwo zwischen Hinterkopf und Bauch, hatte sie schon beim Frühstück begleitet und dann auf dem Weg ins Büro. Im Treppenhaus hatte sie versucht, es abzuhängen, doch jetzt schien es durch sämtliche Ritzen zu kriechen. Musste sie etwas unternehmen? War sie dazu verpflichtet, weil niemand sonst etwas ahnte? Oder zeugte schon der Gedanke daran von Größenwahn? Und wenn sie aktiv wurde, durfte sie dann Frau Albrecht mit hineinziehen, so wie Jacobi es verlangte?

Um sich abzulenken, surfte Katharina im Internet und landete doch bei der Berichterstattung zum Attentat. Nachrufe feierten Forster als politisches Talent, wie es nur wenige gebe. Gleichzeitig herrschte Entsetzen über den Mord, und es wurden Vergleiche mit den Anschlägen auf Lafontaine und Schäuble bemüht. Zudem fand sie einige besonders geschmacklose Kommentare von Usern, aus denen

Spott und Häme tropften. Bei alldem spürte Katharina eine große Hilflosigkeit. Die passende Schublade war noch nicht gefunden, durch die das Undenkbare beherrschbar und damit erträglich werden sollte. Katharina fürchtete, dass dafür ein ganzer Möbelladen nicht reichen würde.

Am Tag zuvor hatte sich auch Vahlen zu Wort gemeldet. Auf Fotos wirkte die Graue Eminenz der Freien Bürger auf undefinierbare Weise alt. Als wäre er schon immer da gewesen und würde es auf ewig bleiben. In einigen spitzen Bemerkungen hatte er sich lustig gemacht über den neuen Kandidaten, den er als fleißig und belesen bezeichnete. Doch zur allgemeinen Überraschung hatte Kaltenborn souverän reagiert: Er wolle sich bemühen, auch seine Kritiker zu überzeugen. Das alles hatte dazu geführt, dass die Umfragewerte weiter gestiegen waren und Kaltenborn seinen Vorgänger sogar überflügelt hatte. Würde jetzt gewählt, würde er knapp gewinnen. Bis zur Wahl dauerte es jedoch noch gut drei Wochen, und Katharina fragte sich, ob er bis dahin überleben würde.

Nicht nur politisch.

Auf der Seite der *Frankfurter Nachrichten* las sie schließlich Jacobis Artikel. Erleichtert stellte sie fest, dass er die Zeichen vom Tatort tatsächlich nicht erwähnte.

Katharina sah auf und hatte den Eindruck, das beunruhigende Gefühl aus ihrem Bauch sei auf den Stuhl auf der anderen Seite des Schreibtisches gekrochen. Dort lehnte es sich lächelnd zurück. Es sagte nichts, aber das Grinsen genügte.

Sie schob die Seminararbeit zur Seite und trat hinaus in den Flur. In der Küche der Abteilung für Neuere Geschichte schnitt sie einen Apfel auf. Beim Blick auf das Messer dachte sie, wie wichtig es war, sich auf das Hier und Jetzt zu konzentrieren, anstatt irgendwelchen Hirngespinsten nachzurennen. Im selben Augenblick fragte sie sich, ob es bedeutete, vor der Realität davonzulaufen.

»Hier stecken Sie, Katja. Ich habe Sie überall gesucht.«

Katharina fuhr herum. Schindler stand in der Tür, Professor Doktor Dietmar Schindler, achtundvierzig Jahre alt, Inhaber des Lehrstuhls für Neuere Geschichte, fachlich eine Koryphäe, menschlich ein Desaster. Wieder trug er sein Hemd einen Knopf zu weit geöffnet, und auf der Oberlippe glänzte Schweiß.

»Für meinen Artikel brauche ich noch einige Literaturangaben«, erklärte er. »Ich habe Ihnen eine Liste auf den Schreibtisch gelegt. Erledigen Sie das bitte bis heute um zwei.«

In jedem anderen Institut der Welt gab es studentische Hilfskräfte für Aufgaben wie diese. Nur Schindler nutzte dafür regelmäßig sein hoch qualifiziertes und teures wissenschaftliches Personal. Und schien sich nichts dabei zu denken. Katharina dagegen merkte, wie sie sich immer mehr von ihm distanzierte und von seiner Art, sie herumzukommandieren. Nach wie vor fand sie ihn widerlich. Solange er sie aber nicht berührte, spürte sie immer seltener Wut als vielmehr Mitleid. In ihren Augen wandelte sich Schindler mehr und mehr zu einer bedauernswerten Kreatur.

Jetzt dachte sie, dass er keine Ahnung hatte, was gerade in der Stadt geschah. Von den wahren Dimensionen. Und nie würde sie darauf kommen, ihn einzuweihen. Schlimm genug, dass er sie ungefragt Katja nannte.

Das bedeutete aber auch, dass sie sich selbst kümmern musste. Sie durfte nicht davonlaufen. Sonst starb vielleicht schon bald der nächste Politiker.

»In Ordnung«, sagte sie und ließ ihn stehen.

Als sich Forsters Sekretärin am Telefon meldete, klang ihre Stimme professionell-freundlich, aber auch so, als sei sie in Gedanken sehr weit weg.

»Es tut mir leid, dass ich Sie noch einmal belästige«, sagte

Katharina, »aber es gibt da etwas, worüber ich mit Ihnen reden muss.«

Sie erwartete eine Reaktion, doch Frau Albrecht schwieg.

»Ich habe mir die Informationen zu Forsters Projekt angesehen, die Sie mir gegeben haben. Und ich fürchte … damit stimmt was nicht.«

»Was meinen Sie?«

»Die Zahlen. Die Rechnung geht nicht auf. Es ist zu wenig, um die Stadt wirklich zu versorgen.«

»Wurde er deshalb ermordet?«

»Möglich. Um sicherzugehen, brauche ich weitere Informationen. Ich muss wissen, ob es Pläne gibt, wie die Lücken geschlossen werden sollen. Dazu muss Forster weitere Unterlagen haben. Ich weiß, ich verlange viel von Ihnen, aber würden Sie für mich nachschauen?«

Katharina hatte sich auf ein hartes Stück Arbeit eingestellt, die Sekretärin davon zu überzeugen, ihr noch mehr Einblick zu gewähren. Immerhin bedeutete es, geheime Unterlagen rauszugeben. Erfuhr irgendjemand davon, brachte sie das in ernste Schwierigkeiten.

Doch Frau Albrecht schwieg nur kurz. »Kommen Sie heute Abend um neun«, sagte sie bestimmt. »Dann sind wir ungestört, und es ist noch hell genug.«

Um zehn nach neun wurde sie unruhig.

Um sich abzulenken, sah sich Katharina die Schaufenster des Blumenladens an. Auf der anderen Straßenseite lag das Café, in dem sie am Vortag mit Frau Albrecht gesprochen hatte. Würde sie wirklich ein zweites Mal kommen? Oder waren die Skrupel doch größer? Beide Vorstellungen verstärkten nur Katharinas Nervosität, und sie heftete ihren Blick auf üppige Grünpflanzen und Dekomaterial aus Metall.

Endlich hörte sie schnelle, leise Schritte und staunte. Frau

Albrecht trug ein schwarzes T-Shirt, eine leichte schwarze Hose, Ballerinas und ein dunkles Basecap. Ungefähr so stellte sich Katharina eine professionelle Einbrecherin vor. Zügig ging die Sekretärin an ihr vorbei Richtung Parteigebäude.

»Danke, dass Sie das für mich tun«, sagte Katharina im Gehen.

»Nicht für Sie.«

»Was meinen Sie?«

»Er hat mich gefeuert.«

»Was? Wer?«

»Kaltenborn.«

»Warum?«

Frau Albrecht lächelte bitter. »Sie kennen sich nicht besonders aus mit Politik, oder? Kaltenborn und Dr. Forster waren Konkurrenten, auch wenn sie zur selben Partei gehörten. Ich habe für Forster gearbeitet. Kaltenborn würde mir nie vertrauen.«

»Und jetzt?«

»Ich bin sechsundfünfzig. Wenn ich jetzt noch einen Job finde, dann nicht, weil ich dafür qualifiziert bin. Höchstens als die Ex-Sekretärin des Politikers, der ermordet wurde. Damit könnte ich durch Talkshows tingeln. Ich will aber nicht.«

»Und deshalb helfen Sie mir?«

»Ich war immer loyal. Und genau darum stehe ich jetzt auf der Straße.«

Aus einer kleinen Gasse bogen sie in die Ringstraße. »Haben Sie Vahlens Kommentar zu Kaltenborns Kandidatur gehört?«, fragte Katharina. »Was halten Sie davon?«

Frau Albrecht lachte. »Ich wette, Kaltenborn hat geschäumt vor Wut.«

Die Parteizentrale lag auf der anderen Straßenseite. Katharina blieb stehen und sah an der Fassade hinauf. Die

Dämmerung tauchte das Gemäuer in fahles blaues Licht. Erker warfen breite Schatten. Ungefähr an dieser Stelle hatte Katharina am Tag zuvor Frau Albrecht belogen, um sie auf die Straße zu locken. Jetzt war sie im Begriff, vertrauliche Informationen zu stehlen. Was würde noch folgen?

»Was ist?«, fragte Frau Albrecht. »Worauf warten Sie?«

Der Eingangsbereich des Gebäudes wirkte klein und schmucklos. An den Wänden hingen einige großformatige Fotos mit Frankfurter Stadtansichten. In Aufstellern darunter waren noch die Wahlplakate mit Forster zu sehen, während Kaltenborns Kopf nirgends auftauchte. Es schien, als sei die Partei von ihrem eigenen Tempo überrollt worden.

Im Fahrstuhl war es eng und roch nicht gut. Als sich die Tür wieder öffnete, blickte Katharina in mehrere schmale Gänge. Abgenutzter Teppichboden dämpfte ihre Schritte. Die Enge hatte etwas Bedrückendes, und mehrmals sah sich Katharina um. Nach einer Biegung öffnete sich der Gang zu einem kleinen Foyer, von dem weitere Flure abzweigten. Hinter der nächsten Ecke blickte Katharina plötzlich in einen Hinterhof und wusste, dass sie völlig die Orientierung verloren hatte. Diese Unübersichtlichkeit passte zur Partei, und das dichte Halbdunkel tat ein Übriges. Sie hoffte nur, rechtzeitig den Ausgang zu finden, wenn es nötig war.

Endlich blieb die Sekretärin vor einem Büro stehen. Auf einem kleinen Türschild stand »Dirk Kaltenborn, Geschäftsführung«. Frau Albrecht horchte, klopfte und drückte die Klinke. Es war abgeschlossen. »Gut so«, sagte sie und betrat ein kleines Büro auf der anderen Seite, ein kurzes Stück den Gang hinunter.

Dort roch es nach ihrem Parfüm. Mit grauen Möbeln, einigen Bildern und Grünpflanzen wirkte es wie eine Million anderer Büros. »Es wird mir fehlen«, sagte Frau Albrecht leise.

Eine Verbindungstür führte in Forsters Büro, einen deutlich größeren Raum mit einer Sitzgruppe aus schwarzem Leder. Die Wand gegenüber der Fensterfront war mit Nachtaufnahmen verschiedener Städte dekoriert, deren Namen in großen, schmalen Buchstaben über die Bilder liefen. Mailand. Toronto. Yokohama.

Nachdem sich Katharina flüchtig umgesehen hatte, begegnete sie Frau Albrechts angespanntem Blick. Es machte ihr also doch zu schaffen. Katharina überlegte, wie sie reagieren sollte, doch bevor sie etwas sagen konnte, wandte sich die Sekretärin einem Aktenstapel auf dem Schreibtisch zu.

Nach einer Weile schob sie Katharina zwei dünne Mappen zu. »Mit Energie für Frankfurt« stand darauf. Während Frau Albrecht weiter den Schreibtisch durchsuchte und ein Regal an der Wand dahinter, überflog Katharina die Unterlagen. Sie enthielten Pressemitteilungen, Vortragsmanuskripte, wieder die Zeitungsanzeigen, die sie bereits kannte, und eilige Memos, aber insgesamt nichts Neues, nur die Papierversion der offiziellen Sprachregelung. Ein fantastisches Projekt, das der Stadt großartige Perspektiven eröffnete.

Die beiden Frauen blickten sich an und schüttelten den Kopf. Katharina spürte Enttäuschung, während Frau Albrecht skeptisch wirkte. Mit dem Zeigefinger tippte sie gegen ihre Lippen. »Es war jemand hier«, sagte sie.

»Sind Sie sicher?«

»Es muss mehr Unterlagen zum Projekt geben. Aber hier ist nichts.«

»Und wer sollte sie genommen haben?«

»Das fragen Sie? Kaltenborn natürlich. Der reißt sich alles unter den Nagel. Aber so leicht geben wir nicht auf. Kommen Sie.«

Vorbei an ihrem Arbeitsplatz gingen sie zurück in den Gang und stoppten vor dem Raum neben Kaltenborns Büro. »Mit seiner Sekretärin verstehe ich mich ganz gut. Und die

Schlüssel passen zu allen Sekretariaten. Das ist manchmal sehr nützlich«, erklärte Frau Albrecht grinsend.

Das Zimmer ähnelte ihrem Büro. Auch hier gab es eine Verbindungstür. Dort fasste Katharina Frau Albrecht an die Schulter. »Wollen Sie das wirklich tun?«

»Ich dachte, deshalb sind wir hier.«

Kaltenborns Büro roch nach Kaffee und Desinfektionsmittel. Es war länglich geschnitten und wirkte durch hohe Regale an beiden Seiten sehr schmal. Wie ein Archiv. Oder eine Höhle. In der Mitte stand ein runder Tisch mit vier Stühlen, der Schreibtisch war ganz hinten am Fenster platziert.

Während Frau Albrecht bereits erste Akten durchsuchte, stand Katharina noch immer in der Tür. Der nächste Schritt würde ein ziemlich großer sein, und wieder fragte sie sich, ob sie ihn wirklich gehen wollte. In diesem Moment glaubte sie, Carlas kräftige Stimme zu hören. Ein bisschen schwanger geht nicht, hatte ihre Freundin vor zwei Monaten gesagt. Entweder Katharina ließ sich richtig auf die Sache ein oder gar nicht. Abwechselnd horchte sie hinaus in den Flur und in sich hinein, als Frau Albrecht in ihrem Rücken fluchte. Katharina fuhr herum und sah die Sekretärin hinter dem Schreibtisch. »Abgeschlossen«, sagte sie. »Also, wo sonst würden Sie etwas verstecken, das nicht jeder sehen soll?«

»Ich weiß nicht. Vielleicht zwischen den Büchern oder dahinter.«

Frau Albrecht nickte. »Dann los.«

Für die nächste Viertelstunde zogen sie Hunderte Bücher aus den Regalen. Irgendwann stellte sich ein Automatismus ein. Katharina dachte nicht länger darüber nach, dass sie gerade mehrere Gesetze gleichzeitig brach. Dafür spürte sie die Anstrengung im Oberarm und den Schweiß am ganzen Körper.

Doch alle Mühe brachte nichts, und schließlich schüttelte Frau Albrecht den Kopf. »Ich verstehe das nicht.«

»Und wenn wir uns geirrt haben? Wenn es gar nicht Kaltenborn war?«

»Es war Kaltenborn.«

»Vielleicht gibt es auch gar keine geheimen Unterlagen. Vielleicht bilden wir uns das nur ein.«

»Wollen Sie etwas finden oder nicht?« Frau Albrechts Stimme klang nicht nur ungeduldig, sondern aggressiv. »Warten Sie.«

Auf dem Schreibtisch schien die Sekretärin etwas zu suchen, ohne es zu finden. Sie verschwand nach nebenan und kehrte mit einem Brieföffner zurück. Damit machte sie sich an der Schreibtischschublade zu schaffen. »Alter Sekretärinnentrick«, sagte sie. »Klappt immer.«

Katharina kniff die Augen zusammen, bis die Schublade mit deutlichem Knacken aufsprang. Erstaunt blickte sie auf eine Umlaufmappe mit einem dicken Papierstapel, die von einem einfachen Gummiband zusammengehalten wurde. »Mit Energie für Frankfurt« stand auf dem Umschlag. Darunter war das Wort »vertraulich« aufgestempelt.

Frau Albrecht grinste. »Ich hab's gewusst.«

Eine Weile starrte Katharina ungläubig auf ihre Entdeckung. Es bedeutete, dass sie und Jacobi recht gehabt hatten. Dass sie im Begriff war, ein Verbrechen aufzudecken. Oder zumindest einen sehr fragwürdigen Plan, der die Öffentlichkeit täuschte. Dass sie Schmutz an die Oberfläche wirbelte. Oder Schlimmeres.

Schließlich griff sie die Mappe, die schwer in der Hand lag, und blätterte durch den Stapel. Er enthielt jede Menge Papiere und Zahlen, die ihr bekannt vorkamen, aber auch neue Tabellen, Grafiken, Fotos von Landschaften, technische Zeichnungen, geologische Querschnitte.

»Und?«, fragte Frau Albrecht ungeduldig.

»Ich weiß nicht. Ja, vielleicht. Jedenfalls anders als die Unterlagen, die Sie mir gegeben haben.«

»Dann machen Sie schnell.«

»Was?«

»Kopieren. Links am Ende des Ganges.«

Katharina zögerte.

»Was?«, fragte die Sekretärin. »Wir brechen hier ein, um zu beweisen, dass Kaltenborn die Öffentlichkeit belügt. Und dann finden wir den Beweis, und Sie wollen die Papiere einfach wieder zurücklegen? Jetzt machen Sie schon.«

Frau Albrecht schob Katharina über den Flur zum Kopierer. Der kleine Raum war fensterlos und stickig, und die Sekretärin schaltete das Licht ein. Katharina sah sich jeden Zettel einzeln an, bevor sie ihn vervielfältigte. Dabei dachte sie an Watergate. Auf welcher Seite stand sie? Half sie, ein Verbrechen aufzuklären? Oder machte sie sich gerade selbst eines Vergehens schuldig? Dann begriff sie, dass dies nicht der richtige Zeitpunkt war, darüber nachzudenken. Hastig schob sie den gesamten Stapel in den Einzelblatteinzug und trat einen Schritt zurück, als würde ihr sonst alles um die Ohren fliegen.

»Aufregend, oder?« Frau Albrecht lehnte in der Tür, und Katharina spürte ihre Genugtuung. »Für mich jedenfalls. Für Sie vielleicht nicht. Sie haben ja anderes hinter sich.«

»Danke, dass Sie das für mich tun.«

»Wahrscheinlich hätte ich das schon viel früher tun sollen.«

»Was meinen Sie?«

»Misstrauisch sein. Genauer hinsehen, was um mich herum passiert. So wie Sie.«

Irgendwo auf der Etage fiel eine Tür ins Schloss.

Frau Albrecht bedeutete Katharina zu schweigen und verschwand im Flur.

Abwechselnd sah Katharina zur Tür und zum Kopierer.

Plötzlich erschienen ihr der Apparat dröhnend laut und der Papierstapel im Einzug noch erschreckend dick.

»Frau Albrecht? Was tun Sie hier?«

Katharina erschrak. Die Stimme vom Flur klang für einen Mann recht hoch, scharf und ein wenig schnarrend. Sie glaubte sie zu kennen.

Kaltenborn.

Hastig überlegte Katharina, was sie tun konnte. Der Kopierraum bot kein Versteck, und der Gang war eine Sackgasse. Rannte sie weg, würde sie Kaltenborn unweigerlich in die Arme laufen. Im Reflex griff sie die Papiere und schob sie unter den Kopierer.

»Ich arbeite hier«, antwortete Frau Albrecht.

»Um diese Zeit?«

»Sie können mich ja abmahnen.«

»Was soll das? Sie sind lange genug dabei, um zu verstehen, warum wir uns von Ihnen trennen müssen.«

»Das haben Sie jetzt schön gesagt.«

Schwitzend stützte sich Katharina am Türrahmen ab, als sie bemerkte, dass einige Zettel unter dem Kopierer hervorschauten. Hastig versuchte sie, die Papiere mit dem Fuß zurückzuschieben.

Vergeblich.

»Sagen Sie, kopieren Sie Unterlagen?«, fragte Kaltenborn.

Katharina fuhr herum.

Sie saß in der Falle.

KAPITEL 11

»Schnüffeln Sie hier herum? Wollen Sie uns schaden? Mir? Der Partei?«

Holm hörte die Stimme und folgte ihr. Den ganzen Tag über hatte er das getan, und noch immer fand er sie unangenehm. Als er jetzt um die Ecke sah, erkannte er Kaltenborn mitten im Gang. Er hatte ihm den Rücken zugewandt, und vor dem Politiker hatte sich eine ältere Frau aufgebaut.

»Ich erledige nur einige Sachen, die liegengeblieben sind«, erklärte sie trotzig. »Die möchte ich zu Ende bringen, bevor ich gehe.«

Doch Kaltenborn schien ihr nicht zuzuhören. »Also hatte ich recht, Sie zu entlassen. Sie sind für die Partei nicht länger tragbar.«

»Ich sagte doch: Dinge, die liegengeblieben sind. Außerdem einige Hinweise für meine Nachfolgerin. Ich möchte ihr alles geordnet hinterlassen.« Während sie sprach, hatte die Frau einmal kurz über die Schulter geblickt. Hinter ihr lag ein weiterer Raum, aus dem Licht in den Flur drang. Sie wollte also verhindern, dass Kaltenborn dort nachsah. Holm war gespannt. Jetzt hob sie das Kinn noch etwas weiter. »Und ein paar private Erinnerungsstücke mitnehmen, wenn Sie gestatten.«

Die Frau war nicht sonderlich groß, aber entschlossen, und das machte Kaltenborn zu schaffen. Es war amüsant zu sehen, wie er sich mühte, sie unter Kontrolle zu bekommen.

»Und das muss ausgerechnet jetzt sein? Das finde ich sehr seltsam.«

Nun bemerkte Holm eine geöffnete Tür schräg vor sich. »Vivian Lenbach« stand auf dem Schild daneben, »Sekretariat der Geschäftsführung«. Während Kaltenborn und die Frau weiterdiskutierten, schlüpfte Holm in das Büro.

Er hatte schon eine Menge Büroräume, Hotelzimmer und Privatwohnungen gesehen. Er kam rum und mochte es, in Bewegung zu sein. Manchmal war es interessant, sich eine Weile im Leben anderer aufzuhalten. Doch meist begann es ihn nach kurzer Zeit zu langweilen.

Kaltenborn folgte er, seit der Politiker heute früh die Parteizentrale verlassen hatte. Holm hatte ihn zu zwei Wahlkampfauftritten und beim Besuch einer Fabrik begleitet. Bei mehreren Interviews war er genauso in Kaltenborns Nähe gewesen wie beim kurzen Mittagessen in einem Thai-Restaurant und dem Treffen mit Gewerkschaftern. Als der Kandidat schließlich mit Vahlen zusammengetroffen war, hatte Holm vor der Tür gewartet. Während der ganzen Zeit hatte Kaltenborn nichts von seiner Anwesenheit gespürt, nicht einmal jetzt, als er nur wenige Stufen hinter ihm die Treppe hinaufgestiegen war.

Holm war gut darin, unauffällig zu sein. Unsichtbar.

Um sich während des langen Wartens die Zeit zu vertreiben, hatte Holm unterwegs zuerst den Stadtplan studiert und sich die Wege eingeprägt. Danach hatte er die Zeitung überflogen, auch den Artikel eines Norman Jacobi, der über den Mord an Forster berichtete. Doch er interessierte sich nicht für Hintergründe und Zusammenhänge. Je weniger Holm wusste, umso besser konnte er arbeiten. Nur ganz kurz hatte er sich gewundert, wie das zusammenpasste, erst Forster, jetzt Kaltenborn, vollkommen gleich und doch ganz anders.

Schließlich hatte er sich wieder den Zeichnungen in seinem Notizbuch zugewandt. Stundenlang konnte er sich damit beschäftigen. Gerade entwarf er einen handlichen, unauffälligen Elektroschocker, mit dem sich über eine gewisse Distanz arbeiten ließ. Das war nur eine seiner vielen Ideen.

Noch immer hörte er Kaltenborns Stimme vom Flur. Mittlerweile klang sie schrill und ein wenig kratzend. Holm war aufgefallen, dass es immer dann passierte, wenn das Publikum nicht wie gewünscht reagierte.

Während er zuhörte, dachte Holm darüber nach, wie seine eigene Stimme klang. Er redete nicht besonders viel. Er konnte sich nicht erinnern, heute überhaupt etwas gesagt zu haben. Auf keinen Fall würde er sich auf eine Diskussion einlassen, wie Kaltenborn sie gerade führte. Er überlegte, was zu tun war, und zog es durch. War jemand anderer Meinung, machte er es eben allein. Das war ihm ohnehin am liebsten.

Ungerührt schlenderte er weiter in Kaltenborns Büro. Es war wichtig, sich einen Überblick zu verschaffen. Das Gebäude war unübersichtlich, und tagsüber herrschte sicher jede Menge Betrieb. Das würde es schwermachen, nicht gesehen zu werden. Und noch riskanter als seine Arbeit im Hotel. Dabei mochte er das Risiko. Dann spürte er etwas. Spürte er sich. Als er im Hotel die Treppen hinaufgelaufen war, die Männer des SEK dicht hinter ihm, hatte er sich wach und lebendig gefühlt. Aber er war nicht leichtsinnig. Das war der entscheidende Unterschied.

Jetzt trat Holm ans Fenster und blickte auf die umliegenden Dächer in der Dämmerung. Von dort würde er sehen können, wenn jemand am Schreibtisch saß und vielleicht auch am Tisch in der Mitte des Raumes. Ein wenig ging Holm in die Hocke, wechselte die Positionen und schätzte den Lichteinfall ab. Dann setzte er seinen Rucksack ab, nahm Platz am Tisch und prüfte auch von hier seinen Blickwinkel.

Es müsste funktionieren.

Noch immer war er nicht müde. Er brauchte nur wenig Schlaf. Dafür spürte er Hunger. Den Tag über hatte er kaum etwas gegessen und jetzt nur einen Apfel dabei. Er merkte, dass er das Warten langsam leid war.

Und wenn er es gleich hier erledigte? Es waren nur wenige Schritte über den Flur, ein paar gezielte Schüsse. Kurz flutete ihn ein Gefühl von Lebendigkeit. Er holte die Waffe mit dem Schalldämpfer aus dem Rucksack. Dann wusste er, dass das Risiko zu groß war. Immerhin waren sie zu zweit. Mindestens.

In diesem Augenblick hörte er einen Schlüssel im Schloss hinter sich. Holm sprang auf und schlich zurück in das Büro der Sekretärin. Dort lehnte er sich an die Wand direkt neben der Verbindungstür.

»Ich möchte nicht, dass Sie hier nachts herumschleichen«, sagte Kaltenborn, bemüht, endlich die Oberhand zu bekommen. »Ich erwarte, dass Sie Ihre Arbeit zu den üblichen Dienstzeiten erledigen. Danach will ich Sie hier nicht mehr sehen.«

»Sie glauben, jetzt, da Forster weg ist, können Sie über alles bestimmen«, antwortete die Frau. »Über das Projekt, die Partei, die Menschen. Es passt Ihnen ganz gut, dass er tot ist, nicht wahr?«

»Passen Sie auf, was Sie sagen. Sonst werde ich Sie anzeigen, wegen Verleumdung. Und jetzt gehen Sie. Verlassen Sie mein Büro. Verlassen Sie das Haus.«

Holm spürte die Waffe in seiner Hand. Wenn die Frau jetzt durch die Verbindungstür kam, würde er sie töten müssen. Ihre Schritte kamen näher, und eine heiße Welle aus Euphorie überspülte seinen Körper.

»Waren Sie an meinem Schreibtisch?«, rief Kaltenborn.

Die Schritte stoppten dicht an der Verbindungstür.

»Sie sind in mein Büro eingedrungen und haben meinen

Schreibtisch aufgebrochen?« Kaltenborns Stimme kletterte wieder nach oben. »Und hier fehlen Unterlagen. Vertrauliche Papiere. Jetzt reicht's. Ich rufe die Polizei.«

»Tun Sie das«, antwortete die Frau. »Sie wird sich sicher brennend dafür interessieren. Dafür, dass Sie der Öffentlichkeit nicht die Wahrheit sagen. Dass Sie sie anlügen und betrügen.«

»Was meinen Sie damit?«

»Das wissen Sie sehr genau.«

»Ich will wissen, was Sie damit meinen! Antworten Sie! Sofort!«

Wieder diese schrille Stimme. Statt die Kontrolle zu gewinnen, hatte Kaltenborn sie endgültig verloren.

»Genug!«, schrie die Frau. »Ich weiß genug!«

Nun war Kaltenborn sprachlos, und in der gespannten Stille hörte Holm Schritte auf dem Flur.

Eilige, leise Schritte.

Sie waren also zu zweit, die Frau, mit der Kaltenborn stritt, und eine weitere Person.

Holm war neugierig, machte einige Schritte in das Halbdunkel des Raumes und blieb auf Höhe der Tür stehen. Während er hörte, wie Kaltenborn nebenan wieder heftig auf die Mitarbeiterin einredete, erschien eine jüngere Frau in seinem Blickfeld. Sie war nicht groß, wirkte aber hager, vielleicht zäh, war aber ganz sicher keine Gegnerin. Auf Höhe der Bürotür schien ihr Schritt einen Augenblick zu schweben, einen winzigen Moment innezuhalten. Ihre Augen maßen das Dunkel ab und schienen tatsächlich etwas zu entdecken, nur eine minimale Irritation, die aber genügte, einen aufwühlenden Schauer durch Holms Körper zu jagen.

Dann war sie weg und mit ihr das erhebende Gefühl. Er fragte sich, ob sie ihn tatsächlich gesehen hatte. Das hätte einen gewissen Reiz.

Er horchte nach nebenan. Kaltenborn war ganz mit der

älteren Frau beschäftigt. Also verließ Holm das Büro der Sekretärin und schlich den Gang zurück zum Treppenhaus. Er entdeckte die junge Frau am Fahrstuhl. Während sie wartete, schien sie in Gedanken versunken. Jedenfalls blickte sie sich nicht um. Holm überlegte, mit einzusteigen. Das aber bedeutete, dass nur er wieder aus dem Fahrstuhl heraustreten würde.

Die Tür öffnete sich. Die Frau stieg ein, und Holm rannte die Treppe hinunter. Unten sah er gerade noch die Haustür ins Schloss fallen. Vorsichtig spähte er auf den Gehweg. Die Frau hatte sich nach links gewandt und zog ihr Telefon aus der hinteren Hosentasche. Sie ging zügig, doch Holm kam schnell näher. Er wollte wissen, was sie sagte.

Ob sie über ihn sprach.

»Norman? Hier ist Katharina«, sagte sie, und er bemerkte die Aufregung in ihrer Stimme. Und dieser Norman? Etwa Norman Jacobi, der Journalist? Schließlich gab es diesen Vornamen nicht sonderlich oft. Holms Neugier wuchs, und er schlich noch etwas näher an sie heran.

»Ich war gerade in Forsters Büro«, sagte die Frau, »zusammen mit Frau Albrecht, seiner Sekretärin. Und ich glaube, wir haben tatsächlich etwas gefunden. Leider konnte ich keine Kopien machen, weil Kaltenborn dazwischenkam. Der ist wirklich ein Kotzbrocken. Aber ich hoffe, Frau Albrecht kann mir dabei helfen. Sie ist wirklich großartig. Sie tut mir nur so leid.«

Dann erzählte die Frau eine Menge, mit dem Holm nichts anfangen konnte. Über ihn sprach sie kein Wort. Das war fast ein bisschen schade. Denn in diesem Augenblick spürte er kein bisschen Hunger mehr. Dafür war er vollkommen wach.

Er beschloss, ihr zu folgen und zu sehen, wohin sie ihn führte.

KAPITEL 12

Am Samstagmorgen atmete die Stadt auf.

In der Nacht war ein kräftiges Gewitter niedergegangen. Das Wasser hatte Gullydeckel hochgedrückt und Keller geflutet. Jetzt jedoch war davon kaum noch etwas zu sehen. Die einzigen sichtbaren Spuren waren dünne Zweige, die durch Böen von den Bäumen am Straßenrand gerissen worden waren. Und mit dem Wasser schien die Hitze wie weggespült. Zumindest für den Moment. Die Luft war frischer. Es wehte ein leichter Wind.

Auch die öffentliche Stimmung beruhigte sich drei Tage nach dem Mord allmählich. Andere Themen eroberten etwas Aufmerksamkeit zurück. In der U-Bahn freuten sich die Leute auf das Testspiel der Eintracht gegen Real.

In der Enge des Fahrstuhls in der Parteizentrale der Freien Bürger war davon jedoch nichts zu spüren. Die Luft war stickig, Wuttke lehnte an der Wand und ließ Jacobi nicht aus den Augen. »Schön, dass du's einrichten konntest«, sagte er spöttisch.

Dieser Satz genügte, um Jacobi wütend zu machen. Aber er hatte sich geschworen, nicht die Fassung zu verlieren. »Wer ist Kaltenborn?«, fragte er.

»Ist das dein Ernst? Vielleicht solltest du doch mal die Zeitung lesen. Er ist der Geschäftsführer, der Strippenzieher im Hintergrund.«

»Das weiß ich. Die Frage ist, warum er?«

»Weil sie keinen Besseren haben. Sie haben komplett auf

Forster gesetzt, und dann stirbt er ihnen weg. Aber sie können auch nicht einfach hinwerfen. Leider wachsen geeignete Kandidaten nicht auf Bäumen.«

»Und wer steckt hinter dem Anschlag?«, fragte Jacobi.

»Ist es nicht deine Aufgabe, das rauszukriegen?«

»Du hast doch sicher eine Vermutung. Ein Energiekonzern? Die politische Konkurrenz? Irgendwelche Terroristen?«

Wuttke lachte laut auf. »Du glaubst zu viel von dem Zeug, das du schreibst.«

»Keine Idee?«

Wuttke wurde ernst. »Und selbst wenn: Warum sollte ich dir das sagen? Du scheinst da was misszuverstehen. Du bist nur hier, weil Thiel das so will und weil du mir ans Bein gepinkelt hast. Aber wenn du glaubst, dass ich deinen Job erledige, dann bist du noch dämlicher, als ich dachte.« Eine Weile sah er Jacobi durchdringend an, um sicherzugehen, dass seine Botschaft angekommen war. Dann grinste er wieder. »Schließlich bist du der Held der *FN*.«

Der Fahrstuhl stoppte, die Tür öffnete sich, und zielstrebig bewegte sich Wuttke durch die menschenleeren Gänge. Er schien sich bestens auszukennen. Kurz darauf klopfte er an Kaltenborns Büro.

Es dauerte einen Moment, bis die Tür von innen aufgeschlossen wurde. Ein wenig misstrauisch sah der Kandidat durch den Spalt. Er wirkte angestrengt und müde.

»Guten Morgen, Herr Kaltenborn«, sagte Wuttke. »Schön, dass das klappt.«

»Sie haben jemanden mitgebracht?«

»Einen Kollegen. Er wird ein paar Fotos machen, sich sonst aber zurückhalten. Ich hoffe, das ist in Ordnung.«

Kaltenborn bat sie herein. Einen kurzen Moment ärgerte sich Jacobi über Wuttkes Demütigung. Dann beschloss er, ihm den Spaß zu gönnen, wenn er ihn brauchte.

Auf dem Tisch in der Mitte des schmalen und irgendwie düsteren Raumes standen eine Wasserflasche aus Plastik, zwei Gläser und eine kleine Schale mit Keksen.

»Dann werde ich schauen, ob ich noch ein Glas finde«, sagte Kaltenborn.

»Nicht nötig«, erwiderte Jacobi.

Sie nahmen Platz, Kaltenborn mit dem Rücken zum Fenster. Wuttke schob ein kleines Mikrofon und ein Aufnahmegerät in die Mitte des Tisches. »Vielen Dank, dass Sie sich die Zeit nehmen, Herr Kaltenborn. Ich weiß, Ihr Terminkalender ist voll, und eine Kandidatur ist kein Spaziergang.«

»Bekommt man Verantwortung übertragen, dann geht es nicht um persönliche Befindlichkeiten. Man muss sich ihr stellen. Aber Sie haben recht, die Situation ist eine Herausforderung.«

»Waren Sie überrascht von Ihrer Nominierung?«

»Zunächst einmal bin ich entsetzt über die Umstände, die dazu geführt haben. Der Mord an Roland Forster ist eine furchtbare Tragödie. Natürlich für seine Familie, der mein ganzes Mitgefühl gilt, aber auch für die Partei, die Stadt, für das ganze Land. Roland Forster war ein überragender Politiker und ein äußerst charismatischer Mensch. Ich kannte ihn sehr gut. Über Jahre habe ich eng mit ihm zusammengearbeitet und ihn über alle Maßen schätzen gelernt. Er hinterlässt eine Lücke, die nicht zu schließen sein wird. Unabhängig davon ist es ein großer Vertrauensbeweis meiner Partei, mir diese verantwortungsvolle Aufgabe zu übertragen. Ich hoffe, ich kann ihr gerecht werden.«

Durch den Sucher der Kamera beobachtete Jacobi Kaltenborn in Großaufnahme. Er sah die unreine Haut und die Anspannung im Gesicht des Politikers. Er tat sich schwer mit seiner neuen Rolle. Jacobi hörte, wie er sein Verhältnis zu Forster schönredete, und war gespannt, was er noch aufgetischt bekam. Jedenfalls war er nicht gekommen, um sich mit Floskeln und alten Keksen abspeisen zu lassen.

Während er seine Fotos schoss, stach ihm plötzlich ein Lichtreflex durch den Sucher ins Auge. Jacobi blinzelte und blickte auf das gegenüberliegende Gebäude. Dort erkannte er hinter einer niedrigen Umfassungsmauer ein Flachdach. Die einzige Erhöhung war der gemauerte Zugang zum Treppenhaus. Vielleicht war dort jemand hinausgetreten, und die Tür hatte das Sonnenlicht reflektiert. Zu sehen war niemand.

»Was denken Sie, wie wird Ihre neue Aufgabe Sie verändern?«, fragte Wuttke.

»Als Spitzenkandidat stehe ich natürlich deutlich stärker im Fokus der öffentlichen Aufmerksamkeit. Aber ich glaube nicht, dass ich dadurch ein anderer Mensch werde. Das hoffe ich zumindest«, sagte Kaltenborn und lächelte umständlich.

Jacobi stand auf, um seine Perspektive zu wechseln, während Wuttke sich vorbeugte und die Hände auf den Tisch legte. »Bisher haben Sie und Ihre Partei den Wahlkampf komplett auf Ihr Projekt ›Mit Energie für Frankfurt‹ ausgerichtet. Das ist sicherlich ein wichtiges Thema, über das wir noch ausführlich sprechen werden. Aber unsere Leser interessiert natürlich, wofür die Freien Bürger außerdem stehen. Warum also sollte man in drei Wochen für Sie stimmen?«

»Natürlich ist unser Energiekonzept nicht unsere einzige Idee. Wer das behauptet, lügt, und dagegen werden wir uns wehren«, sagte Kaltenborn mit deutlicher Aggressivität. Dann schien er sich an seine neue Rolle zu erinnern und bemühte sich um einen versöhnlichen Tonfall. »Den Slogan für unsere Ideen haben wir nicht ohne Grund gewählt. Eine sichere und nachhaltige Energieversorgung ist nun mal die Basis für das Funktionieren und die Entwicklung einer Stadt. Ich weiß nicht, ob unsere Konkurrenten das begriffen haben. Wir jedenfalls haben verstanden, und ich werde mich mit all meiner Kraft dafür einsetzen.«

Jacobi trat näher an Kaltenborn heran und machte einige Profilaufnahmen, als er aus den Augenwinkeln eine Bewegung bemerkte. Wieder blickte er auf das gegenüberliegende Dach.

Wieder sah er niemanden.

»Aber was bedeutet das konkret?«, fragte Wuttke. »Welche Konsequenzen hat Ihr Projekt für die Menschen, die hier leben, für die Arbeitsplätze, für Schulen und Kindergärten?«

»Das will ich Ihnen sagen. Mit unserem Projekt werden wir die Stadt mittelfristig unabhängig von externer Energieversorgung machen. Alle Energie, die diese Stadt benötigt, wird sie selbst erzeugen. Das machen andere Kommunen auch, aber keine dieser Größe. Damit werden wir europaweit führend sein, vielleicht weltweit. Frankfurt wird der Prototyp und gleichzeitig der Motor für eine moderne und nachhaltige Stadtentwicklung im 21. Jahrhundert sein. Und das kommt natürlich unmittelbar auch den Schulen, Kindergärten und Krankenhäusern zugute und damit allen Menschen, die hier leben.«

Jacobi setzte sich. Mittlerweile kam es ihm vor, als bete Kaltenborn den Text einer Imagebroschüre herunter, den er auswendig gelernt hatte. Und Wuttke lieferte ihm die passenden Vorlagen. Sie spielten sich die Bälle zu wie im Trainingslager.

»Verstehe«, sagte Wuttke. »Ohne Zweifel ein sehr ehrgeiziges Projekt –«

»Wie diese Stadt. Sie ist es immer gewesen und vor keiner Herausforderung zurückgeschreckt.«

»Lassen Sie uns etwas genauer hinschauen. Bisher ist wenig Konkretes bekannt. Wie genau soll es finanziert werden? Was kommt auf die Bürger zu?«

»Die Entwicklungen werden nicht von heute auf morgen umgesetzt, sondern Schritt für Schritt. Wir haben einen Zeithorizont bis 2023. Das halte ich für realistisch. Die Bürger können sich sowohl am Ausbau bestehender Anlagen beteiligen als auch an neuen Projekten. Bei meinen Auftritten spüre ich eine große Begeisterung und starke Bereitschaft, Verantwortung zu tragen und gemeinsam am großen Ziel einer konzernunabhängigen Stadt zu arbeiten. Ich bin sehr optimistisch.«

Langsam reichte es Jacobi. »Sie machen der Stadt etwas vor.«

Kaltenborn war sichtlich überrascht. »Ich verstehe nicht.«

»Den *Frankfurter Nachrichten* liegen Dokumente vor, die belegen, dass Ihre Kalkulationen nicht stimmen. Mit Ihren Plänen kann sich die Stadt niemals autark versorgen.«

»Das ist eine bösartige Unterstellung. Alles ist seriös durchgerechnet von ausgewiesenen Experten. Was sollen das für Dokumente sein? Und woher haben Sie die?«

»Das spielt hier keine Rolle. Wie sollen die Lücken geschlossen werden?«

Hilflos blickte Kaltenborn zu Wuttke, der mit den Schultern zuckte.

»Solange Sie nicht sagen, wovon Sie reden, kann und werde ich nicht antworten«, sagte Kaltenborn.

»Wer weiß davon? Wer ist in die Planung des Projektes eingebunden?«

»Auch dazu werde ich hier nichts sagen.«

»Die Bürger sollen also ihre Ersparnisse in ein Projekt stecken, über das sie nichts wissen?«

»Sobald wir gewählt sind, werden wir die Bürger umfassend informieren.«

Wuttke hob die Hände zu einer beruhigenden Geste. »Lassen Sie uns noch einmal über die Bedeutung des Projekts für die Stadt sprechen.«

»Sie haben Andeutungen gemacht«, fuhr Jacobi dazwischen, »dass es Leute gibt, die gegen das Projekt sind. Wen haben Sie damit gemeint? Wer hat ein Interesse daran, das Projekt zu verhindern?«

»Wir leugnen nicht, dass unsere Ideen Einbußen für die Energiekonzerne bedeuten. Sie werden sich umstellen müssen, ja. Aber neue Zeiten und Entwicklungen erfordern nun mal Anpassung. Das ist ein ganz normaler Prozess.«

»Glauben Sie, dass die Konzerne verantwortlich sind für Forsters Ermordung?«

»Das habe ich nicht gesagt, und das werde ich nie sagen.« Kaltenborn wandte sich Wuttke zu. »Wer führt hier eigentlich das Interview? Sie oder Ihr Fotograf?«

»Jacobi, es reicht«, sagte Wuttke.

Doch Jacobi reichte es noch lange nicht. »Es ist bekannt, dass Sie und Forster Konkurrenten waren. Bisher haben Sie von seinem Tod nur profitiert.«

Kaltenborn wurde rot, die Schlagader am Hals schwoll an. »Diese Unterstellung ist infam, und ich verbitte mir das! Wir waren nicht immer einer Meinung, aber wir waren keine Gegner. Hier geht es nicht um ihn oder mich, sondern um die beste Lösung für die Stadt. Das erfordert Diskussionen, und nichts anderes haben wir getan.«

»Haben Sie sich mit dem Projekt übernommen?«

»Nein!«

»Warum hatte Forster dann Angst davor?«

»Projekte dieser Größenordnung sind immer mit Risiken verbunden. Das führt schon mal zu schlaflosen Nächten. Das war uns von Anfang an bewusst, und wir können damit umgehen.«

»Und warum ist Forster jetzt tot?«

Bevor Kaltenborn antworten konnte, zerfetzte ein ohrenbetäubender Knall die Fensterscheibe. Tausende Glassplitter wirbelten durch die Luft. Jacobi und Wuttke sahen sich an.

Für den Bruchteil einer Sekunde war die Überraschung größer als der Schock.

Dann ein weiterer Knall.

Wuttke schrie auf und griff sich mit beiden Händen ins Gesicht.

»Schüsse! Das sind Schüsse!«, rief Jacobi. »Runter! Runter!«

Er ließ sich auf den Boden fallen, schlug hart auf der Schulter auf und krabbelte unter den Tisch. Dort erkannte er den Schrecken in Wuttkes Augen, der seitlich auf dem grauen Teppichboden lag. Seine Hände und sein Gesicht waren blutverschmiert.

Nun absolute Stille. Kein weiterer Schuss. Trotzdem wagten sie kaum zu atmen. Was war mit Kaltenborn? Reglos standen seine Füße unter dem Tisch.

»Kaltenborn?«, flüsterte Jacobi.

Keine Antwort.

Langsam, Zentimeter für Zentimeter hob Jacobi den Kopf, bis er über die Tischkante sehen konnte. Er erschrak. Der Oberkörper des Kandidaten lag auf der Tischplatte und rührte sich nicht. War er tot?

War er der Nächste?

Auf allen vieren kroch Jacobi um den Tisch herum durch die Glassplitter, die auf dem Fußboden verteilt waren. Kaltenborns rechter Arm hing schlaff herunter. Jacobi griff das Handgelenk und war erleichtert, als er einen schwachen Puls ertastete.

»Krankenwagen«, sagte Jacobi leise zu Wuttke. »Ruf einen Krankenwagen. Schnell.«

Dicht am Regal entlang robbte Jacobi am Schreibtisch vorbei und duckte sich an die Wand unterhalb des Fensters. Wieder hob er langsam den Kopf und sah eine Gestalt auf dem Dach, einen Mann, nicht sehr groß oder kräftig. Er wandte ihm den Rücken zu und trug einen größeren Rucksack.

»Da ist er! Das ist der Mistkerl!«, rief Jacobi. Noch immer lag Wuttke auf dem Boden, nun mit seinem Telefon in der Hand, und sah ihn vollkommen hilflos an.

»Eins, eins, zwei«, rief Jacobi. »Eins – eins – zwei! Verdammt, beeil dich!«

Als er sich wieder umwandte, war die Gestalt auf dem Dach verschwunden.

Während Wuttke in wirren Worten am Telefon schilderte, was geschehen war, stand Jacobi auf und trat an den kleinen Konferenztisch in der Mitte des Raumes. Kaltenborns rechte Schulter war blutverschmiert. Jacobi richtete den Körper auf und sah, dass auch vorn Blut aus dem Hemd sickerte. Immerhin weit entfernt vom Herzen.

»Hören Sie mich?«, fragte Jacobi. »Kaltenborn, können Sie mich verstehen?«

Langsam öffnete Kaltenborn die Augen. Er atmete schwer und schien starke Schmerzen zu haben, wirkte aber ansprechbar.

»Begreifen Sie jetzt, worauf Sie sich eingelassen haben?«

Stoßweise pumpte ihm Kaltenborn Luft entgegen.

»Sie haben sich mit Leuten angelegt, die etwas gegen Ihr hübsches Projekt haben. Und die fackeln nicht lange. Deshalb mache ich Ihnen jetzt ein Angebot. Aber nur einmal, jetzt und hier. Bis zur Wahl biete ich Ihnen eine ausführliche positive Berichterstattung über Sie und Ihr Projekt. Im Gegenzug erzählen Sie mir alles darüber. Und ich meine wirklich alles. Mit wem arbeiten Sie zusammen? Wie wollen sie die Stadt wirklich versorgen? Und wer hat etwas dagegen? Also?«

Jacobi starrte auf Kaltenborn hinab, der Kraft zu sammeln schien, um dann den Kopf zu schütteln.

»Sie wollen es also auf einen zweiten Versuch ankommen lassen?«, fragte Jacobi. »Einen Versuch, bei dem vielleicht niemand in der Nähe ist? Ich glaube, Sie verstehen nicht ganz. Ich kann Ihnen helfen. Nicht nur, die Wahl zu gewinnen. Zu überleben! Oder ich kann Sie abservieren mit dem, was ich weiß und was ich noch herausfinden werde.« Jacobi beugte sich noch ein Stückchen weiter hinunter und senkte die Stimme. »Sie können die *Frankfurter Nachrichten* zu Ihrem Freund haben. Oder als Feind.«

Eine Weile sahen sie sich an. Kaltenborn schien einen Hinweis zu suchen, dass sich Jacobi einen Scherz erlaubte. Schließlich nickte er.

»Gut«, sagte Jacobi und nickte ebenfalls. Dann wandte er sich zu Wuttke. »Du bleibst bei ihm.«

Während Jacobi über den Flur zum Treppenhaus rannte, wählte er Brunos Nummer. Das Klingeln schien endlos. Wahrscheinlich sah der Kommissar seinen Blumen beim Wachsen zu.

»Auf Kaltenborn ist geschossen worden«, rief Jacobi, als sich Demandt endlich meldete.

»Was?!«

»Er lebt. Es hat ihn nur leicht erwischt.«

»Wo ist es passiert?«

»In der Parteizentrale.«

»Was machst du schon wieder dort?«

»Meine Arbeit.«

»Und der Täter?«

»Hat vom Dach eines Nachbarhauses geschossen.«

»Wo ist er jetzt?«

»Er haut ab.«

»Was ist das für ein Lärm?«

»Die Treppe. Das ist ein ziemlich altes Haus.«

»Sag nicht, du läufst ihm hinterher.«

»Soll ich ihn abhauen lassen?«

»Bist du wahnsinnig?«

»Wie viele tote Politiker willst du noch?«

»Norman, ich verbiete dir das!«

»In Ordnung.«

Jacobi legte auf, erreichte das Foyer und zwang sich zu einigen tiefen Atemzügen, bevor er die Eingangstür öffnete. Vorsichtig spähte er auf den Gehweg. Dort sah er nur wenige Passanten, einige mit Brötchentüten für ein spätes Frühstück. Er wandte sich nach links, um auf die Rückseite des Gebäudes zu gelangen. Unterwegs bemühte er sich um gleichmäßige Schritte. Er spürte enorme Anspannung, aber auf keinen Fall wollte er hektisch oder ängstlich wirken. Zum zweiten Mal innerhalb weniger Tage rannte er dem Kerl hinterher und hatte wieder keine Ahnung, was er tun würde, wenn der Mörder tatsächlich um die Ecke bog.

Würden sie sich erkennen?

Vermutlich hatte ihn der Schütze in Kaltenborns Büro gesehen. Und Jacobi? Er hoffte, dass ihm der Rucksack rechtzeitig auffiel.

Und dann?

Jacobi spürte den Wohnungsschlüssel in der Hosentasche, das Einzige, womit er sich wehren konnte.

Gegen einen kaltblütigen Killer mit Präzisionsgewehr.

Trotzdem lief er weiter. Er konnte nicht anhalten. Der Gedanke, der Mann könnte ihm wieder entwischen, war stärker als seine Angst. Zur Not würde er sich mit bloßen Händen auf ihn stürzen. Wie ein geisteskranker Wrestler auf Speed.

Endlich erreichte Jacobi die Häuser auf der Rückseite der Parteizentrale und erkannte sofort das Flachdach zwischen den Altbauten. Ohne Zögern drückte er sämtliche Klingelknöpfe und stemmte sich gegen die Tür.

Drinnen hielt er kurz inne. Sein erster Gedanke war, dass er jetzt nicht mehr abhauen konnte. Dann fragte er sich, wen er damit meinte.

Den Täter?

Oder sich selbst?

Noch einmal blickte er sich kurz um, bevor er die Treppe hinaufstieg, zügig, aber leise, den Schlüssel in der Hand. In einigen Wohnungstüren standen Hausbewohner.

»Polizei«, sagte Jacobi und schwenkte in einer flüchtigen Bewegung seinen Ausweis. »Haben Sie einen fremden Mann im Haus gesehen?«

»Was ist passiert?«, fragte einer der Mieter.

»Ja oder nein?«

Kopfschütteln.

»Wie komme ich auf das Dach?«

»Dafür brauchen Sie einen Schlüssel. Warten Sie.«

Während er wartete, horchte Jacobi angestrengt die Treppe hinauf. Es war vollkommen still. Ein gutes oder ein schlechtes Zeichen? Machte sich der Täter einen Spaß daraus, ihm aufzulauern? Hatte er ihn schon im Visier? Jacobi trat einen Schritt zurück und presste seinen Körper an die Wand, um irgendwie aus der Schusslinie zu kommen.

Endlich kehrte der Mieter mit dem Schlüssel zurück.

»Danke. Bleiben Sie in der Wohnung und schließen Sie die Tür.«

Langsam stieg Jacobi die Treppe hinauf. Stufe für Stufe, den Rücken immer an der Wand. Niemand kam ihm entgegen, nichts rührte sich. Die anderen Mieter waren längst wieder in ihren Wohnungen verschwunden.

Der Mörder auch?

Schließlich erreichte Jacobi das Ende des Treppenhauses. Von dort führten wenige weitere Stufen zu einer Stahltür. Sie stand offen. Jacobi sah ein Stück blauen Himmel und einige Wolken.

Jetzt spürte er, dass seine Knie zitterten. Mit der Hand stützte er sich an der Wand ab, während er langsam die letzten Stufen hinaufstieg. Vorsichtig spähte er durch die Tür.

Geradeaus.

Nichts.

Links.
Nichts.
Rechts.
Nichts.
Lauerte er auf der Rückseite des kleinen Dachaufbaus?
Tastend setzte Jacobi einen Schritt in den knirschenden Kies. Sah rechts um die Ecke.
Nichts.
Ein zweiter Schritt, ein dritter. Die Rückseite.
Nichts.
Das Dach war leer.
Jacobi lehnte den Kopf an die Wand des Aufbaus und atmete erleichtert durch. Im nächsten Augenblick spürte er die Enttäuschung. Er war wieder zu spät gekommen. Musste er bis zum nächsten Anschlag warten? Wie viele würden noch kommen?
Er raffte sich auf und ging zu dem Punkt an der Umfassungsmauer, von dem der Schütze gefeuert haben musste. Kaltenborn war gut zu erkennen, wie er sich die Schulter hielt.
Dann bemerkte Jacobi die Zeichen an der Mauer.
In roter Farbe.
Griechisch.

KAPITEL 13

Schon von weitem konnte er es hören.

Der Schall schwappte durch die engen Gassen, brach sich an den Häuserwänden und erzeugte mehrere Echos. Kaltenborns aggressiv-schnarrende Stimme, der Applaus der Zuhörer, aber auch das wütende Kreischen der Trillerpfeifen. Für einen Moment fragte sich Jacobi, ob sein Deal mit dem Kandidaten wirklich eine gute Idee war.

Durch die Schüsse war Wuttke von Glassplittern im Gesicht getroffen worden. Im Krankenhaus hatten die Wunden mit mehreren Stichen genäht werden müssen, und sein Kollege würde hoffentlich eine üble Narbe zurückbehalten. Erst als er im stickigen Flur der Notaufnahme gewartet hatte, war Jacobi bewusst geworden, wie knapp sie davongekommen waren. Vor zwei Monaten hatte ihm ein wild gewordener Bauer mit einer Ladung Schrot einen Kratzer verpasst. Doch das hier war anders, und kurz war ihm schwindelig geworden. Seltsamerweise hatte er auch in diesem Moment nicht den Eindruck, sich übernommen zu haben. Im Gegenteil. Jacobi verstand es als Zeichen, auf der richtigen Spur zu sein. Vielleicht musste er noch aufmerksamer werden. Aber er kam ihnen näher, und er würde weitermachen.

Bis er sie hatte.

Noch aus der Klinik schickte er deshalb seine Fotos der Zeichen an Katharina und bat sie um eine Übersetzung. *Wer in der Demokratie die Wahrheit sagt, wird von der Masse getötet,* antwortete sie kurz darauf, ein weiteres Zitat, das Platon zugeschrieben wurde. Nun hatte Kaltenborn weder die Wahrheit gesagt, noch war er getötet worden. Also wieder eine Anspielung der Täter, deren Bedeutung sich erst später erschließen würde. Oder nie. Doch darüber machte sich Jacobi genauso wenig Gedanken wie über Katharinas Sorge, die er aus ihrer kurzen Nachricht herauslas.

Zu Hause hatte er sich sofort an seinen Artikel gesetzt. Nach allem, was er bisher wusste, konnte er Kaltenborn und dessen Projekt nicht vorbehaltlos bejubeln. Stattdessen konzentrierte er sich auf die Ereignisse, deren Zeuge er gewesen war. Man konnte zu Politikern stehen, wie man wollte. Aber das rechtfertigte noch lange nicht, sie feige abzuknallen. Mit dieser Sichtweise konnte Jacobi gut leben.

Natürlich war der Anschlag öffentlich nicht unbemerkt geblieben. So meldeten sich am Wochenende immer wieder Politiker, sogenannte Sicherheitsexperten und die Polizeigewerkschaft zu Wort. Alles in allem liefen ihre Vorschläge auf mehr Polizeipräsenz bei Wahlkampfauftritten und im Umfeld politischer Institutionen hinaus. Dagegen wiederum regte sich sofort Widerstand von Liberalen und Bürgerrechtsbewegungen. Mit der Temperatur stieg auch wieder die Anspannung in der Stadt.

Doch das alles war nicht Jacobis Problem. Und so war er am Sonntagnachmittag mit Juri in den Taunus gefahren. Er hatte das Gefühl, dass er ein bisschen Abstand gut gebrauchen konnte. Um zu verschnaufen. Und Kraft zu tanken.

Heute Morgen hatte er dann eine Blitzumfrage eines Radiosenders gehört. Demnach zeigten sich die Frankfurter bestürzt vom erneuten Anschlag, und die Zustimmung zu Kaltenborn war weiter gestiegen. Jacobi hatte also vorgelegt. Jetzt war der Politiker am Zug.

Jacobi war zu dessen Büro gefahren, um endlich offen zu

reden. Dort erfuhr er jedoch von der Sekretärin, dass Kaltenborn wild entschlossen war, seine geplanten Wahlkampfauftritte zu absolvieren. Sie vertröstete ihn auf den Nachmittag, und Jacobi begriff, dass er trotz ihrer Abmachung weiter um jede Information würde kämpfen müssen.

Als er jetzt den Römerberg erreichte, wurde er von einer Gruppe breitschultriger Polizisten gestoppt, die eine dichte Kette bildeten. Jacobi zückte seinen Presseausweis. Trotzdem musste er sich abtasten lassen.

Während er sich danach durch die Zuschauer schlängelte, bemerkte Jacobi, wie dicht gedrängt sie standen. Es mussten mehrere Tausend Menschen sein, die den neuen Helden sehen und hören wollten. Um ein Haar wäre Kaltenborn für seinen Einsatz zum Wohle der Stadt getötet worden. Trotzdem versteckte er sich nicht. Das schien die Leute zu beeindrucken. Jedenfalls trugen viele Basecaps oder T-Shirts in Blau und Rot, den Farben der Partei.

Um die Menge herum hatten sich an den Zugängen zum Römerberg mehrere Dutzend Polizisten postiert. Schwitzend und angespannt sahen sie sich um. Die Sonne stand hoch über dem Platz, der mit seiner dichten Umbauung, den vielen unübersichtlichen Ecken und dem Gedränge kaum zu kontrollieren war. Zudem mussten sie eine kleine Gruppe in Schach halten, die mit Transparenten und Trillerpfeifen gegen den aufziehenden Polizeistaat demonstrierte. Jacobi spürte, dass dieses Gewühl ein perfektes Versteck für jeden bot, der sich Kaltenborn unbemerkt nähern wollte. Lichtreflexe, die er auch am Samstag vor den Schüssen bemerkt hatte, jagten ihm mehrmals einen Schauer über den Rücken.

Um sich abzulenken, sah er zur Bühne. Dort erkannte er eine Gruppe schwarz gekleideter Männer. Sie trugen Sonnenbrillen und sprachen unablässig in ihre Headsetmikrofone. In ihrer Mitte stand Kaltenborn. In der linken Hand hielt er einige Karteikarten, während der rechte Arm in einer rot-blauen Schlinge ruhte.

»Vor vielen Monaten haben einige Menschen den Entschluss gefasst«, sagte er mit seiner plärrenden Stimme, die durch das Mikro noch weiter verzerrt wurde, »diese Stadt endlich aus ihrer Abhängigkeit zu befreien. Diese Menschen haben es zu ihrer Aufgabe erkoren, Frankfurt zu einem Ort zu machen, der lebenswert ist und bleibt für alle. Sie wollen die Stadt zu Ihrer Stadt machen! Zu eurer Stadt!«

Wieder brandete Beifall auf, und um Jacobi herum wurden blau-rote Fähnchen geschwenkt.

»Aber«, sagte Kaltenborn mit erhobener Hand, »es gibt einflussreiche Kräfte, die genau das verhindern wollen. Sie wollen, dass die Stadt weiterhin abhängig bleibt von der Macht des Kapitals, von Spekulanten. Und sie schrecken vor nichts zurück. Vor einigen Tagen haben sie Roland Forster getötet durch einen feigen Anschlag.«

Betretenes Gemurmel. Plakate mit Forsters Abbild wurden hochgereckt.

»Diese Leute wollen nicht, dass die Stadt eine Zukunft hat. Sie wollen sie knechten und ausbluten lassen. Deshalb haben sie nicht nur einer Familie den Ehemann und Vater genommen, sondern einer großartigen Idee das Herz herausgerissen. Aber«, sagte Kaltenborn mit drohender Stimme und erhobener Hand, »wir werden nicht weichen. Wir werden standhaft sein!«

Frenetischer Jubel.

»Deshalb habe ich mich bereit erklärt, das schwere Erbe von Roland Forster anzutreten. Und nun seht mich an. Dass ich heute hier vor Ihnen und euch stehe, habe ich nur dem mutigen Einsatz eines Mannes zu verdanken, der voll und ganz hinter unseren Ideen steht. Norman Jacobi, der großartige Journalist der großartigen *Frankfurter Nachrichten*.«

Während das Publikum klatschte, ärgerte sich Jacobi, wie sehr er den Kandidaten noch immer unterschätzte. Damit musste schnellstens Schluss sein, sonst würde Kaltenborn ihn noch komplett zum Maskottchen seiner Kampagne machen.

»Leider kann ich ihn nicht auf die Bühne bitten«, sagte Kaltenborn schließlich. »Er ist einfach zu bescheiden. Und genau darum geht es: Bescheidenheit und Demut, aber niemals nachzugeben in der Sache. Und deshalb stehe ich heute hier und spreche zu euch. Wir können und wir werden nicht zurückweichen!«

Wieder großer Jubel.

»Vielen Dank«, sagte eine Stimme neben Jacobi, als der Lärm abebbte.

Jacobi fuhr herum und blickte in das freundliche Gesicht eines schlaksigen Mannes um die fünfzig.

»Mein Name ist Eggers«, sagte er und deutete auf die Bühne. »Ich gehöre auch zu dem Verein. Wir können uns nur bedanken für das, was Sie für uns tun. Ich hoffe nur, Sie wissen, worauf Sie sich da eingelassen haben.«

Für einen Moment war Jacobi versucht zu fragen, ob dieser Eggers eine Ahnung hatte, worauf er und seine Leute sich eingelassen hatten.

»Entschuldigen Sie«, sagte Eggers, »ich wollte Ihnen nicht auf die Füße treten. Ich bin sicher, Sie haben sich das sehr genau überlegt. Wir Politiker erleben nur nicht besonders oft, dass jemand für uns in die Bresche springt. Wir kennen eher das da«, sagte er und deutete auf die Demonstranten, die sich mittlerweile eine handfeste Rangelei mit einigen Polizisten lieferten.

»Und von euch lassen wir uns auch nicht einschüchtern!«, schrie Kaltenborn in Richtung der Protestierer. »Ihr kapiert ja gar nicht, was wir für euch tun. Ihr solltet uns dankbar sein!«

Während Teile des Publikums applaudierten, sah Jacobi einen Schlagstock auf die Demonstranten niederrauschen.

Eggers verzog das Gesicht. »Das sollte Kaltenborn nicht tun. Das müssen wir ihm noch abgewöhnen. Er lässt sich zu leicht provozieren und verliert dann die Nerven. Forster wäre das nicht passiert. Aber Kaltenborn ist eben auch nur ein Mensch.«

»Und Forster war keiner?«

»Forster? Er war eine Maschine. Und das meine ich als Kompliment. Er wusste in jeder Situation, was zu tun war. Wann er angreifen musste, wann Verständnis zeigen, wann nachgeben. Er war beängstigend gut. So einen gibt es nur alle paar Jahrzehnte.«

»Und Kaltenborns Talente?«

Eggers lachte. »Er hat den Laden ziemlich gut im Griff. Aber er ist nun mal keine Rampensau.«

»Und es gibt keinen Besseren?«

»Wer sagt das?«

»Warum hätten Sie ihn sonst zum Kandidaten gemacht?«

Eggers biss sich etwas verlegen auf die Lippe und sah sich um. »Nun ja, er kennt die Partei wie kein Zweiter. Jahrzehntelang hat er sich für sie krumm gemacht. Ohne ihn wären wir nie dahin gekommen, wo wir jetzt sind.«

»Aber?«

»Sehen Sie ihn an.«

Die Situation hatte sich wieder etwas beruhigt, und Kaltenborn suchte auf den Karteikarten den roten Faden seiner Ansprache.

»Warum steht dann trotzdem ausgerechnet er da oben?«, fragte Jacobi.

»Wie gesagt, er kennt die Partei. Und damit ihren wunden Punkt.«

»Und der wäre?«

»Allen ist klar, dass es den Wahlsieg nur über das Projekt

geben wird. Und Kaltenborn hat uns deutlich gemacht, dass es das Projekt nur mit ihm gibt.«

»Er hat die Partei erpresst?«

Eggers wiegte den Kopf. »Das ist ein hässliches Wort. Ich würde eher sagen, er hat uns schonungslos die Alternativen aufgezeigt. Und heißt es nicht immer, dass wir Politiker brauchen, die Klartext reden?«

»Er hat Sie erpresst. Und das haben Sie einfach so hingenommen?«

Eggers grinste. »Sie meinen, ob es einer von uns gewesen sein könnte?«

Ungerührt sah ihn Jacobi an.

»Verstehe. Sie müssen in jede Richtung denken. Und ja, Politikern ist einiges zuzutrauen. Aber das halte ich für ausgeschlossen. Forsters Tod ist für die Partei eine Katastrophe, egal, wie die Wahl ausgeht. Und das ist auch jedem klar, ganz gleich, wie er zu ihm gestanden haben mag.«

»Und Kaltenborn? Ich meine, die beiden waren nicht gerade Kegelbrüder. Und jetzt steht er da oben.«

»Und lässt sich selbst anschießen? Ist das nicht ein bisschen viel Wildwest? So was kann leicht schiefgehen.«

Bedächtig nickte Jacobi. »Er hat sich also an die Macht geputscht. Hätte ich ihm gar nicht zugetraut.«

»Vielleicht ist es nicht das Schlechteste für einen Politiker, unterschätzt zu werden. Forster wäre mit derart hohen Erwartungen eingestiegen, dass er vermutlich nur hätte verlieren können. Möglicherweise hat Kaltenborn die besseren Karten. Und ich glaube, dass er viel cleverer ist, als wir alle denken. Passen Sie nur auf, dass Sie nicht unter die Räder kommen. Wäre schade. Nicht nur für uns.«

Mit diesen Worten schob sich Eggers wieder ins Gedränge. Jacobi sah ihm nach und fragte sich, ob er Kaltenborn jetzt anders sah. Änderte das seine Einstellung zu dem, was er für ihn tat? Er fand keine Antwort darauf.

So sah er dem Kandidaten noch eine Weile zu. Kaltenborn spulte sein Programm ab und wirkte dabei wie ein mäßig talentiertes Mitglied einer Laienspieltruppe. Aber er versprach nicht weniger, als sein Leben für die Menschen und ihre Zukunft zu geben. Dafür schenkten ihm die Zuhörer ihr unbedingtes Vertrauen und in einigen Wochen vermutlich auch ihre Stimme. Diese Form von Symbiose war Jacobi fremd, und nach einigen Minuten hatte er genug.

Er machte sich auf den Rückweg durch schwitzende Körper, klatschende Hände, vorbei an Transparenten und begleitet vom Lärm der Trillerpfeifen. Nach einigen Metern sah er auf, um sich zu orientieren. Aus dieser Perspektive wirkte der Platz noch enger, die Häuser noch verwinkelter, und plötzlich schoss ihm wieder ein Gedanke durch den Kopf.

Was, wenn sie hier tatsächlich einen zweiten Versuch unternahmen? Gab es einen besseren Ort, Kaltenborn zu erledigen, als hier, wo er sich auf einer Bühne präsentierte? Das Sicherheitsaufgebot war beeindruckend, aber Kaltenborn war nicht der amerikanische Präsident und die Frankfurter Polizei nicht das FBI. Jacobi wurde heiß, und ruppig bahnte er sich seinen Weg zum Rand der Menge.

Dort sah er den schwarzen Opel.

Für einen Moment glaubte er, die Sonne hätte ihm den Verstand verkohlt, hoffte es sogar. Aber er hatte sich das Kennzeichen eingeprägt. F-WB 478. Kein Zweifel, es war der Wagen, der ihm zu Rebecca gefolgt war. Sie wollten es also tatsächlich hier zu Ende bringen. Wie? Aus einem Fenster der umliegenden Häuser mit freier Schussbahn?

Hektisch sah Jacobi zwischen Bühne und Häusern hin und her. Natürlich standen jede Menge Leute in den geöffneten Fenstern, um Kaltenborn zuzuhören. Wie aber sollte er hier jemanden mit einer Waffe entdecken? Schnell ließ er seinen Blick über die Gebäude gleiten, und die Geräusche um ihn herum verdichteten sich zu einem einzigen rauschenden Brei.

Keine Chance.

In seiner Nähe entdeckte er einen Polizisten, der seine Mütze abzog und sich mit dem Arm den Schweiß von der Stirn wischte. Jacobi schluckte. Wenn er den Beamten jetzt aufscheuchte, würde er mehrere Tausend Menschen in Panik versetzen. Aber durfte er andererseits zusehen, wie Kaltenborn endgültig erledigt wurde?

Die Arme weit vorgestreckt, schob sich Jacobi zurück in die Menge mit der irrwitzigen Idee, einen der Männer zu finden, die es auf Kaltenborn abgesehen hatten.

Und dann?

Was würde er dann tun? Um Hilfe rufen? Sich auf ihn stürzen?

In diesem Augenblick entdeckte er ihn tatsächlich! Ein großer Typ mit kantigem Schädel und seltsamer Frisur. Kein Zweifel, das war der Fahrer des Opels. Der Mann, von dem die Polizei mit Jacobis Hilfe ein Phantombild erstellt hatte.

Und jetzt stand der Kerl wenige Meter links von ihm und gab mit erhobenen Händen irgendwelche Zeichen. Dann musste der andere auch hier sein. Suchend sah sich Jacobi um, konnte ihn aber nicht entdecken. Als er sich zurückwandte, begegnete er dem Blick des Verfolgers. Auch er schien angestrengt und nervös. Sicher hatte er nicht geplant, entdeckt zu werden. Jacobi dagegen kam sich vor wie im Auge eines Wirbelsturms. Die Menschen um ihn herum bewegten sich plötzlich wie in Zeitlupe, und der Lärm wurde überlagert von einem furchtbar schrillen Pfeifen in Jacobis Ohren. Er hatte den Eindruck, als bewege sich der Mann auf Schienen in seine Richtung und würde ihm im nächsten Augenblick ein Messer in den Bauch rammen.

Hektisch blickte Jacobi sich um. Auf der Bühne war Kaltenborn noch immer auf Touren, ohne dass Jacobi ein Wort verstand. Als er sich wieder umwandte, war sein Verfolger verschwunden. Hatte Jacobi ihn verschreckt? Oder wollten sie es erledigen, bevor sie endgültig aufflogen?

Wie ein Schneepflug wühlte sich Jacobi durch die Menge, bis er endlich den schwitzenden Polizisten erreichte.

»Kaltenborn ist in Gefahr«, sagte er atemlos.

»Wovon reden Sie?«

»Der Killer ist wieder da!«

»Was? Wo?«, fragte der Beamte und sah sich hektisch um. »Wer sind Sie überhaupt?«

»Norman Jacobi, der Journalist. Beim Anschlag vor zwei Tagen war ich dabei. Und jetzt habe ich jemanden gesehen.«

»Wen haben Sie gesehen? Den Schützen?«

»Ich weiß es nicht. Aber der Typ ist mir schon mal gefolgt. Und jetzt ist er hier. Und er ist nicht allein. Sie sind zu zweit. Mindestens.«

Der Beamte sah sich um und raufte sich die Haare. »Haben Sie eine Vorstellung, wie viele Leute hier sind?«

»Können Sie sich vorstellen, was passiert, wenn hier geschossen wird?«

Der Polizist wurde blass. »Und Sie sind sich sicher?«

Einen Moment zögerte Jacobi, dann nickte er.

Schwer atmete der Polizist aus. »Also gut«, sagte er und zog sein Funkgerät vom Gürtel. »Achtung an alle: Zielperson in Gefahr. Abbruch sofort. Habt ihr verstanden? Wir brechen ab. Sofort.« Dann ließ er das Funkgerät sinken und sah Jacobi an. Er hatte Angst.

Keine zehn Sekunden später stürmte ein gutes Dutzend uniformierter Beamter die Bühne, umringte Kaltenborn und drängte ihn zur Treppe. Der Mikrofonständer kippte um und erzeugte eine schmerzhafte Rückkopplung, die das Raunen im Publikum übertönte. Genauso schnell, wie sie gekommen waren, waren die Polizisten auch wieder verschwunden und mit ihnen Kaltenborn und dessen Bodyguards. Zurück blieb eine verunsicherte Menge vor leerer Bühne.

Erleichtert stützte sich Jacobi auf den Schenkeln ab und atmete tief aus. Er spürte das Blut in seinen Schläfen, doch langsam ließ das Pfeifen in den Ohren nach. Als er sich wieder aufrichtete, hörte er endlich wieder die Stimmen der umstehenden Zuschauer, ihre Ratlosigkeit und Sorge. Unruhe breitete sich aus, und ziellos setzte sich die Menge in Bewegung. Jacobi wurde mitgespült – und sah plötzlich wieder den Mann, der ihm zu Rebecca gefolgt war!

»Da ist er!«, rief er, ohne nachzudenken, und blickte sich suchend nach dem Polizisten um. »Das ist einer von ihnen! Da drüben!«

Er konnte den Polizisten nicht entdecken und boxte sich allein durch die Menge. Das bemerkte der Unbekannte und lief ebenfalls los. Rüde schubste er Zuschauer zur Seite, stieß gegen eine kräftige Schulter und stürzte aus Jacobis Blickfeld.

»Eine Waffe!«, kreischte eine Frauenstimme. »Er hat eine Waffe! Eine Waffe!«

Sofort schrie die Menge auf und strebte in alle Richtungen auseinander, als wäre ein Meteorit ins Meer eingeschlagen. Die Welle panischer Zuschauer traf Jacobi mit voller Wucht. Er stürzte, rollte über das Pflaster und krabbelte hektisch zur Seite, um nicht niedergetrampelt zu werden. Als er sich aufgerappelt hatte, musste er einen Moment mit dem Strom laufen, bis er ihn in einem weiten Bogen umrunden konnte. Schließlich erreichte er atemlos und mit einigen Schrammen den Rand des Platzes. Dort sah er das ganze Chaos. Die Menge kreischte in Panik und lief wild durcheinander. Die Polizisten waren heillos überfordert, und Kaltenborns schwarze Limousine rollte in eine der engen Seitenstraßen.

Von Jacobis Verfolger war nichts mehr zu sehen.

KAPITEL 14

Katharina wollte Carla unbedingt sehen. Sie hatte Glück.

Es waren noch Schulferien, und Nikki, die neunjährige Tochter ihrer Freundin, saß mit einem Mädchen aus ihrer Klasse und deren Eltern im Kino. So hatte Carla etwas Zeit. Eine Weile waren sie über die Zeil gebummelt. Jetzt saßen sie unter einem großen Sonnenschirm in einem Eiscafé. Nach dem üppigen Erdbeerbecher war Katharina etwas übel. Einen Moment dachte sie über einen Grappa nach, entschied sich dann aber für einen Espresso.

Wie immer, wenn sie sich trafen, redete Carla die meiste Zeit. Während sie vom Familienurlaub in Italien erzählte, bemerkte Katharina, wie gut ihre Freundin aussah. Das dicke dunkle Haar fiel in leichten Wellen bis über die Schultern, sie war braun gebrannt und hatte ein kleines bisschen zugenommen. Sehr anschaulich berichtete sie von langen Spaziergängen am Strand und winzigen Restaurants in verwinkelten Gassen. Irgendwann musste sie Katharinas sehnsüchtigen Blick bemerkt haben. Carla drückte ihre Zigarette aus und blies den letzten Qualm in die Luft.

»Das alles klingt jetzt wahnsinnig toll«, erklärte sie. »Romantisch, idyllisch, perfekt. Aber du weißt, das ist nicht immer so. Genau genommen ist es eine ziemliche Ausnahme. Kinder sind großartig. Aber die Biester verlangen dir ständig alles ab. Weißt du noch, wie bockig Nikki mit vier, fünf Jahren war?«

Katharina nickte. Lebhaft erinnerte sie sich an Carlas

Schilderungen, und den einen oder anderen Schreikrampf hatte sie selbst erlebt.

Carla steckte sich die nächste Zigarette an, beugte sich vor und senkte die Stimme. »Aber jetzt«, sagte sie und blickte sich um, als würde sie ein großes Geheimnis preisgeben, »jetzt wird die Dame zickig. Und ich sage dir, das ist eine ganz andere Nummer. Im Urlaub hat sie ein Mädchen aus Holland kennengelernt, auch so eine Grazie. Wir wollten einen Ausflug in die Berge unternehmen, und dann erklärt uns Madame, das sei nicht ihr Stil. Sie würde mit den Holländern einen Segeltörn machen. Hallo? Geht's noch? Sie ist neun! Von wem hat sie das bloß?«

Sie sahen sich an, und Katharina wusste, dass sie beide dasselbe dachten. Carlas Mann Bernd war gutmütig bis zur Schmerzgrenze.

»Verdammt«, sagte Carla.

Während sie weiterredete, beobachtete Katharina einen etwa zweijährigen Jungen, der sich mit einem tropfenden Eis bekleckerte. Dabei fügten sich in ihrem Kopf die Bilder von voll gepackten Autos im Stau, Sandburgen am Strand und Zankereien bei Nudeln mit Tomatensoße zu einem chaotischen, aber irgendwie stimmigen Ganzen. In diesem Augenblick wusste sie, warum sie Carla unbedingt hatte treffen wollen. Am Freitag hatte Katharina versucht, Unterlagen aus dem Büro eines Politikers zu stehlen. Einen Tag später war dieser Politiker in Anwesenheit von Jacobi angeschossen worden, und er hatte ihr ein Foto der Zeichen geschickt, die der Täter hinterlassen hatte. Carlas und Katharinas Leben verliefen ganz offensichtlich in zwei völlig verschiedene Richtungen.

Katharina hatte sich verändert in den vergangenen Wochen. Jetzt fühlte sie sich ein wenig freier und auch mutiger. Aber offenbar war dies noch nicht das Ende ihres Weges.

Auf der einen Seite war der Gedanke beängstigend, sich

wieder der Gefahr auszusetzen und dabei so wenig Einfluss darauf zu haben, was mit ihr geschah. Katharina hasste es, die Kontrolle abzugeben. Aber sie musste sich auch eingestehen, dass sie es genoss, eingeweiht zu sein. Mehr zu wissen und Zugang zu einer Welt zu besitzen, die den meisten verborgen blieb. Hin und wieder bereitete ihr dieser Gedanke ein aufregendes, warmes Prickeln. Und ihr wurde immer klarer, dass sie in das Leben, das sie vor dem Mai geführt hatte, weder zurückwollte noch -konnte. Die kleine Kathi gehörte der Vergangenheit an.

Es war also eine Art Abschied. Er schmerzte, fühlte sich aber trotzdem richtig an.

»Und was ist mit dir?«, fragte Carla nach einer kurzen Pause. »Was ist mit dem Typen, in den du verknallt warst? Dieser Journalist, mit dem du ermittelt hast. Er ist doch jetzt wieder sehr aktiv. Bei dem Anschlag am Samstag soll er ja dabei gewesen sein. Hat er sich noch mal bei dir gemeldet?«

Katharina hörte die Skepsis in Carlas Stimme und überschlug ihre Möglichkeiten. Antwortete sie mit Nein, würde Carla Jacobi verfluchen. Das wollte Katharina nicht. Zumal es nicht stimmte. Jedenfalls nicht ganz. Die Alternative wäre, Ja zu sagen. Dann würde ihre Freundin alles ganz genau wissen wollen, und unvermeidlich würden sie auf Katharinas Rolle bei den neuen Recherchen zu sprechen kommen. Carla würde zu einer Predigt ansetzen, die darin gipfelte, wie verrückt Katharina doch sei. Das stimmte vielleicht, Katharina wollte es aber trotzdem nicht hören.

Carla hatte das Zögern bemerkt und stützte die Ellenbogen auf den Tisch. Damit waren die Würfel gefallen. »Habe ich dir nicht gleich gesagt, du lässt besser die Finger von ihm? Immerhin wärst du damals fast getötet worden, während ihm kein Haar gekrümmt wurde.«

Das stimmte zwar nicht, aber Katharina unternahm keinen Versuch zu Jacobis Ehrenrettung. Stattdessen hatte sie den Eindruck, als bewege sich der Zuckerstreuer ein wenig von ihr weg und genauso der Ascher, in den sie das Schirmchen aus dem Eis gelegt hatte. Der Tisch schien in die Länge gezogen zu werden, und die anderen Plätze um sie herum strebten auseinander.

Während sie ihrer Wahrnehmung besorgt und gleichzeitig fasziniert zusah, klingelte ihr Telefon. Katharina hob ab, ohne sich bei Carla zu entschuldigen. Es war Frau Albrecht, Forsters Sekretärin.

»Ich habe es endlich geschafft, die Unterlagen unbemerkt zu kopieren«, sagte sie. »Oder wollen Sie sie nicht mehr?«

»Doch, doch«, antwortete Katharina. »Kann ich sie abholen?«

»Hm, ich glaube, es wäre nicht gut, wenn Sie herkämen.«

»Verstehe.«

»Wenn Sie mir sagen, wo Sie jetzt sind, könnte ich sie Ihnen bringen.«

Katharina sah Carla über deren Kaffeetasse hinweg an. Beide schienen sich noch ein Stück weiter entfernt zu haben. »Nein«, sagte sie entschieden, »das wäre ungünstig. Können wir uns in meinem Büro treffen? In einer halben Stunde?«

»In Ordnung.«

Katharina legte auf und bemerkte Carlas ernsten Blick. »Was wäre jetzt ungünstig?«

»Nichts.«

»Sag nicht, du machst da schon wieder mit.«

»Du verstehst das nicht.«

»Was? Was verstehe ich nicht? Dass du dich unbedingt umbringen lassen willst?«

Katharina spürte, dass ihre Freundin nicht nur besorgt war, sondern auch verletzt. Doch Katharina sah nicht ein, sich zu rechtfertigen. Manchmal half es, Carla um Rat zu fragen. Ihre Erlaubnis brauchte sie nicht.

»Tut mir leid«, sagte Katharina, »aber ich muss noch mal los.« In ihrer Handtasche suchte sie Geld, bevor sie die Sonnenbrille ins Gesicht schob. Dabei sah Carla sie entgeistert an, und Katharina hoffte, dass sie nicht endgültig etwas zerstört hatte.

Vielleicht war es lächerlich, aber Katharina wollte die Unterlagen nicht in ihrer Wohnung haben. Deshalb traf sie sich mit Frau Albrecht vor dem IG-Farben-Haus, in dem die Räume des Historischen Seminars lagen. Die Sekretärin wartete bereits, und Katharina sah ihr an, wie gerne sie jetzt dabei wäre. Das wollte Katharina jedoch auf keinen Fall. Aber sie versprach ihr, sich zu melden.

Mit der dicken Mappe in der Hand stieg sie die Treppen hinauf, langsam, als laste Gewicht auf ihren Schultern. Das Gebäude war wie ausgestorben. Viele der Kollegen waren noch im Urlaub. Nur mit Professor Schindler war jederzeit zu rechnen. Als Katharinas Schritte durch den leicht gebogenen Gang im dritten Stock hallten, überlegte sie kurz, die Schuhe auszuziehen. Dann dachte sie, dass es an der Zeit war, sich auch von ihm nicht länger einschüchtern zu lassen. Selbst wenn er die Unterlagen sehen sollte, würde er nicht erkennen, worum es darin ging. Dafür reichten weder seine Phantasie noch sein Verstand.

Plötzlich bemerkte Katharina einen unförmigen Schatten in der Biegung vor sich. Sie erschrak und blieb stehen. Ihr Atem beschleunigte, und sie registrierte, dass ihre Hände feucht waren. Ungefähr ab hier war ihr Wolff gefolgt.

Ihr wurde bewusst, wie viele Orte, an denen sie sich bewegte, mit Wolff verknüpft waren. Das Gebäude hier, ihr Büro, in dem sie auf die Geschichte seiner Schwester gestoßen war, ihre Wohnung, in der sie den furchtbaren Film gesehen hatte, Jacobis Wohnung, selbst Carlas Haus in Schwalbach. Vielleicht würde es irgendwann keinen einzigen Platz mehr in ihrem Leben geben, der nicht mit düsteren Erinnerungen verwoben war. Katharina konnte versuchen, dem auszuweichen, und damit immer weiter weglaufen. Oder sie akzeptierte es als Teil ihres Lebens.

Einen Augenblick wartete sie noch, bevor sie die Schultern straffte und weiterging. Nach wenigen Metern erkannte sie, dass der Schatten von einem Mülleimer stammte, der etwas zu weit in den Gang hineingeschoben worden war.

In ihrem kleinen Büro roch es nicht besonders gut. Trotzdem zögerte sie, das Fenster zu öffnen. Es kam ihr vor, als erführe dann die ganze Stadt, was sie hier tat. Nach einer Weile rang sie sich zu einem Kompromiss durch und kippte es auf. Danach hatte sie das Bedürfnis, sich Platz zu schaffen. Die Stapel mit Büchern und Seminararbeiten auf ihrem Schreibtisch verteilte sie auf Regale und Fußboden, den Rest schob sie an den Rand der Arbeitsfläche. Schließlich gab es nichts mehr zu tun, und Stille senkte sich über den Raum.

Katharina beäugte die Aktenmappe vor sich auf der Tischplatte wie einen Boxer, der ihr im Ring gegenüberstand. Sie hatte vom Anschlag auf Kaltenborn gehört, von Jacobis positivem Bericht über den neuen Kandidaten und von den kritischen Stimmen zu diesem überraschenden Bündnis. In den Nachrichten hatte sie von den Rufen der Politiker nach stärkeren Sicherheitsmaßnahmen ebenso erfahren wie von den wütenden Reaktionen darauf aus dem liberalen Lager. Ein wenig machte sich Katharina Sorgen, dass Jacobi zwischen die Fronten geriet.

Was ihr aber weit mehr zu denken gab, war der Anschlag an sich. Beinahe nebensächlich hatte Jacobi ihr davon berichtet, und sie fragte sich, ob er das Offensichtliche tatsächlich nicht sah oder es nicht sehen wollte.

Wer in der Demokratie die Wahrheit sagt, wird von der Masse getötet.

So hatte es der Schütze an die Mauer auf dem Dach geschmiert. Aber Kaltenborn war nicht getötet worden. Weder von der Masse noch von irgendjemandem sonst. Und Katharina war davon überzeugt, dass der Täter keine Fehler machte. Alles, was er tat, hatte eine Bedeutung.

Warum also hatte Kaltenborn überlebt?

Wofür brauchte er ihn noch?

Plötzlich erinnerte sich Katharina an einen Anruf, von dem ihr Jacobi erzählt hatte. Genau in dem Moment, als Rebecca verschwunden war und sie davon ausgehen mussten, sie nicht mehr rechtzeitig zu finden, hatte sich ein alter Mann gemeldet und von Jacobi verlangt, mit der Suche aufzuhören. Andernfalls würde alles außer Kontrolle geraten.

Damals hatten sie es als furchtbar zynisch empfunden, Rebecca einfach ihrem Schicksal zu überlassen. So waren sie blind in die nächsten Fallen getappt. Nun fragte sich Katharina, ob sie nicht besser auf die Worte des Mannes gehört hätten.

Dann hatte sie Jacobi vor Augen. Sein Blick, seine Haltung, seine Stimme und jeder Muskel seines Körpers verrieten, dass er nicht nachgeben würde. Er wollte es wissen. Und er wollte ihn kriegen.

Katharina würde Jacobi im Auge behalten müssen, weil er manche Dinge vor lauter Eifer übersah.

In Gedanken wiederholte sie diesen letzten Satz, bis daran jeder Zweifel abprallte. Sie tat es nicht aus Eitelkeit, nicht mal aus Neugier, sondern allein, weil sie auf Jacobi aufpassen musste.

Mit dieser Gewissheit im Rücken startete sie einen Überraschungsangriff und schlug die Mappe auf.

Die ersten Blätter enthielten die Texte, Grafiken und Tabellen, die ihr Frau Albrecht schon nach ihrem Treffen im Café gegeben hatte. Trotzdem las sie alles noch einmal sehr aufmerksam, bis sie vertrauten Boden verließ und fremdes

Terrain betrat. Beim Anblick der unbekannten Tabellen und Zeichnungen spürte sie ein Kribbeln im Magen. Schließlich stieß sie auf Grafiken mit geologischen Querschnitten sowie auf mehrere Fotos. Einige zeigten Waldgebiete, andere Freiflächen an leichten Hängen, wieder andere felsigen Untergrund. Die Gegend kam ihr unbekannt vor. Da es aber um die Energieversorgung von Frankfurt ging, vermutete sie, dass es sich um den Taunus handelte.

Katharina blätterte weiter. Immer häufiger tauchten im Text nun Begriffe auf, die sie noch nie gehört hatte. Sie überflog ein Gutachten zur Bodenbeschaffenheit im Taunus und verstand kein Wort. Den Rest der Expertise ließ sie wie ein Daumenkino durch ihre Finger gleiten, bis sie handschriftliche Notizen am Rand eines Blattes bemerkte. Vermutlich stammten die Anmerkungen von Forster oder Kaltenborn. »Zusammenhang!« stand an einer Stelle und an einer anderen: »Darf nicht veröffentlicht werden!!!« Auf den nächsten Seiten folgten weitere Kommentare. Für Katharina ergaben sie keinen Sinn.

Weiter hinten stieß sie mehrmals auf einen G. Wer konnte das sein? Ein Parteimitglied? Jemand von außerhalb? Schon häufiger hatte Katharina gedacht, dass Politiker ein Projekt dieser Größenordnung allein niemals würden umsetzen können. Dafür brauchten sie Wissenschaftler, Ingenieure, aber auch Organisatoren und Leute, die sich um das Geld kümmerten. Profis. Gehörte G. zu ihnen?

Da sie jetzt keine Antwort darauf finden würde, kehrte Katharina zu den Textpassagen zurück, auf die sich die Anmerkungen bezogen. Wenn ihnen die Politiker so viel Aufmerksamkeit gewidmet hatten, waren sie vielleicht der Schlüssel, nach dem sie suchte.

Mehrmals las sie die Abschnitte. Blätterte vor und zurück. Verglich und verknüpfte Bruchstücke im Kopf. Und irgendwann hatte sie den Eindruck, vor ihr liege ein Puzzle, das sich wie von selbst zusammenfügte. Katharina wurde schwindelig, denn in diesem Augenblick begriff sie, worum es bei dem Projekt »Mit Energie für Frankfurt« tatsächlich ging.

Und sie verstand, warum Forster Angst davor gehabt hatte.

KAPITEL 15

Um kurz nach fünf am Nachmittag parkte Jacobi unter einem Baum nicht weit von der Parteizentrale der Freien Bürger. Er lehnte sich zurück und schloss für einen Moment die Augen.

Er hatte genug.

Am Morgen hatte er Kaltenborn zum zweiten Mal den Hals gerettet. Den ganzen Nachmittag über hatte er dann mit Leuten aus der Partei geredet. Sie waren freundlich, weil sie glaubten, er stünde auf ihrer Seite. Er hatte nicht widersprochen und trotzdem kaum Neues erfahren. Forster war der charismatische Hoffnungsträger gewesen, aber chancenlos ohne das Projekt. Kaltenborn diente als braver Parteisoldat mit viel Fleiß und einem feinen Gespür für Chancen. Beide waren aufeinander angewiesen gewesen, konnten sich aber nicht ausstehen. Nach außen hatten sie Einigkeit demonstriert, während sie sich hinter den Kulissen mit Indiskretionen und anderen Bosheiten traktierten. Angeblich hatte Forster sogar mehrfach vor Kaltenborn gewarnt. Nun war der eine tot und ausgerechnet der andere sein Nachfolger.

Jacobi schlug die Augen auf und blickte auf die Blätter über sich. Je näher er der politischen Maschinerie kam, umso abstoßender erschien sie ihm. Anstatt verantwortungsvoll ihren Job zu erledigen, konzentrierten sich die Damen und Herren darauf, sich gegenseitig das Leben schwerzumachen. War das die Mühe wert, Kaltenborn aus der Schusslinie zu bringen? Dabei hatte Jacobi nicht einmal den Eindruck, dass der Kandidat begriffen hatte, wie knapp er davongekommen war.

Die Luft im Wagen war klebrig und schwer. Jacobi ließ die Seitenscheibe hinunter, doch das änderte nichts. Lustlos kaute er auf einem kalten Hot Dog herum und trank einen Schluck lauwarmes Mineralwasser.

Die einzig interessanten Informationen hatte er zu Vahlen bekommen. Dass die Graue Eminenz kein Amt, aber enormen Einfluss in der Partei besaß, hatte er gewusst. Er war der Vordenker und gefürchtet für seine eigenwilligen Ansichten. Er hatte Forster systematisch aufgebaut. Neu war für Jacobi, dass er dem Energieprojekt trotzdem skeptisch gegenüberstand. Und dass er Kaltenborn hasste. Um der Sache willen hatten beide einen Waffenstillstand geschlossen und Forster für ihre Ziele genutzt. Er war der Puffer zwischen ihnen gewesen, der nun fehlte. Stattdessen hatte Kaltenborn alle überrumpelt und sich an die Spitze geputscht. Dadurch hatte er die Partei gerettet, aber mehr als einmal hatte Jacobi die Sorge gehört, sie könne auseinanderfliegen, vor allem, wenn es mit dem Wahlsieg nicht klappte. Das Fazit war, dass Vahlen wichtig für die Partei war, durch seine Eigenmächtigkeit aber auch ein unkontrollierbares Risiko.

Jacobi musste mit ihm reden. Doch bisher weigerte sich Vahlen hartnäckig. Vermutlich, weil er annahm, Jacobi stünde auf der Seite seines Erzfeindes Kaltenborn. Jacobi begriff, dass er wohl oder übel Wuttke ein weiteres Mal um Hilfe bitten musste. Bei dem Gedanken daran sehnte er sich nach einer kalten Dusche. Noch besser wäre, in einer Badewanne mit Eiswasser abzutauchen.

Viertel nach fünf. Noch fünfzehn Minuten bis zum Gespräch mit Kaltenborn.

Jacobi spritzte sich etwas Wasser ins Gesicht und fragte

sich, wie er vorgehen sollte. Ihm war klar, dass er aufpassen musste. Kaltenborn war vielleicht nicht sonderlich charismatisch, aber sehr geschickt darin, andere für seine Zwecke einzuspannen. Das hatte Jacobi auf der Wahlkampfveranstaltung eindrucksvoll erlebt.

Während er verschiedene Möglichkeiten durchspielte, meldete sein Handy eine neue Nachricht. Alma Frey, seine Nachbarin aus dem vierten Stock, hatte eine SMS geschickt. Darin beschimpfte sie Jacobi als üblen Tierquäler. Sie besaß einen Schlüssel zu seiner Wohnung, hatte Juri zu sich geholt und drohte, ihn nicht eher herzugeben, bis sich Jacobi so um ihn kümmerte, wie es das Klima und das Alter des Hundes erforderten. Außerdem erwog sie eine Klage vor dem höchsten EU-Gericht. Jacobi lächelte, entschuldigte sich, versprach Juri eine kühle Dusche und Alma ein selbst gekochtes Vier-Gänge-Menü. Während er die Antwort tippte, fragte er sich, warum er sich das alles antat. Warum lag er nicht mit Juri auf dem Sofa, aß Pizza und ließ Kaltenborn in sein Unglück rennen? Er kam sich vor wie das Kindermädchen eines verwöhnten Fünfjährigen.

Bevor er sich weiter ärgerte, sah Jacobi die Verzeichnisse seines Telefons durch und entdeckte einen Anruf von Katharina, der ihm entgangen war. Sie klang so aufgeregt und sprach so schnell, dass er beim ersten Mal kaum etwas verstand. Also kniff er die Augen zusammen und hörte die Nachricht ein weiteres Mal ab.

»Hallo, Norman, hier ist Katharina. Ich weiß jetzt, worum es geht. Wie sie die Lücken schließen wollen. Fracking, verstehst du? Gas, das sie im Taunus mithilfe von Chemikalien aus dem Schiefer pressen wollen. Sehr ergiebig, aber auch extrem umstritten. Keiner weiß, was die Chemie für die Umwelt bedeutet. Kein Wunder, dass Forster Angst hatte und es so lange wie möglich verschweigen wollte. Melde dich. Wir müssen reden.«

Augenblicklich brach Jacobi der Schweiß aus. Das ganze schöne Projekt bestand aus nichts weiter als einem gigantischen Bluff, der auch noch die Umwelt ruinieren würde. Plötzlich war er hellwach und spürte ein Kribbeln unter der Schädeldecke. Kaltenborn trickste, wo er nur konnte. Aber dieses Mal würde Jacobi aufpassen. Dieses Mal würde ihm der Kandidat nicht durch die Finger rutschen. Er machte sich auf den Weg und wusste, dass er sich unbedingt bei Katharina bedanken musste. Sie war wirklich großartig.

Im Gebäude nahm er bewusst die Treppe und zwang sich, langsam zu gehen. Genauso würde er sich Kaltenborn vornehmen. Schritt für Schritt. Jacobi würde sachliche Fragen zum Projekt stellen, dann die Zahlen ins Spiel bringen. Und er würde nicht nachgeben, bis er Kaltenborn im Schwitzkasten hatte.

Auf der Toilette machte er sich frisch. Für einen Moment dachte er dabei, dass auch der Attentäter im Gebäude sein konnte. Während Jacobi sich sorgfältig die Hände trocknete, lächelte er. Dieses Mal würde er sich nicht dazwischenwerfen.

Kurz darauf klopfte er an der Tür des Sekretariats.

Vivian Lenbach war etwa so alt wie Jacobi und zierlich. Sie lächelte, sprach leise und schnell. »Kommen Sie rein. Herr Kaltenborn ist leider noch nicht da, wird aber sicher gleich kommen. Wenn Sie mögen, warten Sie in seinem Büro. Möchten Sie was trinken? Kaffee oder doch lieber Wasser?«

»Wasser wäre großartig.«

In Kaltenborns Büro empfing Jacobi muffiges Halbdunkel. Die zersplitterte Seite des Fensters war provisorisch mit einer großen Holzplatte abgedichtet worden. Jacobi trat näher ans Fenster und blickte auf das leere Flachdach gegenüber. Er wusste nicht, was er erwartet hatte, spürte aber einen seltsamen Anflug von Enttäuschung. Dann nahm er auf demselben Stuhl Platz wie am Samstag. Der hatte ihm schon einmal Glück gebracht. Immerhin war er als Einziger ohne Kratzer davongekommen.

Frau Lenbach stellte ein Glas Wasser und den obligatorischen Teller mit Keksen auf den Tisch. Trotz der Hitze duftete sie angenehm frisch. Beim Gebäck war sich Jacobi nicht so sicher.

»Wir alle sind Ihnen sehr dankbar für das, was Sie getan haben«, sagte sie.

»Ich habe mich nur auf den Boden fallen lassen.«

»Sie hatten bisher nicht viel mit Politik zu tun, oder?«

»Wie kommen Sie darauf?«

»Dann wären Sie nicht so bescheiden«, sagte sie lächelnd und ging zurück an ihren Schreibtisch nebenan. Die Tür ließ sie einen breiten Spalt geöffnet.

Jacobi verschränkte die Arme vor der Brust, schlug die Beine übereinander und legte sich die ersten Sätze zurecht. Das fiel ihm erstaunlich schwer, und immer wieder ließ er sich von Frau Lenbach ablenken, die nebenan telefonierte. Es ging um eine Party und dass sie nicht wusste, was sie anziehen sollte. Auf jeden Fall musste sie noch zum Friseur.

Einen Augenblick hörte Jacobi zu, dann fokussierte er das Wasserglas auf dem Tisch. Dabei konnte er förmlich sehen, wie die Sätze mit den feinen Gasbläschen endlich an die Oberfläche perlten. Herr Kaltenborn, die Umfragewerte steigen und steigen. Sie sind der Hoffnungsträger Ihrer Partei und der ganzen Stadt. Genießen Sie die Anerkennung? Oder wächst damit auch die Sorge, die Wähler irgendwann enttäuschen zu müssen?

Mehrmals wiederholte Jacobi die Sätze in Gedanken, und von Mal zu Mal klangen sie besser. Klar und unmissverständlich, ohne plump zu wirken. Jacobi spürte Vorfreude auf das Gespräch, als sein Telefon eine neue SMS meldete.

Er dachte an eine weitere Beschimpfung von Alma, doch die Nachricht stammte von Kaltenborn.

»Sie halten sich nicht an die Abmachung«, schrieb er. »Verbreiten Panik, ruinieren die ganze Kampagne. So ist Zusammenarbeit unmöglich. Betrachte Vereinbarung als aufgelöst.«

Eine ganze Weile starrte Jacobi auf das Display. Dieser Schweinehund! Anstatt dankbar zu sein, dass ihm Jacobi zum zweiten Mal den Arsch gerettet hatte, ließ Kaltenborn ihn auflaufen. Er spielte mit ihm. Natürlich. Entweder ließ sich Jacobi weiter vorführen, oder er spielte mit.

Nach seinen eigenen Regeln.

Jacobi brauchte nur wenige Sekunden für eine Entscheidung. Plötzlich schienen ihm seine vorbereiteten Sätze albern, geradezu lächerlich. Als würde er bei einer Schlägerei unter Hooligans vorschlagen, die Sache auszudiskutieren. Dabei wollten sie nur Blut.

Sie sollten es haben.

Nebenan telefonierte Frau Lenbach noch immer. Jacobi rechnete damit, dass Kaltenborn sie anrufen würde, damit sie den lästigen Journalisten abwimmelte. Konnte er sie telefonisch nicht erreichen, würde er eine SMS oder Mail schreiben. Jacobi blieben nur wenige Augenblicke.

Wie beiläufig trat er hinter den Schreibtisch am Fenster. Dort konnte ihn Frau Lenbach nicht sehen. Auf dem Tisch stapelte sich jede Menge Papier. Dafür fehlte Jacobi jedoch die Zeit. Der Computer war eingeschaltet, aber durch ein Passwort gesperrt. Wieder sah Jacobi zur Tür. Jetzt ging es am Telefon um einen gemeinsamen Bekannten, der sich offenbar unmöglich benommen hatte. Das konnte dauern.

Jacobi tippte mit zwei Fingern das Wort »Frankfurt« in das Eingabefeld. Der Rechner lehnte ab. Jacobi versuchte es mit »Energie«. Dasselbe Ergebnis. So würde er nicht weiterkommen, und das ärgerte ihn. Er wusste so viel über Kaltenborn und bekam ihn trotzdem nicht zu fassen.

Jacobi blickte auf und überlegte, wo er nach weiteren Hinweisen auf das Projekt suchen konnte. Nach einer Runde durch den Raum fiel sein Blick wieder auf den Papierstapel. Mechanisch ließ er einige Blätter durch seine Finger gleiten, als er den Kalender bemerkte. Er lag halb verdeckt hinter dem Rechner. Vielleicht fanden sich dort Gesprächstermine zum Projekt, Namen von Leuten, die damit zu tun hatten. Jacobi blätterte einige Wochen zurück, fand jede Menge Notizen zu Besprechungen, Konferenzen, aber auch Privates. Dann, im Juni, fiel ihm ein Eintrag ins Auge, der rot umrandet, also offenbar besonders wichtig war. »Genehmigung SG Milstein« stand dort in Großbuchstaben. Was bedeutete SG? Vor dem Krieg hatte der offizielle Name der Eintracht eine Weile »Sportgemeinde Eintracht« gelautet. Sollte Kaltenborn etwa sein Herz für den Fußball im Taunus entdeckt haben?

Einen Moment stellte sich Jacobi Kaltenborn in Turnhose vor, dann erinnerte er sich an Katharinas Nachricht. Es ging um Gas, das im Taunus aus dem Gestein gepresst werden sollte. Genauer gesagt, aus Schiefer. SG gleich … Schiefergas? Hatte Kaltenborn bereits die Genehmigung dafür eingeholt, obwohl er noch nicht einmal gewählt war? Mittlerweile traute Jacobi ihm eine Menge zu. Zügig blätterte er weiter und hoffte, noch andere Termine zum Projekt zu finden. Tatsächlich gab es einen weiteren Eintrag mit rotem Rand. Am 27. Juli.

Und diese Notiz verschlug Jacobi den Atem.

»Start Erkundung SG« stand dort. Es lief bereits! Seit zwei Wochen! Kaltenborn ließ Gas aus Gestein fördern, hinter dem Rücken der Öffentlichkeit!

Jacobi war entsetzt und musste doch lachen. Kaltenborn überraschte ihn immer wieder. Aber dieses Mal war er zu weit gegangen. In seiner Selbstüberschätzung hatte er einen Fehler gemacht, der ihm das Genick brechen würde.

Und wenn es so weit war, würde Jacobi ganz in seiner Nähe sein.

»Ach, Herr Jacobi«, sagte Frau Lenbach von nebenan. Erst jetzt bemerkte er, dass sie aufgelegt hatte. Schnell machte er zwei Schritte um den Schreibtisch herum, als die Sekretärin in der Tür erschien.

»Das ist mir jetzt sehr unangenehm«, sagte Frau Lenbach ohne eine Spur von Misstrauen, »aber ich muss Sie schon wieder vertrösten. Herr Kaltenborn kann den Termin leider nicht einhalten. Ihm ist was dazwischengekommen.«

»Oh, das ist aber ärgerlich.«

»Ja, ich weiß. Es tut mir auch sehr leid. Aber im Augenblick geht alles ziemlich drunter und drüber. Wollen wir gleich etwas Neues vereinbaren?«

»Nein, dazu müsste ich in meinen Kalender sehen, und den habe ich gerade nicht zur Hand. Ich melde mich.«

Hastig verabschiedete sich Jacobi und rief noch auf dem Flur Katharina an. Nun klang er mindestens so aufgeregt wie sie zuvor. »Es läuft schon. Verstehst du? Sie fördern schon Gas. Seit zwei Wochen. Ist das zu fassen? Du musst es dir ansehen. Mach Fotos, so viel du kannst. Wir brauchen Beweise. Das Ganze muss absolut wasserdicht sein. Und dann nehmen wir Kaltenborn in die Zange. Und diesen Vahlen. Um die beiden kümmere ich mich. Wir machen sie fertig! Wir mischen den ganzen Laden auf!«

KAPITEL 16

Zwei Stunden später war Jacobis Euphorie bleierner Erschöpfung gewichen.

Ein weiteres Mal hatte er versucht, an Vahlen heranzukommen. Vergeblich. Er hatte Wuttke gebeten und angebettelt, den Kontakt zum Politiker herzustellen. Aber Wuttke hatte nicht mal gelacht, sondern gleich aufgelegt. Anschließend hatte Jacobi dem Chefredakteur seine Notlage geschildert, ohne jedoch seine neueste Entdeckung zu erwähnen. Diesen Trumpf wollte er noch eine Weile für sich behalten. Doch Thiel hatte bereits eingesehen, dass das Experiment der Teamarbeit zwischen Wuttke und Jacobi gescheitert war. Wahrscheinlich hatte der tolle Stefan ihm die Ohren vollgeheult.

Jeder kochte sein eigenes Süppchen und hoffte auf Vorteile auf Kosten der anderen. Es widerte Jacobi an. Offenbar hatte auch Wuttke keine Vorstellung davon, worauf er sich eingelassen hatte, nicht mal, nachdem er selbst verletzt worden war.

Hatte Jacobi eine Ahnung?

Er war zu müde, um darüber nachzudenken. In diesem Augenblick wollte er nichts weiter als duschen, ein Bier trinken und schlafen. Schwerfällig schälte er sich in der Menzelstraße aus dem Auto, als Alma und Juri aus dem Haus kamen, um eine kurze Runde um den Block zu drehen. Der arme Kerl machte tatsächlich einen jämmerlichen Eindruck. Er ließ den Kopf hängen und hechelte furchtbar.

»Ja, sieh nur genau hin, was du anrichtest«, sagte Alma. Sie war Anfang vierzig und attraktiv mit einem Hauch von Extravaganz. Jetzt trug sie ein leichtes Sommerkleid und eine große Sonnenbrille. Um die Handgelenke baumelten mehrere breite Armreife. »Eindeutig ein Fall für den Europäischen Gerichtshof für Tierrechte«, erklärte sie. »Du kannst von Glück sagen, dass es den nicht gibt. Noch nicht.«

»Alma, bitte, er ist alt, und es ist heiß. Da macht niemand eine gute Figur.«

»Soll das eine Entschuldigung sein? Ich wusste schon immer, dass du ein lausiger Vater bist. Aber das hier geht zu weit.«

»Ich mach's wieder gut.«

»Mit billigem Fusel und einer Dose Ravioli? Großartig. Komm, Juri, wenn wir nicht erwünscht sind, gehen wir. Uns aufzudrängen haben wir nicht nötig.«

Einen Augenblick sah Jacobi ihnen nach. Normalerweise genügte ein kurzes Gespräch mit Alma, um seine Laune aufzuhellen. Heute hatte er das Gefühl, dass alle auf ihn einprügelten.

Oben schloss Jacobi die Wohnungstür auf, ignorierte die aufgestaute Hitze und genoss die Stille, die ihn empfing. Die Schlüssel legte er ins Regal im Flur und zog seine Schuhe aus, als er in dem Spalt unter der geschlossenen Wohnzimmertür eine Bewegung zu erkennen glaubte. Irgendwo in seinem Hinterkopf startete automatisch ein Programm, das nach Erklärungen suchte. Außer Alma besaß niemand einen Schlüssel. Ein Heizungstechniker hatte sich nicht angekündigt, und das Fenster war ganz sicher zu.

Blieb nur – ein Einbrecher!

Sofort blitzten Bilder auf. Forsters Mörder, der sich an der Fassade des Hotels hinunterhangelte. Der Typ, der sich vor Rebeccas Wohnung an seinem Wagen zu schaffen machte. Sein kräftiger Verfolger im Gedränge auf dem Römerberg.

Wer auch immer es war – was wollte er hier? Was konnte er ausgerechnet bei Jacobi finden? Oder suchte er gar nichts? War es nichts weiter als ein Teil des Spiels? Vielleicht war es auch nur ein stinknormaler Einbrecher, der es auf seinen Laptop und ein bisschen Bargeld abgesehen hatte.

Da! Wieder eine winzige Verschiebung im Schatten unter der Tür. Jacobi wusste, dass er auf der Stelle gehen sollte. Aber es widerstrebte ihm, dem Eindringling das Feld zu überlassen. Am liebsten hätte er ihm direkt ins Gesicht geschrien, ob er noch alle Tassen im Schrank habe.

Auf Socken schlich Jacobi vor zur Küche. Neben der Spüle fand er das Messer, mit dem er sich am Morgen ein Brot geschmiert hatte. Es war nicht sonderlich scharf, konnte aber einigen Schaden anrichten. Mit den Fingerspitzen hob er es von der Ablage, um jedes Geräusch zu vermeiden. In der Küchentür blieb er wieder stehen und umfasste das Messer mit der Faust. Nun wurde ihm bewusst, dass es ihm nichts nutzen würde, wenn der Kerl eine Pistole besaß, um ihm dreimal ins Gesicht zu schießen. Eine Welle aus Zittern schwappte über seinen Körper. Doch warum kam der Typ nicht raus, wenn er eine Knarre hatte? Oder war er doch unbewaffnet und hatte nun genauso viel Schiss wie Jacobi?

Dieser Gedanke gab ihm Sicherheit zurück. Mit beiden Beinen stand er fest auf dem Boden, und seine Hand war ruhig. Er spürte das große Bedürfnis, dem Eindringling ins Gesicht zu schlagen.

Stattdessen bewegte er sich rückwärts über den Flur, setzte geräuschlos Ballen und Ferse auf, Schritt für Schritt Richtung Eingangstür. Dabei ließ er das Wohnzimmer nicht aus den Augen. Der Schatten blieb starr. Der Einbrecher musste ihn bemerkt haben und nun angespannt lauschen. An der Tür zog Jacobi sein Handy aus der Hosentasche, wählte aber keine Nummer.

»Polizeinotruf? Mein Name ist Jacobi, Menzelstraße 62,

zweiter Stock«, sagte er leise, aber doch so, dass es der Eindringling hören musste. »Ich glaube, es ist jemand in meiner Wohnung, ein Einbrecher. Können Sie einen Wagen schicken? Ja, ich verlasse jetzt das Haus. Aber beeilen Sie sich.«

Bedächtig schob er das Handy zurück in die Hosentasche, den Blick fest auf das andere Ende des Flurs gerichtet. Dann drückte er langsam die Klinke der Wohnungstür, zog sie ein Stück auf, wartete und gab ihr einen kleinen Schubs, damit sie deutlich hörbar ins Schloss fiel. Sofort schlich er zurück ins Schlafzimmer, lehnte die Tür an und horchte. Sein Atem rauschte aus der Nase, und er spürte seinen Herzschlag in den Ohren.

Dann hörte er tatsächlich das leise, aber lang gezogene Quietschen der Wohnzimmertür. Der Kerl haute ab. Jacobis Finger krampften sich um das Messer. Würde er wirklich zustechen? Er war wütend, auf Kaltenborn und dessen Lügen, auf Wuttke und Thiel, auf den Kerl in seiner Wohnung. Aber er wollte nicht töten. Und vor allem wollte er wissen, wie alles zusammenhing. Wenn der Einbrecher einer von ihnen war, musste Jacobi mit ihm reden, und dazu sollte ihm der Mistkerl ins Gesicht sehen.

Jacobi beugte sich hinunter und legte das Messer vorsichtig auf die Dielen. Durch den schmalen Türspalt sah er zwei kräftige Beine an der Wohnungstür.

Jetzt oder nie.

Jacobi riss die Tür auf und brüllte, so laut er konnte. Er packte den Fremden von hinten und stieß mit ihm zusammen gegen den Türrahmen. Während ein stechender Schmerz durch seine Schulter schoss, sah er einen Stapel Papiere zu Boden segeln. Für einen winzigen Moment zuckte der Gedanke durch Jacobis Kopf, wie groß der Kerl war. Und dass er diese seltsame Frisur schon mal gesehen hatte. Diese kleine Unaufmerksamkeit genügte dem Einbrecher, sich ein Stückchen zu drehen. Mit beiden Armen umklammerte Jacobi den Fremden, um ihm keine weitere Bewegungsfreiheit zu geben. So taumelten sie fest verschnürt über den Flur und stießen mehrfach an. Zuerst kippte das Rennrad krachend zu Boden, dann fielen einige Kartons aus dem Regal.

Der Einbrecher wand sich, um die lästige Klette abzuschütteln. Jacobi hatte seine Arme fest ineinander verschlungen, spürte aber, dass die Kraft nachließ. Deshalb drückte er sein ganzes Gewicht gegen den anderen und zwang ihn zu einem großen Schritt nach vorn. Dadurch verlor er das Gleichgewicht, kippte seitlich auf den Dielenboden und Jacobi mit ihm. Er stürzte genau auf den linken Ellenbogen. Ein furchtbarer Schmerz dröhnte durch das Gelenk, doch Jacobi ließ noch immer nicht los. Grimmig biss er sich auf die Lippen.

Plötzlich sah er aus den Augenwinkeln Schuhe. Abgetragene braune Halbschuhe. Einen Moment fragte er sich, wie das möglich war. Dann begriff er, dass sie zu zweit sein mussten. Seine beiden ganz besonderen Freunde. Eine Weile schien sich der andere das Ringen auf dem Boden anzusehen, bis Jacobi ein heftiger Tritt in die Seite traf. Er stöhnte auf, der Schmerz stach bis in die Lungen, aber seine Hände verkrallten sich weiter in seinen Gegner.

Schließlich packte ihn ein kräftiger Griff an den Haaren, zog seinen Kopf ein wenig nach oben und stieß ihn wuchtig auf die Dielen. Sofort erfüllte seinen Schädel ein dumpfes, waberndes Dröhnen, das wie eine Billardkugel von einer Bande zur nächsten schleuderte. Jacobi wurde schwindelig und übel. Sein Blick verengte sich zu einem schmalen grauen Schlitz. Er spürte warme Feuchtigkeit an Mund und Nase und ließ endlich los.

Schwer atmend lag er auf dem Fußboden und spürte, wie das Blut durch die Nase an den Gaumen floss. Er lag auf dem linken Arm, der höllisch wehtat, fand aber nicht die Kraft, sich umzudrehen. Er schaffte nicht mal, den Kopf zu heben, um den Männern ins Gesicht zu sehen, die eine ganze Weile über ihm standen.

»Arschloch«, sagte schließlich der eine und trat Jacobi in den Unterleib. Der krümmte sich, schnappte nach Luft und fürchtete, am Blut in Nase und Rachen zu ersticken. Währenddessen sammelten die beiden Männer in aller Ruhe die verstreuten Papiere an der Tür auf und verließen die Wohnung.

Eine Weile blieb Jacobi reglos im Flur liegen. Ihm taten sämtliche Knochen weh, und er hatte nicht das Gefühl, sich überhaupt rühren zu können. Vor allem aber sickerte die Erkenntnis in seinen Verstand, dass er trotzdem großes Glück gehabt hatte. Hätten die Männer gewollt, wäre er nicht mehr am Leben. Bei diesem Gedanken überfiel ihn heftiges Zittern.

Irgendwann fehlte Jacobi auch dafür die Kraft. Er blieb einfach liegen. Schließlich winkelte er mühsam zuerst das eine Bein an, dann das andere und zog sich mit der rechten Hand am Rahmen der Badezimmertür auf die Knie. Nach einer kurzen Verschnaufpause gelang es ihm aufzustehen, und ungelenk tapste er vor den Spiegel. Nase und Mund waren blutverschmiert. Das ließ sich beheben. Vorsichtig betastete er die Rippen. Sie schmerzten, aber er hoffte, dass nichts gebrochen war. Dann umfasste er sein linkes Handgelenk und zog den Unterarm ein wenig vor. Zu seiner Erleichterung blieb der Schmerz stark, aber konstant. Wie es aussah, war er ziemlich ramponiert, aber noch in einem Stück. Auch das Dröhnen im Schädel war bereits schwächer geworden. Er lächelte schief. Offenbar war er nicht so leicht kaputt zu kriegen.

Jacobi ging hinüber ins Wohnzimmer. Dort waren sämtliche Unterlagen vom Schreibtisch auf dem Fußboden verteilt. Er stützte sich an der Tischkante ab, ging in die Knie, verschaffte sich einen kurzen Überblick und erkannte, dass die Kerle seine Unterlagen zum Projekt hatten mitgehen lassen. Glücklicherweise waren es nur Kopien.

Er lehnte sich gegen ein Tischbein und betrachtete das Chaos. Jetzt waren sie also auch bei ihm gewesen. Ungefähr konnte er nun erahnen, was die Entdeckung, dass jemand in ihre Wohnung eingedrungen war, für Katharina bedeutet haben musste. Die Einschläge kamen näher, schneller als vor zwei Monaten und sehr viel direkter. Zum ersten Mal fragte sich Jacobi, ob Katharina mit ihrer Befürchtung recht hatte.

Vielleicht waren sie noch abgebrühter als Wolff.

Möglicherweise kam alles noch schlimmer.

Eine Weile blieb Jacobi am Tisch hocken und lauschte dem Echo, das dieser Gedanke in ihm erzeugte. Aber je länger er versuchte, ihn zu fassen, umso schwächer wurde er. Jacobi war einfach zu müde. Nicht einmal Wut spürte er noch. Nur die Schmerzen am ganzen Körper.

Mühsam richtete er sich auf und rief Bruno Demandt an. Kurz und möglichst ruhig schilderte er den Einbruch und dass er seinen beiden Verfolgern nun schon zum dritten Mal begegnet war. »Es waren die Kerle, die mir zu Rebecca gefolgt sind. Ganz sicher. Wann schnappt ihr sie endlich?«, fragte er.

»Wir können sie nicht finden.«

»Was? Ihr habt das Phantombild und ihr Kennzeichen.«

»Wir haben eine Halterabfrage gemacht. Ohne Ergebnis.«

»Was?«

»Das Kennzeichen muss gefälscht sein. Oder du hast dich geirrt.«

Nicht das, was Demandt sagte, bereitete ihm eine Gänsehaut, sondern wie er es sagte. Es klang mechanisch, wie ferngesteuert. Das war nicht Bruno, der mit ihm sprach. Jedenfalls nicht der Bruno, den Jacobi kannte. Er erinnerte sich, dass der Kommissar schon auf das Phantombild seltsam reagiert hatte. Instinktiv wich Jacobi zwei Schritte zurück und hörte wie durch einen Tunnel, was die Stimme am anderen Ende sagte.

»Aber ich habe eine großartige Neuigkeit. Wir haben einen Tipp bekommen und eine Wohnung gefunden voll mit Zeitungsausschnitten und Fotos von Kaltenborn, Forster und ihrem Baby. Wir lassen gerade die DNA abgleichen, aber ich bin sehr sicher, dass sie unserem Mann aus dem Hotel gehört. Das muss ein echt irrer Typ sein. Jetzt verstehe ich auch, warum er sich nach dem Mord weiter versteckt hat, anstatt zu verschwinden. So wie der drauf ist. Was sagst du dazu?«

Wieder schien es Jacobi, als habe er Brunos Stimme gehört, ohne sie zu verstehen. Warum redete er plötzlich von einem wirren Einzeltäter, obwohl es doch mindestens drei waren? Und noch immer hatte Jacobi die Sache mit dem Kennzeichen nicht begriffen. »Wie konntet ihr die Wohnung finden, aber nicht das Auto?«

»Das habe ich doch gesagt. Es ist nicht in der Datenbank. Aber sein Versteck zu haben ist viel besser. So verstehen wir, wie er denkt. Wenn man das überhaupt denken nennen kann. Wir lassen alles, wie es ist, und behalten das Haus im Auge. Vielleicht haben wir Glück, und er kommt zurück. Und dann haben wir ihn am Sack.«

»Wie habt ihr die Wohnung gefunden?«

»Ein Tipp. Anonym.«

»Wo ist sie?«

»Das geht dich nichts an.«

Jacobi war fassungslos. »Was? Ich werde verfolgt, bei mir wird eingebrochen, ich werde zusammengeschlagen, und es geht mich nichts an?«

»Das tut mir leid«, sagte Bruno halbherzig.

»Wo ist diese Wohnung?«

»Erklär mir lieber, was du im Hotel gesucht hast. Du hast dich als Polizist ausgegeben und ein Dienstsiegel durchtrennt. Damit bringst du mich in ziemliche Schwierigkeiten. Ist dir das klar?«

»Verdammt, Bruno, du hast mir den ganzen Mist eingebrockt. Jetzt kannst du mich nicht damit hängen lassen.«

Bruno schwieg, aber Jacobi konnte seinen schweren Atem hören. »Also gut«, sagte er schließlich. »Du gibst ja doch keine Ruhe. Witterstraße. Aber wehe, du kommst uns in die Quere. Dann haben wir richtig Stress miteinander, verstanden?«

Mittlerweile hatte Jacobi das Gefühl, auf Schienen durch den dunklen Tunnel zu rasen. Nur dass am Ende kein Licht, sondern eine Wand wartete. Irgendwas lief hier falsch. Der merkwürdige Klang von Brunos Stimme. Er weiß etwas, dachte Jacobi. Er weiß etwas und lässt mich ins offene Messer laufen. Jacobi fiel es schwer, das zu glauben. Er wehrte sich gegen sein eigenes Gefühl, doch Demandts nächster Satz traf ihn wie ein Schlag in sein ramponiertes Gesicht.

»Es wäre überhaupt besser, wenn du dich ab jetzt aus der Sache raushältst.«

Jacobi schnappte nach Luft. »Du hast mich ins Hotel bestellt.«

»Ja, das war ein Fehler. Ich rate dir, in Zukunft die Füße still zu halten. Wir kümmern uns um die Sache.«

»Bruno, was soll das? Was ist los? Rede mit mir!«

»Ich habe schon viel zu viel gesagt«, erklärte er und legte auf.

Jacobi sah auf das Telefon in seiner Hand, bevor er es ganz langsam auf den Schreibtisch legte und mit der Fingerspitze so weit von sich schob wie möglich.

Dann lief er über den Flur, ignorierte das Chaos auf dem

Fußboden, griff seine Sporttasche und schaufelte einige Klamotten hinein. Dabei überlegte er, wohin er gehen sollte. Zu Freunden konnte er nicht, ohne sie in Gefahr zu bringen. Und Bruno würde ihn nicht schützen, weil er … selbst dazugehörte?

Bei diesem Gedanken überlief Jacobi eine Gänsehaut, und als er die Wohnungstür hörte, fuhr er erschrocken herum.

Kamen sie zurück, um ihn endgültig zu erledigen?

Erleichtert erkannte er Alma und Juri, die von ihrer Runde zurückkehrten. Seine Nachbarin blieb in der Tür stehen und betrachtete das Durcheinander im Flur. »Ich wusste, dass Juri der Vernünftigere von euch beiden ist. Allerdings ist mir neu, dass du Drogen nimmst. Schlimme Drogen.«

Sie sah auf, und beim Anblick von Jacobis Gesicht weiteten sich ihre Augen für eine Schrecksekunde. »Was hast du gemacht? Kürbisschnitzen im Selbstversuch?« Dann bemerkte sie die halb gefüllte Sporttasche. »Was ist los, Norman?«

»Ich muss eine Weile weg.«

»Was heißt weg? Weg wie ›ihr könnt mich mal‹? Oder weg wie ›ich habe mächtig Mist am Hacken‹?«

Jacobi sagte nichts, aber Alma verstand auch so.

»Das könnte dir so passen. Ich sage dir, was wir jetzt tun. Ich kümmere mich um dein Gesicht, und du erklärst mir, was hier vor sich geht.«

Ohne auf eine Antwort zu warten, zerrte sie Jacobi ins Bad und setzte ihn auf den Rand der Wanne. Sie feuchtete ein Handtuch an und war wenig zimperlich. »Also, ich höre. Worauf hast du dich wieder eingelassen?«

»Das kann ich dir nicht sagen.«

Sie wich zurück. »Was ist das? So eine bescheuerte James-Bond-Nummer? Mach dir keine Sorgen, Schätzchen, aber je weniger du weißt, umso besser?«

Jacobi sah ihren besorgten Blick. Er wollte ihr keine Angst

machen, aber sie gehörte zu den ganz wenigen Menschen, denen er noch trauen konnte. Schließlich nickte er.

Sie schluckte. »Du meinst, ich komme eines Tages nach Hause, und jemand drückt mir eine Knarre an den Kopf, weil er wissen will, wo du bist?«

Jacobi zögerte eine Sekunde zu lang, bevor er heftig den Kopf schüttelte.

»Was ist das für ein Scheiß?!«, rief sie. »Rede mit mir!«

»Hör zu, ich verschwinde jetzt einfach für ein paar Tage. Am besten, du denkst gar nicht an mich. Kümmere dich nicht um meine Blumen und nicht um meinen Briefkasten. Je weniger man dich mit mir in Verbindung bringt, umso besser.«

»Werde ich beobachtet?«

Jacobi atmete tief aus.

»Hast du sie noch alle?!«

»Es tut mir leid, Alma. Ich habe das nicht gewollt.«

»Und was hast du gewollt?«

»Wenn ich könnte, würde ich es rückgängig machen.«

»Hast du nicht irgendwas vergessen?«, fragte Alma und deutete auf Juri, der mit großen, schuldbewussten Augen auf der Schwelle zum Bad saß.

»Kannst du ihn irgendwo unterbringen?«

Alma schüttelte den Kopf. »Das ist alles komplett verrückt.«

»Ja.«

KAPITEL 17

Sie horchte auf das Geräusch des Motors, das gleichmäßige, leise Brummen der Kolben. Fast zehn Jahre war der Wagen alt, hatte sie aber noch nie im Stich gelassen. Mit beiden Händen umfasste sie das Lenkrad und hoffte, dass er jetzt nicht damit begann. Über ihr brannte die Nachmittagssonne und nahm ihr fast die Luft zum Atmen. Dennoch traute sie sich nicht, die Scheibe hinunterzulassen.

Nach Jacobis Nachricht und seiner Aufforderung, wieder in den Taunus zu fahren, war für geraume Zeit die Panik zurückgekehrt. In der Nacht hatte sie kaum geschlafen, und wenn doch, war sie in beklemmenden Träumen durch brennende Äcker geirrt.

Und hatte einen Menschen getötet.

Wieder und wieder.

Jetzt schwebten draußen erneut Getreidefelder vorbei, auf denen Mähdrescher gigantische Staubwolken erzeugten, die den Himmel in milchig-gelbes Licht tauchten.

Als würde er brennen.

Katharina heftete ihren Blick auf die Straße, die in mehreren Schleifen eine Steigung hinauf in einen Wald hineinführte. Als die gold schimmernden Felder aus dem Rückspiegel verschwunden waren, spürte Katharina Erleichterung und ließ doch ein wenig die Scheibe hinunter. Die einströmende Luft war nicht frisch, sondern trocken. Noch immer roch sie nach Stroh und verbrannt von der Hitze. Trotzdem zwang sich Katharina, tief einzuatmen.

Sie würde nicht mehr davonlaufen.

Nach zehn Minuten erreichte sie Milstein im Taunus. Zuerst fuhr sie an verklinkerten Zweifamilienhäusern vorbei. An der engen Dorfstraße gab es danach hauptsächlich ältere Gebäude, auch einiges Fachwerk. Katharina passierte ein kleines Modegeschäft, einen Bäcker und einen Laden für Haushaltswaren. Es war einer dieser Orte, in denen die Dorfkneipe »Zum goldenen Rad« hieß und das griechische Restaurant »Akropolis«. Während sie registrierte, dass der unangenehme Druck auf ihrer Lunge etwas nachließ, fiel Katharina ein, dass sie keine Ahnung hatte, wo sie nach der Gasbohrung suchen sollte.

Am Ende des Ortes stoppte sie deshalb an einer Tankstelle. Im Shop surrte die Klimaanlage und blies Katharina einen kalten Lufthauch an den verschwitzten Rücken. Hinter der Theke wartete eine junge Frau mit einem schwarzen Pferdeschwanz und Pickeln im Gesicht.

»Hi, was kann ich für Sie tun?«, fragte sie fröhlich.

»Das klingt jetzt vielleicht komisch, aber wissen Sie zufällig, wo hier in der Gegend Fracking betrieben wird?«

»Fratting?«

»Nein, Fracking. Gasförderung aus Stein.«

»Gas? Aus Stein? Hier? Sind Sie sicher?«

»Sie haben also keine Ahnung?«

»Sorry.«

»Macht nichts. Danke«, sagte Katharina und wandte sich zum Gehen, als ihr noch etwas einfiel. »Sagen Sie, haben Sie in letzter Zeit vielleicht häufiger große LKWs gesehen, die Baumaterial transportierten? Stahlrohre oder so was?«

»Laster? Ja, klar, die donnern hier seit Wochen den ganzen Tag durch«, sagte die Kassiererin und schien froh, eine Frage beantworten zu können. »Und seit Neuestem auch noch Tankwagen, jede Menge. Ich würde wirklich gerne wissen, wo die bleiben. Aber das weiß keiner so genau.«

»In welche Richtung fahren die?«

»Da lang«, sagte die junge Frau und deutete auf den Ortsausgang. »Aber wenn Sie's genau wissen wollen, müssen Sie nur warten. Bestimmt kommt bald wieder einer.«

»Danke. Sie haben mir sehr geholfen.«

Katharina setzte sich zurück ins Auto. Die Überdachung an der Tankstelle spendete ein wenig Schatten. Während sie wartete, stellte sie sich einen schweren Lastwagen vor, der durch den Ort raste, eine monströse Maschine, vielleicht ein ganzer Konvoi. Und Katharina würde sich einfach dranhängen und ihnen zum Bohrloch folgen? Wie in einer billigen amerikanischen Krimiserie?

Katharina startete den Motor und fuhr Richtung Ortsausgang. Es dauerte nicht lange, bis sie auf die Fährte stieß, parallele Streifen aus getrockneter Erde. Sofort sah Katharina, dass sie nicht von Traktoren stammten. Es waren eindeutig LKW-Spuren.

Über mehrere kleine Straßen führten die Spuren zu einem Wald, in den ein breiter Schotterweg hineinlief. Vermutlich war er extra für die Arbeiten angelegt worden, doch die schweren Fahrzeuge hatten bereits tiefe Furchen hinterlassen. Katharina überlegte, ob sie weiterfahren oder aussteigen sollte. Der Weg verschwand bald hinter einer Biegung, und sie wusste nicht, ob sie ihm nur ein kurzes Stück oder mehrere Kilometer folgen musste. So gab sie vorsichtig Gas. Das Knirschen des Untergrundes übertönte die Motorengeräusche.

Nach der zweiten Kurve war Schluss. Ein etwa zwei Meter hoher Bauzaun lief quer über den Weg und zu beiden Seiten tief in den Wald hinein. Offenbar war das Gelände weiträumig abgesperrt. Wieder überlegte Katharina und setzte den Wagen vorsichtig zurück in einen schmalen Waldweg, bis er von der Hauptzufahrt nicht ohne Weiteres zu entdecken war. Dort blieb sie einen Moment sitzen. Soweit sie erkennen konnte, wartete niemand hinter dem Zaun. Offenbar wurde für die nächsten Minuten kein LKW erwartet. Das kam ihr entgegen.

Trotzdem spürte sie ein Zittern in den Beinen, als sie sich der Absperrung langsam auf dem Schotterweg näherte. Aus einiger Entfernung erkannte sie ein Schild, das die Durchfahrt verbot. Auf einer weiteren Tafel hieß es, das Gelände werde im Auftrag der Gemeinde durch die DikaTus European Development Corp. Ltd. erschlossen. Was genau damit gemeint war, wurde nicht erklärt. Aus gutem Grund, dachte Katharina und machte Fotos mit ihrem Handy.

Erst jetzt bemerkte sie das dumpfe Grollen, das aus der Tiefe des Waldes stammen musste und sich über den Boden auszubreiten schien. Katharina ging in die Knie, legte eine Hand auf den warmen Schotter und spürte tatsächlich ein leichtes Vibrieren. Sie wandte sich nach rechts und ging am Zaun entlang. Das Rascheln des Laubes unter ihren Füßen störte sie, doch daran war nichts zu ändern. Immerhin wurde auch das Dröhnen lauter und übertönte bald alle anderen Geräusche. So konnte sie sich unauffälliger bewegen, würde aber auch nicht bemerken, wenn ihr jemand folgte. Sie blickte sich um.

Niemand zu sehen.

Nach ein paar Minuten hatte Katharina den Eindruck, der Lärm müsse direkt aus dem Wald vor ihr kommen. Ginge sie weiter am Bauzaun entlang, würde sie sich eher wieder entfernen. Sie musste also über den Zaun und spürte ein Kribbeln im Magen. Direkt am Metallgitter stehend glaubte sie, tief im Wald eine Lichtung zu erahnen, auf der sich einiges bewegte. Davon machte sie Fotos, auf denen jedoch nichts zu erkennen war. Sie zögerte, dann erinnerte sie sich an Carla.

Ganz oder gar nicht.

Katharina hob die Hand und erreichte knapp die Oberkante des Zauns. Sie trat drei Schritte zurück, lief an und bekam das Metall oben zu fassen. Es schepperte gewaltig, doch sie ignorierte den Lärm, zog sich stöhnend hoch, brachte ein Bein auf die andere Seite, dann das andere und ließ sich hinunterfallen.

Sie atmete aus und sah sich um, bevor sie sich langsam aufrichtete. Bedächtig ging sie auf Lärm und Bewegungen zu. Dabei machte sie unentwegt Fotos.

Als der Wald weniger dicht wurde und sich ihr Blick weitete, blieb sie stehen und ließ das Handy sinken. Entsetzt, aber mehr noch fasziniert starrte sie auf die Szenerie.

Vor ihr lag eine betonierte Fläche, mindestens so groß wie ein Sportplatz. An den Rändern erkannte sie mehrere Container und einige Baubaracken, außerdem lagen dort Stahlmatten und -rohre. Zur Mitte der Fläche hin standen einige Lastwagen mit laufendem Motor und ruckelten auffällig hin und her. Auf ihren Ladeflächen bemerkte Katharina größere Motoren, vermutlich die Pumpen, mit denen die Flüssigkeit unter irrem Druck ins Gestein gepresst wurde, bis es aufbrach und so das Gas freisetzte. Daher auch das Brummen. Von den LKWs führten Schläuche ins Zentrum des Platzes. Und dort stand er, der Bohrturm, sicherlich vierzig Meter hoch, aus weißem und rotem Stahl.

Als wäre ein UFO gelandet, mitten im Wald.

»Hey!«

Zwischen den riesigen Maschinen und Gerätschaften sah Katharina nur wenige Arbeiter. Sie trugen Helme und blickten in irgendwelche Papiere, während sie sich über das Gelände bewegten. Das alles wirkte seltsam mechanisch. Wie eine gigantische Modelleisenbahn. Katharina schoss weitere Fotos.

»Hey, Sie da!«

Beiläufig blickte sie nach links und erkannte einen kräftigen Mann in schwarzer Kleidung. Er sah aus wie einer dieser privaten Sicherheitssheriffs und bewegte sich auf sie zu. Erst jetzt erinnerte sie sich, dass sie über einen Zaun geklettert war. Instinktiv wich sie einige Schritte zurück. Während er näher kam, sprach der Kerl in ein Funkgerät. Es dauerte nur Sekunden, bis drei weitere Typen in Schwarz an unterschiedlichen Ecken des Geländes auftauchten. Alle vier wirkten nicht so, als wären sie an einer Erklärung interessiert.

Katharina schob das Handy in die Hosentasche, machte einige Schritte rückwärts Richtung Zaun, drehte sich um und rannte. Das Laub unter ihren Füßen knisterte wie ein Feuerwerk. Sie sprang über Äste und stolperte durch Löcher im Boden. Aus den Augenwinkeln erkannte sie die Männer in einiger Entfernung auf gleicher Höhe. Sie wollten sie überholen, um ihr so den Weg abzuschneiden.

Katharina schlug einen Haken und noch einen und konnte endlich den Zaun sehen. Sie glaubte schon, es zu schaffen, als zwischen den Bäumen vor ihr ein fünfter schwarzer Mann auftauchte. Er schien noch größer als die anderen, ein Hüne. Wenn sie ihm in die Hände fiel, würde er ihre Fotos zerstören.

Mindestens.

Aber sie hatte sich geschworen, sich zu wehren.

Dieser Gedanke setzte neue Kraft frei. Katharina lief direkt auf den Riesen zu und schrie dabei so laut sie konnte. Sie erkannte die Überraschung im Gesicht des Mannes. Ratlos sah er nach links und rechts zu seinen Kollegen. Zwei Meter vor ihm sprang Katharina ab wie eine Weitspringerin und traf ihn mit beiden Füßen direkt auf der Brust. Sie landete hart auf einigen Ästen am Boden und spürte einen Schmerz in der Hüfte. Aber sie rappelte sich auf, erreichte den Zaun und zog sich daran hinauf. Als sie sich hinüberschwang, erkannte sie, dass der Hüne gekrümmt am Boden lag, während seine Kollegen sich um ihn kümmerten. Sie schienen beeindruckt, und Katharina spürte einen wilden Triumph.

Sie hatte sich gewehrt und wieder alles richtig gemacht. Mit dieser Gewissheit lief sie zum Wagen und gab Gas.

Unterwegs kostete es sie einige Mühe, sich zu beherrschen. Natürlich war es Wahnsinn, aber in diesem Augenblick war die Euphorie größer. Sie waren zu fünft gewesen. Fünf Riesen. Auf einen Streich. Sie kicherte.

Am Ende der Schotterpiste musste sie abbremsen, um nicht in der Böschung zu landen. Dann gab sie wieder Gas. Das Ganze geschah im Auftrag der Gemeinde. Also mussten sie dort wissen, wer dahintersteckte. Ohne zu überlegen, folgte sie den Wegweisern zum Rathaus. Sicher würde man dort bald von ihrem Besuch im Wald erfahren. Aber vielleicht hatte Katharina noch etwas Vorsprung, und ihr gelang eine weitere Überraschung.

Wenige Minuten später parkte sie direkt an der Treppe zum Rathaus. Sie ignorierte die Frau an der Information und durchquerte das kleine Foyer. Laut Hinweistafel befand sich das Büro des Bürgermeisters im zweiten Stock. Katharina nahm drei Stufen auf einmal. Sie versuchte nicht nur, schneller zu sein als die anderen, sondern auch als jeder mögliche Zweifel.

Am Ende eines kurzen Ganges atmete sie einmal durch und öffnete die Tür, ohne anzuklopfen. Eine Sekretärin blickte auf, im Büro nebenan saß der Bürgermeister. Er telefonierte.

»Ich glaube, ich weiß, von wem Sie reden«, sagte er. »Ich denke, sie steht gerade vor mir ... Nein, nicht nötig. Ich bin sicher, das können wir in Ruhe klären. Danke für Ihren Anruf. Ich melde mich.«

Er legte auf, trat hinter dem Schreibtisch hervor und streckte Katharina jovial die Hand entgegen. Er war sicher über fünfzig, untersetzt und trug ein kurzärmeliges Hemd. An den Achseln war es feucht. »Sie haben einigen Eindruck hinterlassen, Frau ...?«

Katharina streckte den Rücken. »Mein Name tut nichts zur Sache.«

»Verstehe. Sie interessieren sich also für unser kleines Projekt. Das freut mich. Was kann ich für Sie tun? Aber setzen Sie sich doch«, sagte er und nahm hinter dem Schreibtisch Platz.

Katharina blieb stehen. »Was tun Sie da im Wald?«

»Ich denke, das wissen Sie.«

»Sie hintergehen die Öffentlichkeit und ruinieren die Umwelt.«

»Ich glaube nicht, dass wir Ihnen Rechenschaft schuldig sind. Aber zu Ihrer Beruhigung: Es ist eine genehmigte Probebohrung. Außerdem betreiben wir Clean Fracking. Wir nutzen keine Chemikalien, sondern ausschließlich Wasser und Sand. Das ist zwar weniger ergiebig, aber wir sind uns unserer Verantwortung sehr wohl bewusst. Ich kann Ihnen versichern, es besteht keinerlei Gefahr für die Umwelt.«

»Warum dann der Zaun und die Sicherheitsleute, wenn alles so harmlos ist?«

»Eine reine Sicherheitsmaßnahme. Fracking ist ein sehr sensibles Thema«, sagte er und lächelte, »was man übrigens auch an Ihrem Verhalten erkennt.«

»Ihre Leute haben mich angegriffen.«

Der Bürgermeister schüttelte den Kopf. »Das kann ich mir nicht vorstellen. Eher habe ich den Eindruck, dass Sie sich unbefugt Zutritt zum Gelände verschafft haben. Die Männer wollten Sie zurückbegleiten. Zu Ihrem eigenen Schutz. So ein Industriegelände ist nicht ungefährlich.«

»Warum hinter dem Rücken der Öffentlichkeit?«

»Ich sagte schon: Es ist ein sensibles Thema. Aber im Fracking stecken viele Möglichkeiten. Deshalb wollen wir zunächst die Chancen ausloten, bevor wir das Projekt den Bürgern vorstellen.«

»Wem gehört das Land?«

»Der Gemeinde.«

»Und die Erschließungsgesellschaft? Wer steckt dahinter? Wer ist DikaTus?«

»Ein Zusammenschluss engagierter Personen, die das Projekt finanziell unterstützen. Namen werde ich nicht nennen. Nur so viel: Die Gemeinde allein könnte sich den Aufwand nicht leisten.«

»Ist Ihnen klar, dass es vermutlich eine Verbindung gibt zwischen dem Projekt, dem Mord an Roland Forster und dem Anschlag auf Kaltenborn?«

Für einen winzigen Moment erkannte Katharina Verunsicherung im Blick des Bürgermeisters. »Das halte ich für unwahrscheinlich. Das Projekt bietet allen nur Vorteile. Es gibt überhaupt keinen Grund für solche Reaktionen. Und jetzt möchte ich Sie bitten zu gehen. Ich habe noch einiges zu arbeiten«, sagte er, stand auf und führte sie an der Sekretärin vorbei aus dem Büro. »Vielen Dank für Ihren Besuch.«

Im dunklen Flur war nichts mehr übrig von Katharinas Euphorie. Hatte sie wirklich geglaubt, den Bürgermeister so aus der Fassung bringen zu können, dass er ihr die Informationen gab, die sie brauchte?

Sie war so naiv. Das musste aufhören. Jacobi und Katharina hatten es mit einem dichten Netzwerk von Politikern, Verwaltung und Sicherheitsdiensten zu tun – Leuten, die zu allem bereit waren. Und die Möglichkeiten hatten. Naivität konnte sich Katharina nicht länger leisten.

Nachdenklich stieg sie die Treppe hinunter, als sich ihr Telefon meldete. Eine SMS von Jacobi, nur ein kurzer Text, der ihr aber trotzdem eine Gänsehaut bereitete. »Wir sind aufgeflogen. Ruf mich nicht an. Ich melde mich. N.«

KAPITEL 18

Seit Stunden wartete sie auf eine Nachricht.

Vom Rathaus war sie nach Hause gefahren. Um sich einfach an ihren Schreibtisch zu setzen, war sie viel zu aufgedreht gewesen. Da waren ihre Entdeckung und die Unverfrorenheit, mit der Kaltenborn und Forster die Öffentlichkeit belogen. Die Aggressivität, mit der sie ihre Pläne verteidigten, hatte sie zu spüren bekommen. Dann ihr Gespräch mit dem Bürgermeister. Er hatte jovial gelächelt und sie nicht ernst genommen. Das musste kein Nachteil sein. Aber dadurch war sie sichtbar geworden, für Kaltenborn und die Leute, die im Taunus nach Gas bohrten. Schließlich Normans kurze Nachricht. »Wir sind aufgeflogen.« Sie wusste nicht, was genau er damit meinte. Aber ihr war klar, dass sie eine Grenze überschritten hatten.

Ab jetzt konnte sie sich nicht mehr verstecken.

Zu ihrer eigenen Überraschung machte ihr dieser Gedanke keine Angst. Vielmehr fühlte sie sich endlich entschlossen. Und freier. Wenn Jacobi auf ihre Hilfe angewiesen war, konnte er sich auf sie verlassen.

Also hatte sie auf dem Sofa auf ein Zeichen gewartet. Im Fernsehen waren Berichte zu Forsters Beerdigung gelaufen. Obwohl die Trauerfeier unter Ausschluss der Öffentlichkeit stattfand, war die Medienpräsenz riesig. Während Vahlen wortlos an den Kameras vorbeiging, nutzte Kaltenborn die Chance für ein weiteres seiner unglücklichen Statements. Statt Mitgefühl für Forsters Familie auszudrücken, wiederholte er seine Kampfansage an die Gegner des Projekts und forderte besseren Schutz für Politiker in der Öffentlichkeit.

Diese Vorlage hatten politische Konkurrenz und Medien gerne aufgenommen. Sie erinnerten an die Notstandsgesetze und sahen bereits eine Gefahr für Freiheit und Demokratie aufziehen. Und sie fragten sich, welche Rolle der kleine Journalist Norman Jacobi in diesem Spektakel spielte. Wofür brauchte Kaltenborn einen Schoßhund?

Katharina fragte sich vielmehr, wo er steckte.

Warum meldete er sich nicht? Ging es ihm gut?

Um wenigstens etwas zu tun, hatte sie eine Art Bestandsaufnahme versucht. Sie waren davon ausgegangen, dass jemand Politiker tötete, die ihm nicht passten. Je mehr Katharina erfuhr, umso stärker wurde jedoch ihr Eindruck, dass die Politiker selbst am Ast sägten, auf dem sie saßen. Kaltenborn und Forster betrieben ein Projekt, das schiefgehen musste, wenn nicht jetzt, dann später. Gab es also gar keine Verschwörung gegen unliebsame Politiker? Steckte doch die Konkurrenz dahinter? Warum dann aber die Anschläge? Und die Botschaften? Katharina erkannte, dass sie sich im Kreis drehte. Sie durchschaute es nicht.

Plötzlich hatte sie das Gefühl gehabt, am falschen Ort auf eine Nachricht zu warten, und war ins Büro gerast. Doch auch dort hatte Jacobi sich nicht gemeldet. Um sich abzulenken, starrte sie auf die unscharfen Fotos auf dem Bildschirm. Auf den Zaun, den jemand willkürlich in den Wald gepflanzt hatte, um dahinter ungestört seinen Geschäften nachgehen zu können. Im Internet hatte Katharina nach einer Spur der European Development Corp. gesucht, die auf dem Schild genannt wurde. Ohne Erfolg, doch das wunderte sie längst nicht mehr.

Weit entfernt tauchte nun die Lichtung in gleißendem Sonnenschein auf und ließ nur eine vage Ahnung der Bauten und Geräte zu. Es folgten Aufnahmen von Katharinas Weg auf die freie Fläche zu. Sie zeigten Bäume und Äste in dunstigen Lichtschlieren, als würden sie hin und her schwanken oder sich um sich selbst drehen.

Schließlich die riesige betonierte Fläche wie kahl geschorene Haut, von der aus Chirurgen mit ihren Hightech-Instrumenten in den Eingeweiden des Patienten herumwühlten. Als sie weiterklickte, bemerkte sie auf einigen Bildern Pfützen, die ihr vor Ort nicht aufgefallen waren. Sie vergrößerte die Ausschnitte, wodurch auch die Unschärfe weiter zunahm. Trotzdem erkannte sie auf manchen Flächen bunte Schlieren wie von Öl. Über anderen schien feiner Dunst oder Dampf zu wabern. Jedenfalls war das, was zum Einsatz kam, alles andere als reines Wasser. Clean Fracking war also nicht clean. Aber auch das überraschte sie nicht mehr.

Dann hatte Katharina die Stimme gehört und ihr Handy herumgerissen. So erschien der erste Sicherheitsmann völlig verzerrt am Rand des Bildes. Das nächste zeigte einen seiner Kollegen, der sich zügig näherte. Dies waren die letzten Aufnahmen, und Katharina fragte sich, was sie mit ihr angestellt hätten. Aber sie hatte sich gewehrt. Sie hoffte sogar, der Kerl, der sich ihr in den Weg gestellt hatte, würde noch lange etwas von ihrem Tritt spüren.

Bei einigen Bildern versuchte sie nun, Schärfe und Kontrast zu verbessern, bevor sie sie ausdruckte. Dann gab es nichts mehr zu tun, und Katharina sah auf die Uhr. Halb sechs.

Warum meldete er sich nicht?

Sie malte sich aus, dass Jacobi sie zu einem Treffpunkt bestellte. Wie in einem Agentenfilm. Eine dichte Menschenmenge, in der sie untertauchen konnten. Eine Hand, die sie in eine enge Gasse zog. Der Blick zurück, unsicher, ob sie nicht doch verfolgt wurden. Schließlich standen sie sich gegenüber. Ein wenig atemlos sahen sie sich in die Augen.

Katharina erkannte die Sorge in seinem Blick und wollte etwas sagen.

In diesem Augenblick schreckte sie ein Poltern auf. Einen Moment brauchte sie, um sich zu orientieren. Es musste Schindler im Büro nebenan sein. Garantiert würde er gleich bei ihr reinplatzen, aber sein Gejammer konnte sie jetzt nicht ertragen. So schlich sie zur Tür und schloss ab.

Danach ließ sie sich zurück in ihren Stuhl fallen und versuchte, den warmen Gedanken wiederzufinden. Gerade hatte sie Jacobis angespanntes Gesicht wieder vor Augen, als es an der Tür klopfte. Sie erschrak.

»Frau Beck?«, fragte Schindler und drückte die Türklinke herunter, einmal, noch einmal.

Katharina atmete nicht. Es war albern, aber jetzt gab es kein Zurück.

»Frau Beck, sind Sie da?«

Nach einer gefühlten Ewigkeit entfernten sich Schritte, und Katharina hörte ihren Chef wieder nebenan. Sie musste kichern. Manchmal machte das Ganze auch Spaß, irgendwie.

Sie atmete aus, sah sich um und spürte, dass sie etwas tun musste. An konzentrierte Arbeit war aber nicht zu denken. So zog sie ihre Schuhe aus und begann, ihren Schreibtisch aufzuräumen, Seminararbeiten von der einen Seite auf die andere zu schieben und Bücher ins Regal zu sortieren. Dabei fielen ihr mehrere Bände krachend auf den Boden. Sie ärgerte sich, und keine zehn Sekunden später stand Schindler wieder vor ihrer Tür.

»Frau Beck? Ich weiß doch, dass Sie da sind. Machen Sie auf.«

Klang er ärgerlich oder eher besorgt? Katharina blieb keine Wahl. Sie öffnete die Tür.

Irritiert sah Schindler an ihr hinunter auf ihre nackten Füße. Er hob den Blick. »Warum schließen Sie sich ein?«

Einen Augenblick überlegte sie und musste plötzlich wieder kichern. »Ich weiß nicht.«

»Alles in Ordnung bei Ihnen?«

»Jaja, nur furchtbar viel zu tun.«

Schindler reichte ihr einen Umschlag. »Der wurde für Sie abgegeben.«

Katharina spürte ihren Herzschlag im Hals. »Von wem?«

»Einem Boten.«

»Wann?«

»Vor ein paar Stunden.«

»Vor ein paar Stunden?«

»Hätte ich gewusst, dass Sie da sind, hätte ich ihn viel früher vorbeigebracht. Geht es Ihnen wirklich gut?« Er schien tatsächlich besorgt. Zumindest, soweit er dazu imstande war.

»Jaja, danke«, sagte sie, nahm ihm den Brief ab, schloss die Tür und drehte den Schlüssel wieder herum. In diesem Moment war ihr völlig egal, was ihr Chef von ihr dachte.

Am Schreibtisch riss sie den Brief auf und hoffte, dass es noch nicht zu spät war. Der Umschlag enthielt nur ein gefaltetes A4-Blatt mit einem Lageplan des Botanischen Gartens, ein Ausdruck aus dem Internet. Ungefähr in der Mitte, am Ufer des Teiches, hatte Jacobi ein Kreuz und eine kurze Nachricht eingefügt: »Hier kannst du bei Dunkelheit Nachrichten hinterlassen, am Stamm der großen Eiche. Hoffe, wir können uns bald wieder sehen. N.«

Mit dem Finger strich Katharina über die zwei Zeilen und glaubte, eine Verbindung zu spüren. Sie waren tatsächlich Agenten, allein auf sich gestellt in einer feindlichen Umgebung. Gleichzeitig bemerkte sie Enttäuschung. Es war ein toter Briefkasten, sie würde Jacobi nicht sehen, jedenfalls nicht so bald.

Sie fuhr noch einmal nach Hause und zog sich um, damit sie sich möglichst unauffällig durch die Dunkelheit bewegen konnte. Auf der Fahrt zum Botanischen Garten wechselte sie einige Male die U-Bahn, bis sie sicher war, dass ihr niemand folgte. Dabei fiel ihr auf, wie absurd die Situation war. Sie wussten, dass Kaltenborn und Forster die Öffentlichkeit belogen und fragwürdige Geschäfte machten. Dennoch waren es Jacobi und Katharina, die sich verstecken mussten, während Kaltenborn sich feiern ließ.

Um den Treffpunkt zu finden, brauchte sie keinen Plan. Die großen Parkanlagen schlossen direkt an das Gelände der Universität an, und vor allem am Anfang ihrer Zeit in Frankfurt war sie oft hier gewesen. Damals hatte Schindlers Art sie erschreckt und völlig überfordert, und auf langen Spaziergängen hatte sie nach einer Strategie gesucht, damit umzugehen. Jetzt spürte sie klamme Luft, die den letzten Rest Wärme aus den Pflanzen zu saugen schien. Schotter knirschte unter Katharinas Schuhen. Mehrmals sah sie sich um, weil sie den Eindruck hatte, dass ihr doch jemand folgte. Irgendwann registrierte sie, dass es nur das Echo ihrer eigenen Schritte war.

Schließlich erahnte sie die silbrige Oberfläche des Teiches. Langsam trat sie ans Ufer. Von dort erkannte Katharina die wuchtigen Umrisse des alten Eichenstammes ohne Krone. Obwohl sie damit gerechnet hatte, dass Jacobi nicht da sein würde, war sie enttäuscht, und von einem aufregenden Abenteuer blieb schlagartig nicht mehr als ein verlassenes, feuchtes Stück Gras mitten in der Nacht.

Sie atmete tief aus und bewegte sich langsam um den Stamm herum auf der Suche nach einer Nachricht. Die Rinde war rau und ein wenig feucht. Im dichten Gras am Fuß des Baumes erahnte sie schließlich die Umrisse eines Umschlags. Noch einmal sah sie sich um, bevor sie danach griff und vorsichtig mehrere Blätter mit handschriftlichen

Notizen daraus hervorzog. Durch den Tau waren sie aufgeweicht, und die Tinte war an manchen Stellen verwischt. So hatte sie das Gefühl, die Flaschenpost eines lange Verschollenen zu öffnen.

Würde das ihre Fragen beantworten?

Im Licht ihres Handys entzifferte Katharina mühsam die dichten Zeilen. Darin erklärte Jacobi, dass zwei Typen bei ihm eingebrochen waren und Unterlagen zum Projekt gestohlen hatten. Katharina ließ die Blätter sinken. Es wurden also immer mehr. Forster und Kaltenborn, die in fragwürdige Geschäfte verstrickt waren. Ein kaltblütiger Killer, der es auf sie abgesehen hatte. Und nun noch zwei Einbrecher, die hinter Informationen her waren. Auf welcher Seite standen die? Oder folgten sie ganz eigenen Interessen?

Katharina las weiter. Sie erfuhr, dass die Polizei ein Versteck von Forsters Mörder in der Witterstraße entdeckt hatte. Die dort gefundenen Informationen ließen nach Ansicht von Kommissar Demandt nur den Schluss zu, dass der Täter völlig verrückt und damit umso gefährlicher war. Die Beamten hatten die Wohnung unversehrt gelassen und hofften, der Mann würde zurückkehren und sich schnappen lassen. An Jacobis Formulierungen erkannte Katharina, für wie naiv er das hielt. Erst am Ende erläuterte er, warum er abgetaucht war. Er konnte Bruno Demandt nicht länger trauen. Der Kommissar wusste mehr über Täter und Hintergründe, als er zugab. Damit brachte er Jacobi in Gefahr. Vielleicht sogar absichtlich. Jacobi konnte sich Demandts Verhalten nicht erklären, wollte aber nicht ausschließen, dass der Kommissar irgendwie in Verbindung zu den Tätern stand. Jacobis Enttäuschung war mit Händen greifbar.

Auch Katharina konnte sich keinen Reim darauf machen. Aber inzwischen hatte sie begriffen, dass sie mit allem rechnen mussten. So faltete sie die Zettel sorgfältig zusammen und steckte sie in ihre Umhängetasche. Auf den Umschlag mit den Fotos aus dem Taunus und ihren Notizen schrieb sie, dass Jacobi sich immer auf sie verlassen könne. Das war das Mindeste, was sie tun konnte. Und in diesem Moment das Einzige. Dann legte sie die Papiere an dieselbe Stelle unter den Baum.

Ein paar Schritte trat sie zurück, bis sie die hellbraunen Umrisse auf dem Boden gerade noch erkennen konnte. Sie waren momentan ihre einzige Verbindung zu ihm. Doch das würde sich in Zukunft ändern. Katharina nahm sich fest vor, die Zeit mit ihm zu genießen, wenn es vorbei war. Sie würde auf ihn zugehen. Sie würde auch hier endlich mutig sein.

Mit diesem guten Gefühl wandte sie sich zum Gehen, als sie hinter sich Rascheln im Gebüsch hörte. Sie erschrak, fuhr herum und erkannte vor einem üppigen Strauch mit hellen Blüten die Umrisse einer Person, groß und breitschultrig. »Norman?«

Sie machte einige unsichere Schritte, dann lief sie auf ihn zu. »Gott, bin ich froh, dich zu sehen! Ich habe mir solche Sorgen gemacht. Wo steckst du? Wie geht es dir?« Dicht vor ihm blieb sie stehen und erkannte, dass mit seinem Gesicht etwas nicht stimmte. Es schien geschwollen. »Was ist passiert? Die Einbrecher?«

Jacobi machte eine abfällige Handbewegung. »Nicht der Rede wert.«

Sie wollte ihn im Gesicht berühren, doch er ergriff ihre Hände. Eine ganze Weile sah er sie an, bevor er sie in den Arm nahm. Nicht freundschaftlich, sondern fest, ganz fest. Katharina spürte ihn so nah wie noch nie zuvor, seine Erschöpfung, seine Sorge. Sie hatte den Eindruck, dass er sich an ihr festhielt. Das machte es noch intensiver.

»Wenn du wüsstest, wie sehr mich das alles ankotzt«, sagte er nach langem Schweigen. »Kaltenborns Taktiererei. Das Hauen und Stechen in der Partei. Wuttkes dämliches Grinsen. Und Bruno.«

Katharina bemerkte, dass ihm das Sprechen schwerfiel, und strich ihm über den Rücken.

»Statt Verantwortung zu übernehmen, spielen alle ihre Spielchen«, sagte er. »Und sie merken überhaupt nicht, dass sie nur verlieren können.«

»Nein.«

»Du bist der einzige Mensch, der das versteht. Der einzige, den ich noch habe. Es tut mir so leid, dass ich dich da reingezogen habe.«

»Mich hat niemand gezwungen. Und ich bin froh, dass ich es getan habe«, sagte sie und umarmte ihn noch etwas fester.

So hielten sie sich eine ganze Zeit, und Katharina spürte nichts mehr von Kühle und Feuchtigkeit.

»Warum lassen wir Kaltenborn nicht einfach auffliegen?«, fragte sie in die Stille. »Genug Material haben wir längst.«

Ruckartig löste sich Jacobi aus der Umarmung und trat einen Schritt zurück. »Nein, das geht nicht. Noch nicht. Ich will alles wissen. Die ganzen Zusammenhänge. Ich will es verstehen. Ich will Vahlen. Und dann lassen wir sie alle hochgehen. Das ganze Pack, Bruno eingeschlossen.«

Am Klang seiner Stimme erkannte sie, dass Widerspruch zwecklos war. »Wie geht es dir?«, fragte sie, um das Thema zu wechseln. »Ich meine, wirklich. Und wo versteckst du dich?«

»Es ist besser, wenn du das nicht weißt. Aber mach dir keine Sorgen. Ich habe ein Bett und zu essen. Sogar eine Dusche.«

»Kann ich irgendwas für dich tun?«

»Du tust schon so viel. Und jetzt bist du hier«, sagte er mit einem Lächeln in der Stimme. Dann trat er wieder einen Schritt näher, nahm ihren Kopf in beide Hände und gab ihr einen sanften Kuss. Seine Lippen waren kühl, aber sehr weich. Ein wenig öffnete sie ihren Mund, und er küsste sie ein weiteres Mal, nun länger. Katharina schloss die Augen, spürte seinen Atem in ihrem Gesicht und tastete sich mit ihren Händen an seinem Körper entlang auf seinen Rücken. Seine Küsse wurden kräftiger, intensiver und ganz anders als vor einigen Monaten. Damals hatte sie geglaubt, zu schweben und zu brennen. Jetzt wusste sie genau, wo sie war, und spürte weiterhin den Boden unter ihren Füßen. Und sie war sicher, dass er sie nicht küsste, weil er unter Stress stand. Er tat es, weil er sie meinte, den Menschen Katharina Beck.

Am liebsten hätte sie ihn nie wieder losgelassen, doch nach einer Weile hob er den Kopf. »Ich möchte eine ehrliche Antwort. Glaubst du, wir haben uns übernommen?«

Katharina fühlte sich wie nach zwei Gläsern Sekt am Morgen. »Ich weiß es nicht, möglich. Aber noch sind wir hier. Wir wissen eine Menge und erfahren immer mehr. Kaltenborn können wir jederzeit auffliegen lassen. Ich glaube, wir können herausfinden, worum es wirklich geht. Wir müssen nur aufhören, immer nett zu sein.«

Jacobi nickte, lächelte und führte sie zurück zur alten Eiche. Dort setzte er sich, zog sie zu sich auf den Boden und ihren Kopf an seine Schulter. Es war unbequem, sie spürte die Feuchtigkeit und würde sich vermutlich eine Erkältung holen. Aber es fühlte sich großartig an.

»Irgendwie sind wir wie Gangster«, sagte er.

»Agenten gefällt mir besser.«

»Ich sehe, du hast dir Gedanken gemacht. Und denkst du, wir machen einen guten Job?«

»Ja, ganz okay.«

»Dann bin ich beruhigt«, sagte er und strich ihr sanft über den Kopf. »Wenn das hier vorbei ist, möchte ich mit dir wegfahren. Weit weg.«

»Ich dachte, ich kriege ein Eis.«

»Das packe ich noch obendrauf.«

»Übernimmst du dich nicht ein bisschen?«

»Manchmal muss man was riskieren.«

Katharina sagte nichts, legte nur seine Hand auf ihren Mund und küsste sie.

KAPITEL 19

Er hieß jetzt Zoller.

Am überschaubaren Frühstücksbüffet legte er eine Scheibe Brot, Butter und etwas Käse auf seinen Teller. Damit ging er vorbei an den wenigen besetzten Tischen zu einem Platz im hinteren Teil der Gaststube. Er nahm einen Bissen und bemerkte die getrocknete Kante am Aufschnitt. Offenbar wurde er den Gästen der Pension nicht zum ersten Mal serviert.

Zoller hatte sowieso kaum Appetit, aber immerhin war der Kaffee heiß und kräftig. Während er einen weiteren Schluck trank, sah er sich unauffällig um. An den übrigen Tischen saßen Dienstreisende, Männer in weißen Hemden, die ihre Jacketts über die Stuhllehne gehängt hatten. Sie blätterten in der Zeitung oder spielten auf ihren Handys herum. Niemand schien ihn zu erkennen. Zoller entspannte sich etwas.

Im Radio lief die Werbung vor den Acht-Uhr-Nachrichten. Zoller hatte viel zu wenig geschlafen. Auf der durchgelegenen Matratze in einem winzigen Zimmer unterm Dach hatte er lange wach gelegen und sich gefragt, ob er das Richtige tat. Ob ihm überhaupt eine Wahl blieb. Am Anfang vielleicht. Aber jetzt?

Die Verspannungen im Rücken rührten allerdings eher von den Stunden, die er im Botanischen Garten an der abgesägten Eiche gehockt hatte. Er gestattete sich ein kurzes Lächeln. Es musste zwanzig Jahre her sein, dass er eine

Nacht im Freien durchgemacht hatte. Es war halb drei gewesen, als sie sich getrennt hatten.

Während der ganzen Zeit hatten sie kaum geredet. Dennoch war es wunderbar gewesen. Noch immer konnte er spüren, wo ihr Kopf auf seinem Bauch gelegen hatte. Dort war es angenehm warm. Dabei war ihm bewusst, was er ihr bisher abverlangt hatte. Trotzdem war sie noch da, als Einzige. Sie machte ihm keine Vorhaltungen und rechnete nicht auf. Aber das war es nicht allein. Seit letzter Nacht spürte er eine ihm unbekannte Nähe. Als sei sie immer bei ihm, auch jetzt, und stärke ihm den Rücken. Das hatte er weder bei Rebecca wahrgenommen noch bei den anderen Frauen. Nicht einmal bei Peggy zu ihren besten Zeiten. Dafür war er in diesem Augenblick einfach nur dankbar.

Jacobi trank einen weiteren Schluck Kaffee und verfolgte dessen Weg durch seinen Körper. Es war absurd, dass er jetzt derjenige war, der sich verstecken musste. Vor allem bedeutete es, dass er alle die in Gefahr brachte, mit denen er weiterhin Kontakt hielt. Alma und vielleicht sogar Juri. Katharina. Genau genommen war unverantwortlich, was sie in der Nacht getan hatten. Solange der Fall nicht geklärt war, durften sie sich nicht sehen. Bei dieser Vorstellung wich die Wärme in seinem Körper einer undefinierbaren Leere. Der Gedanke an Bruno hingegen machte ihn wütend. Er fand einfach keine Erklärung dafür, warum Demandt sich so merkwürdig benahm. Um sich abzulenken, stellte er sich Lea vor. Er sah sie vor sich, wie sie ihr Brot und etwas zum Trinken in die Schultasche packte. Ein letztes Mal pustete sie sich eine Strähne aus dem Gesicht, bevor sie sich auf den Weg zum Bus machte. Unterwegs traf sie einige Freundinnen, mit denen sie jede Menge zu bereden hatte. Er hoffte jedenfalls, dass es so war. Gesehen hatte er es nie.

Mittlerweile liefen die Nachrichten. Die Verhandlungen zwischen Israelis und Palästinensern waren ergebnislos abgebrochen worden, zum x-ten Mal. Außerdem stiegen die Lebenshaltungskosten in Deutschland. Innerlich nickte Jacobi. Für Übernachtung und Frühstück in dieser Luxusherberge zahlte er achtundfünfzig Euro. Er beschloss, sich wenigstens noch einen Joghurt zu gönnen, als die Lokalmeldungen begannen. Die Umfragewerte für Kaltenborn seien stabil hoch, sagte der Sprecher, würde am Sonntag gewählt, wäre er der neue Bürgermeister. Trotzdem rege sich überraschend Kritik aus den eigenen Reihen. Im Interview mit den *Frankfurter Nachrichten* habe Vahlen gesagt, das Projekt »Mit Energie für Frankfurt« sei nicht gut durchdacht und für manche eine Provokation.

Jacobi verstand die Worte, aber es dauerte, bis er ihre Tragweite erfasste. Zuerst war Vahlens Ziehsohn Forster vermutlich wegen des Projekts ermordet worden. Dann hatte er wahrscheinlich schäumend vor Wut mit ansehen müssen, wie ausgerechnet sein Erzfeind Kaltenborn die Macht in der Partei an sich riss. Als Reaktion hatte sich Vahlen öffentlich über ihn lustig gemacht. Kurz darauf war der neue Kandidat um ein Haar selbst zum Opfer geworden. Aber anstatt sich endlich schützend vor ihn zu stellen, ihm den Rücken zu stärken, kritisierte Vahlen ihn erneut.

Als gäbe er ihn endgültig frei zum Abschuss. Für Medien und Öffentlichkeit. Aber auch für einen Mörder, der es auf das Energieprojekt abgesehen hatte, es mit aller Macht verhindern wollte. Oder der Politiker tötete, die ihm nicht passten.

Entsetzt blickte sich Jacobi um. Zwei Tische weiter blätterte jemand in den *FN*. Jacobi stand auf. »Entschuldigung. Ich muss was nachsehen.« Er wartete nicht auf Antwort, griff die Zeitung und schlug den Politikteil auf. Auf dem großen Foto oben auf der Seite wirkte Vahlen uralt, ein wenig großväterlich. Aus seinen Augen blitzte jedoch kalte Boshaftigkeit.

Natürlich hatte Wuttke das Interview geführt. Jacobi überflog dessen schmierige Anbiederung, dann folgten die Sätze, die ihm den Atem nahmen. Der Politiker behauptete, das Projekt in seiner jetzigen Form provoziere viele Leute. Das gelte nicht nur für Unternehmen und konservative Kreise. Er wisse, dass es in der Stadt Personen gebe, die sich von den Plänen massiv bedroht fühlten. Und deshalb seien sie entschlossen, diese mit allen Mitteln zu verhindern, notfalls auch mit illegalen. Aus diesem Grund forderte Vahlen seine Partei auf, die Ideen auf Basis einer breiten öffentlichen Diskussion neu zu überdenken. Als Bürgerpartei könne man ein solches Projekt nicht hinter dem Rücken der Wähler umsetzen.

Jacobi konnte nicht glauben, was er las. Nicht nur, dass Vahlen das Projekt seiner eigenen Partei medial zerlegte, behauptete er auch, die Täter zu kennen? Und Wuttke ließ die Aussage unkommentiert veröffentlichen. Hatte er den Verstand verloren?

Der Rest des Interviews war belanglos. Jacobi ließ die Zeitung fallen und rannte auf sein Zimmer. Von dort rief er Wuttke in der Redaktion an, erreichte ihn aber nicht. Schließlich erwischte er ihn bestens gelaunt in der U-Bahn.

»Forster wurde vielleicht getötet, weil er aus dem Projekt aussteigen wollte«, erklärte Jacobi mühsam beherrscht. »Und jetzt lässt du Vahlen behaupten, dass er den Mörder kennt und das Projekt für keine gute Idee hält. Bist du wahnsinnig?«

Am anderen Ende kicherte Wuttke in das Rattern der U-Bahn und sagte irgendwas von einer hübschen Verschwörungstheorie.

»Begreifst du eigentlich irgendwas von dem, was du tust?!«, schrie Jacobi. »Welche Konsequenzen das haben kann? Willst du Vahlen den Killer auf den Hals hetzen?«

»Jetzt hör mir mal gut zu, Jacobi. Du bist so dämlich, dass

es wehtut. Aber ich bin ein geduldiger Mensch und erklär's dir. Was denkst du, wie das Geschäft funktioniert? Denkst du überhaupt? Glaubst du, ein Politiker wie Vahlen lässt sich von mir auch nur irgendwas in den Mund legen? Er weiß ganz genau, was er sagen will und was nicht, völlig egal, ob ich ihn danach frage. Und wenn er es mir nicht erzählt, dann jemand anderem. Und selbst wenn, ich bin nicht sein Kindermädchen.«

Jacobi war zu wütend, um etwas zu entgegnen. Dies war auch nicht der Moment für eine Grundsatzdiskussion über Politik und Journalismus. »Ich muss ihn sprechen. Wo finde ich ihn? Wo finde ich Vahlen?«

»Weißt du, Jacobi«, sagte Wuttke gelassen, »ein Held von deinem Format findet das sicher alleine raus.« Damit legte er auf.

Ein paarmal hieb Jacobi mit dem Hörer auf den Apparat und raufte sich die Haare. Dann bat er Frau Raabe, die Redaktionssekretärin der *FN*, die Nummer von Forsters Büro rauszusuchen.

Als Frau Albrecht abhob, stellte er sich als Katharinas Partner vor und hoffte, sie werde ihm vertrauen.

Einen Moment schwieg sie und schien abzuwägen, während im Hintergrund laute Stimmen durcheinandersprachen und Türen knallten.

»Ich weiß, wie unangenehm Ihre Situation gerade ist«, sagte Jacobi. »Und ich weiß, welches Risiko Sie trotzdem eingegangen sind, um uns die Unterlagen zu besorgen. Dafür möchte ich mich bedanken. Sie haben uns wirklich sehr weitergeholfen.«

Wieder Schweigen. »Moment«, sagte sie schließlich, »ich schließe besser die Tür.«

»Was ist da los bei Ihnen?«

»Ich nehme an, Sie haben Vahlens Interview gelesen. Kaltenborn regt sich furchtbar auf.«

»Das kann ich verstehen.«

»Er hat schon bei der Zeitung und den Sendern angerufen. Jetzt droht er, Vahlen zu verklagen. Wegen Rufmord. Pressesprecher und Vorstand sind entsetzt und versuchen, ihn irgendwie zu beruhigen. Erfolglos, wie man hört.« Sie kicherte. »Er führt sich auf wie Rumpelstilzchen.«

»Auch ich würde Kaltenborn dringend raten, sich ruhig zu verhalten. Aber deshalb rufe ich nicht an. Wissen Sie, wo ich Vahlen finde? Haben Sie seine Adresse?«

»Kein Problem. Warten Sie.«

Jacobi war erleichtert, als er einen Parkplatz fast direkt vor dem Apartmenthaus fand. Das Gebäude war in einem irritierenden Dunkelrosa gestrichen und besaß in einigen Räumen bodentiefe Fenster. Jacobi konnte nicht erkennen, ob es neu war oder nur aufwendig modernisiert.

Er drückte Vahlens Klingel, trat einige Schritte zurück und sah an der Fassade hinauf in den dritten Stock, in dem die Wohnung liegen musste. Was würde er zu ihm sagen? Er hatte keine Ahnung, nur das dringende Bedürfnis, den Politiker kräftig zu schütteln, weil er durch seine Äußerungen sich selbst und vielleicht auch Kaltenborn in Gefahr brachte. Stattdessen klingelte Jacobi erneut. Vahlen öffnete nicht, doch ein Mann kam gemächlich die Treppe herunter. Ein unscheinbarer Typ, weder besonders groß noch kräftig. Während er sich der Haustür näherte, sahen sie sich an. Der Mann hatte kurze braune Haare, ein schmales Gesicht und trug ein blassblaues T-Shirt. Als er nach draußen trat, hatte Jacobi den Eindruck, sie würden sich in Zeitlupe aneinander vorbeibewegen. Dabei irritierte ihn der Blick des Mannes. Der Unbekannte schien zu lächeln, ohne zu lächeln. Kurz sah Jacobi ihm nach. Der Mann trug einen leichten Rucksack.

Bevor die Tür wieder ins Schloss fiel, lief Jacobi hindurch

und die Treppe hinauf. Mehrmals klingelte er an Vahlens Wohnungstür. Schließlich klopfte er und rief dessen Namen. Als Jacobi den Blick senkte, bemerkte er einen verschmierten dunkelroten Sohlenabdruck neben der Fußmatte. Er ging in die Knie und verrieb die zähe Flüssigkeit zwischen den Fingern.

Blut.

Er richtete sich auf und hämmerte mit der Faust gegen die Tür.

Keine Reaktion.

Suchend sah er sich um. Etwas links an der Wand hing ein Feuerlöscher. Jacobi riss ihn aus der Halterung und stieß ihn gegen das Türschloss. Der Lärm hallte durch das ganze Treppenhaus, und beim dritten Schlag gab das Schloss nach. Krachend schlug das Türblatt gegen die Wand im Wohnungsflur. Sofort bemerkte Jacobi die blutigen Fußspuren auf dem Laminatboden. Sie führten zur Tür.

Er folgte dem kurzen Gang zum Wohnzimmer. Es war recht geräumig und mit wenigen modernen Möbeln eingerichtet. Dadurch wirkte die Wohnung etwas kühl, und Jacobi schien, dass Vahlen sie selten genutzt hatte. Nur auf dem Fußboden vor einem Tisch lagen jede Menge Papiere, die offenbar hastig durchwühlt worden waren.

Jacobi kam zu spät.

Vahlen lag in der Mitte des Raumes in einer ähnlichen Position wie Forster, bäuchlings, die Arme abgewinkelt, mit viel Blut um den Kopf. Jacobi nahm keinen Puls. Er war sicher, dass er keinen finden würde.

Drei Schüsse ins Gesicht, aus kürzester Distanz.

Vahlen war also der Nächste. Weil er das Projekt kritisiert und damit gefährdet hatte? Dann war der Mord vielleicht auch eine Warnung an Kaltenborn, die Gasförderung im Taunus um jeden Preis durchzuziehen. Das würde auch erklären, warum der Kandidat selbst angeschossen, aber nicht getötet worden war. Er war einfach zu wichtig für die Pläne. Oder Katharina hatte doch recht, und es ging darum, wahllos Politiker zu töten. Führte jemand einen Krieg gegen die Politik? Vielleicht aber hatten Vahlen auch seine unbedachten Äußerungen, er ahne, wer Forsters Mörder sein könnte, den Kopf gekostet.

Auf der Suche nach einer Antwort fuhr Jacobi herum, entdeckte aber keine Zeichen an den Wänden. Ebenso wenig wie in der Küche am Ende des Flurs, im Bad und dem winzigen Schlafzimmer.

Zurück im Wohnzimmer war ihm klar, dass er dringend die Polizei informieren oder besser einfach verschwinden musste. Durch seinen gewaltsamen Einbruch waren sicher andere Bewohner aufmerksam geworden. Mit jeder Sekunde, die er länger blieb, hinterließ er Spuren und stieg die Wahrscheinlichkeit, dass ihn jemand entdeckte. Trotzdem ging er in die Knie und sah sich die Papiere auf dem Fußboden an. Sie waren völlig durcheinander, anscheinend Unterlagen zu einer Unmenge politischer Themen. Um hier etwas zu finden, würde er sie stundenlang sortieren müssen.

In diesem Moment hatte er den Eindruck, die Gedankentropfen in seinem Hirn flössen zu einer kleinen Pfütze zusammen, die jedoch keinen Boden besaß. Der Mord an Forster war perfekt geplant und eiskalt ausgeführt gewesen, mit exakt so vielen hinterlassenen Spuren wie vorgesehen. Bei Kaltenborn hatte die Sache bereits anders ausgesehen, vielleicht weil den Tätern klar war, dass sie an ihn nicht mehr nah genug herankommen würden. Aber die Art, wie Vahlen ermordet worden war, passte überhaupt nicht ins Bild. Obwohl der Killer mit ihm allein gewesen war, hatte Jacobi den Eindruck von Hektik, beinahe Panik. Die blutigen Schuhabdrücke. Das Chaos auf dem Boden. Der Mann hatte etwas gesucht – etwas, das ihn in Schwierigkeiten bringen konnte? Hatte Vahlen tatsächlich etwas über ihn gewusst?

Während Jacobis Gedankenpfütze immer größer und tiefer wurde, registrierte er im Hintergrund seiner Aufmerksamkeit, dass es unten an der Haustür klingelte.

Stimmten seine Eindrücke und Schlussfolgerungen, dann war der Mord nicht schlampig ausgeführt, sondern völlig ungeplant. Dann hatten sie es mit einem Täter zu tun, der um sich schoss, weil er sich bedroht fühlte. Ein abgebrühter Mörder war schlimm. Ein kaltblütiger Killer in Panik war eine Katastrophe. Am Hotel hatte Jacobi gesehen, dass er eher schmächtig war und einen Rucksack trug.

Genau wie der unscheinbare Mann, der ihm vor dem Haus begegnet war.

Wieder klingelte es, und die Haustür wurde geöffnet.

Er kehrte zurück, um einen weiteren lästigen Zeugen zu erledigen.

Du musst verschwinden, schrie es in Jacobis Kopf. Hau ab, so schnell und weit du kannst. Doch er fühlte sich, als steckten seine Füße in eimerweise Kaugummi.

Schließlich raffte er sich auf und lief zur Wohnungstür. Dort hörte er die schnellen Schritte die Treppe herauf. Für einen winzigen Moment dachte er daran, stehenzubleiben, dem Täter ins Gesicht zu sehen. Ich kenne dich, würde er schreien. Ich weiß, wie du es machst, und ich kriege dich.

Dann wurde er endlich wach. Er riss sich die Schuhe von den Füßen und hastete die Treppe hinauf. Die Schritte unter ihm kamen schnell näher, bis sie abrupt abbrachen. Der Mörder musste Vahlens geöffnete Wohnungstür erreicht haben und würde sich jetzt ähnlich vorsichtig durch die Räume bewegen wie zuvor Jacobi. Diese Chance musste er nutzen und beschleunigte noch einmal.

Dann war die Treppe zu Ende und die einzige Tür, die auf den Dachboden führen musste, verschlossen.

Er saß in der Falle.
Panik überfiel ihn.
Er starrte hinab ins Treppenhaus und auf die Tür.
Treppe.
Tür.

Schließlich trat er mit voller Wucht gegen das Schloss. Natürlich musste der Mörder das gehört haben, doch immerhin flog die alte Holztür krachend auf. Dahinter waberte staubig-stickige Luft. Vor sich blickte er nur auf Wäsche, die auf Leinen im Zickzack durch den niedrigen Raum gespannt war. Links und rechts davon standen längst vergessene, alte Möbel und Gerätschaften.

Jacobis ganzer Plan bestand darin, so viel Platz wie möglich zwischen sich und seinen Verfolger zu bringen. Er hastete in den Raum und tauchte unter den Wäscheleinen hindurch, bis er links ein Dachfenster sah. Es war mit einem rostigen Metallriegel verschlossen, den Jacobi nur mühsam aufdrücken konnte. Das Dach war ziemlich steil, und von dort aus ging es mindestens fünfzehn Meter senkrecht in die Tiefe. Wenn er tatsächlich hinauskletterte, durfte er sich keinen einzigen falschen Schritt erlauben. Stattdessen entschloss sich Jacobi zum vermutlich jämmerlichsten Täuschungsmanöver aller Zeiten. Er drückte das Fenster so weit auf wie möglich, legte seine Schuhe darunter und verkroch sich auf der anderen Seite des Dachbodens im Halbdunkel hinter einer kleinen Kommode.

Dann war es still. Entsetzlich still.

Jacobi hörte keine weiteren Schritte die Treppe hinauf, aber es dauerte nicht lange, bis er die Gegenwart des Mörders spürte. Als hätten sich Licht und Luft um eine winzige Nuance verändert. Jacobi hielt den Atem an, während sein Herzschlag seine Brust zu sprengen schien. Um nicht komplett wahnsinnig zu werden, begann er zu zählen.

Vierzehn. Siebzehn. Neun. Achtunddreißig.

Dann sah er die Füße.

Er bemerkte sie unter dem Rand eines Bettlakens, das über einer der Leinen hing. Sie steckten in ausgetretenen Halbschuhen und bewegten sich etwa im rechten Winkel zu Jacobis Position. Bedächtig schob der Killer die Wäsche zur Seite und setzte Schritt für Schritt. Als er ungefähr auf Jacobis Höhe war, blieb er stehen und drehte sich ganz langsam in seine Richtung. Jacobi zitterte am ganzen Körper. Innerlich sah er die Hand mit der Waffe vor sich.

Drei Schüsse mitten ins Gesicht.

Er wollte schreien, durfte aber nicht. So biss er sich auf die Lippe, bis der Schmerz seine Angst ein wenig betäubte.

Nach endlosen Sekunden drehten sich die Füße wieder zurück, machten einige vorsichtige Schritte, blieben wieder stehen und wendeten sich endlich zum Fenster auf der anderen Seite des Raumes. Dort verschwanden sie hinter der Wäsche.

Eine unerträglich lange Weile war es vollkommen still.

Geh raus, flehte Jacobi in Gedanken, mach schon. Klettere auf das Dach und brich dir den verdammten Hals.

Tatsächlich hörte er endlich ein leises Stöhnen. Irgendetwas stieß gegen die Dachluke, und kurz darauf hallten dumpfe Schritte von schräg oberhalb durch den Raum. Jacobi spürte, wie das Blut aus seinem Kopf stürzte, und ihm wurde schwindelig. Aber ihm war klar, dass ihm nur wenig Zeit blieb. So durchpflügte er in Gedanken seine Möglichkeiten. Er fand nur eine einzige: abhauen, so schnell wie möglich.

Einen Moment noch horchte Jacobi nach oben. Die Schritte hatten sich so weit entfernt, dass sie nicht mehr zu hören waren. Er sprang auf, lief zur Tür und die Treppe hinunter.

Vor Vahlens offener Wohnung stand inzwischen eine Frau. Besorgt blickte sie auf die Blutflecke und sah nun einen fremden Mann auf Socken hektisch durch das Treppenhaus rennen. »Was ist passiert?«, rief sie und deutete in den Flur. »Sehen Sie das? Was ist hier los?«

Alles, was Jacobi antworten konnte, würde es nur schlimmer machen. Doch wortlos an ihr vorbeizulaufen machte ihn ebenso verdächtig. Bald würde die Polizei hier sein und Spuren sammeln, und die Frau würde lebhaft beschreiben, wen sie gesehen hatte.

Dann würden ihn alle suchen.

Die Polizei, die schnell einen Täter brauchte.

Bruno, dem er nicht mehr trauen konnte.

Der Killer, der einen gefährlichen Zeugen aus dem Weg räumen musste.

Jacobi zuckte mit den Schultern, ließ die Frau stehen und rannte weiter auf Socken die Treppe hinunter. Als er endlich in das gleißende Licht auf der Straße lief, wünschte er nur, es würde ihn aufsaugen und unsichtbar machen.

Aber vorher hatte er noch etwas zu erledigen.

Jemanden.

KAPITEL 20

Jacobi gab Gas.

Es war kurz nach zehn, die Sonne stand hoch, und die Kleidung klebte ihm am Körper. Jacobi spürte das Bedürfnis, um sich zu schlagen, um die Hitze loszuwerden. Aber er befürchtete, dass er sie nicht treffen würde.

Sie war überall.

An diesem Morgen hatte er gefrühstückt, ein selbstmörderisches Interview gelesen, einen hingerichteten Politiker gefunden und war dem Killer selbst nur knapp entkommen.

Im Radio verbreitete Sommermusik die Illusion eines sorglosen Lebens. Danach folgte die Zusammenfassung der Pressekonferenz, die Kaltenborn als Reaktion auf das Interview gegeben hatte. Der Sprecher berichtete, in seiner typischen Art habe der Kandidat jede Kritik am Projekt beiseitegewischt und Vahlen in seinem Statement nicht einmal erwähnt. Erst auf Nachfrage habe er erklärt, dass er die Äußerungen seines Parteikollegen für unglücklich und wenig hilfreich halte, zumal Vahlen nicht direkt in das Projekt eingebunden sei und deshalb die Details nicht kenne.

Fassungslos schüttelte Jacobi den Kopf. Es war absurd, weiter Grabenkämpfe auszufechten, während Leute starben. Doch vermutlich wusste Kaltenborn noch nichts von Vahlens Ermordung. Jacobi hoffte nur, ein wenig Vorsprung zu haben, bevor sich die Nachricht verbreitete.

Er bog in die Mauerstraße im Gallus, in der das Zeitungshaus lag. Zu beiden Seiten sah er bekannte Gebäude mit hohen, verwitterten Fassaden. Die Fahrbahn war schmal und jedes Schlagloch vertraut. Trotzdem spürte er, dass sich etwas geändert hatte. In seine Wahrnehmung mischte sich ein Gefühl von Distanz.

Kein gutes Zeichen.

Dann erwischte es ihn.

Der Sender unterbrach sein Programm für eine Eilmeldung. Der Politiker Vahlen sei ermordet in seiner Stadtwohnung aufgefunden worden. Zeugen hätten einen unbekannten Mann vom Tatort flüchten sehen. Die Polizei ermittele, angeblich in alle Richtungen. Mehr sei zu diesem Zeitpunkt nicht bekannt.

Jacobi fuhr in den Hof hinter der Redaktion. Auf seinem Parkplatz an der Laderampe senkte er den Kopf gegen das Lenkrad. Die Maschinerie, die Bruno nun anwarf, kannte er nur zu genau: Spurensicherung, KTU, Fingerabdruckdatenbank, DNA-Abgleich, Zeugenbefragung, Phantombild. Und dann? Würde der Kommissar wenigstens stutzig werden, wenn sich Spuren von zwei Personen am Tatort fanden? Oder wusste er es längst? Kam es ihm sogar gelegen, der Öffentlichkeit gleich mehrere Verdächtige zu präsentieren, egal, wie absurd das war?

Jacobi war klar, dass er jetzt keine Antwort auf diese Fragen finden würde. Von nun an blieb ihm nichts, als von Schritt zu Schritt zu denken und auf das zu reagieren, was geschah.

Eine ziemlich dünne Strategie.

In alten Turnschuhen aus dem Kofferraum stieg er die Rampe hinauf. Dabei hatte er das Gefühl, sich durch metertiefes Wasser zu bewegen, das ihm entgegenströmte. Er fragte sich, ob er den Weg in sein Büro jemals wieder entspannt nehmen konnte. Ob er ihn überhaupt noch einmal gehen würde. Auch diese Frage blieb unbeantwortet in der feuchten Luft hängen.

Im dunklen Flur roch es wie immer, und aus dem Großraumbüro der Politikredaktion drang vertrautes Klappern der Tastaturen. Ob die Kollegen schon etwas wussten? Wie würden sie ihn ansehen, wie reagieren? Jacobi jedenfalls durfte sich nichts anmerken lassen, nicht die Kontrolle aus der Hand geben. Wenigstens nicht hier, in diesem Mikrokosmos, in dem er sich noch auszukennen glaubte.

Schwungvoll schob Jacobi die Tür auf und bewegte sich zielstrebig quer durch den Raum, vorbei an den Tischen mit Redakteuren, freien Mitarbeitern und Praktikanten. Sie beobachteten ihn mit feinem Grinsen, hofften auf ein weiteres Wortgefecht mit Wuttke, bei dem er den Kürzeren zog. Doch diesen Gefallen würde Jacobi ihnen nicht tun. Nicht heute.

Wuttke saß vor seinem Bildschirm und sah nicht auf. Offenbar arbeitete er an einem Text zu Kaltenborns Pressekonferenz.

»Wir müssen reden«, sagte Jacobi.

»Jacobi, schön, dass du uns mal wieder beehrst. Wir haben uns schon Sorgen gemacht. Was kann ich für dich tun?«

»Nicht hier.«

»Uih. Ein Geheimnis, wie aufregend. Wieder ein schlimmes Verbrechen, das nur du aufklären kannst, weil alle anderen zu dämlich sind? Weißt du eigentlich, wie dich die Kollegen ehrfurchtsvoll nennen? Den Sherlock aus dem Gallus.« Grinsend drehte sich Wuttke zu seinen Kollegen um. Sie kicherten wie auf Befehl.

Erst jetzt sah er Jacobi an und bemerkte die Kratzer und blauen Flecke in dessen Gesicht. »Was ist dir denn passiert? Die falschen Freunde oder der falsche Rasierapparat?«

Ungerührt sah Jacobi auf Wuttke hinab, dann riss er ihn vom Stuhl. Sein Kollege versuchte, sich zu befreien, doch Jacobi war einen knappen Kopf größer und nahm ihn mühelos in den Schwitzkasten. Erschrocken sahen die Kollegen zu. »Ihr rührt euch nicht von der Stelle«, sagte Jacobi. »Wir haben nur was zu bereden. Dann kriegt ihr ihn wieder. In einem Stück. Versprochen.«

Durch die hintere Tür zerrte er Wuttke in das Treppenhaus, das zu Jacobis Büro hinaufführte. Neben den Stufen stieß er ihn kräftig gegen die Wand. Wuttke stützte sich auf die Knie und hustete, bevor er zu lachen begann. »Was ist los? Stress mit deiner Informantin?«

»Du weißt es noch nicht?«

»Was?«

»Vahlen ist tot.«

Schlagartig verschwand die Überlegenheit aus Wuttkes Gesicht. »Was?«

»Vor ungefähr einer Stunde. Erschossen. Hingerichtet. Genau wie Forster.«

Wuttke öffnete den Mund, aber es kam nichts heraus.

»Begreifst du jetzt, was du angerichtet hast mit deinem beschissenen Interview?«

»Ich? Was …?«

»Vahlen sagt, er weiß etwas über den Mörder, und du verbreitest das in aller Welt! Und zwölf Stunden später ist er tot!«

»Damit habe ich nichts zu tun.«

Bei diesen Worten spürte Jacobi eine Welle aus Wut über sich hinwegrollen, der er nichts entgegenzusetzen hatte. Er packte Wuttke am Kragen und drückte ihn wieder gegen die Wand. »Hör auf! Hör endlich auf mit der Scheiße! Was hat er gesagt? Was hat Vahlen gesagt?«

»Nichts! Er hat nichts gesagt.«

Immer stärker schüttelte Jacobi seinen Kollegen. »Was hat er gesagt? Was?!«

»Bist du wahnsinnig? Hör auf!«

»Was hat er gesagt? Was?!«

Jacobi erkannte Panik in Wuttkes Blick, doch sie löste

keine Reaktion bei ihm aus. Wieder und wieder drückte er ihn gegen die Wand, bis Wuttke sich zu wehren begann. Er schlug um sich, traf Jacobi in die Seite und die Nieren. Schließlich verkrallten sie sich ineinander, schoben sich an der Wand entlang, bis Wuttke über die erste Stufe stolperte und zu Boden stürzte. Erst jetzt erzeugte sein Blick einen Impuls in Jacobis Hirn. Sein Kollege hatte Angst. Dabei wollte Jacobi ihm nicht wehtun. Wuttke sollte nur endlich begreifen, was passierte.

Und Antworten geben.

In diesem Augenblick lugte einer der Praktikanten in den Flur, ein junger, schlaksiger Typ. Er war erschrocken, sein Idol auf dem Boden zu sehen. Wuttke blickte zu Jacobi auf, bevor er mit einer Handbewegung signalisierte, dass alles in Ordnung war. Ein wenig erleichtert zog sich der Praktikant wieder hinter die Tür zurück.

Jacobi sah auf Wuttke hinab. »Was hat er gesagt?«, fragte er leise.

»Nichts. Jedenfalls nicht mehr, als ich geschrieben habe. Nur Andeutungen.«

»Aber er muss etwas gewusst haben. Er muss gewusst haben, wer dahintersteckt. Er muss seinen Mörder gekannt haben.«

»Warum?«

»Weil er es gesagt hat.«

Wuttke lächelte wackelig. »Du hast wirklich keine Ahnung, stimmt's?«

Hilflos zuckte Jacobi mit den Schultern.

Langsam richtete sich Wuttke auf und setzte sich auf die Stufen, ohne Jacobi aus den Augen zu lassen. »Ich mache das jetzt schon eine ganze Weile«, erklärte er und massierte sich den Ellenbogen. »Ich habe mit einer Menge Politiker geredet, zusammengesessen, gegessen, gesoffen und schmutzige Witze erzählt. Und trotzdem weiß ich nie, wie viel von dem stimmt, was sie mir erzählen. Für sie ist das Ganze ein Spiel, verstehst du? Vorstöße und Rückzieher, gezielte Indiskretionen, gespielte Empörung. Und glaub mir, darin war Vahlen einer der Besten. Er hat sie alle in die Tasche gesteckt.«

»Er hat nicht durchschaut, worauf er sich einlässt.«

»Das tun sie selten.«

»Du hättest es ihm sagen müssen.«

Wuttke lachte auf. »Ich habe dir schon mal erklärt, dass ich nicht sein Kindermädchen bin. Leute wie Vahlen entscheiden sich bewusst für die Politik. Die wissen ganz genau, was sie erwartet, und die wollen es nicht anders. Sie haben Spaß daran.«

Tatsächlich schien Jacobi völlig fremd, wovon sein Kollege sprach. »Okay«, sagte Wuttke, »du stellst dich jetzt da drüben an die Wand und rührst dich nicht von der Stelle. Dann gebe ich dir eine kleine Nachhilfestunde.«

Jacobi lehnte sich an das Gemäuer, spürte Feuchtigkeit im Rücken und Anstrengung in den Beinen.

»Also, was ist Politik?«

Jacobi zuckte mit den Schultern. »Sie organisiert das Gemeinwesen«, sagte er zögerlich, »schafft den Rahmen für unser Zusammenleben und trägt die Verantwortung, dass es funktioniert, jetzt und in Zukunft.«

Süffisant lächelte Wuttke. »Schön auswendig gelernt. Aber vergiss es. Oder glaubst du allen Ernstes, ein Moloch wie Frankfurt mit seiner Dreiviertelmillion Einwohnern, den Banken und Konzernen, den unterschiedlichen Kulturen, Milieus und Lebensentwürfen ließe sich von ein paar Heinis im Römer ordnen oder sogar steuern?«

Widerspruch war Jacobis erster Impuls. Aber er wollte Wuttke, der sich gerade nach Kräften bemühte, sein Verständnis von Politik auf den Kopf zu stellen, nicht unterbrechen. So schwieg Jacobi und lehnte den Kopf noch etwas fester an die Wand.

Langsam beugte sich Wuttke vor und stützte die Ellenbogen auf die Knie. »Und deshalb kann Politik nichts anderes sein als ein Spiel. Das musst du begreifen. Sonst brauchen wir nicht weiterzureden. Und Politiker sind Zocker, nichts anderes. Im Grunde ist es wie an der Börse. Es geht um Versprechen auf die Zukunft. Und wer die höchste Rendite garantiert, gewinnt. Erinnerst du dich an den Fall der Mauer? Danach hat Lafontaine gesagt, es wird verdammt schwer. Kohl hat blühende Landschaften versprochen. Wer hat gewonnen? Die Leute wollen nicht die Wahrheit hören. Sie wollen Versprechungen, Illusionen. Also kriegen sie sie.«

»Dann müssen sie ihre Versprechen auch einlösen. Aber das tun sie nicht. Sie lügen uns an.«

»Gut erkannt. Und damit kommen wir zum eigentlichen Clou. Zuerst machen sie uns also etwas vor, weil wir das so wollen. Oder würdest du jemanden wählen, der dir sagt, dass es nicht besser wird? Dass sich an deinem jämmerlichen Leben nie etwas ändern wird? Nein. Also wählst du diejenigen, die dir am meisten bieten. Und dann enttäuschen sie uns, weil sich ihre Versprechungen als Luftnummern entpuppen. Und was machst du? Du empörst dich und sagst, dass sich an deiner traurigen Existenz nur deshalb nichts ändert, weil sie dich angelogen haben.«

Jacobi runzelte die Stirn. »Sie sollen mir nicht den Himmel auf Erden versprechen«, versetzte er. »Sie sollen nur vernünftig ihren Job machen wie alle anderen auch.«

»Du hast es immer noch nicht verstanden, oder? Sie machen einen guten Job, glaub mir. Einen verdammt guten. Sie halten für uns alle den Kopf hin. Obwohl sie nichts dafür können. Meistens jedenfalls. Und das ist viel wichtiger als alles andere.«

»Willst du damit sagen, einzige Aufgabe der Politiker ist es, schuld zu sein?«

Wuttke lächelte. »Langsam hast du's.«

»Und warum, zum Teufel, sollten sie das tun?«, fragte Jacobi.

»Weil sie es genießen. Natürlich nicht die Prügel, die sie einstecken müssen. Aber das ganze Drumherum. Sich gegenseitig zu belauern, sich auszustechen, die Empörung, das Gefühl zu haben, wichtig zu sein. Und so bekommen alle, was sie brauchen. Wir haben die Leute, denen wir die Sache in die Schuhe schieben können, und die Politiker kriegen jede Menge Fernsehminuten. Oder warum, glaubst du, machen alle weiter mit? Warum sagt niemand, wenn die Idioten es nicht können, machen wir das eben selbst?«

Er sah seinen Kollegen herausfordernd an, doch Jacobi fand keine Worte. Zu viel ging ihm durch den Kopf.

»Du musst mir nicht danken«, sagte Wuttke schließlich, »geht aufs Haus. Aber erzähl mir nicht, ich hätte Vahlen vorsichtiger anfassen müssen. Er kannte das Spiel, und er hat es genossen. Und ich spiele eben mit. Sonst reden sie gar nicht mehr mit mir.«

Eine Weile sah Wuttke Jacobi an und wartete auf eine Reaktion. Als sie ausblieb, richtete er sich langsam auf. »Sorry, wenn es nicht das war, was du hören wolltest. Und jetzt? Schon irgendeine Ahnung, wer dahintersteckt?«

Jacobi nickte geistesabwesend.

»Ja?«, fragte Wuttke überrascht. »Wer?«

»Ich habe ihn gesehen.«

»Du hast was? Und er? Hat er dich auch …?«

Jacobi sah auf und nickte.

»Scheiße, dann hast du ja mächtig Stress am Hals. Was sagt die Polizei?«

Jacobi schüttelte den Kopf. »Keine gute Idee.«

»Ich dachte, ihr seid beste Freunde.«

»Längere Geschichte.«

»Und jetzt?«

»Jetzt muss ich ihn finden, bevor er mich findet.«

Wuttke runzelte die Stirn. Schließlich nickte er und klopfte Jacobi im Vorbeigehen auf die Schulter, bevor er im Großraumbüro verschwand.

Allein stand Jacobi noch eine Weile im Flur. In diesem Moment verstand er weder, was in seinem Kopf vorging, noch, was um ihn herum. Er hatte keine Ahnung, wohin er gehen sollte und was ihn dort erwarten würde.

So fiel ihm nichts ein, außer in seinem Büro einige Unterlagen zusammenzusuchen, die eventuell hilfreich sein konnten, wofür auch immer.

Schwerfällig stieg er die Treppe hinauf.

KAPITEL 21

Er hatte nicht lange gebraucht, ihn zu finden.

Holm war gut darin, sich Menschen einzuprägen, und schon im kurzen Moment ihrer Begegnung vor dem Apartmenthaus war ihm das Gesicht bekannt vorgekommen. Aus dem Fernsehen oder dem Internet. Ein Journalist. Ein Blick ins Netz hatte dann genügt. Norman Jacobi schrieb für die *Frankfurter Nachrichten,* hatte einen irren Frauenmörder zur Strecke gebracht und war so zu einer lokalen Bekanntheit geworden. Jetzt berichtete er über Forster, Kaltenborn und Vahlen.

Holm hatte gründlich überlegt, wie er weiter vorgehen sollte. Eine Weile hatte er erwogen, sich an Jacobi dranzuhängen, um zu sehen, was er tun würde. Ob er die Begegnung ausschlachtete oder für sich behielt. Ihm zu folgen wäre nicht uninteressant, und erledigen konnte er ihn immer noch. Aber vielleicht rannte Jacobi auch direkt zur Polizei, und ein Phantombild an jedem Laternenpfahl würde Holms Aktionsradius empfindlich einschränken.

So parkte er eine Querstraße vom Redaktionsgebäude entfernt. Er trug jetzt eine kurze Hose, Schirmmütze und Umhängetasche. Holm stieg aus und ging die kurze Strecke zu Fuß. Die Hitze machte ihm nichts. Unterwegs überlegte er, wie weit er zählen würde. Er mochte das Risiko, war aber nicht leichtsinnig. Der Reiz bestand darin, genau den Punkt zu treffen, bevor das eine ins andere kippte. Er entschied sich für fünfzehn. Bisher hatte er bis zehn gezählt, aber mit der Zeit hatte die Wirkung nachgelassen. Fünfzehn war eine Herausforderung, schien aber vertretbar.

Holm stieg die wenigen Stufen zum Vordereingang hinauf. Das Gebäude wirkte ein wenig heruntergekommen und gehörte zu den ehemaligen Fabriken, von denen es in der Gegend eine ganze Reihe gab. Durch die Glastür, die an den Einkaufsladen seiner Kindheit erinnerte, sah er die Empfangstheke und dahinter den Pförtner. Der Mann war um die sechzig, kantig und trug kurzes schwarzes Haar. Als er das Gebäude betrat, hörte Holm furchtbare Schlagermusik aus einem Kofferradio hinter der Theke. In dem Augenblick, in dem der Pförtner den Kopf hob und ihn ansah, begann Holm zu zählen.

»Wo finde ich das Büro von Norman Jacobi?«, fragte er.

»Was wollen Sie denn von ihm?«

Sechs.

»Kurierdienst. Ich habe eine Sendung für ihn.«

Neun. Noch hatte der Mann eine Chance.

Aber er überlegte. Überlegte zu lange. Schließlich lächelte er süffisant. »Die können Sie mir geben. Ich kümmere mich darum. Versprochen.«

Fünfzehn.

Holm sah den Pförtner an, nickte und griff in die Tasche. In einer einzigen flüssigen Bewegung zog er die Pistole mit dem Schalldämpfer hervor, richtete sie auf den Mann und drückte ab. Dem Pförtner blieb nicht einmal Zeit, sich zu erschrecken. Das Geschoss traf ihn mitten im Gesicht. Der Kopf wurde in den Nacken geschleudert, federte von der Rückenlehne wieder nach vorn, und der Oberkörper kippte auf die Schreibtischplatte. Holm trat um die Theke herum, setzte die Waffe im Nacken des Mannes auf und drückte ein zweites Mal ab. Durch die Wucht des Einschlags bäumte sich der Körper noch einmal auf, bevor er endgültig reglos liegenblieb.

Holm steckte die Pistole zurück in die Tasche. Während das Blut von der Arbeitsfläche auf den gefliesten Boden tropfte, sah er in eine Liste der Mitarbeiter, die in einer Klarsichthülle neben dem Telefon lag. Jacobis Büro befand sich im zweiten Stock.

Auf der Treppe bemerkte Holm Blutspritzer auf seinem Handrücken. Aber er widerstand dem Impuls, sie an der Hose abzuwischen. Der Gedanke, dass bei genauem Hinsehen zu erkennen war, was er getan hatte, erzeugte ein vibrierendes Kribbeln bis unter die Schädeldecke. Vielleicht sollte er Jacobi doch nicht sofort töten, sondern den Moment ein wenig hinauszögern.

Möglicherweise konnte Jacobi ihm auch einige Fragen beantworten. Wie zum Beispiel die Polizei sein Apartment entdeckt hatte. Sorgfältig hatte Holm jeden seiner Schritte und Kontakte der letzten Wochen rekonstruiert. Dabei hatte er keinen noch so kleinen Fehler entdeckt. Der einzige Patzer, den er sich geleistet hatte, war, die Wohnung überhaupt zu beziehen mit dem ganzen Zeug, das ihn jetzt aussehen ließ wie einen komplett Irren. Zum Glück war er noch rechtzeitig gewarnt worden. Trotzdem hatte er den Eindruck, dass ihn jemand auffliegen lassen wollte. Woher sonst hätte Vahlen von ihm wissen sollen?

Holm war gewohnt, selbst zu bestimmen, was er tat und wie er vorging. Er besaß seinen eigenen Stil und ließ sich von niemandem reinreden. Doch seit die Polizei seinen Unterschlupf gestürmt hatte, hatte ihn zum ersten Mal das Gefühl beschlichen, die Kontrolle zu verlieren. Einen Moment hatte ihn das verunsichert, und er hatte darüber nachgedacht, ob er etwas ändern musste. Als Holm nun die Stufen im Redaktionsgebäude hinaufstieg, fragte er sich, ob diese neue Situation nicht auch ihre Vorteile hatte. Vielleicht war es sogar viel besser, als bis zehn oder fünfzehn zu zählen. Vielleicht hatte er ein ganz neues Level erreicht.

Im zweiten Obergeschoss betrat er durch eine weitere Glastür einen düsteren Flur. Der schmutzige Teppich dämpfte seine Schritte. Eine Frau kam ihm entgegen. Holm fiel es leicht, den Eindruck zu erwecken, er kenne sich aus. Gleichzeitig begann er zu zählen. Die Frau bewegte sich zügig, und im Dämmerlicht konnte Holm nicht erkennen, ob sie ihn überhaupt wahrnahm. Trotzdem griff er an seine Umhängetasche. Als die Frau an ihm vorbeiging, war er bei sieben angelangt und konnte ihr Parfüm riechen. Er blieb stehen und sah ihr nach. Bei zwölf verschwand sie in einem der Büros.

Holm lächelte, ging weiter und fand Jacobis Zimmer hinter einer Biegung. Am Ende des Flurs führte eine weitere Tür zu einem anderen Treppenhaus.

Holm musste sich entscheiden. Einfach hineinplatzen, drei Schüsse ins Gesicht und wieder verschwinden? Oder eine langsamere, irgendwie stilvollere Art?

Er klopfte und erhielt keine Antwort.

Er klopfte erneut.

Wieder nichts.

Langsam öffnete Holm die Tür und blickte in ein schmales, längliches Büro mit abgenutzten Möbeln und traurigen Pflanzen.

Aber ohne Jacobi.

Er war enttäuscht. Das vibrierende Gefühl in seinem Innern schnurrte zusammen wie ein Ballon, dem die Luft ausging. Schlagartig wurde ihm bewusst, dass dies keine Frage von Stil war. Er musste Jacobi finden, so schnell wie möglich.

Holm trat an den Schreibtisch. Dort lagen jede Menge Papiere wild durcheinander. Es sah aus wie ein hektischer Aufbruch. Natürlich ahnte Jacobi, dass Holm hinter ihm her war. Wahrscheinlich hatte er hier vor wenigen Augenblicken Unterlagen zusammengerafft, um danach unterzutauchen. Holm ärgerte sich. Vielleicht hätte er ihn erwischt, hätte er nicht so viel Zeit mit dem Pförtner vertrödelt.

Doch daran war nun nichts mehr zu ändern. Holm durchsuchte die Papiere und hoffte auf einen Anhaltspunkt, wo er Jacobi finden konnte. Nach einer Weile entdeckte er eine winzige Notiz auf einem Klebezettel, der an weiteren Papieren haftete. »Katharina: Forsters Sekretärin« war dort handschriftlich vermerkt, außerdem: »mehr zum Projekt? Unterlagen?« Holm erinnerte sich an eine Katharina. Ihr war er aus der Parteizentrale gefolgt, und sie hatte mit einem Norman telefoniert. Das musste Jacobi gewesen sein. Sie kannten sich also und arbeiteten zusammen an dem Fall.

Holm lächelte und fühlte sich wieder ganz lebendig.

KAPITEL 22

Die Papiere lagen auf ihrem Schreibtisch, Tabellen und Grafiken, nüchterne Gutachten und stimmungsvolle Fotos, dazu Stellungnahmen, die das Projekt in bunten Farben ausmalten. Sie erzählten eine Geschichte von Hoffnung und Aufbruch, aber auch von einem handfesten Betrug. Das alles hatte das Zeug zu einem großen Drama, wären mittlerweile nicht zwei Politiker tot und ein weiterer nur knapp davongekommen. Sorgfältig hatte Katharina Beck die Unterlagen ausgebreitet. Sie musste endlich den roten Faden entdecken, der alles zusammenhielt.

Es gelang ihr nicht.

Inzwischen überschlugen sich die Ereignisse, und um irgendwie Schritt zu halten, hatte sie in ihrem Büro das Internetradio eingeschaltet. Dort kursierte das Gerücht, Jacobi sei zum Zeitpunkt des letzten Mordes an Vahlens Wohnung gesehen worden. Er wurde beschrieben als Reporter, der sich durch eine Reihe spektakulärer Enthüllungen in kurzer Zeit einen Namen gemacht hatte. Allerdings seien er und seine Methoden nie unumstritten gewesen. Jetzt sei er untergetaucht, jedenfalls nicht zu erreichen, und sein Arbeitgeber, die *Frankfurter Nachrichten*, verweigere jede Auskunft.

Das alles klang vollkommen irre, und Katharina zweifelte keine Sekunde an Jacobis Unschuld. Doch sie wusste, dass das allein nicht reichte und dass sie sich beeilen musste, wollte sie ihm irgendwie helfen. Dazu hatte sie sich eingeschlossen, und sie würde nicht eher aufmachen, bis sie etwas gefunden hatte, das ihn entlastete. Ganz gleich, was Schindler davon hielt.

Mittlerweile hatte sie das Gefühl, die lähmende Hitze sickere durch die dicken Mauern. Katharina trat von einer Seite des Tisches auf die andere, in der Hoffnung, die neue Perspektive würde neue Erkenntnisse bringen. Sie betrachtete die Unterlagen zu dem Energieprojekt, das die Zukunft Frankfurts sichern sollte, aber eine Lüge war. Sie wusste, dass die Idee von Kaltenborn stammte. Das würde reichen, um ihn politisch zu erledigen. Aber genügte es auch, um Jacobi aus der Schusslinie zu bringen?

Sie brauchte mehr, mehr, mehr.

Hastig kramte sie die Informationen zu Fracking hervor, die sie im Internet gesammelt hatte, dazu ihre Fotos vom Gelände, auf dem gebohrt wurde. Die Aufnahmen der Zeichen von den Tatorten platzierte sie mitten auf dem Tisch und daneben ihre Übersetzungen. *Glücklich sind die Menschen, wenn sie hören, was gut für sie ist. – Wer in der Demokratie die Wahrheit sagt, wird von der Masse getötet.* Waren das Hinweise oder doch nur Ablenkungsmanöver? Schließlich druckte sie Zeitungsartikel aus dem Internet zur Mordserie an den Frauen aus. Auf dem dicht bedeckten Schreibtisch suchte sie dafür den richtigen Platz. Waren es nur Randnotizen, oder gehörten sie auch ins Zentrum?

Ratlos schlich Katharina um den Tisch herum. Sie wollte das Offensichtliche aus dem Kopf bekommen, um endlich die Strukturen dahinter zu erkennen. Doch wusste sie wirklich schon, was das Offensichtliche war?

Kaltenborn spielte mit der Öffentlichkeit. Vielleicht aber trieb auch jemand ganz anderes ihn und die Politik vor sich her.

Aber wer?

Wer hatte die Macht dazu? Und vor allem: zu welchem

Zweck? Weil das Projekt mit allen Mitteln durchgeboxt werden sollte?

Während sie darüber grübelte, schlich sich ein weiterer Gedanke in ihren Kopf, der ihr noch bedrohlicher erschien als alle anderen Erklärungsversuche.

Was, wenn es gar keinen Masterplan gab, dem die Ereignisse folgten? Wenn – ja was?

Wieder wechselte sie den Platz, als könnte sie so ihren unheilvollen Assoziationen entkommen. Das gelang ihr genauso wenig, wie sich in ihrem Büro vor der Welt zu verkriechen. Gerade lief im Radio eine Sendung, in der Leute auf der Straße nach ihrer Meinung zum Energieprojekt befragt wurden. Die meisten hatten von Vahlens Interview und Kaltenborns heftiger Reaktion darauf gehört, einige auch schon von der Ermordung des Parteipatriarchen. Während sie zuhörte, hatte Katharina den Eindruck, dass die Stimmung zu kippen begann. In mehreren der kurzen Statements war die Rede von einer Gleichung mit zu vielen Unbekannten, von unkalkulierbaren Risiken und einem Preis, der plötzlich zu hoch schien.

War es am Ende das, was sie wollten? Sollte das Projekt gar nicht umgesetzt, sondern vielmehr zu Fall gebracht werden?

Aber wer steckte dahinter? Wer?

Katharina spürte, dass sie sich im Kreis drehte. Sie ließ sich in ihren Stuhl fallen. Von diesem niedrigeren Blickpunkt aus schien die Perspektive nicht ganz so beängstigend, und sie beruhigte sich etwas.

Im Radio lief eine Ballade, und plötzlich hörte sie wieder Jacobis Stimme und spürte das sanfte Vibrieren wie in der Nacht, als ihr Kopf auf seiner Brust gelegen hatte. Das Treffen im Botanischen Garten war anders gewesen als alle zuvor. Sie waren sich nähergekommen, als wäre ein unsichtbarer Schleier zwischen ihnen verschwunden. Es hatte sich echter angefühlt. Katharina wusste nicht, was es bedeutete und ob es von Dauer sein würde. Aber dieser Moment würde bleiben.

Die Musik brach ab, und genauso abrupt wurde Katharina aus ihren warmen Erinnerungen gerissen. In einer Eilmeldung berichtete der Sender davon, dass der Pförtner der *Frankfurter Nachrichten* erschossen worden sei, auf dieselbe Art wie Forster und Vahlen. Und wieder sollte Jacobi vor Ort gewesen sein, obwohl er am Morgen zunächst nicht zur Arbeit erschienen war. Der Stimme des Moderators war anzumerken, dass ihm die Schlussfolgerung, die sich aufdrängte, selbst unheimlich war.

Lief Jacobi Amok?

Katharina weigerte sich, auch nur daran zu denken, und beschloss, diesen neuen Mord für den Moment zu ignorieren. Den Sinn dahinter würde sie jetzt sowieso nicht erkennen. Stattdessen verfluchte sie sich für ihre Sentimentalität. Wie konnte sie ihren Gedanken nachhängen, während Jacobi um seinen Ruf und vielleicht sogar um sein Leben kämpfte?

Hektisch versuchte sie, die verlorene Zeit aufzuholen. In der Hoffnung, Jacobi hätte vielleicht noch etwas veröffentlicht, das weiterhalf, rief sie im Internet die Seite der *Frankfurter Nachrichten* auf. Doch auch dort lief ihre Suche ins Leere. Weder fand sie Informationen zu Vahlens Ermordung noch zum Tod des Pförtners. Die *FN* blieben stumm. Damit waren die Ereignisse für die Zeitung in doppelter Hinsicht eine Katastrophe.

Auf den Webseiten anderer Zeitungen und Sender fand sich nichts Konkretes, nur Bruchstücke, die sich jedoch zu einem verhängnisvollen Ganzen zusammenfügten. Mehr und mehr erschien Jacobi als Journalist, der die Bodenhaftung verloren hatte, weil ihm der Ruhm zu Kopf gestiegen war und er den Nervenkitzel brauchte. In zahlreichen Leserkommentaren wurde er mittlerweile für einen durchgeknallten Serienkiller gehalten. Aber es gab auch Statements mit mehr oder weniger stiller Bewunderung für die Anschläge auf Forster, Kaltenborn und Vahlen. Endlich jemand, der etwas unternahm, anstatt nur über die Unfähigkeit der Politiker zu jammern. Katharina spürte ein Kribbeln im ganzen Körper.

Um die Anspannung irgendwie loszuwerden, wirbelte sie zuerst ihre Haare durcheinander und dann die Unterlagen auf dem Tisch. Eine ganze Weile stand sie an eines der Regale gelehnt und starrte auf die Arbeitsfläche, ein flimmerndes Gewirr von Buchstaben und Grautönen in allen möglichen Schattierungen. Sie begriff, dass sie den Wald vor lauter Bäumen nicht mehr sah. Vielleicht, dachte sie nach einer Weile, musste sie großzügig Stämme abholzen, damit endlich Licht in die Sache dringen konnte.

Wahllos griff sie einzelne Zettel vom Schreibtisch und überflog sie. Texte, die sich ihr nicht sofort erschlossen, sortierte sie auf einen Stapel auf dem Fußboden. Er wuchs rasch an, während sich das Chaos auf dem Tisch lichtete. Katharina machte sich bereits Sorgen, dass nichts übrig bleiben würde, als sie mehrfach über einen Namen stolperte, der nur mit G. abgekürzt wurde. Er war ihr schon vor zwei Tagen aufgefallen, als sie in den Papieren entdeckt hatte, dass es um Fracking ging. Damals hatte sie ihm keine weitere Beachtung geschenkt. Jetzt sah sie sich jene Passagen, in denen er erwähnt wurde, genauer an. Offensichtlich hatte sich G. einen Namen als Organisator von Public-Private-Partnership-Projekten gemacht, indem er private Investoren für öffentliche Bauten wie Straßen, Kraftwerke oder Verwaltungsgebäude aufgetrieben hatte. Die Finanziers schossen den klammen Kommunen das Geld vor und kassierten dafür jahrzehntelang Pachteinnahmen. Im Text wurde eine Reihe solcher Projekte in ganz Europa erwähnt, an denen G. mitgearbeitet hatte. Dadurch schien garantiert, dass auch »Mit Energie für Frankfurt« zu einem Erfolg werden würde. Angefangen hatte G. aber offenbar in Großbritannien.

War er Engländer?

Im Internet suchte Katharina nach einer Verbindung zwischen PPP-Projekten, dem Stichwort »Engländer« oder »Brite« und »G«. Sie machte sich nicht viele Hoffnungen, und die meisten Verweise waren tatsächlich unbrauchbar. Doch dann stieß sie auf einen Zeitungsbericht über den Bau eines Kraftwerks in Ostdeutschland, an dem sich Investoren aus ganz Europa beteiligt hatten. Sie waren zusammengekommen durch einen erfahrenen Organisator solcher Projekte, den Engländer Dennis Gordon.

Katharina spürte Wärme aus allen Poren ihres Körpers strömen. War er das? War das ihr Mann?

Der Zeitungsausschnitt enthielt ein Foto. An einem grauen Frühjahrstag waren mehrere Männer in Anorak und Gummistiefeln auf einem schmutzigen Baugelände zu sehen. Gordon war ein unauffälliger, schmaler Mann mit Bürstenhaarschnitt, und Katharina beschlichen erste Zweifel. Trotzdem suchte sie weiter und fand Berichte aus England, wo er mehrere Projekte organisiert hatte. Jedoch entdeckte sie keinerlei Verbindung nach Frankfurt, nicht zu DikaTus und nicht zu Kaltenborn. In diesem Augenblick war Katharina sicher, dass er nicht der Mann war, bei dem alle Fäden zusammenliefen. Wen auch immer sie suchte – er tauchte ganz sicher nicht in Zeitungsartikeln auf.

Während sie die Unterarme auf den Schreibtisch stützte und weiter auf das Zeitungsfoto starrte, erinnerte sie sich wieder an den Anruf des alten Mannes, von dem Jacobi vor zwei Monaten berichtet hatte.

Hören Sie auf zu suchen, hatte er gesagt, *bevor alles außer Kontrolle gerät.*

Katharina spürte, dass das nicht so dahingesagt war.

Aber sie konnte nicht einfach zusehen, wie Jacobi in eine Falle geriet, aus der es keinen Ausweg gab.

Noch einmal musste sie alles riskieren.

KAPITEL 23

Er hatte ihr den Namen der Straße genannt. Von einer Hausnummer hatte Jacobi nichts gesagt. Trotzdem war Katharina entschlossen, das Versteck des Mörders zu finden. Tatsächlich hatte sie eine Idee und nicht viel zu verlieren.

Langsam fuhr sie durch die Witterstraße. Im Feierabendverkehr drängelten hinter ihr zwei Wagen, und ihr war klar, dass sie nicht auffallen durfte. Schließlich rollte sie an einem älteren dunkelblauen Volvo vorbei, der auf der gegenüberliegenden Seite parkte. Auf dem Beifahrersitz hielt sich eine Frau an einem Kaffeebecher fest, während der Kopf des schlafenden Fahrers gegen die Seitenscheibe gerutscht war. Waren dies die Polizisten, die das Haus im Auge behielten? Dann musste es die Nummer 47 sein.

Katharina gab ein wenig Gas, bog in die nächste Seitenstraße ein und suchte einen Parkplatz. Dort nahm sie den Blumenstrauß von der Rückbank und wickelte ihn aus. Er war üppig und hatte sie immerhin dreißig Euro gekostet. Während sie daran roch, fragte sie sich, ob sie tatsächlich vor den Augen der Polizei in die Wohnung eines mehrfachen Mörders eindringen wollte. Dabei fiel ihr auf, dass es ihr mittlerweile leichter fiel, zu einem Trick zu greifen. Immer weniger hatte sie gemein mit der kleinen Kathi, die sich vor allem fürchtete. Und sie war auch nicht mehr die staubtrockene Historikerin Dr. Katharina Beck. Vielleicht war sie im Begriff, zu Kate zu mutieren, der furchtlosen Agentin. Der Weg dorthin führte über Hausnummer 47.

Sie ging zügig, um sich nicht verdächtig zu machen. Im Vorbeigehen warf sie einen schnellen Blick ins Auto der Polizisten. Die Frau auf dem Beifahrersitz schien nicht älter als Katharina und unendlich müde. Das Warten bei der Hitze musste unerträglich sein. Fast hätte Katharina an die Scheibe geklopft, um ihr zu sagen, dass jetzt tatsächlich etwas passierte.

Vor dem Wagen überquerte sie die Straße. An der Haustür des Altbaus gab es insgesamt vierzehn Klingelschilder, zwei für die Wohnungen im Erdgeschoss, je drei für die weiteren Etagen. Katharina hatte auf eines ohne Namen gehofft, doch so leicht machte es ihr der Mörder nicht. Wie er sich wohl nannte? Korte, Baldinger, Herbart, Kuczynski? Sie drückte verschiedene Klingeln, und kurz darauf meldete sich jemand. »Noch mal die Post«, sagte sie. Der Türöffner summte, sie bedankte sich und drückte die schwere Holztür auf. 16.43 Uhr, unbekannte Frau mit Blumenstrauß betritt das Haus. Sie musste lächeln.

Drinnen ließ sie die Tür zufallen, lehnte sich dagegen und atmete tief aus. Dies war der leichtere Teil gewesen. Sie hoffte, das Haus gefunden zu haben, hatte aber keine Ahnung, nach welcher Wohnung sie suchte.

Im Halbdunkel war es immerhin angenehm kühl. Vor ihr lag die hölzerne Treppe, links daneben schien der Flur an den Briefkästen vorbei in den Hof zu führen. Mit einer Hand stieß sich Katharina ab und trat nach draußen.

Im Innenhof staute sich die Hitze. Katharina zog den langen Schraubenzieher aus dem Strauß und stopfte die Blumen in eine der Mülltonnen. Sie wären nur hinderlich. Das Werkzeug ließ sie im langen Ärmel ihrer Bluse verschwinden.

Sie sah sich um. Zwischen welligem Pflaster wucherte einiges Gestrüpp, und neben mehreren Fahrrädern standen leere Bierkästen, die mit einem Brett darüber als Sitzbank dienten. Sicher ließ sich hier an einem lauen Sommerabend ganz entspannt grillen.

Langsam wanderte ihr Blick die Fassade hinauf. Auf jedem der vier Balkone erkannte Katharina gepflegte Blumen, die täglich gegossen wurden. Sonst hätten sie bei dieser Hitze anders ausgesehen. Also schloss Katharina die Wohnungen in der Mitte der Etagen aus. Im selben Augenblick ärgerte sie sich, dass sie sich die Gebäudefront zur Straße nicht aufmerksamer angesehen hatte.

Sie ging zurück ins Haus und bedächtig die knarrende Treppe hinauf. In ihrer Vorstellung wohnten im Hochparterre immer alleinstehende ältere Leute, keine phantomhaften Mörder. Im ersten Stock standen Schuhe an der Tür zur linken Wohnung, und rechts lagen bunt bemalte Steine auf einem Brett, das auf einigen Backsteinen ruhte. Mit jedem Schritt weiter die Stufen hinauf wurde Katharina bewusster, wie abenteuerlich die Kriterien waren, nach denen sie die Wohnungen ausschloss. Aber sie sah keine andere Möglichkeit. Jedenfalls würde sie nicht klingeln und sich nach einem kaltblütigen Killer erkundigen.

Im zweiten Stock hieß eine Fußmatte Besucher herzlich willkommen. An der anderen Tür hing ein Kranz aus geflochtenem Stroh. Im dritten stapelten sich links Prospekte, während rechts das Auffälligste ein langer Kratzer am Türrahmen war. Als Katharina schließlich die oberste Etage einsehen konnte, verpuffte ihre letzte Hoffnung beim Blick auf einen Kleiderständer. Schlagartig fühlte sie sich müde.

Träge stieg sie einige Stufen wieder hinab, bevor sie sich erschöpft setzte. Sie ärgerte sich über ihre Naivität, und plötzlich klang »Agentin Kate« in ihrem Kopf furchtbar albern. Vor allem machte ihr zu schaffen, dass sie Jacobi nun doch nicht helfen konnte. Schon jetzt war sie mit ihrem Latein am Ende.

Deprimiert lehnte Katharina den Kopf an die Wand und

spürte die Kante des Schraubenziehers in ihrer Handfläche. Dabei fiel ihr Blick auf den Prospektstapel vor der Wohnung unter ihr. Obenauf lag ein handbeschriebener Zettel. Da sie sowieso nicht wusste, was sie nun tun sollte, versuchte Katharina, den Text zu entziffern. Er war mit dickem Filzstift geschrieben: »Der Briefkasten ist nicht Ihr Abfalleimer«, stand dort. »Räumen Sie Ihr Zeug selber weg.« Katharina kannte solche Leute, die den Hausflur schnell wie eine Müllhalde aussehen ließen. Den Ärger der anderen Bewohner konnte sie gut verstehen. Erst jetzt bemerkte sie jedoch, dass vor der Tür keine Fußmatte lag. Wer dort wohnte, schien sich auch sonst nicht sonderlich darum zu kümmern, wie er auf andere wirkte.

Weil er ein Einzelgänger war, der sich abschottete?

Der etwas zu verbergen hatte? Ein Mörder, der die Wohnung als Unterschlupf nutzte und möglichst wenig mit anderen zu tun haben wollte?

Schlagartig war Katharina wach. Würde sie doch noch ihre Chance bekommen?

Langsam stieg sie die Stufen hinunter. Unten warf sie einen Blick auf das Klingelschild. Der Name war handschriftlich geschrieben, aber gut lesbar. Er lautete »Roth«, nichts weiter. War das unauffällig genug für einen Mörder? Katharina sah in das Treppenhaus hinab. Alles war ruhig. Zögernd hob sie die Hand. Was würde sie sagen, sollte jemand öffnen? Sie hatte keine Ahnung.

Sie klingelte und hielt den Atem an.

In der Wohnung rührte sich nichts.

Sie klingelte noch mal.

Wieder Stille.

Beinahe mechanisch öffnete sie ihre linke Hand und ließ den Schraubenzieher aus dem Ärmel rutschen. Konzentriert setzte sie ihn auf Höhe des Schlosses in den Spalt zwischen Rahmen und Türblatt. So hatte sie es in einem Internetvideo gesehen. Noch einmal blickte sie über die Schulter, bevor sie langsam zudrückte. Da sich nichts bewegte, erhöhte sie den Druck. Schließlich rutschte das Werkzeug ab. Katharina erschrak und erkannte, dass es einen ziemlich deutlichen Kratzer im Holz hinterlassen hatte. Für einen Moment überlegte sie abzuhauen, bis ihr klar wurde, dass sie damit Jacobi nicht helfen würde.

Einige Male atmete sie tief durch und horchte, ob sich im Haus etwas rührte. Dann setzte sie den Schraubenzieher erneut an und achtete auf gleichmäßigen Druck. Langsam schob sich die Spitze in den Spalt, und mit leisem Klacken öffnete sich die Wohnungstür. Einen Atemzug lang zögerte Katharina, bevor sie hineinschlüpfte, die Tür hinter sich schloss und durch den Spion hinaus in den Flur sah. Dort war noch immer alles ruhig. Doch plötzlich wurde sie von einer Panikwelle überrollt. Was, wenn dies doch die falsche Wohnung war? Wenn ihr plötzlich Menschen begegneten? Eine Frau, Kinder? Oder wenn der Mörder hier lauerte?

Katharina fuhr herum und blickte in einen kurzen Flur, in dem es weder Möbel gab noch einen Teppich oder Bilder, sondern nur einen alten Dielenboden. Vorsichtig machte sie einige Schritte und blickte in ein kleines Zimmer mit einem einfachen Bett, einem Stuhl und einem Fernseher. Erst jetzt fiel ihr auf, dass diese Wohnung merkwürdig geruchlos war, es roch nicht alt oder neu, weder gut noch schlecht. So als wäre dies keine menschliche Behausung, sondern ein Vakuum. Erleichtert stützte sie sich an der Wand ab. Hier tobten keine Kinder und stritt kein Ehepaar.

Nach einigen Atemzügen wurde ihr jedoch bewusst, dass sie sich offenbar tatsächlich in der Wohnung des Mörders befand. Hier hatte er gelauert, bis er den richtigen Augenblick für gekommen hielt. Dann war er losgezogen, hatte gemordet, blutige Zeichen hinterlassen und war zurückgekehrt. Oder hatte er erst noch eingekauft? Etwas Brot,

Käse, Bier? Das alles war vollkommen irre, und Katharina stieß sich ab von der Wand, um den Gedanken und Gefühlen zu entkommen, die sie umspülten.

So stolperte sie in ein weiteres, größeres Zimmer und erinnerte sich, dass es zur Straße liegen musste, wo die Polizisten schwitzten. Abrupt bremste sie und wartete, bis sie ihre Atmung einigermaßen unter Kontrolle hatte.

Nun ging sie an der Tür in die Hocke und sah sich um. Bis auf einen kleinen Tisch, zwei Stühle und eine schlanke Stehlampe war der Raum leer. Aus der Decke ragten Kabelenden. Schließlich fiel Katharina die Wand links vom Fenster ins Auge, und sie spürte eine Gänsehaut bis zu den Zehen.

Die Fläche war fast vollkommen bedeckt mit Notizzetteln, Zeitungsausschnitten und Fotos. Es sah aus wie in einem dieser Filme über Psychopathen, die ihrem Opfer über Wochen auflauerten, bevor sie zuschlugen. Hatte sie es mit so jemandem zu tun? Jemandem, der nicht nur ohne jedes Mitgefühl tötete, sondern auch ohne Ziel? Für den einzig die Tat an sich zählte?

Aber warum hatte es dann ausgerechnet Forster, Vahlen und Kaltenborn getroffen? Wäre der Killer ein Irrer, der einen Kampf gegen alles Politische führte, hätte es auch Mitglieder anderer Parteien treffen müssen. Irgendwie erleichtert beschloss Katharina, dass es doch etwas mit dem Energieprojekt zu tun haben musste. Was aber wusste der Mörder darüber? Wollte er das Fracking verhindern? Dann hätte ein Hinweis an die Presse genügt.

Wieder fiel ihr ein, dass Vahlen die Pläne kritisiert und Forster zumindest daran gezweifelt hatte. Kaltenborn dagegen, der sie nach Kräften verteidigte, hatte überlebt. War er ein Glückspilz? Oder sollte er gar nicht getötet, sondern nur erinnert werden, auf keinen Fall auszusteigen? Je länger Katharina darüber nachdachte, umso deutlicher wurde ihr, dass alle Hinweise, die sie besaß, sowohl auf Gegner des Projekts als auch auf Befürworter deuten konnten.

Sie musste näher ran.

Katharina blickte zum Fenster und kroch gebückt Richtung Wand. Dort sah sie Fotos von Forster, Vahlen und Kaltenborn, im Wahlkampf und auf weiteren Veranstaltungen. Ihr fielen Zeitungsausschnitte zu deren Auftritten ins Auge, Werbung für das Projekt, aber auch kritische Artikel. Doch das alles schien seltsam wahllos zusammengesammelt und ließ keine eindeutige Haltung zum Projekt erkennen, weder dafür noch dagegen.

Warum?

Inzwischen war ihre Neugier größer als ihre Sorge, entdeckt zu werden. Im Schneidersitz setzte sie sich auf den Boden und stützte sich mit den Händen nach hinten ab. So hatte sie beinahe die gesamte Wand im Blick. Sie beugte sich nach vorn, um auf einigen Bildern Einzelheiten zu erkennen.

Dabei entdeckte sie auch eine Aufnahme von Kaltenborn zusammen mit Gordon. Noch ein Stück weiter kroch Katharina vor, um sicherzugehen. Sie kannten sich also. Dirk Kaltenborn und Dennis Gordon. Auf dem Bild redeten sie in einem Café, vielleicht in einer Raststätte, jedenfalls nicht bei einem offiziellen Treffen. Eher konspirativ. Was hatten sie zu besprechen? Natürlich ging es um Fracking. Aber waren sie zufrieden, wie sich alles entwickelte? Oder machten sie sich Sorgen? Spürten sie die Gefahr? Ihre Blicke wirkten konzentriert, aber nicht ängstlich. Dabei hatte der Täter sie schon ins Auge gefasst. Wie lange hatte er dieses Spiel betrieben? Tage, Wochen oder sogar Monate?

Katharinas Blick wanderte weiter durch dieses eiskalte Bilderbuch. Ein anderes Foto zeigte den Zaun um das Gelände, auf dem gefrackt wurde. Also auch davon wusste der Mörder. Die Aufnahme sah fast aus wie diejenige, die sie selbst geschossen hatte. Was hatte der Mörder damit vor? Erpresste er Kaltenborn?

Eine ganze Weile sah Katharina auf das Bild und ahnte doch, dass sie diese Fragen jetzt nicht würde beantworten können. Weil die Zeit noch nicht gekommen war? Weil es ein Spiel war? Eines, das trotz der vielen scheinbaren Nachlässigkeiten noch durchtriebener war als Wolffs perverse Pläne?

Sie spürte Unruhe und begann, die einzelnen Zettel und Bilder mit ihrem Handy zu fotografieren, damit der ganze Aufwand wenigstens irgendeinen Sinn hatte. Sie machte sogar noch eine Aufnahme vom Schild am Zaun. DikaTus European Development Corp. Ltd. stand dort in fetten Buchstaben.

Plötzlich wurde ihr heiß.

Konnte das sein?

War das möglich?

Dika.

Dirk Kaltenborn.

Katharina spürte Schweiß im Nacken. War Kaltenborn tatsächlich Partner der Gesellschaft, die das Land kaufte und erschloss? Wollte er nicht nur Bürgermeister werden, sondern auch noch reich? War das der eigentliche Plan? Die Frankfurter sollten das Projekt bezahlen, und er würde das Geld einstreichen? Für einen Moment spürte Katharina heftige Wut. Auf Kaltenborn, aber auch darauf, dass sie am Anfang selbst auf das Projekt reingefallen war.

Dann atmete sie aus und begriff, was ihre Erkenntnis bedeutete.

Sie hatte ihn in der Hand.

Diese Entdeckung würde Kaltenborn das Genick brechen. Dadurch war nicht nur seine Karriere am Ende. Es ließ sich auch leicht eine Verbindung zu den Morden herstellen. Vahlen und Forster mussten sterben, weil sie seine Pläne gefährdet hatten. Und den Anschlag auf ihn, Kaltenborn, hatte er selbst in Auftrag gegeben, um von sich abzulenken.

Eine Weile sah Katharina auf die Wand, und ihre Gefühle schwappten hin und her zwischen Fassungslosigkeit und Triumph, bis die nächste Frage aufquoll. Wenn Dika für Dirk Kaltenborn stand, wessen Initialen waren dann Tus? Jedenfalls nicht Gordons.

Sondern die des großen Unbekannten? Gab es ihn tatsächlich, den mysteriösen Drahtzieher im Hintergrund? War es vielleicht der Mann, der Jacobi angerufen und gewarnt hatte?

Katharina wusste es nicht. Doch das war in diesem Augenblick auch egal. Sie hatte etwas entdeckt, das alles änderte. Das Jacobi retten würde. Und das musste sie ihm unbedingt persönlich mitteilen.

Sie musste ihn treffen.

KAPITEL 24

Endlich war es dunkel.

Ein wenig tastend schlich Katharina über den schmalen Pfad durch den Botanischen Garten. Sie kannte den Weg auch im Dunkeln, war ihn in den vergangenen Jahren häufig gegangen und allein an diesem Abend viele Male in Gedanken. Während der Schotter unter ihren Schritten knirschte, wusste sie, dass sie sich durch die Anlage mit den Pflanzen Nordamerikas bewegte. Das genügte.

Die letzten Stunden waren furchtbar gewesen. Vor dem Haus in der Witterstraße war sie dem Blick der Polizistin begegnet, ohne etwas sagen zu dürfen. Im Büro hatte Katharina die Fotos ausgedruckt, die sie bei ihrer kleinen Exkursion geschossen hatte, und weitere Unterlagen zusammengestellt. Damit ließ sich mittlerweile die gesamte Geschichte dokumentieren. Alle Spuren führten zu Kaltenborn und ergaben ein erschreckendes Bild. Er hatte einen Plan ausgetüftelt, nicht nur die Macht in der Stadt an sich zu reißen, sondern dabei auch noch reich zu werden. Forster war nicht mehr gewesen als eine Marionette, die Kaltenborns Ideen den nötigen öffentlichen Schwung verleihen sollte. Als er den Zeitpunkt für gekommen hielt, hatte er Forster beseitigen lassen, um sich selbst zu krönen. Schließlich hatte er auch noch Vahlen ausgeschaltet, als er zur Gefahr wurde. Je mehr Katharina erfuhr, umso stärker ähnelte Kaltenborn einem Despoten, der alle Konkurrenten rücksichtslos aus dem Weg räumen ließ. Um dem Spuk möglichst rasch ein Ende zu setzen, hatte sie alle Unterlagen zu einem umfangreichen Dossier zusammengestellt, dessen Gewicht sie in ihrer Umhängetasche spürte.

Sie hoffte nur, dass sich auch Jacobi davon überzeugen ließ. Es passte alles zusammen, und er musste ihr einfach glauben, schon aus eigenem Interesse. Katharina war nicht sicher, ob er die Nachrichten verfolgen konnte und überhaupt ahnte, in welcher Gefahr er schwebte. Mittlerweile wurde er im Zusammenhang mit zwei Mordfällen gesucht. Aber damit war es hoffentlich bald vorbei. Wenn die Polizei die Informationen bekam, war Kaltenborn erledigt und Jacobi rehabilitiert. Und sollte er sich immer noch weigern, damit zur Kripo zu gehen, würde sie es eben selbst tun. Während Katharina die Beete mit Pflanzen des Mittelmeerraums passierte, versicherte sie sich selbst, dass es das Richtige war und sie das Recht dazu hatte.

Nach der Arbeit am Dossier war nichts mehr zu tun gewesen, und die unerträgliche Zeit des Wartens hatte begonnen. Katharina war klar, dass sich Jacobi nicht blicken lassen würde, solange es hell war. Um die Zeit totzuschlagen, hatte sie weiter Radio gehört.

Mittlerweile beherrschte eine unheilvoll aufgekratzte Stimmung die Stadt. Nach den jüngsten Anschlägen hatten Politiker ihre Forderungen nach schärferen Sicherheitsmaßnahmen lauthals wiederholt. Besonders rechtsgerichtete Vertreter verlangten eine Einschränkung des Demonstrationsrechts. Inzwischen riegelte ein Polizeiaufgebot den Römer sowie Parteigebäude ab, um die Volksvertreter zu schützen. An den Zugängen und einigen zentralen Punkten im Zentrum der Stadt gab es Personenkontrollen. Das wiederum sorgte für Unverständnis und Wut bei Teilen der Bevölkerung. Es hatte bereits Prügeleien gegeben zwischen Polizei und Protestierern. Hinzu kam, dass der Journalist Jacobi, der in engem Kontakt zu Kaltenborn stand, angeblich in die Morde verwickelt war. Das drückte nicht nur auf die Stimmung, sondern auch massiv auf die Umfragewerte.

Irgendwann war Katharina in ihrem Büro auf und ab gelaufen und hatte sich gewünscht, es wäre Herbst mit Sonnenuntergang um halb sechs. Bei diesem Gedanken hatte sie lächeln müssen. Denn dann wäre es vermutlich viel kühler als jetzt, und in einer Nacht wie der letzten hätte sie sich mindestens einen schlimmen Schnupfen geholt. Es wurde Zeit, dass sie Jacobi endlich in Ruhe kennenlernen konnte, und zwar so, wie es ihrem Alter entsprach: bei einer guten Flasche Wein auf bequemen Stühlen in einem angenehm beheizten Restaurant.

Doch noch war es nicht so weit.

Links erahnte Katharina den Bereich mit den Pflanzen Ostasiens, Magnolien, Lotos und einige andere. Nun war sie fast am Ziel. Ob er schon da sein würde? Gestern war er plötzlich aufgetaucht, und die Überraschung war durch ihren ganzen Körper gerauscht. Jetzt spürte sie voller Vorfreude ein warmes Kribbeln.

Endlich bemerkte sie die feucht-kühle Luft, die vom Teich aufstieg, ihrem geheimen Treffpunkt. Einen Moment blieb sie hinter einigen Sträuchern stehen und sah sich um, so gut es die Dunkelheit erlaubte. Das Wasser schimmerte in unterschiedlichen Schattierungen, obwohl sich auf seiner Oberfläche nichts rührte. Es roch ein wenig muffig, und die abgesägte Eiche ragte schwarz in die Nacht. Menschen waren nicht zu sehen, auch nicht Jacobi. Katharina war enttäuscht, sagte sich aber, dass er auch in der letzten Nacht spät gekommen war. Sie brauchte Geduld.

Vorsichtig trat sie auf die freie Fläche am Teich und legte ihre Unterlagen an den Eichenstamm. Den Umschlag hatte sie in eine Plastiktüte gewickelt, damit die Papiere nicht feucht wurden. So kurz vor Schluss sollte nichts mehr schiefgehen. Bedächtig bewegte sie sich rückwärts Richtung

Busch und ließ dabei den Punkt nicht aus den Augen, an dem Jacobi aufgetaucht war.

Sie erinnerte sich an den winzigen Moment der Angst, der in Erleichterung umgeschlagen war und dann in Freude. Katharina sah seine Augen vor sich. Trotz der Dunkelheit hatte sie darin seine Erschöpfung und seine Enttäuschung über Kommissar Demandt zu erkennen geglaubt, aber auch seine echte Freude, sie zu treffen. Wieder spürte sie seine Berührungen, die anders gewesen waren als alle bisherigen, weniger verzweifelt. Zum ersten Mal hatte sie das Gefühl gehabt, dass er sich nicht an sie klammerte, weil es ihm schlecht ging. Sie war sicher, den echten Norman Jacobi gesehen und gespürt zu haben. Und dann der Kuss, die erste dünne Faser einer Verbindung, die zwischen ihnen entstand. Noch war sie alles andere als gefestigt, aber ein Anfang war gemacht. Während sie sich daran erinnerte, spürte Katharina nichts mehr von der feuchten Luft des Teiches und der Anspannung des Tages, nur die wunderbar warme Vorstellung, ihn wiederzusehen.

Und dieses Mal würde sie nicht warten. Sie würde auf ihn zugehen und ihm zeigen, dass sie für ihn da war. Dass er sich auf sie verlassen konnte ohne Wenn und Aber. Sie würde ihn berühren und in den Arm nehmen, um gar nicht erst Zweifel oder Unsicherheit aufkommen zu lassen.

Wenn er nur käme.

Sie sah auf ihr Handy. Halb zwölf. Um diese Zeit war er gestern bereits da gewesen. Und wenn ihm etwas zugestoßen war? Wenn er der Polizei doch in die Hände gefallen war? Katharina überfiel eine kurze, heftige Welle aus Sorge, bis sie sich an die Unterlagen erinnerte. Dann kam es eben noch mehr auf sie selbst an.

Um das Warten irgendwie erträglich zu machen, dachte sie an die Zeit, wenn alles vorbei sein würde. Er hatte ihr ein Eis versprochen, und Katharina stellte sich vor, wie sie gemeinsam im Café auf der Zeil säßen. Wie zufällig berührten sich ihre Hände auf dem Tisch und träfen sich ihre Blicke. Anschließend würden sie an den Schaufenstern entlangbummeln und sich immer wieder ansehen. Katharina spürte, dass sie lächelte.

Der nächste Gedanke jedoch fiel ihr schwer. Jacobi hatte gesagt, mit ihr wegfahren zu wollen. Katharina wünschte sich nichts mehr, als ungestört Zeit mit ihm zu verbringen. Trotzdem kostete es sie Kraft, sich an die Vorstellung heranzutasten. Zuerst sah sie das kleine Holzhaus nur von außen. Es lag versteckt hinter Bäumen an einem kleinen See. Dann hatte sie sich selbst vor Augen. In der einfachen Küche bereitete sie das Frühstück, nur Kaffee, etwas Toast und in einem Wasserglas zwei Blümchen, die sie am Ufer gepflückt hatte. Mit einem Tablett ging sie zurück ins Schlafzimmer. Dort lag er im Bett, die Augen geschlossen, der muskulöse Oberkörper nackt. Erst jetzt bemerkte sie, dass sie nur einen Morgenmantel trug. Das bedeutete, dass sie tatsächlich … und dass es schön gewesen sein musste.

Es konnte also wirklich schön sein.

Versonnen lächelte Katharina, als sie ein Knistern hörte. Nicht aus der Richtung, aus der Jacobi in der letzten Nacht aufgetaucht war, sondern von schräg hinter ihr. Sie fuhr herum.

»Norman?«

Das Knistern brach ab.

»Norman, bist du das?«

Das muss er sein, dachte sie. Wer sonst sollte sich hier herumtreiben? Vielleicht war es aber auch ein Tier. Ein tollwütiger Fuchs. Katharina war hin und her gerissen, machte einen Schritt vor, dann einen zurück.

»Norman?«

Die Antwort kam nach kurzem Zögern. »Ja.«

Irgendwie klang die Stimme seltsam, dachte sie. Sicher

war Jacobi extrem angespannt. Immerhin war er auf der Flucht. Vermutlich hatte er kaum geschlafen, vielleicht nicht mal etwas gegessen. Es gab tausend Gründe, warum eine Stimme, ein Wort ungewohnt klingen konnten.

So machte sie einige Schritte nach vorn, als sich links im Gebüsch die Umrisse einer Gestalt abzeichneten. Seltsam klein und schmal sah er aus, dachte Katharina, so ganz anders.

Noch bevor sie eine Erklärung dafür fand, traf sie ein mächtiger Schlag, direkt im Gesicht.

KAPITEL 25

Norman Jacobi kam sich vor wie durchgekaut.

Als hätte er sich anfangs für das falsche Tor entschieden und wäre allein dadurch in eine Maschinerie geraten, die nichts weiter wollte als Blut sehen.

Sein Blut.

Nach der Begegnung mit Wuttke war er irritiert und ziellos durch die Stadt gefahren. Jacobi war ziemlich sicher, dass er die Einschätzung seines Kollegen zum Wesen von Politik und Politikern nicht teilte. Trotzdem blieb ein Rest Zweifel, den er in seiner Situation nicht gebrauchen konnte.

Unterwegs hatte er die Nachrichten gehört. Dass er wegen Vahlen gesucht wurde, hatte ihn nicht weiter überrascht. Dass aber auch Krensky, der Pförtner, ermordet worden war und die Polizei Jacobi ernsthaft damit in Verbindung brachte, war ein Schock. Um nachzudenken, was das für ihn bedeutete, war er raus aus der Stadt gefahren. In einem Waldweg hatte er gehalten und sich eine halbe Stunde nicht gerührt. All die Jahre hatte Jacobi den Pförtner kaum wahrgenommen, allenfalls ein paar Sätze mit ihm gewechselt, über das Wetter oder über das letzte Spiel der Eintracht. Er wusste nicht mal, ob Krensky Familie hatte. Hatte er einen Ring getragen? Jacobi konnte es nicht sagen.

Dafür war ihm klar, dass der Mörder ihn gesucht hatte, nicht den Pförtner. War er seinetwegen gestorben? Jacobi drückte sich vor einer Antwort. Stattdessen war ihm langsam bewusst geworden, wie knapp er davongekommen war. Er hatte zu zittern begonnen. Schließlich war er durch den Wald gelaufen, so schnell er konnte und bis zur völligen Erschöpfung. Erst danach war er in der Lage gewesen, einigermaßen klar zu denken.

Von zwei Seiten nahmen sie ihn in die Zange, von der einen der Mörder und dessen Leute, von der anderen die Polizei. Das bedeutete, dass er extrem vorsichtig sein musste. Vor dieser Ausgangslage hatte Jacobi seine Möglichkeiten abgeschätzt und nicht sonderlich viele gefunden. Als Erstes musste er sein Auto loswerden, bevor er auf eine Streife oder einen übereifrigen Mitbürger stieß.

Nach der Rückkehr in die Stadt hatte er den Wagen in einer Seitenstraße abgestellt und war einen Moment sitzen geblieben. Der alte Audi würde ihm fehlen. Ein wenig kam es ihm vor, als würde er das Auto im Stich lassen. Schließlich hatte Jacobi mit der Hand über das Armaturenbrett gestrichen und war ausgestiegen.

Nun war er auf öffentliche Verkehrsmittel angewiesen, was nicht weniger Risiko bedeutete. Um sich zu tarnen, hatte er in einem Billigladen eine Sonnenbrille und eine Basecap gekauft. In der U-Bahn war er häufig umgestiegen, um den anderen Fahrgästen möglichst wenig Zeit zu geben, ihn zu beobachten. So war er kreuz und quer durch die Stadt gefahren, ziellos, planlos, stundenlang. Zu Freunden konnte er nicht, weil Brunos Leute seine Kontakte garantiert überprüfen würden. Auch die Rückkehr in die Pension schien ihm zu gefährlich. Jacobi hatte keine Ahnung, wo er schlafen sollte.

Irgendwann war er in ein Internetcafé gegangen, um zu sehen, wie die *FN* reagierten. Doch anstatt sich vor ihn zu stellen, stellten sie sich einfach tot. Am Morgen war Jacobi noch wütend gewesen, auf Bruno, Wuttke, auf Kaltenborn und die Politik. Mittlerweile war er dazu einfach zu müde.

Die Letzte, die ihm noch blieb, war Katharina. Sie glaubte ihm, da war er sicher. Ihr konnte er vertrauen. Sie war seine Verbindung zur Welt da draußen und die Einzige, die ihm helfen konnte, seine Unschuld zu beweisen. Zwar hatte er keine Ahnung, wie das funktionieren sollte, trotzdem lief er so schnell er konnte durch den dunklen Botanischen Garten.

Er wollte sie unbedingt sehen.

Jacobi würde ihr davon erzählen, dass er Vahlen gefunden hatte, und von seinem Gefühl, sich übernommen zu haben. Und er würde sich dafür entschuldigen, dass er sie da mit hineingezogen hatte. Zum zweiten Mal. Ob er von seiner Begegnung mit dem Mörder berichtete, würde er spontan entscheiden. Auf keinen Fall wollte er ihr Angst machen. Sie durfte er nicht auch noch verlieren.

Und dann war da noch etwas.

Er hatte gebraucht, um es zu erkennen. Nur langsam hatte sich der Gedanke in sein Bewusstsein geschoben, dafür mit Macht. Wie ein Gletscher.

Sie fehlte ihm.

Er sehnte sich nach ihrer Stimme, ihrer Berührung, ihrer Wärme. Er hatte das Gefühl, dass sie ihn besser verstand als alle Frauen zuvor. Jacobi musste lächeln.

Er hatte sich verknallt.

Und er war sicher, dass es nichts mit der außergewöhnlichen Situation zu tun hatte, dem Stress, der Angst. Jedenfalls ziemlich sicher. Sie war einfach ein toller Mensch, schlau, mutig, humorvoll.

Jacobi ging noch etwas schneller und ärgerte sich, dass sie nicht vereinbart hatten, sich regelmäßig am Teich zu treffen. Nach den wunderbaren Stunden und einer letzten Umarmung waren sie einfach schweigend auseinandergegangen.

Endlich öffnete sich der Weg, und die Wasseroberfläche

schimmerte in der Dunkelheit. Wenige Meter davon entfernt blieb Jacobi stehen und sah sich um.

Sie war nicht da.

Er war enttäuscht, spürte die Einsamkeit und einen Anflug von Wut auf Katharina. Doch schnell erinnerte er sich, wie viel sie bereits für ihn getan und was sie riskiert hatte. Jeder Unmut war unfair.

Unschlüssig, was er nun tun sollte, drehte er sich um sich selbst. Doch hier war nichts, kein Mensch, kein Vogel, nicht einmal lästige Mücken.

Langsam trat Jacobi an die alte Eiche und spürte unter den Fingerspitzen die raue Rinde, an die sie sich gelehnt hatten. Die Erinnerung erzeugte ein wenig Wärme. Als er einen hellen Schimmer im Gras entdeckte, beugte er sich hinunter und ertastete eine Plastiktüte. Sie enthielt einen größeren Umschlag, in dem ein ganzer Stapel Papiere steckte, zusammengehalten durch einen Heftstreifen. Es fühlte sich an wie eine komplette Akte, und für einen Moment durchströmte Jacobi ein Gefühl der Euphorie. Katharina musste also doch hier gewesen sein. Und sie hatte etwas gefunden. Vielleicht war es ihr sogar gelungen, die Lücken in ihren gemeinsamen Erklärungen zu schließen. Dann mussten sie damit nur noch an die Öffentlichkeit gehen, und der Wahnsinn war vorbei.

Sie war einfach großartig.

Jacobi bemerkte das Gewicht der Tüte. Sie war noch nicht leer. Er griff ein weiteres Mal hinein und ertastete einen schmalen, rechteckigen Gegenstand. Ein Telefon! Ein Prepaidhandy! So konnten sie unentdeckt miteinander in Kontakt treten. Warum war er nicht selbst darauf gekommen?

Beinahe zärtlich strich er über das Display, das nun aufleuchtete. Dieses Licht müsste genügen, um Katharinas Unterlagen einigermaßen zu entziffern. Sie begannen mit einer handschriftlichen Zusammenfassung, und Jacobi setzte sich an den Stamm wie in der Nacht zuvor. Fast war es, als wäre sie bei ihm.

Katharina schrieb, dass Kaltenborn hinter allem stecke. Das klinge zwar unglaublich, aber sie erinnerte ihn daran, dass er versprochen habe, jede noch so absurde Theorie ernsthaft zu erwägen. So las er sorgfältig ihre Erklärungen. Darin behauptete sie, Kaltenborn sei Teilhaber der Firma, die das Fracking-Gelände erschloss. Forster habe er zum Kandidaten gemacht, um das Projekt öffentlich zu propagieren. Als er entbehrlich geworden sei, habe Kaltenborn ihn beseitigen lassen. Um ihre Argumentation zu untermauern, hatte Katharina die entscheidenden Passagen markiert. Auf dem Foto eines Firmenschildes am Bauzaun waren Kaltenborns Initialen umrandet.

Kaltenborn war also kein Gauner, dem sein Betrug zum Verhängnis wurde. Er war der Kopf des Ganzen. Ein eiskalter Verbrecher, der für seine Ziele töten ließ.

Je mehr Jacobi las, umso besser fügten sich die Bruchstücke zusammen. Vermutlich besaß Kaltenborn auch Einfluss auf die Polizei. Nur deshalb hatten Brunos Leute das Kennzeichen von Jacobis Verfolgern nicht entdecken können. Nicht entdecken dürfen. Und wahrscheinlich hatte Kaltenborn auch von der Durchsuchung der Wohnung in der Witterstraße gewusst. So hatte er seinen Killer rechtzeitig warnen können.

Und Bruno hatte nicht den Mumm gehabt, mit Jacobi zu reden. Stattdessen hatte er sogar zugelassen, dass wer auch immer bei Jacobi eingebrochen war und ihn zusammengeschlagen hatte. Jacobi hatte Demandt für einen Freund gehalten und seinen Hals riskiert, als der ihn um Hilfe gebeten hatte. Aber Bruno war nichts weiter als ein verdammt feiges Arschloch. Jacobi spürte Wut. Das würde er Bruno heimzahlen.

Und Kaltenborn würde er fertigmachen.

Ihn öffentlich abservieren.

Ihn in kleine Stücke zerlegen, bis nichts mehr übrig war außer dem widerlichen Schleim, aus dem er bestand.

In diesem Moment fühlte sich Jacobi wieder völlig wach, beinahe aufgedreht und spürte neuen Mut. Noch vor einer halben Stunde war ihm seine Lage aussichtslos erschienen. Nun sah es so aus, als sollte der Spuk tatsächlich bald vorbei sein. Und er wusste, wem er das zu verdanken hatte. Das wollte er ihr unbedingt sagen. Doch in diesem Augenblick fand er nicht die Worte, die seinen Gefühlen entsprachen. So schrieb er mit einem Kugelschreiber ungelenk ein einziges Wort auf den Briefumschlag.

Danke.

Bedächtig strich er über das Kuvert, bevor er es vorsichtig in der Mitte faltete und zurück in die Tüte schob. Nun suchte er einen geeigneten Platz dafür. Es war nur ein leerer Umschlag mit ein paar gekritzelten Buchstaben darauf. Doch es war ihm wichtig, dass sie ihn bekam. Er sollte nicht im Müll landen oder von einem Tier angenagt werden. Schließlich hängte Jacobi die Tüte über den Stummel eines Astes schräg über seinem Kopf. Das war nicht ideal, aber so würde sie wenigstens nicht von Mäusen angefressen oder von einem Igel weggeschleppt.

Nun lehnte Jacobi den Kopf an den Stamm und schloss die Augen, um für einen Moment die Erleichterung zu genießen. In seiner Hand spürte er das Mobiltelefon. Es war seine Verbindung zu ihr und seine Hoffnung, dass alles bald vorbei war. Noch immer hatte er keine Ahnung, wo er schlafen sollte, doch schien ihm das nicht länger wichtig. Vielleicht würde er einfach hierbleiben und sich an die letzte Nacht erinnern. Und wenn er großes Glück hatte, würde sie sich bald bei ihm melden.

So ließ er seinen Gedanken freien Lauf. Er erinnerte sich

an ihre erste Begegnung in ihrem Büro. Damals war sie ihm arrogant und ein wenig verklemmt erschienen. Das hatte sich jedoch schnell geändert. Sie hatte ein feines Gespür für die Situation, und trotz der schrecklichen Ereignisse hatten sie einige Male gemeinsam lachen können. Und immer wieder hatte sie vielversprechende Spuren entdeckt. Sie war klug und verdammt mutig. Wenn er nur auf sie gehört hätte. Aber das war jetzt anders. Nun vertraute er ihrem Instinkt. Das hatte er versprochen, und daran würde er sich halten.

Wieder strich er versonnen über die Kanten des Handys, als er ein kurzes Summen hörte und ein Vibrieren an seinen Fingern wahrnahm. Er schlug die Augen auf. Eine Nachricht war eingegangen. Sie hatte sich tatsächlich gemeldet. Jacobi spürte die Aufregung im ganzen Körper. Er richtete sich auf und tippte gegen den Bildschirm. Dort erschien ein kurzer Text, der das Blut aus seinem Kopf sacken ließ.

»Kein Wort zu unserer Begegnung.«

Das war alles. Trotzdem begriff Jacobi sofort, was es bedeutete. Das Telefon stammte nicht von Katharina, sondern von Vahlens Mörder. Er wollte sichergehen, dass Jacobi nicht zur Polizei rannte. Er wollte ihn unter Kontrolle bringen. Und Jacobi schwante, was der Killer dafür getan hatte. Der Nachricht war noch ein Bild angefügt. Mit zitternden Fingern strich Jacobi über das Display. Das Foto zeigte Katharinas Kopf. Er lag im Gras, die Augen geschlossen. Um sie herum war es dunkel, doch Jacobi ahnte, wo das Bild aufgenommen worden war. Hier im Botanischen Garten, wenige Stunden, vielleicht nur Minuten, bevor er den Teich erreicht hatte. Über Katharinas Nase und Wange lief Blut, und an ihrer Schläfe erkannte Jacobi ein dünnes schwarzes Rohr.

Der Lauf einer Pistole.

Kein Wort zu unserer Begegnung.

In diesem Moment begriff Jacobi, dass er wieder denselben Fehler gemacht hatte. Wieder war er blind in die Falle getappt.

Sie waren ihnen überlegen.

Und wieder musste es Katharina ausbaden.

Plötzlich sah er sie vor sich, gefesselt, blutend. Eine Hand rauschte auf ihr Gesicht nieder. Sie weinte nicht, aber mit jedem Schlag platzte eine weitere Wunde auf. Sie sah furchtbar aus, und Jacobi wurde übel.

Er rappelte sich auf, lief Richtung Ufer, rutschte aus, krabbelte auf allen vieren weiter und übergab sich in den Teich. Danach schnaufte er, bis Wut in ihm aufstieg. Jacobi stöhnte, schrie und schlug immer wieder mit der Faust ins Wasser. Die kühle Feuchtigkeit spritzte ihm ins Gesicht und verschaffte ihm etwas Erleichterung. Irgendwann ließ er sich erschöpft auf den Rücken ins Gras fallen und starrte in den schwarzen Himmel.

Es war längst noch nicht vorbei.

KAPITEL 26

Sein Name war Norman Jacobi, aber er war jetzt ein anderer.

Er konnte nicht sagen, wann genau es passiert war. Vielleicht, als er in der Nacht zu Katharinas Büro hinaufgesehen hatte, bis der Bewegungsmelder die Rasenfläche in grelles Licht getaucht und ihn vertrieben hatte. Oder als er den Polizeikontrollen ausweichen musste, die sich hitzige Wortgefechte mit Autofahrern geliefert hatten. Vielleicht war es auch geschehen, während er die Nacht auf einer Parkbank im Botanischen Garten verbracht hatte. Irgendwann jedenfalls hatte er begriffen, dass er sich nicht länger verkriechen konnte. Er musste zum Angriff übergehen.

Direkt hinein ins Auge des Wirbelsturms.

Jetzt war es zehn nach sieben. Seit vierzig Minuten hockte Jacobi auf dem Dach des Hauses gegenüber der Parteizentrale, genau dort, wo der Killer die griechischen Zeichen hinterlassen hatte. Er ignorierte die Erschöpfung und die Schmerzen im Rücken. Seine einzige Sorge war, dass ihm die Zeit davonlief. Er war sicher, dass der Killer Katharina entführt hatte, um zu verhindern, dass Jacobi zur Polizei ging und ein Phantombild anfertigen ließ. Er brauchte sie als Pfand, bis er Jacobi gefunden und erledigt hatte. So war es ein kaum erträgliches Patt, und Jacobi fürchtete, dass der Kerl irgendwann die Geduld verlor.

Wieder blickte Jacobi über die Schulter. Die Scheibe in Kaltenborns Büro war inzwischen erneuert worden. Noch war dort alles ruhig. Aber längst musste Kaltenborn spüren, dass sich der Wind gedreht hatte. Er kam jetzt von vorn. Es ging nicht mehr um ein innovatives Konzept zur Energieversorgung. Sondern um seine Verbindung zu einem Journalisten, der in einen Mordfall verwickelt war. Und um den Eindruck der Wähler, wieder nur Figuren im schmutzigen Spiel um politische Macht zu sein.

Auf der anderen Seite, in Kaltenborns Rücken, lauerte nun auch noch Jacobi. Er hatte freies Schussfeld.

Und das würde er nutzen.

Doch bevor er zuschlug, wollte er sich beweisen, dass er trotz allem ein guter Mensch war. Eine Weile hatte er gezögert, das Telefon des Mörders zu verwenden, aber nun rief er Lea damit an.

Seine Tochter schien irritiert, und er spürte, wie schwer es ihm fiel, ein unverkrampftes Gespräch mit ihr zu führen. »Ich wollte nur hören, wie es dir geht.«

»Gut«, antwortete sie.

»Gehst du gleich zur Schule?«

»Das macht man so in meinem Alter.«

»Hast du ein Brot dabei?«

»Wir haben eine Mensa. Ich muss nichts mitnehmen.«

»Ja, richtig, das hatte ich vergessen. Triffst du dich unterwegs mit deinen Freundinnen?«

In diesem Moment betraten zwei Polizisten Kaltenborns Büro, um die Lage zu sondieren. Es ging also los, und Jacobi duckte sich hinter die Mauer.

»Warum willst du das alles wissen?«, fragte Lea. »Das hat dich doch sonst nicht interessiert.«

»Es hat mich immer interessiert.«

»Du hast mich nie danach gefragt.«

»Ich weiß. Mir hat einfach immer die Zeit gefehlt.«

»Du hattest keine Zeit, mich zu fragen, ob ich ein Brot mit zur Schule nehme?«

»Doch, natürlich, aber du weißt, wie ich das meine. Ich hatte nie die Möglichkeit, zu sehen, wie es dir wirklich geht. Wie du lebst.«

»Und das willst du heute Morgen nachholen, am Telefon?«

»Bitte, Lea, lass uns nicht streiten, nicht heute, okay? Ich wollte nur mal deine Stimme hören.«

»Okay, worüber willst du reden? Ich muss gleich los.«

Jacobi suchte nach einem Thema und begriff, dass er tatsächlich nicht wusste, worüber er mit seiner Tochter sprechen sollte.

Nach einem Moment des Schweigens hörte er Peggys Stimme im Hintergrund. »Wer ist denn dran?«

»Papa.«

»Was will er?«

»Weiß ich nicht. Er ist so komisch.«

»Gib ihn mir. Und beeil dich, du bist spät dran.«

»Jaja«, sagte Lea und reichte den Hörer weiter.

»Was willst du?«, fragte Peggy in ihrer unnachahmlich charmanten Art.

»Nur einen Moment mit meiner Tochter sprechen.«

»Stimmt es, was sie im Fernsehen sagen? Dass du was mit dem Mord an diesem Politiker zu tun hast?«

»Peggy, sag nicht, du glaubst diesen Mist.« Jacobi ahnte, wie das weitere Gespräch verlaufen würde, und spähte wieder über die Mauer. In Kaltenborns Büro servierte Frau Lenbach Kaffee, während einige Leute um den Tisch Platz nahmen. Vom Kandidaten selbst war nichts zu sehen.

»Kanntest du ihn?«, fragte Peggy scharf. »Hattest du mit ihm zu tun?«

»Nein. Ja, schon.«

»Ha!«

»Peggy, bitte, was soll das? Das gehört zu meinem Job.«

»Das ist ein Scheißjob, den du da machst. Kannst du dir

überhaupt vorstellen, was das für Lea bedeutet, sollte sich in der Schule rumsprechen, dass ihr Vater in einen Mord verwickelt ist? Ich bin heilfroh, dass sie nicht deinen Namen trägt.«

»Ich kann das alles erklären, Peggy. Gib sie mir.«

»Nein. Bring das in Ordnung, und du kannst mit ihr reden. Vorher nicht.« Damit legte sie auf.

Die Stille in der Leitung dröhnte unerträglich laut. Statt seiner Tochter einen Schritt näherzukommen, hatte er sich nur noch weiter von ihr entfernt. Jacobi spürte Wut im Bauch und fasste einen Entschluss. Künftig würde er sich mehr um Lea kümmern, ganz gleich, was Peggy sagen würde und wie es um alle Kaltenborns dieser Welt stand. Von solchen Arschlöchern würde er sich die Beziehung zu seiner Tochter nicht länger kaputtmachen lassen. Damit war Schluss, auf der Stelle! Jacobi wischte sich über den Mund und wandte sich um zur Parteizentrale.

Dort redete einer von Kaltenborns Lakaien intensiv ein auf die Runde am Tisch. Sicher besprachen sie die veränderte Situation nach dem Mord an Vahlen und suchten nach einer neuen Strategie. Gleichzeitig wehten Sprechchöre einer kleinen Gruppe von Demonstranten herüber, die sich vor dem Parteigebäude versammelt hatte. Jetzt war Fingerspitzengefühl gefragt. Ob Kaltenborn dafür der Richtige war?

Mittlerweile war auch der Kandidat eingetroffen und saß reglos mit dem Rücken zum Fenster. Extrem abgebrüht, dachte Jacobi. Oder er wusste, dass ihm keine weitere Gefahr drohte. Weil er die Schüsse selbst in Auftrag gegeben hatte.

Nun begann Kaltenborn zu gestikulieren. Betreten sahen die anderen am Tisch auf ihre Unterlagen. Schließlich stand der Kandidat auf und schien die gesamte Truppe zusammenzustauchen. Jacobi grinste. Das war also schon das Ende von Kaltenborns Souveränität. Und genau der richtige Augenblick für den finalen Schuss.

Jacobi legte an.

»Freie Bürger, Büro Kaltenborn, Lenbach.« Die Stimme der Sekretärin klang noch immer angenehm. Keine Spur von Stress. Jacobi war gespannt, wie lange sie durchhalten würde.

»Hier ist Jacobi. Ich muss Kaltenborn sprechen.«

»Jacobi?« Frau Lenbach stockte. Natürlich war sie im Bilde. Und sicher hatte Kaltenborn seinen Leuten eingebläut, jeden weiteren Kontakt zum amoklaufenden Journalisten zu vermeiden.

»Herr Jacobi. Ja, also, das geht jetzt leider nicht. Herr Kaltenborn ist in einer wichtigen Besprechung.«

»Dann gehen Sie rein und holen ihn.«

»Das kann ich nicht machen. Er möchte ausdrücklich nicht gestört werden.«

Jacobi genoss, wie sie sich wand. Gleichzeitig spürte er Unruhe. »Er steckt in Schwierigkeiten. Aber ich kann ihm helfen.«

»In Schwierigkeiten? Ich weiß nicht, wovon ... Ich dachte, Sie –«

»Ja, ich stecke auch in Schwierigkeiten. Aber ich kann uns beide da rausholen. Dazu muss ich ihn sprechen.«

»Ich weiß nicht.«

Jacobi holte tief Luft. »Sie holen ihn jetzt ans Telefon, oder er ist am Arsch, verstanden?«

Er konnte Frau Lenbachs erschrockenes Gesicht vor sich sehen. »Einen Augenblick«, sagte sie und legte den Hörer zur Seite.

Kurz darauf erschien sie in Kaltenborns Büro und flüsterte ihm etwas zu. Der Kandidat machte eine abweisende Handbewegung, aber die Sekretärin blieb hartnäckig. Schließlich verließen sie gemeinsam den Raum, während die Übrigen ihnen irritiert nachsahen.

»Sie müssen komplett wahnsinnig sein«, sagte Kaltenborn am Telefon. »Was wollen Sie? Den nächsten Politiker umlegen?«

Innerlich zählte Jacobi bis drei. »Ich möchte Ihnen helfen, Ihren Hals zu retten.«

Kaltenborn lachte auf. »Meinen Hals? Sollten Sie sich nicht um Ihren eigenen kümmern?«

»Die Leute werden langsam sauer auf Sie. Jedenfalls, wenn man den Umfragen glauben darf.«

»Ein kurzes Tief. Das geht vorbei. Spätestens, wenn die Polizei Sie gefasst hat.«

»Wenn ich dann den Mund halte.«

»Wovon, zum Teufel, reden Sie?«

»Davon, dass Ihr schönes Projekt eine Lüge ist. Ein Bluff. Sie machen der Öffentlichkeit was vor.«

Wieder lachte Kaltenborn.

»Es geht um Fracking im Taunus«, erklärte Jacobi trocken. »Hinter dem Rücken der Öffentlichkeit. Die Gesellschaft, die dort nach Gas bohren lässt, heißt DikaTus, und Sie sind einer der Teilhaber. Gemeinsam mit Ihrem englischen Freund Gordon ruinieren Sie die Natur und kassieren dafür ab.«

Schweres Atmen am anderen Ende der Leitung.

»Upps? Habe ich Sie etwa getroffen?«

»Das ist Verleumdung«, stammelte Kaltenborn. »Ich werde Sie verklagen, Sie und Ihr Schmierblatt!«

»Das können Sie gerne tun. Aber vorher reden Sie mit mir. Und zwar jetzt gleich.«

»Damit Sie mich auch abknallen? So wie Vahlen und Ihren Pförtner?«

»Sie bringen mich auf eine Idee«, sagte Jacobi grinsend, bevor er wieder ernst wurde. »Sie kommen in die Köhlerstraße. Allein. Zu Fuß. Dort warten Sie vor Hausnummer 12. Ich gebe Ihnen zwanzig Minuten. Andernfalls lasse ich meine Informationen der Presse zukommen. Wie Sie wissen, habe ich ganz gute Kontakte.«

»Wie stellen Sie sich das vor? Hier sind überall Polizisten. Glauben Sie, die lassen mich einfach so über die Straße spazieren, nach allem, was passiert ist?«

»Ich fürchte, das ist Ihr Problem. Lassen Sie sich was einfallen. Zwanzig Minuten.«

Damit legte Jacobi auf. Es dauerte einen Moment, bis Kaltenborn wieder im Büro erschien. Während er seinen Leuten etwas erklärte, wirkte er nervös und fahrig. Schließlich verließ er den Raum und ließ die anderen ratlos zurück. Drei Minuten später tauchte er am Hinterausgang zum Hof auf, den er zügig durchquerte. Auf der anderen Seite mühte er sich, über die Mauer zur Straße zu klettern. Da er den rechten Arm in der Schlinge trug, benötigte er mehrere Anläufe. Schließlich verschwand er aus Jacobis Blickfeld.

Jacobi lief zur anderen Seite des Daches und sah in die Straße hinab. Nach wenigen Augenblicken bog Kaltenborn um die Ecke. Nervös blickte er sich immer wieder um. Aber tatsächlich schien ihm niemand gefolgt zu sein. Während er unruhig vor der Haustür wartete, hatte Jacobi das große Bedürfnis, ihm auf den Kopf zu spucken.

Stattdessen lief er die Treppe hinunter, auf der ihm glücklicherweise niemand begegnete. Er riss die Haustür auf, zerrte Kaltenborn mit sich in den Keller und drückte ihn dort gegen die Wand. »Das Ganze ist Ihre Idee! Sie haben sich das ausgedacht!«

Kaltenborn schwitzte und schüttelte heftig den Kopf.

»Wer dann? Wer steckt dahinter? Ich will Namen.«

»Ich kenne keine Namen.«

Am liebsten hätte ihm Jacobi ins Gesicht geschlagen. »Sie begreifen das immer noch nicht, oder? Dann werde ich Ihnen sagen, wie das für mich aussieht. Sie haben die Idee mit dem Fracking und tun sich mit Gordon zusammen, weil er sich damit auskennt. Forster brauchen Sie als Gesicht der

Kampagne. Dann lassen Sie ihn töten, um seinen Platz einzunehmen und ihn zum Märtyrer zu machen. Dadurch bekommt das Projekt noch mehr Auftrieb. Aus demselben Grund täuschen Sie den Anschlag auf sich selbst vor. Als Vahlen die Sache unheimlich wird, lassen Sie auch ihn aus dem Weg räumen.«

»Nein!« Kaltenborn wand sich. »Nein, nein, nein!«

»Sie stecken hinter der Gesellschaft, die das Gelände erschließt.«

»Ja, aber doch nicht, um mich zu bereichern, sondern um das Land vor dem Zugriff der Konzerne zu schützen.«

»Und das soll ich Ihnen glauben? Das sollen die Leute glauben?«

»Nach der Wahl überführen wir die Gesellschaft in das Eigentum der Stadt.«

»Für wie naiv halten Sie uns?«

»Vermutlich war ich naiv. Wahrscheinlich kann man gar nicht mehr das Richtige tun, weil die Menschen sowieso nur das Schlechte erwarten.«

»Sie tun mir wirklich leid.«

Kaltenborn drehte sich zur Seite, verschaffte sich etwas Luft und stieß Jacobi zurück. Einen Moment fixierten sie sich gegenseitig. »Und Sie?«, fragte Kaltenborn. »Was ist mit Ihnen? Haben Sie Vahlen umgebracht?«

»Quatsch. Natürlich nicht. Nennen Sie mir einen vernünftigen Grund dafür.«

Kaltenborn kniff die Augen zusammen. Plötzlich wirkte er sehr gefasst. Und eiskalt. »Und das sollen die Leute glauben? Für wie naiv halten Sie uns?«

Jacobi erschrak und spürte, dass Kaltenborn nicht so leicht aufgeben würde. Dass er kämpfen würde wie in die Enge getriebenes Großwild. Jacobi sah Katharinas Gesicht vor Augen. Es entfernte sich.

»Es war nicht alles klug, was ich getan habe«, erklärte

Kaltenborn. »Und vielleicht moralisch nicht ganz einwandfrei. Aber mit den Verbrechen habe ich nichts zu tun.«

»Dafür kommen sie Ihnen ziemlich gelegen.«

Kaltenborn schüttelte den Kopf. »Es stimmt, Forster und ich waren keine Freunde, aber ich habe ihn immer respektiert. Und mit seinem Tod habe ich nichts zu tun. Auch nicht mit dem von Vahlen.«

Jacobis Blick blieb kalt.

»Sie glauben das wirklich?«, fragte Kaltenborn überrascht. »Sie glauben, ich lasse auf mich schießen, nur um Bürgermeister zu werden? Und wenn das schiefgeht? Ein paar Zentimeter weiter links, und ich stehe nicht mehr hier neben Ihnen. Halten Sie mich wirklich für so bescheuert?«

Seit einigen Stunden hatte Jacobi daran geglaubt. Sich daran geklammert. Weil es so perfekt passte. Und weil es die Aussicht bot, den Wahnsinn schnell zu beenden und Katharina zu retten. Jetzt sah er in Kaltenborns angestrengtes Gesicht und spürte Zweifel. Er versuchte, sie beiseitezuschieben, aber sie blieben hartnäckig. War Kaltenborn auch nur eine Marionette in einem undurchsichtigen Spiel? Aber wer zog dann die Fäden?

»Wer steckt dahinter? Wer hat Forster und Vahlen getötet?«, fragte er.

»Ich weiß es nicht. Ich weiß es wirklich nicht.«

»Das Projekt, ist es Ihre Idee?«

Einen Augenblick sah ihn Kaltenborn an. Dann schüttelte er den Kopf.

»Wer hat sich das ausgedacht? Von wem kommt das Geld?«

Kaltenborn wich Jacobis bohrendem Blick aus. »Das kann ich Ihnen nicht sagen. Wir haben eine Abmachung.«

»Mit wem?«

Wieder Kopfschütteln.

»Sagen Sie, begreifen Sie nicht, was hier los ist? Es werden Leute erschossen. Ihre Leute. Und Sie tun nichts dagegen, weil es jemandem nicht passt?«

Noch immer antwortete Kaltenborn nicht.

Jacobi trat einen Schritt zurück, nickte und lächelte kalt. »Okay, wie Sie wollen. Im Grunde spielt es auch keine Rolle, was Sie getan haben oder nicht. Entscheidend ist, wie es aussieht. Sie sind der Einzige, der von den Morden profitiert. Sie und Ihre Geschäfte. Und ich werde dafür sorgen, dass das unter die Leute kommt. Dann sind Sie erledigt. Für immer.«

Erschrocken blickte Kaltenborn auf, doch unvermittelt kehrte sein Kampfgeist zurück. »Dann gehen Sie mit unter. Für den Mord an Vahlen.«

Jacobi lächelte. »Irgendwann wird sich herausstellen, dass ich es nicht gewesen sein kann. Bis dahin schlage ich mich schon durch. Aber Sie können nicht einfach abtauchen. Und Sie werden sich nie wieder davon erholen. Versprochen.«

Jacobi beobachtete Kaltenborn und hoffte auf eine Reaktion. Als sie ausblieb, stieg er schwerfällig die Treppe hinauf. Er war keinen Schritt weitergekommen. Seine Hoffnung und Gewissheit, Katharina bald befreien zu können, war innerhalb weniger Augenblicke zerplatzt. Die einzige Genugtuung war, dass auch Kaltenborns widerliche Selbstgerechtigkeit einen heftigen Kratzer bekommen hatte.

»Sjögren«, sagte der Politiker von unten.

Jacobi fuhr herum.

»Ture Sjögren, ein Investor aus Göteborg. Er finanziert solche Projekte in ganz Europa. Und er ist auf uns zugekommen, nicht wir auf ihn.«

Jacobi war unsicher, ob er Kaltenborn glauben konnte, als ihm der Name der Gesellschaft wieder einfiel. DikaTus. Dirk Kaltenborn und Ture Sjögren. Ergab das Sinn?

»Habe ich Ihr Wort, dass Sie mich da raushalten?«, fragte Kaltenborn.

Jacobi schnaubte verächtlich und stieg weiter die Stufen hinauf.

Draußen bewegte er sich nachdenklich durch die Straßen. Hatte er das Richtige getan? Oder hatte er sich wieder von Kaltenborn vorführen lassen? Hätte er ihn härter anfassen sollen? Die Wahrheit aus ihm rausprügeln? Für einen Augenblick dachte er daran, noch einmal umzukehren. Dann erinnerte er sich an Kaltenborns entsetzten Blick, als Jacobi ihm gedroht hatte, ihn öffentlich mit den Morden in Verbindung zu bringen. Das wäre für ihn eine Katastrophe. So redete Jacobi sich ein, dass Kaltenborn ihn dieses eine Mal nicht angelogen hatte.

Sjögren.

War er der Schlüssel? Würde dann das Morden aufhören? Würde Jacobi nach Hause zurückkehren können, Katharina wiedersehen und gemeinsam mit ihr ein neues Leben beginnen?

Wieder sah er ihr Gesicht vor sich. Sie hatte Angst, war furchtbar erschöpft, aber unversehrt. Dem Mörder nutzte sie nur, solange sie lebte. Das gab Jacobi ein wenig Hoffnung. Auch wenn er keine Ahnung hatte, wie er sie oder den Killer finden sollte. Die ganze Nacht hatte er sich das Gesicht des Mannes eingeprägt, immer wieder. Die schmalen Wangen. Das kurze Haar. Der durchdringende Blick. Er durfte es nicht vergessen.

So ging Jacobi weiter und versuchte, das Bild auf seiner Netzhaut lebendig zu halten, als sich ein Wagen näherte, der ihm irgendwie bekannt vorkam.

Ein Opel, schwarz.

Es dauerte, bis die Synapsen die richtigen Verbindungen hergestellt hatten.

F-WB 478.

Die beiden Typen, die ihm schon die ganze Zeit folgten! Hatte Kaltenborn sie ihm auf den Hals gehetzt?

Nein, dachte Jacobi, und ein Schock jagte durch seinen Körper. Sie gehörten zum Killer! Sie hatten ihn gefunden, und sie würden ihn abknallen.

Jetzt! Auf der Stelle!

Jacobi schluckte und rannte zurück in die Richtung, aus der er gekommen war. Zwischen seinen peitschenden Schritten auf dem Asphalt hörte er in seinem Rücken den Wagen.

Er beschleunigte.

Jacobi blieb nur eine Chance: ein Fluchtweg, zu schmal für das Auto. Im Laufen suchte er nach einer engen Seitengasse, einem Durchgang, einem Hof. Doch alles um ihn herum zerfloss zu einem einzigen gleichförmigen Brei. Seine Füße brannten, sein ganzer Körper klebte vor Schweiß. Er hatte das Gefühl zu ersticken.

Dann entdeckte er das U-Bahn-Schild.

Jacobi kratzte die letzten Kraftreserven zusammen, lief die Treppe hinunter, drohte zu stolpern und konnte den Sturz gerade noch abfangen. Unten drehte er sich um und sah die beiden am oberen Ende der Stufen. Er hastete weiter, über den Bahnsteig, schob Passanten unsanft beiseite.

Wandte sich um.

Sie waren bereits unten.

Jacobi wusste nicht, wohin, als auf dem gegenüberliegenden Gleis die nächste Bahn einfuhr.

Einen winzigen Moment überlegte Jacobi

Dann rannte er die Treppe am anderen Ende des Bahnsteigs wieder hinauf, wandte sich nach rechts, lief die nächste Treppe wieder hinunter und sprang in den letzten Waggon.

Hektisch sah er sich um.

Auf das Gedränge am anderen Bahnsteig.

Auf die Leute am Zug.

Am Bahnsteig.

Er konnte sie nirgends entdecken.

Endlich schlossen sich die Türen. Zäh setzte sich die Bahn in Bewegung.

Und schließlich entdeckte Jacobi seine beiden Verfolger. Suchend schauten sie sich auf dem Bahnsteig nach ihm um.

Dann verschwand der Zug im Tunnel, und mit ihm verschwanden die beiden Männer aus Jacobis Blickfeld. Doch er spürte keine Erleichterung, sondern starrte auf die dunkle Tunnelwand und die Lichtblitze, die an ihm vorüberzuckten. Drastisch war ihm vor Augen geführt worden, dass er keinen einzigen unbedachten Schritt mehr machen durfte. Überall konnten sie lauern, und auch hier in der Bahn wimmelte es sicher von beflissenen Bürgern, denen es ein Bedürfnis wäre, einen gesuchten Mörder zu stellen. So wagte Jacobi nicht mal, sich umzudrehen, und konnte körperlich spüren, wie sein Radius immer enger wurde. In diesem Augenblick war er sicher, dass es ihn irgendwann erwischen würde. Wie einen Ertrinkenden im offenen Meer. Und alles, was er bis dahin tun konnte, war, den Kopf möglichst lange über Wasser zu halten.

»Norman?«

Zu spät! Er war aufgeflogen, saß in der Falle, ohne jeden Fluchtweg!

Jacobi spürte Schweiß im Nacken und in den Handflächen. Was sollte, was konnte er tun? Ihm fiel nichts ein, als sich taub zu stellen und zu hoffen, dass – ja, was? Die Enge nahm ihm den Atem, und die Angst rollte seinen Körper hinauf wie eine starke Brandung.

»Norman? Norman Jacobi?«

Es war die Stimme einer Frau, nun näher. Mit beiden Händen umfasste Jacobi eine Haltestange so fest, dass seine Fingerknöchel weiß hervortraten. Dann spürte er eine Hand auf der Schulter. Reflexartig fuhr er herum.

Vor ihm stand Rebecca Marx.

Jacobi wurde schwindelig vor Erleichterung. Er umschlang sie mit beiden Armen und presste sie an seinen Körper. »Was … was machst du denn hier?«, stammelte er.

»Ich bin wieder mal auf dem Weg zum Arzt. Damit kann man erstaunlich viel Zeit verbringen. Man könnte meinen, es wäre mein neuer Job«, sagte sie beinahe entschuldigend. »Und du? Unterwegs zu einem Termin?«

Jacobi spürte das große Bedürfnis, Rebecca von den Ereignissen zu erzählen. Sie war einer der ganz wenigen Menschen, denen er noch vertrauen konnte, und sie würde ihn verstehen. Er hatte das Gefühl, wenn er jetzt den Mund öffnete, würden die Worte herausströmen wie ein Wasserfall.

Aber er durfte nicht. Es war einfach zu gefährlich. So nickte er nur.

»Du hast sicher wahnsinnig viel zu tun«, sagte sie. »Jedenfalls hast du dich schon lange nicht mehr gemeldet. Fast eine Woche. Ich hoffe, es ist nicht wegen unseres letzten Treffens.«

Während sie etwas verlegen auf den Boden blickte, erinnerte sich Jacobi erleichtert, dass sie ja keine Nachrichten verfolgte.

»Was waren das für Männer?«, fragte sie. »Waren das …? Gehörten sie wirklich zu Wolff?«

Einen Moment sah Jacobi auf sie hinab und erkannte die Scheu in ihren Augen. Trotzdem schien sie sich ein wenig gefangen zu haben. Diesen zarten Hoffnungsschimmer wollte er nicht zerstören. So schüttelte er den Kopf. »Es tut mir leid, dass ich dir diesen Schrecken eingejagt habe. Wahnsinnig leid. Aber ich habe mich geirrt. Es waren die Falschen.«

Sie nickte. »Aber ich glaube, ich habe auch ziemlich übertrieben. Ich weiß doch, dass du diese Leute niemals absichtlich zu mir führen würdest. Deshalb möchte ich mich entschuldigen. Es ist nur: Nach den entsetzlichen Ereignissen, da fällt es mir einfach so schwer, gelassen ...« In ihre Augen stiegen Tränen, die sie hastig beiseitewischte. »Aber«, fuhr sie fort, »langsam begreife ich, dass es so nicht weitergeht. Ich muss was tun, sonst frisst es mich auf.« Nun rang sie sich ein Lächeln ab. »Und dann treffe ich dich. Wenn das kein Zeichen ist. Also, was denkst du? Sollen wir nicht wieder mal zusammen essen gehen? Nur wir zwei? Ins Tavola? Wie früher. Bevor das alles angefangen hat, meine ich.«

Erwartungsvoll sah sie ihn an und lächelte. Ihre Stimme klang leicht, viel leichter jedenfalls als in den ganzen letzten Wochen. In diesem Augenblick wünschte sich Jacobi nichts mehr, als eine Weile in dieses Gesicht zu sehen und den Klang dieser Stimme zu hören für das Gefühl, dass wenigstens etwas auf der Welt nicht völlig aus den Fugen war.

Doch im selben Atemzug sah er sie auf dem Video von Wolff, die furchtbaren Verletzungen, vor allem aber ihre Angst. Und er sah Katharina in der Gewalt des Killers. Zwischen den Bildern war kein Unterschied. Alle Frauen, die ihm etwas bedeuteten, wurden entführt und gequält. Das schien ein Gesetz zu sein. Vielleicht hatte die Öffentlichkeit doch recht, und er war ein Parasit. Ein Krebsgeschwür, das ausgemerzt werden musste.

»Tu das nicht«, hörte er sich sagen. »Halte dich fern von mir. Du hattest recht mit allem, was du gesagt hast. Ich bin nicht gut für dich. Ich bringe dich in Gefahr. Am besten, du streichst mich einfach aus deinem Leben.«

Entsetzt starrte Rebecca ihn an und brachte kein Wort hervor, während der Zug in den nächsten Bahnhof einfuhr. Die Türen öffneten sich, und Jacobi drängte hindurch, ohne sich noch einmal umzudrehen.

KAPITEL 27

Zuerst war da dieser Geruch, irgendwie feucht und modrig. Wie kalte Erde. Dann spürte sie die Wärme in ihrem Gesicht. Sie war irritiert, weil in ihrer Vorstellung beides nicht zusammenpasste. Schließlich sah sie einen Teich. Auf der Wasseroberfläche glitzerten Sonnenstrahlen, und sie saß am Ufer im Gras. Die Halme kitzelten an ihren nackten Füßen.

Nun spürte sie großen Durst und dass ihr Schädel brummte. Als hätte sie sich kräftig gestoßen. Sie drehte den Kopf, suchte nach einer Position, in der der Schmerz nachließ, doch es gab keine. Sie hob die Hände, um sich die Schläfen zu massieren, und musste feststellen, dass das nicht möglich war.

Sie waren gefesselt.

Katharina spürte Panik, schlug die Augen auf – und sah nichts als Dunkelheit. Sie hatte keine Ahnung, wo sie war.

Ihr erster Gedanke war Ralf, ihr Freund, als sie fünfzehn war. Damals hatte er sie eingesperrt und ihr furchtbare Dinge angetan. Und jetzt war sie ihm wieder in die Hände gefallen.

Katharina spürte die Enge in der Brust, im Hals. Sie warf den Kopf hin und her, den Oberkörper, bemerkte das Metall auf ihrer Haut und hörte ein schrilles Rasseln.

Sie musste ihm entkommen.

Nur weg hier.

Weg.

Im Liegen drehte sie sich um sich selbst, einmal, zweimal. Plötzlich glitt sie von der Unterlage, stürzte ins Bodenlose und knallte mit der Schulter auf einen groben Holzboden.

Dort atmete sie hastig trockenen Staub und blickte in einen schmalen Streifen Licht, der irgendwo aus der Wand zu kommen schien. Im schwachen Schein erkannte sie eine Flasche, einen Teller mit Brot und einem Apfel sowie einen größeren Gegenstand. Einen Moment brauchte Katharina, bis sie darin einen Eimer erkannte.

Die Panik waberte über den Boden und griff weiter nach ihr. Katharina zerrte an den Handschellen, die nur noch mehr in die Haut schnitten. Aber sie bemerkte, dass von ihren Fesseln eine Kette unter das Lager führte, von dem sie gestürzt war. Sie streifte die Schuhe ab und ertastete mit den Füßen eine alte Pritsche mit Metallgestell. Schnell fuhr sie mit den Fingerspitzen an der Kette entlang unter das Bett. Dort legten sich Spinnweben auf ihr Gesicht. Katharina ignorierte das ekelhafte Kitzeln und erreichte das Ende des Metalls in einer dicken Öse, die mit mehreren Schrauben an der Holzwand befestigt war. Katharina zog und zerrte daran. Ohne Erfolg. Mit beiden Beinen stieß sie sich von der Wand ab, während sie an der Kette riss. Sie stöhnte, schrie und fluchte, doch die Öse rührte sich nicht. Erschöpft blieb Katharina auf dem Boden liegen.

Wann und wo hatte sie nur diesen schrecklichen Fehler gemacht? Wann und wo war sie ihm in die Arme gelaufen?

Angestrengt dachte sie nach. Sie war durch den Botanischen Garten gelaufen, um sich mit Jacobi zu treffen. Weil sie etwas herausgefunden hatte, das vieles erklärte. Es hatte mit Kaltenborn zu tun. Sie konnte beweisen, dass er hinter allem steckte.

Lange hatte sie im Park gewartet. Hatte sich die ganze Zeit Sorgen um Jacobi gemacht. Wo er sich versteckte. Ob er in Sicherheit war oder ständig auf der Flucht. Nun erinnerte sie sich, nicht mehr allein am Teich gewesen zu sein. War Jacobi doch noch gekommen? Sie sah eine dunkle Silhouette vor sich, die ganz anders ausgesehen hatte als er. Katharina versuchte, dem Umriss ein Gesicht zu geben, aber es gelang ihr nicht.

Dann war es finster. Kein Bild, kein Gefühl, kein Geruch. Bis sie aufgewacht war, gefesselt, irgendwo allein in einem Dreckloch.

Trotzdem spürte sie, dass die Panik nachließ. Zwar hatte sie kein Gesicht gesehen, aber sie war sich sicher, dass es nicht Ralf gewesen war. Er war viel größer und kräftiger als die Gestalt im Park. Erleichtert hörte sie ihren Atem ruhiger werden.

Aber wer dann?

Wenn es nicht Ralf gewesen war, wer hatte sie dann überwältigt und hierhergebracht?

Kaltenborn? Ihm traute Katharina mittlerweile alles zu. Aber er allein konnte es nicht gewesen sein. Schließlich war er selbst angeschossen worden. Es gehörten also mindestens zwei dazu. Kaltenborn und sein Mann fürs Grobe. Was hatte er mit ihr vor? Wollte er sie foltern? Sie töten? Wollte er Wolffs Werk zu Ende bringen?

Bei diesen Gedanken kehrte die Angst zurück. Um ihr keinen Raum zu geben, presste Katharina die Schultern auf den Boden und stellte sich vor, wie sie die Furcht langsam aus ihrem Körper drängte.

So blieb sie eine Weile reglos liegen. In der Stille glaubte sie, draußen Vogelgezwitscher zu hören. Wenigstens schien sie nicht ans Ende der Welt verschleppt worden zu sein. Wahrscheinlich befand sie sich in einer verlassenen, vergammelten Hütte tief im Wald, wo sie niemals gefunden werden würde. Aber warum? Forster und Vahlen waren aus nächster Nähe erschossen worden. Das hätte der Mann im Park auch mit ihr tun können. Es musste einen Grund geben, warum sie noch lebte. Katharina spürte ein Kribbeln, das von den Füßen aufwärts durch ihren Körper wanderte.

Er brauchte sie noch.

Das war die einzige plausible Erklärung.

Katharina lockerte die Schultern und spürte, wie die Anspannung nachließ. Sie kroch unter dem Bett hervor, richtete sich auf und bewegte ihre Beine. Schließlich setzte sie sich auf den Rand der Pritsche, erschöpft, aber erleichtert.

Sie lebte und würde weiterleben. Ein heftiger Schwall Euphorie wallte durch ihren Körper.

Als er abgeebbt war, spürte sie wieder großen Durst und blickte auf die Flasche am Boden. Langsam ging sie davor in die Knie. Eine ganz normale Plastikflasche für Mineralwasser, randvoll. Katharinas Zunge klebte am Gaumen.

Und wenn es kein Wasser war?

Er kann mir nichts tun, sagte sie sich. Er braucht mich noch.

Vorsichtig nahm Katharina die Flasche und öffnete den Verschluss. Es ging leicht. Zu leicht? Sie schnupperte. Die Flüssigkeit roch ein wenig abgestanden. Langsam setzte sie die Flasche an die Lippen, mit beiden Händen. Sie zitterten. Der erste Tropfen. Warm. Geschmacklos. Wasser. Es musste Wasser sein. Der erste Schluck. Er rollte über die Zunge in den Gaumen. Kein Geschmack, aber auch kein Brennen oder Stechen.

Er braucht mich ja noch.

Nun gab es kein Halten mehr. Gierig trank sie Schluck um Schluck. Die Flüssigkeit füllte ihren Mund, die Speiseröhre, den Magen. Leben kehrte in ihren Körper zurück.

Dann lag die Flasche bedrohlich leicht in ihrer Hand.

Katharina setzte sie ab. Hatte sie einen schlimmen Fehler gemacht? Eine weitere Flasche konnte sie nicht entdecken, und der Metalleimer war leer. Katharina begriff, wofür er gedacht war. Sie sollte sich auf eine längere Gefangenschaft einrichten.

Um die Angst im Zaum zu halten, musste sie etwas tun. Sie musste ihr Gefängnis erkunden. Je mehr sie über ihre Lage wusste, umso besser. So legte sich Katharina rücklings auf den Boden und die Arme hinter den Kopf. Dann streckte sie die Beine aus, so weit sie konnte. In dieser Position erkannte sie, dass rechts von ihr ein kleines Fenster mit Brettern vernagelt war. Das wenige Licht fiel durch eine schmale Ritze im Holz.

Nun begann Katharina, mit dem Fuß den dunklen Raum in einem Halbkreis zu ertasten. Irgendwann stieß sie gegen eine senkrechte Holzleiste. Mit den Zehen fuhr sie daran hinauf, bis sie in einer ebenen Fläche endete. Ein Stuhl? Er ließ sich leicht verschieben, und ein kurzer Tritt genügte, ihn umzuwerfen. Katharina schob sich weiter vor und stieß dabei Eimer und Teller zur Seite. Der Apfel rollte irgendwohin ins Dunkel. Dann ertastete sie ein anderes, kräftigeres Holzbein, das sich nicht so leicht verschieben ließ. Vielleicht ein Tisch. Dies war das letzte Hindernis, bevor ihre Zehen die Wand auf der linken Seite erreichten. Sie schloss daraus, dass die Hütte ungefähr vier Meter breit sein musste.

Ein Bett. Ein Stuhl. Ein Tisch. Ein Eimer.

Aber er braucht mich noch.

Und sie würde alle Kraft brauchen. Etwas ungelenk richtete sie sich auf und kroch zurück auf die dünne, muffige Matratze. Sie streckte die Beine aus und legte die Hände so locker wie irgend möglich auf ihren Bauch. So versuchte sie, sich nur auf ihren Atem zu konzentrieren.

Was war der Plan?

Welche Rolle war ihr dabei zugedacht? Und vor allem: Was bedeutete das für sie? Was musste sie tun, und welchen

Fehler durfte sie auf keinen Fall begehen? Plötzlich schoss ihr der Gedanke an Jacobi durch den Kopf. War ihm etwas zugestoßen? War er deshalb nicht im Park aufgetaucht? Oder wollte der Entführer über Katharina an ihn heran? Was konnte sie dagegen tun? Konnte sie ihm etwas anbieten? Die Unterlagen, die Kaltenborn belasteten? Nein. Sie mussten ihm bereits im Botanischen Garten in die Hände gefallen sein.

Was blieb dann noch?

Während sie darüber nachdachte, hörte sie von draußen Rascheln im Laub. Schritte.

Er kam zurück.

Ihr erster Gedanke war, sich schlafend zu stellen. Aber was würde ihr das bringen? Ihr Entführer rechnete damit, dass sie irgendwann aufwachte. Sonst hätte er ihr weder Brot noch Wasser hingestellt. Und auch keinen ekeligen Eimer. Katharina setzte sich auf, presste die Füße auf den Boden und bemühte sich um einen geraden Rücken. Sie spürte die Anspannung.

Ein Vorhängeschloss wurde geöffnet und die Tür links vom Fenster mühsam einen Spalt aufgezogen. Sie schien zu haken. Etwas Licht fiel ins Innere, und schnell versuchte Katharina, sich einen Überblick zu verschaffen. Schräg vor ihr lag der umgestoßene Stuhl, daneben der Apfel. Weiter links stand ein kleiner Tisch, und ganz hinten erahnte sie einen Ofen. Das war tatsächlich alles.

In diesem Augenblick wurde Katharina von grellem Licht geblendet. Sie kniff die Augen zusammen und hob die Hände schützend vors Gesicht. Die Tür wurde zugezogen, Schritte näherten sich, und der Stuhl wurde aufgehoben. Damit bewegte sich ihr Entführer ganz nach hinten, wo er sich setzte. Noch immer hielt er den Lichtstrahl direkt auf Katharina gerichtet. Sie atmete schnell.

»Sie sollten etwas essen«, sagte er mit ruhiger Stimme.

Katharina fragte sich, ob sie ihr bekannt vorkam. Jedenfalls war es nicht Kaltenborn. »Danke, aber ich habe keinen Appetit.«

»Sie haben Angst.«

Sie überlegte, ob es helfen würde, ihre Furcht zu zeigen. Im Selbstverteidigungstraining hatte sie gelernt, sich zu wehren, wenn nötig zu kratzen, zu beißen und zu schreien. »Ich könnte mir nichts Schöneres vorstellen als dieses wunderbare Ferienhaus. Die Aussicht ist fantastisch und der Komfort einmalig.«

»Es tut mir leid, dass es nicht Ihrem Standard entspricht. Aber Sie sollten das Angebot annehmen. Es ist heiß, und niemand weiß, wie lange Sie bleiben müssen.«

»Warum töten Sie mich nicht gleich wie die anderen? Genießen Sie Ihre Macht? Sind Sie ein Sadist?«

Kaum hatte sie es ausgesprochen, fürchtete Katharina, zu weit gegangen zu sein. Angespannt wartete sie auf eine Reaktion. Doch der Mann schwieg. Ein wenig hob sie den Kopf, aber das grelle Licht machte es unmöglich, irgendetwas zu erkennen. »Oder schickt Sie Kaltenborn?«, fragte sie. »Sind wir ihm zu nahe gekommen? Will er wissen, ob er seine Haut noch retten kann?«

»Sie denken, Kaltenborn schickt mich?«

»Immerhin steckt er hinter dem Ganzen, dem Projekt, DikaTus und den Morden an allen, die ihm im Weg sind. Und jetzt sind Jacobi und ich dran.«

Der Mann schien zu überlegen. »Wie sind Sie auf Kaltenborn gekommen?«

In seiner Stimme glaubte Katharina Neugier zu hören. Wahrscheinlich war es Teil seines Spiels. Er wollte sehen, wie sie sich schlug. Katharina bemühte sich um Augenhöhe, obwohl sie nichts sah. »Recherche«, antwortete sie. »Fragen stellen, mit Leuten reden. Jacobi ist Journalist, es ist sein Job. Und dann das ganze Zeug in Ihrer Wohnung. Da musste ich nur noch eins und eins zusammenzählen. Offenbar waren Sie nicht so clever, wie Sie dachten.«

»Ja, die Wohnung. Wie haben Sie die gefunden?«

»Kontakte. Übrigens: hübsches Versteck. Ein bisschen kühl, wenn Sie mich fragen. Aber allemal besser als das hier. Und Ihre Bildersammlung ist wirklich beeindruckend.«

»Danke. Das hat mich einige Mühe gekostet. Und Sie? Warum tun Sie das alles? Sie sind keine Journalistin.«

»Muss ich das sein, um nicht alles hinzunehmen? Ich will nicht, dass Kaltenborn und Sie damit durchkommen.«

»Sie scheinen Kaltenborn eine Menge zuzutrauen.«

»Alles, nachdem ich Ihre Wohnung gesehen habe.«

»Ist es nicht genau das, was Sie von jemandem wie mir erwarten? Wären Sie sonst nicht enttäuscht gewesen?«

Der Mann sprach ruhig und deutlich. Katharina hörte Wort für Wort. Trotzdem dauerte es, bis diese letzten Sätze einen Sinn ergaben. »Wollen Sie damit sagen …? Das alles ist nicht echt? Die Dokumente, die Fotos? Die Gesellschaft? Das kann nicht sein. Im Taunus wird nach Gas gebohrt. Ich habe es gesehen. Ich habe die Maschinen gesehen! Das kann Kaltenborn unmöglich alles inszeniert haben.«

Unvermittelt erlosch das Licht. Zum Chaos in ihrem Kopf stießen Tausende sprühender Lichtpunkte auf Katharinas Netzhaut. Weder konnte sie etwas sehen noch einen klaren Gedanken fassen.

»Sie machen sich viel zu viele Gedanken um Kaltenborn«, sagte der Mann deutlich kühler als bisher. »Wo ist Jacobi?«

»Heißt das, Sie wollten die ganze Zeit nur, dass es so aussieht, als stecke Kaltenborn hinter allem?«

»Vor allem möchte ich wissen, wo Jacobi ist. Ich bin sicher, Sie wissen es.«

Langsam ebbte der Tumult in ihrem Kopf ab. Am Ende des kleinen Raumes glaubte Katharina die schmale Silhouette des Mannes zu erkennen. Und genau dieses Bild löste etwas in ihrer Erinnerung aus: eine schmächtige Gestalt, die sich kaum vom Hintergrund abhob und sie dabei genau fixierte. Wo hatte sie das schon mal gesehen? Noch fand sie keine Antwort, begriff aber endlich, warum sie hier war. Über sie wollte der Kidnapper an Jacobi ran. Dafür brauchte er sie. Das war schlimm, brachte sie aber in eine bessere Situation. »Ich weiß es nicht«, sagte sie gefasst. »Er muss sich nicht bei mir abmelden.«

Der Mann lachte auf. »Natürlich nicht. Aber ich würde ihn furchtbar gerne sprechen. Und ich neige ein wenig zur Ungeduld. Also: Wo könnte ich ihn finden?«

»Es tut mir furchtbar leid, aber ich weiß es wirklich nicht.«

Es entstand eine Pause. Katharina fragte sich, ob er sich damit zufriedengeben würde, als er das Licht wieder einschaltete und aufstand. »Ich verstehe, dass Sie ihn schützen möchten«, sagte er nun ganz ruhig. »Und Sie verstehen sicher, dass ich Sie töten muss, sollten Sie mein Gesicht sehen.«

Schlagartig stürzte das Blut aus Katharinas Kopf. Ihr wurde schwindelig. Sie wandte den Kopf nach unten und zur Seite, musste aber doch hinsehen, wie der Mann einen ersten kleinen Schritt auf sie zumachte. Sie zitterte, ihr war heiß und kalt zugleich.

Ein nächster Schritt um den Tisch herum. Vielleicht drei Meter lagen noch zwischen ihnen. Katharina schnappte nach Luft.

Noch ein Schritt.

»Er hat Sie gesehen!«, schrie sie, ohne nachzudenken. »Jacobi hat Sie gesehen! Deshalb müssen Sie ihn finden. Und dafür brauchen Sie mich! Sie können mich gar nicht töten!« Katharina wusste nicht, zu wem sie das eigentlich sagte, aber es zeigte Wirkung.

Der Mann blieb stehen. »Sie sind mutig«, sagte er, bevor er sich wieder setzte. »Das imponiert mir.«

Katharina hatte den Eindruck, als würde ihr Herz in ihrem ganzen Körper schlagen, im Hals, den Schultern, den Oberschenkeln. Aber sie ahnte, dass das Tribunal noch nicht vorbei war. So zwang sie sich zu einem geraden Rücken.

»Woher wusste Vahlen etwas über mich?«, fragte der Mann knapp.

»Sie geben also zu, ihn getötet zu haben?«

»Wenn es Sie beruhigt.«

»Vielleicht hätten Sie dann ihn fragen sollen.«

»Wie sind Sie auf die Wohnung gekommen?«

»Ich sagte schon: Kontakte.«

»Zu wem?«

Der Ton war rauer geworden, aber Katharina war klar, dass es ein hilfloser Versuch war, sie einzuschüchtern. Alles, was sie tun musste, war, möglichst wenig Angriffsfläche zu bieten. Sie schwieg.

»Jacobi war bei Kaltenborn, als er angeschossen wurde«, erklärte der Mann, und Katharina glaubte Ungeduld in seiner Stimme zu hören. »Und er war bei Vahlen. Warum?«

»Ich verstehe«, antwortete sie, so kühl sie konnte. »Wie Hase und Igel. Und Sie sind der Hase. Kein schönes Gefühl.«

An seinen Füßen erkannte Katharina, dass der Mann ein wenig auf dem Stuhl herumrutschte. Er schien tatsächlich seine Selbstsicherheit zu verlieren. In diesem Augenblick wusste sie, woran sie die Silhouette erinnerte. Es war in der Parteizentrale gewesen. Mit Frau Albrecht hatte sie die Unterlagen kopieren wollen. Dann war Kaltenborn aufgetaucht. Und auf dem Rückweg über den Flur hatte sie das Gefühl gehabt, dass jemand sie aus dessen Büro beobachtete. Damals war sie nur erleichtert gewesen, Kaltenborn unerkannt entkommen zu sein. Jetzt schoss ihr eine Gänsehaut über den Rücken bei dem Gedanken, wie lange der Mann sie schon ins Auge gefasst hatte.

»Ich frage Sie jetzt noch einmal«, sagte er eindringlich

und schien sich etwas vorzubeugen. »Von wem haben Jacobi und Sie Ihre Informationen?«

Es schien dem Fremden keine Ruhe zu lassen. Offenbar glaubte er, dass es außer Forster, Kaltenborn, Vahlen und ihm noch einen weiteren Akteur gab. Den großen Unbekannten, der nach seinen eigenen Regeln handelte? »Das ist ein bisschen unheimlich, nicht wahr?«, fragte Katharina. »Zuerst läuft alles perfekt, und plötzlich haben Sie das Gefühl, nur noch eine Figur in einem Spiel zu sein.«

»Von wem?«

»Glauben Sie allen Ernstes, uns versorgt jemand gezielt mit Informationen?« Sie lachte auf. »Um was damit zu tun?«

Wieder trat eine Pause ein. Offenbar dachte der Mann nach. Je länger es dauerte, umso mehr fragte sich Katharina, ob sie nicht doch zu weit gegangen war. Immerhin hatte sich ihre Erklärung für die Ereignisse der letzten Tage in wenigen Sekunden in staubige Luft aufgelöst.

Schließlich stand der Mann unvermittelt auf, leuchtete Katharina direkt ins Gesicht und trat einige Schritte näher. »Vielleicht kann ich Sie nicht töten«, sagte er leise. »Aber ich kann Ihnen Zeit zum Nachdenken geben, wo Jacobi sein könnte. Und glauben Sie mir: Durst ist kein angenehmer Zustand. Erst recht nicht im Hochsommer.«

Mit diesen Worten verließ er die Hütte und verriegelte die Tür.

»Sie können mich gar nicht töten!«, schrie Katharina in die Dunkelheit. »Sie brauchen mich noch!«

Sie horchte auf eine Reaktion, aber alles, was sie hörte, waren Schritte in trockenem Laub. Sie entfernten sich. Dann war es still.

Sie schloss die Augen. Es war vorbei. Sie war gefesselt und hatte einem skrupellosen Mörder gegenübergesessen. Er hatte sie bedroht, aber Katharina hatte Widerstand geleistet. Eine Welle aus Stolz und Euphorie schoss durch ihren Körper. Erst als sie auslief, spürte Katharina, wie angestrengt sie sich während der ganzen Zeit aufrecht gehalten hatte. Ihre Schultern und der gesamte Rücken schmerzten. Erschöpft kippte sie auf die Matratze.

Eine ganze Weile blieb sie reglos liegen und sah in den dunklen Raum. Dann begann sie zu zittern. Ihr war nicht klar, aus welchem Grund, aber von ihrem Kiefer wanderte das Schaudern den Nacken hinunter in die Arme und erfasste schließlich ihren ganzen Körper. Sie streckte sich, drehte sich zur Wand, zog die Knie dicht an ihre Brust.

Es änderte nichts.

Nur langsam sickerte der Grund dafür in ihr Bewusstsein. Ganz offensichtlich hatte der Mörder die Kontrolle über die Situation verloren. Er bestimmte nicht länger, was geschah. Das verunsicherte ihn. Und vielleicht würde er so irgendwann auch die Kontrolle über sich selbst verlieren.

Konnte Katharina wirklich sicher sein, dass er ihr nichts tun würde?

In diesem Augenblick war der Durst zurück. Ihr Hals war trocken und rau. Noch einmal riss sie mit aller Kraft an der Kette, aber sie gab nicht nach.

Ihre einzige Hoffnung blieb Jacobi.

Hoffentlich würde er sie finden.

Hoffentlich hatte er sich gut genug versteckt.

KAPITEL 28

Die Frau ahnte nichts.

Seit einer Stunde saß sie auf der Terrasse, mit einem Buch und einem Glas Wein. Nur einmal war sie aufgestanden, um sich ein Tuch um die Schultern zu legen. Aufgesehen hatte sie so gut wie nie und keinen einzigen Blick auf die Büsche schräg hinter ihr am Rand des kleinen Gartens geworfen.

Dort hockte Jacobi und beobachtete sie. Er kannte die Frau. Sie hieß Barbara, aber jeder nannte sie Bärbel. Seit über zwanzig Jahren wohnte sie in diesem Haus mit ihrem Mann, Kommissar Bruno Demandt. Zwei- oder dreimal hatte Jacobi sie getroffen, einmal sogar neben ihr auf der Terrasse gesessen. Er erinnerte sich an eine entspannte, angenehme Frau, die sich eine gesunde Distanz zur Arbeit ihres Mannes bewahrt hatte.

Jetzt war sie ihm gleichgültig.

Jacobi registrierte, dass er mit dem Bild verschmolz, das Polizei und Öffentlichkeit von ihm zeichneten. Er schlich herum, beobachtete Menschen, setzte sie unter Druck. Nun trieb es ihn in eine ruhige Wohnsiedlung in Riedberg. Die Frau und das Haus lagen zufällig auf seinem Weg, auf dem es kein Zurück gab. Sollten sie zu Schaden kommen, war das bedauerlich, aber nicht zu ändern. Es gab Wichtigeres.

Jacobi blickte zu dem Loch im Rasen, das mit einer Folie ausgelegt war. Offenbar wollte Bruno nahe der Terrasse einen Teich anlegen. Jetzt in der Dämmerung sammelten sich dort Mückenschwärme und warteten auf Beute. Das Reihenhaus hatte Bruno kurz nach der Hochzeit gekauft, noch bevor die Kinder gekommen waren. Er hatte viel Arbeit hineingesteckt, die Fenster ausgetauscht, das Dach neu gedeckt und einen hübschen Garten angelegt. Trotzdem sah man immer noch, dass es aus den Sechzigern stammte. Es war klein und mit Rauputz in Wellenoptik verputzt.

Langsam kam ein Wagen die Straße herunter. Jacobi richtete sich etwas auf und verengte die Augen. Nach den Ereignissen der letzten Tage war er nicht scharf darauf, den Abend mit Bruno Demandt zu verbringen. Aber er war der Schlüssel. Zumindest einer.

Der Wagen fuhr vorbei, und Jacobi war enttäuscht. Inzwischen waren seine Beine eingeschlafen. So kam ihm entgegen, dass Demandts Frau mit Buch und Glas ins Wohnzimmer ging.

Trotzdem war die Situation schwer zu ertragen. Er wurde wegen Mordes gesucht. Er aß und schlief kaum, und Katharina befand sich in den Händen eines unberechenbaren Killers, der hinter Jacobi her war, weil er dessen Gesicht gesehen hatte. Jacobis Hoffnung auf ein schnelles Ende war am Morgen in Sekunden geplatzt. Und nun hing alles von Bruno ab, der ein falsches Spiel mit ihm trieb.

Aber Jacobi hatte begriffen, dass Jammern nicht weiterhalf. Irgendwie musste es gehen. Das war er Katharina schuldig. Und einen Trumpf hatte er noch. Den würde er jetzt ziehen.

Wieder näherte sich ein Auto. Es bog in die Einfahrt und stoppte vor der Garage. Bruno stieg aus, öffnete das Tor und fuhr den Wagen hinein.

Jacobi sah zum Wohnzimmer und hoffte, dass Barbara den Wagen nicht gehört hatte. Komplikationen wollte er vermeiden. Zum Glück schien sie ganz in ihr Buch vertieft.

Jacobi richtete sich auf, ignorierte das Kribbeln in seinen

Beinen und schlich geduckt die wenigen Meter zur Garage. Vorsichtig sah er um die Ecke. Der Raum war eng. Neben dem Wagen zwängten sich zwei Fahrräder. Auf der anderen Seite hingen ein Gartenschlauch über einer Autofelge an der Wand, daneben einige Spaten und Harken. In einem kleinen Regal nahe am Tor lagen weitere Gartengeräte und Arbeitshandschuhe.

Rückwärts mühte sich Demandt aus dem Auto und holte eine abgenutzte Aktentasche aus braunem Leder aus dem Fond.

»Guten Abend, Bruno«, sagte Jacobi kühl.

Der Kommissar fuhr herum. Jacobi erkannte den Schrecken in seinem Gesicht, aber Demandt fing sich schnell. »Du bist mutig«, sagte er ruhig.

»Kann ich von dir nicht behaupten.«

»Was willst du?«

»Gib mir dein Telefon.«

»Du möchtest jemanden anrufen? Dafür kommst du extra her?«

»Gib es mir einfach. Je weniger Schwierigkeiten du machst, umso schneller bin ich wieder verschwunden.«

»Vielleicht will ich gar nicht, dass du gehst. Vielleicht will ich viel lieber mit dir plaudern, um zu verstehen, was in deinem Kopf vorgeht.«

»Hör auf damit, Bruno.«

»Sonst?«

Jacobi wollte das nicht. Es zerriss ihn zu sehen, was aus ihm und Bruno geworden war. Aber den Punkt, an dem er hätte umkehren können, hatte er längst überschritten. Langsam griff er nach der Gartenschere im Regal links neben sich.

»So löst du also jetzt deine Probleme«, sagte Bruno.

»An denen du nicht unschuldig bist.«

»Du wirst es dir holen müssen.«

Bruno deutete auf seine Hemdtasche, und Jacobi sah einen finsteren Film vor Augen. Darin floss Blut, und am Ende hatten beide verloren. Jacobi hielt den Atem an und machte einen Schritt nach vorn.

Bruno rührte sich nicht.

Noch ein Schritt.

Brunos Augen verengten sich zu schmalen Schlitzen und fixierten Jacobi.

Ein dritter Schritt. Jacobi presste den Griff der Schere in seiner Hand zusammen.

Endlich zog Demandt sein Telefon aus der Hemdtasche. »Ich hoffe, es geht dir so beschissen, wie du aussiehst.«

Jacobi griff das Handy und war erleichtert.

»Und was willst du jetzt tun?«, fragte Bruno. »Mich mit einer stumpfen Rosenschere aufschlitzen?«

»Mit dir reden, du Idiot. Komm raus.« Rückwärts trat Jacobi aus der Garage. Die Fenster zur Einfahrt waren dunkel. »An die Wand.«

»Das Exekutionskommando, verstehe«, sagte Bruno, während er sich an den Putz lehnte und die Hände in die Hosentaschen schob.

Jacobi trat einen weiteren Schritt zurück. So hatte er Bruno und gleichzeitig dessen Frau im Wohnzimmer im Blick. Noch immer war sie in ihr Buch vertieft. Jacobi atmete aus und warf das Telefon hinter sich in den Garten.

»Was ist nur aus dir geworden?«, fragte Bruno.

»Die Frage ist, wer mich dazu gemacht hat.«

»Das warst du schon ganz allein. Jahrelang warst du ein mittelmäßiger Journalist. Dann ist dir dein bisschen Ruhm zu Kopf gestiegen, und jetzt drehst du durch.«

»So siehst du das also. Ist ja auch bequem. Dabei warst du es, der mich ins Hotel bestellt hat.«

»Ein schlimmer Fehler. Das hätte ich ahnen müssen.«

»Danke für das Vertrauen. Aber ich will nicht jammern.

Allerdings wüsste ich schon gerne, warum du mich ins offene Messer laufen lässt.«

»Ich weiß nicht, wovon du redest.«

»Hör endlich auf mit dem Scheiß, Bruno! Erst heute waren sie wieder hinter mir her. Am helllichten Tag. Mitten in der Stadt. Und du behauptest, du könntest ihr Kennzeichen nicht ermitteln.« Unwillkürlich hob er ein wenig die Hand mit der Schere und machte einen Schritt nach vorn. »Warum, Bruno?«

Bitter lachte Demandt auf. »Du hast ja keine Ahnung. Das hier ist ein paar Nummern zu groß für dich, kapierst du das?«

»Du gibst also zu, dass du mehr weißt. Wer setzt dich unter Druck? Deine Vorgesetzten? Der Staatsanwalt? Kaltenborn?«

»Sag mal, was geht eigentlich vor in dir?«, fragte Bruno und tippte sich an die Stirn. »Hast du völlig den Verstand verloren? Was hast du bei Vahlen gemacht?«

»Du glaubst also tatsächlich, ich hätte was damit zu tun?«

Bruno wich seinem bohrenden Blick aus. »Ich kann nur etwas für dich tun, wenn du mir alles sagst.«

»Du willst mir helfen?« Jetzt lachte Jacobi. »Darauf kann ich gern verzichten.«

»So, glaubst du? Dann erklär ich dir jetzt mal deine Lage. Du wirst im Zusammenhang mit dem Mord an Vahlen gesucht. Jetzt bedrohst du gerade einen Polizisten. Sobald du gehst, muss und werde ich die Kollegen alarmieren. Du bist zu Fuß unterwegs. Du bist müde, hungrig und hast niemanden, bei dem du untertauchen kannst. Du wirst nicht weit kommen. In ein paar Stunden haben wir dich. Verlass dich drauf. Und dann kann ich nichts mehr für dich tun.«

Während Demandt ihn kalt ansah, spürte Jacobi Erleichterung bei dem Gedanken, dass alles vorbei wäre. »Also gut«, sagte er, »wenn du nichts anderes willst, als mich zu jagen und zur Strecke zu bringen: bitte sehr, hier bin ich.«

Er warf die Rosenschere hinter sich in den Garten und hob die Hände.

Bruno war überrascht, schien überrumpelt, und Jacobi spürte seinen Kampfgeist zurückkehren. »Du hast mich. Dann kannst du mir auch erzählen, was du weißt.«

»Einen Scheiß werde ich.«

»Warum überrascht mich das nicht? Dann sage ich dir, was ich weiß. Dir ist sicher bekannt, dass es um Fracking im Taunus geht. Kaltenborn steckt tief drin, aber der Kopf ist ein anderer.«

Jacobi erkannte die Überraschung in Demandts Blick. Der Kommissar lehnte sich an die Wand der Garage und setzte ein unsicheres Lächeln auf. »Sehr interessant. Kannst du das auch beweisen?«

»Vielleicht bin ich ein mittelmäßiger Journalist, aber ich habe einen ganzen Arsch voller Beweise.«

»Die will ich sehen.«

Jacobi lachte. »Ach, Bruno, du bist ein jämmerlicher Schauspieler. Du hattest keine Ahnung, stimmt's?«

Demandt presste die Lippen aufeinander.

»Und ich werde dir noch etwas sagen, was du nicht weißt. Der Mörder von Forster und Vahlen hat Katharina entführt, und ich möchte nicht wissen, was er mit ihr tut.«

Nun schien Bruno ehrlich erschrocken.

»Okay«, sagte Jacobi, »können wir jetzt vielleicht wie zwei Erwachsene miteinander reden?«

»Was willst du?«

»Da du mir nicht helfen willst oder kannst, biete ich dir einen Deal an. Du bekommst etwas von mir, dafür kriege ich auch was von dir.«

»Und was soll das sein?«

»Ich sagte schon, dass Kaltenborn eine ganze Menge mit dem Fracking zu tun hat. Aber er behauptet, dass jemand anderes die Fäden zieht.«

»Du hast mit Kaltenborn gesprochen? Wann?«

»Heute Morgen.«

»Machst du Witze?«

»Nein, nur meinen Job. Solltest du auch mal versuchen. Kaltenborn behauptet, seine Informationen und das Geld für das Projekt von einem gewissen Sjögren zu haben. Angeblich ein schwedischer Investor, der schon häufiger große Summen in ähnliche Projekte gepumpt hat. Ich will, dass du mich zu ihm bringst, so schnell wie möglich. Am besten sofort.«

Wieder lachte Demandt, aber die Verunsicherung überwog. »Wie stellst du dir das vor? Wie soll ich dem Staatsanwalt erklären, dass ich mit einem Gesuchten mal kurz nach Schweden düse? Welches Angebot könntest du ihm machen, dass er sich darauf einlässt?«

»Ich kenne den Mörder.«

Bruno riss die Augen auf. »Was?«

»Ich kann ihn dir beschreiben, in allen Einzelheiten. Bring mich zu Sjögren, und du bekommst ein perfektes Phantombild.«

Demandt war perplex und brauchte einen Moment, bis er sich gefangen hatte. »Und das soll ich dir glauben? Beweis es mir. Wie alt ist er? Wie groß? Welche Haarfarbe?«

Jacobi schüttelte den Kopf. »Hör auf, Bruno. Ich werde nicht mit dir feilschen. Bring mich zu Sjögren.«

Demandt fixierte Jacobi mit zusammengekniffenen Augen. Nach einer ganzen Weile hob er den Kopf und nickte bedächtig. »Jetzt verstehe ich. Der Typ hat dein Mädchen entführt, weil du ihn gesehen hast. Er braucht sie, um an dich ranzukommen. Aber du darfst dich nicht blicken lassen. Böses Patt.«

Jacobi presste die Kiefer aufeinander. »Besser, du beeilst dich. Wäre doch unangenehm, wenn die Presse erführe, dass ihr wichtigen Hinweisen auf Forsters Mörder nicht nachgeht.«

Sie sahen sich an wie Duellanten unmittelbar vor dem Showdown. Beide hatten schon jede Menge Treffer einstecken müssen, und es war unklar, ob die Wunden komplett heilen würden. Ganz sicher würden Narben bleiben.

»Du kannst von mir denken, was du willst«, sagte Jacobi, »aber mach jetzt keinen Mist.«

»Ich werde sehen, was ich tun kann«, antwortete Bruno kühl.

»Das reicht nicht. Bring mich zu Sjögren.«

»Wie kann ich dich erreichen?«

»Gar nicht. Ich melde mich bei dir. Aber du solltest gut auf mich aufpassen. Sonst vergesse ich vielleicht, wie der Typ aussieht.«

Mit diesen Worten und dem Eindruck, nicht mehr der einzige Getriebene zu sein, verschwand Jacobi in den Büschen zum Nachbargrundstück.

Sein gutes Gefühl hielt etwas mehr als drei Blocks.

In der Dunkelheit der leeren Straßen hatte er Hoffnung geschöpft, ein Gespräch mit Sjögren würde die Wende bringen. Am U-Bahnhof Kalbach wurde ihm jedoch klar, dass er nach wie vor der Gejagte war. Misstrauisch beäugten Männer in blauen Uniformen und mit großen Hunden jeden, der die Treppe zum Bahnsteig hinunterging. Eine Weile beobachtete Jacobi die Szene aus einiger Entfernung, bevor er kehrtmachte.

Die nächste Stunde streifte er ziellos durch die Straßen. Bei einem Asia-Imbiss setzte er darauf, dass sich das Personal nicht für Lokalnachrichten interessierte, und bestellte etwas, obwohl er keinen Appetit hatte. Während er wartete, sah er jedem der wenigen Autos besorgt nach. Als eine Polizeistreife langsam die Straße hinunterfuhr, wandte er sich ab und senkte den Kopf. Mit einem Pappbecher voll lauwarmer Nudeln ging er anschließend in die entgegengesetzte

Richtung. In einem Schaufenster liefen Nachrichten über einen Bildschirm. Der Beitrag zeigte einen Protestmarsch in der City. Auf Transparenten forderten die Demonstranten das Ende des Polizeistaats. Ein Laufband am unteren Rand des Monitors berichtete von Zusammenstößen mit der Polizei und mehreren Verletzten. Jacobi sah die Bilder und hörte keinen Ton. Als befände er sich tatsächlich im Auge des Wirbelsturms.

Welche Verwüstungen würde er noch anrichten?

In einer Seitenstraße setzte sich Jacobi auf die Treppenstufen eines Bürogebäudes und starrte in die Dunkelheit, während er seine Nudeln aß. Er war hundemüde, fand aber keine Ruhe. Die ganze Zeit kreisten seine Gedanken um Katharina in der Hand eines nervösen Killers. Um nicht wahnsinnig zu werden, suchte er in einem Internetcafé Spuren von Sjögren, fand aber nicht viel. Der Schwede schien sehr medienscheu zu sein.

So begann er eher beiläufig, die Ereignisse der vergangenen acht Tage zu protokollieren. Zunächst erschien es ihm als hilfloser Versuch, den Wahnsinn in Worte zu fassen, um ihn endlich zu verstehen. Dann jedoch fiel ihm ein, dass er damit Demandt vielleicht unter Kontrolle halten konnte. Schließlich hielt er einen dreiseitigen Ausdruck in Händen.

Das alles hatte er Kaltenborn zu verdanken und dessen dreckigen Plänen. Noch immer war in den Medien die Rede von seiner Verwicklung in unübersichtliche Ereignisse. Das klang, als wäre er einmal falsch abgebogen und nur versehentlich in etwas hineingeraten. Dass er der Kopf des Ganzen war, zumindest einer von mehreren, ahnte nach wie vor niemand. Während Jacobi im Zentrum des Sturms stand, duckte sich Kaltenborn weiter in dessen Windschatten.

So entschloss er sich zu einer kleinen Revanche. Es waren nur Andeutungen. Sie drehten sich um Kaltenborn, um umstrittene Gasbohrungen im Taunus sowie um fragwürdige

Grundstücksgeschäfte. Diese Appetithäppchen schickte er an einige Zeitungen, natürlich anonym.

Er wusste genau, welche Lawine er damit lostrat,

Als er die E-Mail abgeschickt hatte, streiften Jacobi Zweifel, ob das in seiner Situation wirklich clever gewesen war. Dann dachte er jedoch an Sjögren und daran, dass seine kleinen Nadelstiche eine deutliche Nachricht an den Schweden waren, dass er ein ernst zu nehmender Gegner war, der sich nicht länger herumschubsen ließ.

So lehnte er sich zufrieden zurück. Um Viertel nach elf ertrug er das Warten nicht länger und rief Bruno an.

»Ich fliege morgen früh nach Göteborg«, sagte Demandt emotionslos. »Wenn du dabei sein willst, bist du um halb acht am Flughafen.«

»Und das ist keine Falle? Du legst mich nicht rein?«

»Du wirst mir vertrauen müssen.«

KAPITEL 29

Mit jedem Schritt näher zur Tür fragte er sich, was ihn dahinter erwartete.

Das Ende des Irrsinns?

Oder nur eine weitere Falle?

Doch letztlich war es egal. Für Jacobi gab es längst kein Zurück mehr.

Er hatte ein frisches T-Shirt angezogen und sich auf einer öffentlichen Toilette rasiert. Jetzt trug er eine Sonnenbrille und zog die Schirmmütze noch tiefer ins Gesicht.

Dann trat er durch die Tür.

In der Abflughalle war die Luft noch erstaunlich frisch. Geschäftsreisende hetzten an ihm vorbei, und Ferienflieger in kurzen Hosen zogen wuchtige Koffer hinter sich her. Außerdem waren Putzkolonnen unterwegs und Lieferanten, die die Geschäfte mit Waren versorgten.

Jacobis erste Schritte fühlten sich an wie über eine dünne Eisfläche. Auf einer der riesigen Anzeigetafeln entdeckte er den Flug nach Göteborg. Genauso schnell fiel ihm links die erste Kamera ins Auge und wenig später eine zweite direkt vor ihm. Er senkte den Kopf, beschleunigte und versuchte gleichzeitig, entspannt zu wirken.

Er begann zu schwitzen.

Ein wenig hektisch nahm er eine Rolltreppe nach oben. Dort hoffte er, mehr zu sehen und weniger gesehen zu werden. Tatsächlich waren hier kaum Fluggäste unterwegs. Unwillkürlich dachte Jacobi wieder an Katharina und daran, wie viel einfacher seine Situation trotz allem war. Während er an Schaufenstern entlangschlenderte, kämpfte sie um ihr Leben. Jacobi musste sie da rausholen, so schnell wie möglich, egal, wie. Und Sjögren war der Schlüssel. Von ihm stammte die Idee. Er hatte die Kontakte hergestellt. Also musste er auch wissen, wer der Killer war, der Katharina verschleppt hatte. Aber Jacobi durfte jetzt keinen einzigen Fehler machen, sonst war alles aus. Sonst endete seine Reise nach Göteborg, bevor sie begonnen hatte. Er biss sich auf die Lippe und konzentrierte sich auf jeden seiner Schritte. Setzte die Ferse auf, möglichst weich. Rollte ab. Setzte auf. Rollte ab. Es half, sich zu beruhigen.

Nach einer Weile erreichte er die Rolltreppe, die zu den Abfertigungsschaltern hinabführte. Unten erkannte er Kommissar Demandt, der angespannt und müde wirkte. Beamte in Uniform konnte Jacobi nicht entdecken. Offenbar hatte sich Bruno tatsächlich an ihre Abmachung gehalten.

So betrat er die Rolltreppe, als ein Mann an den Kommissar herantrat und nach oben deutete. Jacobi durchfuhr ein Schock. Er kannte den Typen. Einer seiner Jäger. Und Bruno kannte ihn, kein Zweifel. Also doch eine Falle.

Jacobi musste weg. Nur raus, dachte er, als er einen festen Griff am Arm spürte. »Denken Sie nicht mal daran«, sagte eine dunkle Stimme hinter ihm. Er fuhr herum und erblickte einen Mann, dessen kantiger Schädel und struppige Haare ihm nur zu bekannt vorkamen.

Der zweite Mann, der Fahrer des Wagens. Der Typ, dessen Phantombild Jacobi erstellt hatte. Jetzt begriff er, warum Bruno so kühl darauf reagiert hatte.

»Wenn Sie mitspielen, wird alles gut«, sagte der Kerl. »Wenn nicht, haben Sie in zwanzig Sekunden zehn Uniformierte am Hals. Ihre Entscheidung.«

Er saß in der Falle.

Unten riss sich Jacobi los und richtete sich vor Demandt auf. »Also doch. Du hängst mit drin. Und was wollt ihr jetzt tun? Mich über der Ostsee aus der Maschine werfen? Du hattest nie vor, mit mir nach Göteborg zu fliegen.«

»Hör endlich auf mit dem Scheiß«, antwortete Demandt. Aus der Nähe sah sein Gesicht bleich und aufgeschwemmt aus. »Ich habe dir gestern schon gesagt, dass du keine Ahnung hast.«

»Und wann gedenkst du mich aufzuklären?«

Bruno deutete auf den Mann neben sich. »Körber«, sagte er. »Kriminalinspektion 40.«

Es waren nur zwei Worte, aber Jacobi konnte spüren, wie sie durch sein Hirn irrlichterten, Schleifen drehten, bis sie sich endlich sinnvoll zusammenfügten. »Was?«, fragte er entsetzt. »Staatsschutz? Ihr habt …? Einen Journalisten?«

»Glaubst du, in Frankfurt werden reihenweise Politiker umgelegt, und wir bohren in der Nase?«, fragte Demandt. »So naiv kannst selbst du nicht sein.«

»Willst du damit sagen, es ist meine Schuld? Ihr verfolgt einen Journalisten, brecht bei ihm ein, schlagt ihn zusammen, stehlt Informationen, weil ihr es allein nicht auf die Reihe kriegt – und es ist meine Schuld?«

»Hat doch geklappt, oder?«, sagte Körber trocken.

Reflexartig stürzte sich Jacobi auf ihn, wurde aber sofort vom kräftigen Mann in seinem Rücken rüde zurückgezerrt. »Okay, okay«, sagte Jacobi und hob beschwichtigend die Hände. Körber nickte seinem Kollegen zu, der daraufhin den Griff lockerte.

»Aber etwas möchte ich wissen, Bruno«, sagte Jacobi, während ihr Flug aufgerufen wurde. »Seit wann? Von Anfang an? Ja, natürlich, die beiden Typen im Hotel, als Forster ermordet wurde. Deine Idee?«

»Nein.«

»Aber sie kam dir sehr gelegen.«

»Sie haben mich nicht gefragt, wenn dich das beruhigt.«

»Nein. Und wenn das hier vorbei ist, polier ich dir die Fresse.«

»Später, mein Junge, später«, antwortete Demandt und reichte ihm ein Ticket.

Der Flieger war nur spärlich besetzt. Jacobi saß zwischen Körber und dem zweiten Staatsschützer, der sich als Bork vorgestellt hatte. Bruno hatte seinen Platz in der Reihe vor ihnen.

Nachdenklich trank Jacobi einen Schluck Kaffee aus einer Plastiktasse. Er war heiß und gar nicht schlecht. Dennoch war ihm kühl in seinem T-Shirt. Aber er spürte auch das Sitzpolster, das so viel weicher war als eine Parkbank.

Er war wieder zurück im Leben.

Trotzdem konnte er nicht fassen, was passiert war. Sie hatten ihn wie einen Verbrecher behandelt. Dabei hatten sie die Gesetze gebrochen und seine Rechte mit Füßen getreten. Er traute ihnen keine Handbreit über den Weg. Er hasste sie. Bork hatte die Augen geschlossen, als sei das Ganze ein harmloser Betriebsausflug, und auf dem Fensterplatz fummelte Körber an seinem Handy herum. Jacobi beugte sich zu ihm hinüber, um einen Blick auf das Wasser unter ihnen zu werfen. Irritiert sah Körber ihn an und lehnte sich zurück. In diesem Augenblick ließ Jacobi seinen Kaffeebecher aus der Hand rutschen.

Körber schrie vor Schreck und Schmerz. »Fuck! Sehen Sie sich das an! Können Sie nicht aufpassen? Scheiße!« Hektisch wischte er mit einem Taschentuch über seine Hose. Im Schritt prangte ein riesiger feuchter Fleck.

Bruno sah über die Sitzlehne nach hinten.

»Das hat er mit Absicht gemacht!«, jammerte Körber.

»Werden Sie nicht kindisch. Norman, reiß dich zusammen.«

»Oh, fuck, mein Handy ist im Eimer«, fluchte Körber.

»Sie Arschloch!« Er drängte sich an Jacobi vorbei und stieß ihm dabei den Ellenbogen ins Gesicht. Doch das war es Jacobi wert. Bei einer Stewardess, die sich um den feuchten Sitz kümmerte, bestellte er einen neuen Kaffee. Daraufhin suchte sich Bork einen anderen Platz in sicherer Entfernung.

Grinsend genoss Jacobi seinen kleinen Triumph und die neue Freiheit. Zum ersten Mal seit langer Zeit schloss er die Augen ohne das Gefühl, sich in der Dunkelheit verstecken zu müssen. Nach einer Weile fragte er sich, wer und wie Sjögren sein würde. Ein Monster? Der Teufel persönlich? Der Kopf, bei dem alle Fäden zusammenliefen, an denen die anderen hingen wie Marionetten?

Forster und Kaltenborn.

Und Jacobi selbst?

Dieser Gedanke beunruhigte ihn. Und sicher würde Sjögren nicht einfach alles zugeben und verraten, wo Katharina gefangen gehalten wurde. Es war also noch lange nicht vorbei und würde weiter seine ganze Kraft und Aufmerksamkeit erfordern. In diesem Moment drängte sich ein Bild mit Macht vor seine Augen. »Weißt du, ob Sjögren im Rollstuhl sitzt?«, fragte er.

»Wie kommst du darauf?«, entgegnete Bruno, ohne sich umzudrehen.

»War nur eine Idee.«

Eine gute Stunde später blickte Jacobi durch die regenverhangene Scheibe des Taxis auf gesichtslose Bürogebäude, Internetshops und Billigläden. Alles, was er auf dieser ersten Fahrt durch Göteborg wahrnahm, war grau, kalt und hässlich. Sah so das Herz des Verbrechens aus? Vielleicht war es auch nur eine Matrjoschka, eine dieser Holzpuppen, in der noch viele weitere steckten. Jede Spur führte nur zu einer nächsten, und nie würden sie an das Ende kommen.

Weil es keines gab?

Bei dieser Vorstellung überlief Jacobi ein Schauder, und er wandte den Kopf. Seit dem kleinen Zwischenfall im Flieger hatten die beiden Staatsschützer kein Wort mehr mit ihm gesprochen. Nun saßen Körber und der Kaffeefleck vorn und Bruno als Puffer zwischen Jacobi und Bork. So wirkte Demandt klein und unsicher. Wie ein Dorfpolizist, dem schwante, dass die Angelegenheit, auf die er sich eingelassen hatte, mehrere Nummern zu groß für ihn war, der es aber weder sich noch anderen eingestehen wollte.

Noch immer war Jacobi erschrocken und enttäuscht, wie Bruno ihn hintergangen hatte. Vielleicht hatte Körber ihm keine Wahl gelassen. Aber Demandt hätte ihm etwas sagen, ihm ein Zeichen geben müssen. In diesem Augenblick konnte sich Jacobi nicht vorstellen, ihm jemals wieder ganz zu vertrauen. Andererseits brauchte er Unterstützung, und trotz allem war ihm Bruno näher als die beiden Arschlöcher hier im Taxi. Sie würden sich zusammenraufen müssen.

»Wer ist Sjögren?«, fragte Jacobi.

Bruno schien erleichtert, dass jemand etwas sagte. »Jedenfalls niemand, den ich in meiner Familie haben möchte. Jahrgang neunundfünfzig. Nach der Volksschule hat er zuerst für einen Holzhändler gearbeitet und Autos verkauft. Nebenbei Abendschule, dann Wirtschaftsstudium. Seine erste Million hat er mit Holz aus Finnland gemacht. Dabei hat er auch sein Geschäftsmodell entdeckt. Rohstoffe billig einkaufen, schlechte Arbeitsbedingungen, miese Bezahlung und am Ende die Produkte teuer verkaufen. Außer mit Holz macht er das mit Kohle, Kupfer, Zinn, Nickel, Seltenen Erden. Er lässt ungefähr alles aus dem Boden holen, was irgendwie Geld bringt, in Nord- und Osteuropa, in Asien und Afrika. Es gibt Leute, die behaupten, er hätte auch bei Blutdiamanten seine Finger im Spiel. Leider fehlen dafür die Beweise. Überhaupt arbeitet er sehr diskret. Für jedes seiner Projekte gründet er eine eigene Gesellschaft und bleibt selbst im Hintergrund. Seit einigen Jahren steckt er sein Geld immer häufiger in Public-Private-Partnership-Projekte, weil das Risiko so klein ist. Wenn's gut läuft, verdient er sich eine goldene Nase, wenn nicht, haftet der Steuerzahler. So hat er der Stadtverwaltung Göteborg einen Büroturm ins Zentrum gesetzt, den sie jetzt über teure Pacht abstottert. Und während unten die Beamten schwitzen, hockt er selbst in der obersten Etage und lacht sich wahrscheinlich den ganzen Tag kaputt. Vor einiger Zeit hat er dann sein Herz für erneuerbare Energien entdeckt, aber ich wette, nicht aus Überzeugung. Jetzt finanziert er also zusätzlich Windkraftanlagen in Skandinavien, Solarpanels in Spanien und Portugal, aber auch Fracking-Projekte in Polen. Und das ist garantiert noch nicht alles. Er hat sich übrigens nicht sonderlich gefreut, als wir angerufen haben.«

»Wie habt ihr ihn rumgekriegt?«

»Wir haben ihm mit dem gedroht, was er am wenigsten leiden kann.«

»Und das wäre?«

»Mit dir. Schlechte Presse und viel Öffentlichkeit.«

Bruno kicherte, aber Jacobi war nicht sicher, was er selbst von dieser Rolle hielt. Verlieh sie ihm Gewicht, oder wurde er nur weiter ausgenutzt?

Das Taxi hielt vor einem mächtigen Büroturm aus Sandstein und Glas. In der riesigen Eingangshalle war der Fußboden mit polierten Granitplatten ausgelegt, über die jede Menge Bürger in nassen Schuhen in die einzelnen Abteilungen strömten. In der Mitte thronte ein runder Empfangsschalter. Während Körbers Kollege mit einem freundlich lächelnden jungen Mann hinter dem Schalter sprach, begann Jacobi wieder zu frieren. Als Bork Sjögrens Name erwähnte, verfinsterte sich die Miene des jungen Mannes, und er deutete auf einen der Fahrstühle, vor dem ein breitschultriger Typ mit blauer Uniform postiert war.

»Das ist der einzige Aufzug in den vierzehnten Stock«, erklärte Bork auf dem Weg zu den Fahrstühlen. »Alle anderen enden eine Etage tiefer.« Bruno und Körber nickten mit einer Mischung aus Anerkennung und Nervosität.

Offenbar war der Uniformierte am Fahrstuhl darauf programmiert, jeden Eindringling abzuweisen. Jedenfalls rief er erst nach einer lästigen Diskussion irgendwo an, und endlich durfte die Delegation den Fahrstuhl zur Audienz nutzen.

»Was für 'n aufgeblasenes Arschloch«, fluchte Bruno, als sich die Aufzugtür geschlossen hatte.

»Jetzt wissen wir immerhin, was uns erwartet«, antwortete Körber. »Jedenfalls kein Kaffeekränzchen mit Sahnetorte.«

Oben nahm sie eine strahlende Sekretärin mit einem gelb-blauen Halstuch in Empfang. »Herzlich willkommen im Göteborg City Tower«, sagte sie in akzentfreiem Englisch. »Wenn Sie mir bitte folgen.« Die junge Frau führte sie durch ein Foyer in einen sehr großen Konferenzraum. Auf der einen Seite eines riesigen Tisches standen vier Kaffeetassen und Wassergläser. Die Sekretärin schenkte ihnen ungefragt ein und verschwand wieder.

Die vier Männer nahmen Platz und warteten. Über einige Dächer reichte ihr Blick bis zum Hafen. Dort waren Ladekräne im dunstigen Grau zu erkennen. Jacobi fror und ahnte, dass es nicht einfach werden würde. Der riesige Raum und das ganze Gebäude atmeten jede Menge Selbstbewusstsein. Wahrscheinlich ließ Sjögren sie absichtlich warten.

Nach einer gefühlten Ewigkeit flog die Tür auf, und ein großer Mann mit schlichtem Cordsakko, Jeans und Stiernacken betrat den Raum. Das musste er sein. Ihm folgte ein schlaksiger Typ im Anzug. Gemeinsam nahmen sie auf der anderen Seite des Tisches vor den Fenstern Platz. Im Gegenlicht verschwammen ihre Gesichter. Sjögren stützte seine

Ellenbogen vor sich auf den Tisch. So wirkte er noch wuchtiger und verströmte aggressive Entschlossenheit.

Sjögren erkläre sich einzig aus gutem Willen zu diesem Gespräch bereit, erläuterte der Anzugträger, der sich als dessen Anwalt vorstellte. Daraus seien keinerlei Eingeständnisse abzuleiten. Im Übrigen behalte er sich das Recht vor, das Treffen jederzeit zu beenden.

Körber nickte. »Vielen Dank, Herr Sjögren, dass Sie sich die Zeit nehmen«, sagte er nicht ganz so akzentfrei. »Um Sie nicht übermäßig zu strapazieren, möchte ich gleich zur Sache kommen. Seit einigen Wochen läuft in der Nähe von Frankfurt ein Fracking-Projekt. Sind Sie daran beteiligt?«

»Was soll die Frage?«, antwortete Sjögren reglos. »Wären Sie sonst hier?«

»Wie sind Sie dazu gekommen? War es Ihre Idee?«

»Wäre es meine, würde sie funktionieren.«

»Wessen war es dann?«

Einen winzigen Moment zögerte Sjögren und versicherte sich bei seinem Begleiter, der nickte. »Ich habe E-Mails bekommen«, erklärte Sjögren. »Anonym. Darauf habe ich nicht reagiert. So arbeite ich nicht. Ich muss meine Partner kennen und ihnen vertrauen. Einige Wochen später kam Kaltenborn auf mich zu. Er hatte ähnliche Informationen erhalten. Ich war misstrauisch, aber das Projekt klang vielversprechend. Meine Mitarbeiter haben sich mit Kaltenborn getroffen und eine Vereinbarung ausgearbeitet.«

Sjögren sprach gutes Englisch, wenn auch mit kräftigem Akzent. An Brunos Gesichtsausdruck erkannte Jacobi, dass der Kommissar Schwierigkeiten hatte zu folgen. Fast tat er Jacobi leid.

»Wann war das?«, fragte Körber.

»Vor etwa einem Jahr.«

Überrascht sahen sich die Frankfurter an.

»Können wir die E-Mails sehen?«, fragte Körber.

Wieder blickte Sjögren zum Anzugträger, der erneut nickte und einen dünnen Stapel Papiere über den Tisch schob. Körber sah sich die Zettel an.

»Was dann?«, fragte Jacobi in die Stille.

Irritiert blickte Sjögren zu ihm herüber, als sei er erstaunt, dass einer der niederen Chargen wagte, sich an ihn zu wenden. »Forster und Kaltenborn waren ein gutes Gespann«, sagte er. »Forster hat den Karren gezogen und Kaltenborn die Zügel in der Hand gehalten, wenn Sie verstehen, was ich meine.«

Natürlich verstand Jacobi. »Dann ist etwas schiefgelaufen.«

»Wie kommen Sie darauf?«

»Forster wollte aussteigen, weil er das Risiko des Projekts erkannte.«

»So ein Quatsch. Das hätte er nie gewagt. Er wusste genau, dass er ohne das Projekt keine Chance hatte.«

Es klang, als wolle Sjögren sagen, dass Forster ohne ihn aufgeschmissen gewesen wäre. Sicher kam es nicht oft vor, dass jemand Sjögren widersprach.

»Wir werden die Herkunft der E-Mails überprüfen lassen«, sagte Körber, um das Gespräch wieder in die Hand zu bekommen.

»Es wird Ihnen nicht gelingen«, antwortete Sjögren.

»Sie wissen also nicht, woher sie stammen?«

Sjögren zögerte. Die Antwort fiel ihm sichtlich schwer. »Nein.«

»Was geschah nach Forsters Tod?«

»Eigentlich war das Projekt damit für mich erledigt. Doch dann kam Kaltenborn auf mich zu. Er wollte unbedingt weitermachen. Ich war skeptisch. Er hat nichts von Forsters Charisma. Dafür etwas anderes, das mich schließlich überzeugt hat.«

Fragend hob Körber die Brauen.

»Gier«, erklärte Sjögren süffisant. Sein Anwalt stieß ihn an, doch der Unternehmer schien in Fahrt zu kommen. »Als Politiker ist Kaltenborn eine Niete, aber für unser kleines Projekt genau der Richtige. Er hat sofort die Möglichkeiten erkannt, die in Forsters Ermordung steckten. Schockiert Sie das? Ich bin Geschäftsmann. Es ist meine Pflicht, alles für meine Unternehmen zu tun. Und dafür war Forsters Tod ein Geschenk des Himmels. Genauso wie der Anschlag auf Kaltenborn. Die Leute interessieren sich nun mal nicht für Energieeffizienz, für Fördertechnik oder Umweltauflagen. Aber sie lieben Helden. Helden, die im Kampf gegen den Drachen ihren Hals riskieren.«

»Und wenn sie dabei sterben?«

Sjögren grinste. »Das Einzige, was noch besser ist als Helden, sind Märtyrer.«

Körber schluckte, und Jacobi erkannte Abscheu in dessen Gesicht. »Und wer soll das sein, der Drache? Wer steckt dahinter?«, fragte der Staatsschützer angestrengt. »Politische Gegner? Unternehmen? Umweltschützer?«

»Umweltschützer?« Lachend schüttelte Sjögren den Kopf. »Solche Leute demonstrieren. Vielleicht werfen sie Steine. Aber sie töten nicht professionell.«

»Sie halten den Täter für professionell?«, fragte Jacobi. »Immerhin wissen wir, wie er aussieht. Wir kennen sein Apartment und seinen genetischen Fingerabdruck.«

Sjögren beugte sich vor, und Jacobi konnte endlich sein Gesicht erkennen. Das Lachen war verschwunden. Stattdessen spürte Jacobi unverhohlene Verachtung. »Und warum habt ihr ihn dann noch nicht?«, fragte der Schwede scharf. »Sie sind dieser Journalist, nicht wahr? Immer zur falschen Zeit am falschen Ort. Sie denken, Sie könnten mal eben diesen Fall lösen und der Welt damit was Gutes tun. Ich wette, die neuesten Enthüllungen zu unserem Projekt, die heute durch die Presse geistern, stammen von Ihnen. Und Sie sind mächtig stolz darauf. Dabei sind Sie so naiv. Sie haben keine Ahnung, was hier passiert.«

»Das höre ich in letzter Zeit häufiger«, antwortete Jacobi ungerührt. »Vielleicht erklären Sie es mir.«

Sjögren hielt inne. Mit so viel Widerstand hatte er offenbar nicht gerechnet. Und es schien, als habe er selbst keine Erklärung. Ein wenig trotzig lehnte er sich zurück und verschränkte die Arme vor der Brust. »Das sind keine Ökos.«

»Also gut, keine Umweltschützer. Kaltenborn behauptet, auch nicht dahinterzustecken. Bleiben eigentlich nur Sie. Das sagt Kaltenborn übrigens auch.«

Wieder beugte sich Sjögren vor, doch nun grinste er. »Tut er das? Er versucht, seinen Kopf zu retten. Und das kann ich ihm nicht mal verübeln. Dabei hat er längst verloren. Ihr Deutschen seid einfach zu ängstlich. Alles Neue macht euch nervös. Und dann aggressiv. Vahlens Tod war der Anfang vom Ende. Und Kaltenborns absurde Idee, Sie ins Boot zu holen. Seine Karriere ist tot. Und damit auch das Projekt. Und mich kostet die Angelegenheit viel Geld und wahrscheinlich auch meinen Ruf. Glauben Sie wirklich, ich hätte ein Interesse daran, dass das Projekt scheitert?«

»Sie behaupten also, ein Unbekannter habe die Idee gehabt und ein anderer Unbekannter begehe die Morde. Niemand kennt diese Leute, niemand hat etwas damit zu tun, und niemand trägt die Verantwortung. Na prima, dann können wir ja alle nach Hause gehen.« Nun beugte sich auch Jacobi vor und fixierte Sjögren. »Für wie dämlich halten Sie uns eigentlich? Vielleicht können wir Sie nicht zur Rechenschaft ziehen. Aber wir können Ihnen schaden.«

»Natürlich, und ich bin sicher, dass Sie das nach Kräften tun werden. Und, wie ich euch Presseleute kenne, wahrscheinlich mit dem größten Vergnügen. Aber es ändert nichts an den Tatsachen. Wissen Sie, was Fallhöhe bedeutet? Je höher die moralische Position des Helden, umso tiefer der

Sturz. Und auch wenn Sie sich das nicht vorstellen können: Kaltenborn spielt gerade die Hauptrolle in diesem Drama.«

»Was meinen Sie damit?«

Sjögren lehnte sich zurück und ließ seinen Blick durch den Raum wandern. »In den letzten Tagen habe ich viel darüber nachgedacht«, sagte er, ohne die anderen anzusehen. »Für das alles gibt es nur eine plausible Erklärung.« Nun beugte er sich wieder vor und sah Jacobi sehr ernst in die Augen. »Jemand schiebt das Projekt an. Dann tötet er Forster, um für mehr Aufmerksamkeit zu sorgen. Er begeht einen Anschlag auf Kaltenborn. Alles läuft bestens. Und was macht er dann? Er tötet Vahlen und überspannt damit den Bogen.«

»Moment«, sagte Jacobi, »der Mord an Vahlen war nicht geplant. Er wusste etwas über den Täter und war deshalb eine Gefahr.«

»Haben Sie sich mal gefragt, woher Vahlen die Informationen haben konnte?«

»Auch wir haben Hinweise bekommen«, erklärte Körber.

»So wie ich?«, fragte Sjögren. »Anonym? Per Mail?«

»Warten Sie«, sagte Jacobi, »wollen Sie damit sagen, er begeht die Anschläge und gibt dann Hinweise auf sich selbst?« Jacobi und die Staatsschützer sahen sich ungläubig an. Nur Bruno schien alles ein wenig schnell zu gehen.

Sjögren dagegen schüttelte den Kopf. »Sie haben das immer noch nicht verstanden. Wer sich das ausgedacht hat, läuft nicht durch die Gegend, um Leute zu erschießen. Dieser Mensch arbeitet im Hintergrund, gibt Hinweise, Anregungen. Wer die Politik manipulieren kann, wer mich manipulieren kann …«, sagte Sjögren und schloss für einen winzigen Moment die Augen, »der kann auch einen Mörder manipulieren. Und jetzt braucht er ihn nicht mehr. Oder nur noch dazu, um abzulenken.«

»Sie behaupten also, irgendjemand gibt die Morde in

Auftrag, und dann lässt er seinen eigenen Mann ins offene Messer laufen? Das ist doch absurd. Damit gefährdet er doch seinen Plan!«

»Was ist denn sein Plan?«

»Das Projekt aufzublasen«, sagte Körber tonlos, »um es mit einem gewaltigen Knall platzen zu lassen.«

»Jetzt haben Sie's«, erklärte Sjögren. »Und es funktioniert. Am Ende ist von der hübschen Idee nicht mehr übrig als ein Haufen Schrott, der still vor sich hin rostet. Und eine ganze Menge Leute wird dastehen wie die letzten Trottel, die den Mund wieder mal zu voll genommen haben. Kaltenborn, die gesamte Politik, die Behörden, Leute wie ich. Sie dagegen sind ganz damit beschäftigt, den Mörder zu suchen, und haben keine Ahnung, wer eigentlich dahintersteckt. Sie fragen nicht mal danach. Aber irgendwann wird das auch dem Killer aufgehen. Und dann wird es richtig interessant. Ich wünsche Ihnen viel Spaß damit.«

Mit diesen Worten stand Sjögren auf und verließ den Raum. Auch sein Anwalt erhob sich. »Vielen Dank für Ihren Besuch. Ich hoffe, wir konnten Ihre Fragen beantworten. Damit betrachten wir die Angelegenheit als erledigt. Unsere Sekretärin wird Sie hinausbegleiten.« Er schob seine Papiere zusammen und ging ebenfalls.

Ratlos blieben die vier zurück. Vermutlich fragten sich alle dasselbe. Ergab das einen Sinn? Konnte es jemanden geben, der ein riesiges Projekt anschob, nur um es dann lustvoll zu zerstören und alle, die daran beteiligt waren? Hatte dieser Jemand über Monate Politiker, Unternehmen, Medien, eine ganze Stadt manipuliert? Und lieferte er jetzt seinen eigenen Mann ans Messer? Jacobi wollte es nicht glauben, aber zum ersten Mal passte alles zusammen. Der Mord an Forster. Der Anschlag auf Kaltenborn, der nicht missglückt war, sondern genau so ablaufen sollte. Die anonymen Hinweise auf die Wohnung des Mörders. Der Mord an Vahlen, der so anders war als die Taten zuvor. Die Angst des Killers. Wuttkes These, dass die eigentliche Aufgabe der Politik sei, Versprechungen zu machen, die sie nicht halten könne. Schuld zu haben. Schließlich Katharinas Entführung. Befand er sich tatsächlich in einer Tragödie gigantischen Ausmaßes, in der es am Ende nur Verlierer geben würde? Jacobi wurde übel. Er musste weg hier und lief aus dem Konferenzraum.

Im Fahrstuhl fragte Bruno nach einzelnen Details, die er nicht verstanden hatte. Während Körber ihn informierte, schwiegen die beiden anderen. Jacobi erschien die Fahrt endlos. Er starrte an die Wand und hatte das Gefühl zu ersticken.

Der Weg zum Flughafen führte wieder durch kalten Nieselregen. Um den schmerzhaften Druck in seinem Kopf zu lindern, lehnte ihn Jacobi an die Seitenscheibe des Taxis. Autos, Häuser, Straßenschilder wischten vorüber und vermengten sich zu einem einzigen grauen Brei.

Bilder blitzten auf. Katharina war gefesselt. Erschöpft. Durstig. Vor ihr saß der Mörder. Er war nervös, die Pistole in seiner Hand zitterte. Jacobi hatte das dringende Bedürfnis, aus dem fahrenden Taxi zu springen.

»Sobald wir in Frankfurt sind, machen wir das Phantombild«, sagte Körber in das drückende Schweigen.

»Auf gar keinen Fall«, antwortete Jacobi.

»Was soll das heißen? Das war der Deal. Wir bringen Sie zu Sjögren. Dafür machen Sie uns das Bild.«

»Haben Sie nicht zugehört? Wer auch immer dahintersteckt, setzt den Mörder unter Druck. Von zwei Seiten wird der Kerl in die Zange genommen, von uns und seinem Auftraggeber. Und er weiß es. Nur deshalb hat er Katharina entführt. Er ist nervös und das Risiko für Katharina viel zu groß.«

Körber war perplex, sah seinen Kollegen an und schließlich Bruno. »Haben Sie das gehört? Sagen Sie was.«

Demandt war sichtlich verunsichert. Lange blickte er in die Gesichter. »Ich denke, die Situation ist sehr … kompliziert. Wir dürfen uns keinen Fehler erlauben. Wir sollten … in Ruhe darüber nachdenken.«

Zum ersten Mal seit langer Zeit war Jacobi Bruno dankbar.

Auf dem Rückflug sagte niemand ein Wort. Lange dachte Jacobi an Katharina. Sie hatte recht gehabt. Wieder einmal. Die Sache war zu groß für sie. Noch größer als bei Wolff. Und wieder musste sie dafür den Kopf hinhalten. Aber es war zu spät zum Jammern. Er musste sie da rausholen. So schnell wie möglich. Wieder und wieder ging er seine Möglichkeiten durch.

Er sah nur eine Chance.

Mit ihnen durch das Frankfurter Terminal liefen Dienstreisende, die erleichtert ihre Sakkos ausgezogen und die Krawatten abgelegt hatten. Außerdem sahen sie braun gebrannte, verschwitzte Urlauber in bunten T-Shirts und kurzen Hosen. Jacobi kam sich vor wie im falschen Film. Aber auch das war nicht neu für ihn. »Bringt mich nach Hause«, sagte er kurz vor dem Ausgang.

Überrascht blieben die anderen stehen und sahen ihn mit großen Augen an.

»Das ist nicht der Zeitpunkt für Witze«, erklärte Bruno.

»Habt ihr immer noch nicht begriffen?«, fragte Jacobi. »Der Killer steckt in der Klemme. Er muss mich loswerden. So lange braucht er Katharina als Pfand. Er wird sich mit ihr verkriechen und abwarten. Wir werden ihn nie finden. Er muss mich finden.«

»Du willst den Lockvogel geben?«, fragte Bruno entsetzt.

»Kommt nicht infrage!«, sagte Körber. »Ich werde nicht zwanzig Mann opfern für Ihren Egotrip.«

»Das werden Sie.«

»Und warum sollten wir das tun?«

»Weil ich es Ihnen sage. Weil ich die einzige Möglichkeit für euch Pfeifen bin, die Sache zu regeln.« Mit diesen Worten ließ Jacobi die anderen stehen.

Als sich die Tür zur Außenwelt öffnete, blendete ihn die Sonne, und für einen Moment nahm ihm die Hitze den Atem.

KAPITEL 30

Die ganze Welt war eine Lüge, das wusste sie jetzt.

In Wahrheit bestand das Universum aus nichts weiter als einer stickigen, vergammelten Holzhütte, und der Fixstern, um den alles kreiste, war eine Plastikflasche mit abgestandenem Mineralwasser. Im schwachen Licht, das durch das vernagelte Fenster fiel, konnte Katharina ihre Umrisse erahnen. Es musste also Tag sein, aber sie kannte weder Datum noch Uhrzeit.

Die Flasche dagegen hätte sie auch in völliger Dunkelheit gefunden. Einen größeren Schritt nach vorn, einen halben nach rechts. Sie wusste genau, wie sie sich anfühlte, das Plastik, die Rundungen und Noppen, das verknickte Etikett. Der muffige Geruch, wenn sie den Verschluss öffnete. Zäher Speichel auf ihrem Gaumen. Die ersten Tropfen lauwarme Feuchtigkeit, die sie nach mehr schreien ließen. Wie unter Drogen. Seit sie zum ersten Mal in ihrem Gefängnis zu sich gekommen war, hatte sie sieben- oder achtmal die anderthalb Schritte gemacht und immer nur wenige Schlucke getrunken. Danach hatte sie regelmäßig ein kurzes, wildes Triumphgefühl überrollt, sich beherrscht, Widerstand geleistet zu haben.

Trotzdem wurde die Flasche mit jedem Schluck leichter.

Und war sie leer, würde der Fixstern erlöschen und damit alles Leben.

Auch ihres.

Sie hatte gehofft, der Mann würde zurückkehren. Damit

sich etwas änderte. Damit sie zumindest nicht allein war mit ihrem Durst. Aber sie hatte keine Ahnung, was dann geschähe. Was er tun würde.

Mit ihr.

So hatte sie versucht, zu dösen und nichts zu denken. In der Stille und Leere waren die Bilder gekommen. Plötzlich waren sie zu zweit, der Kidnapper und Ralf. Sein Gesicht konnte sie trotz der Dunkelheit genau erkennen. Er hatte sich kein bisschen verändert, war nicht älter geworden in all den Jahren. Dasselbe kalte Grinsen, der Genuss, Macht über sie zu haben.

Katharina hatte sich gezwungen, an etwas anderes zu denken. An ihre Familie. Den Geruch im Flur. Die Stimme ihres Vaters. An ihre kläglichen Gesangsversuche mit Manu, ihrer besten Freundin. Das stundenlange Lesen auf dem Fensterbrett. Warmer Sommerregen.

Dann waren die beiden Männer näher gekommen.

In diesen Momenten war Katharina aufgeschreckt, hatte die Augen aufgerissen und trotzdem nichts gesehen. Das hatte die Panik noch verstärkt, sie hatte an den Ketten gezerrt und sich die Handgelenke aufgescheuert, bis sie sich erinnerte, dass sie allein war. Doch die Erleichterung währte nur kurz. Und sie änderte nichts daran, dass das Wasser nicht reichen würde. Genauso wenig, wie Schreien oder Weinen etwas änderte. Wieder und wieder hatte sie sich eingeredet, dass der Mann sie noch brauchte. Aber auch das hatte nur immer mehr Kraft gekostet.

Katharina drehte den Kopf zur Seite. Die Flasche wirkte wie ein ausrangierter Leuchtturm auf einer weit vorgelagerten Insel. In der Dämmerung war er kaum auszumachen, verhieß aber trotzdem die Freiheit des offenen Meeres.

Vielleicht durfte sie noch einen Schluck trinken. Nur einen winzigen.

Mühsam richtete sie sich auf, als sie draußen Schritte im

Laub hörte. Ein Polizeikommando, das die Hütte stürmen und sie befreien würde? Angestrengt horchte sie, bis sie erkannte, dass es langsame Schritte einer einzelnen Person waren.

Er kam zurück.

Ihr erster Impuls war, dass sie Widerstand leisten musste. Das hatte sie aus der Erfahrung mit Ralf gelernt. Nachzugeben machte alles nur schlimmer. Gleichzeitig war ihr klar, dass sie auf keinen Fall übertreiben, sich keinen Fehler erlauben durfte. Bei diesen Gedanken spürte Katharina, wie die wenige Kraft aus ihrem Körper zu fließen schien. Doch sie stemmte sich dagegen, richtete sich weiter auf, klatschte sich auf die Wangen und fuhr sich durch die Haare. Als ob das einen Unterschied machte. Schließlich räusperte sie sich und schluckte zähen Schleim herunter.

Das Vorhängeschloss und die Tür der Hütte wurden geöffnet, und ein greller Lichtstrahl traf Katharina direkt im Gesicht. Sie senkte den Blick, hörte einige Schritte und sah eine Hand, die etwas auf den Boden stellte. Ihr wurde schwindelig.

Eine neue Flasche Wasser!

Dann erlosch das Licht. Trotzdem wagte sie nicht, den Kopf zu heben, sondern heftete ihren Blick weiter auf die Plastikflasche am Boden. Sie hörte, dass der Mann den Stuhl im hinteren Teil der Hütte ein wenig verrückte, bevor er sich setzte.

Stille.

»Ich hoffe«, sagte er nach einer Weile, »Sie haben sich ein wenig ausruhen können.«

Diese Worte waren so zynisch, und Katharina spürte Wut. »Danke der Nachfrage. Ich habe ausgezeichnet geschlafen. Aber das Frühstück lässt etwas zu wünschen übrig.«

»Ich bedauere die Umstände und hoffe, dass sich daran bald etwas ändert. Aber Sie wissen, dass ich dafür Ihre Hilfe brauche. Ist Ihnen inzwischen eingefallen, wo Jacobi sein könnte?«

Er sprach ruhig und verbindlich. Katharina ahnte, dass auch er in einer schwierigen Lage steckte. Er musste Jacobi finden. Weil der ihn gesehen hatte oder etwas über ihn wusste. Und dafür brauchte er sie. Für einen Moment gestattete sie sich den Gedanken, der Mann könne es ernst meinen. Sie würde ihm Jacobis Versteck nennen, und mit einem Schlag wäre alles vorbei. Ihr wurde schwindelig vor Erleichterung. Im selben Augenblick erinnerte sie sich, dass sie es weder sagen konnte noch durfte. Sie schämte sich für ihre Schwäche und richtete den Rücken auf, bis es schmerzte. »Ich habe Ihnen schon gesagt, dass ich es nicht weiß. Jacobi meldet sich nicht ab bei mir. Er tut, was er für richtig hält. Manchmal sieht man ihn wochenlang nicht. Also können Sie mich wochenlang hier festhalten. Sie können mich schlagen oder verdursten lassen. Ich werde es Ihnen trotzdem nicht sagen. Weil ich es nicht weiß.«

Nachdem die Worte verhallt waren, trat wieder Stille ein. Erkannte er, dass er so nicht weiterkam? Oder war sie zu weit gegangen? Zögernd hob Katharina den Kopf, sah aber nichts. Stattdessen hörte sie, dass er auf dem Stuhl herumrutschte. Er räusperte sich. »Schade. Ich hatte gehofft, Ihnen diese unangenehme Situation bald ersparen zu können. Aber das geht nicht, wenn Sie so stur sind.«

»Hören Sie nicht zu? Oder sind Sie zu blöd?«, entfuhr es ihr.

»Nein, bin ich nicht. Ich versuche nur, Ihnen eine Brücke zu bauen. Vielleicht sind Sie zu blöd hinüberzugehen.«

»Entschuldigung. Ich … bin müde und habe Durst.«

»Dann trinken Sie. Ich habe Ihnen frisches Wasser mitgebracht.«

Katharina dachte nicht nach, sondern machte einen größeren Schritt nach vorn und einen halben nach rechts. Sie griff die angebrochene Flasche. Was sie trank, schmeckte in diesem Augenblick wie eisgekühltes Mineralwasser mit einem Spritzer Zitrone. Sie leerte die Flasche in einem Zug und ließ sich zurück auf die Pritsche fallen.

»Besser?«, fragte der Mann.

»Ja, danke.«

»Gut. Dann lassen Sie uns gemeinsam überlegen, wo Jacobi sein könnte. In seiner Wohnung ist er schon länger nicht mehr gewesen. Seine Nachbarin – ich glaube, sie heißt Frey, Alma Frey – kümmert sich rührend um seinen Hund. Er ist wohl schon sehr alt. Jacobi scheint ziemlich an ihm zu hängen. Wäre ein Jammer, sollte den beiden etwas zustoßen.«

Katharina durchfuhr ein Schock. Der Typ war wirklich krank. Alma Frey kannte sie nur aus Jacobis Erzählungen, aber wenn Juri zu Schaden kam, würde er das nicht verkraften. Plötzlich lastete die Verantwortung für alle drei allein auf Katharinas Schultern. Sie hatte das Gefühl, keine Luft mehr zu bekommen. »Sie Schwein«, presste sie hervor, »Sie verdammtes, dreckiges Schwein!«

Dieser Ausbruch schien den Mann nicht zu beeindrucken. »Hat er Familie?«, fragte er genauso ruhig wie zuvor.

»Nicht hier.«

»Freunde?«

»Ich weiß nicht. Ja, vielleicht.«

»Ich brauche Namen und Adressen.«

»Ich kenne seine Freunde nicht.«

Wieder Stille. Unvermittelt traf Katharina der Lichtstrahl im Gesicht. Sie senkte den Kopf und hörte, dass der Mann aufstand und näher kam. Schließlich sah sie seine Fußspitzen dicht vor sich auf dem Boden. Einen Moment rührte er sich nicht, bis sie plötzlich eine heftige Ohrfeige traf. Ihre Wange brannte, und der dröhnende Schmerz in der Nase zog bis in die Stirn.

»Ich gebe mir Mühe mit Ihnen«, sagte er leise, aber eindringlich. »Verarschen Sie mich nicht.«

Katharina spürte Blut, das in einem feinen Rinnsal aus der Nase zum Mund lief. Sie erwartete einen nächsten Schlag und überlegte fieberhaft, was sie tun konnte. Sich einen Namen überlegen, nur damit er Ruhe gab. Sie zitterte.

Ihr fiel kein Name ein.

Der Mann beugte sich zu ihr herunter, ganz nah. Sie konnte sein Aftershave riechen und seinen Schweiß. »Namen«, flüsterte er.

Katharina schluckte. »Pfeifer.«

»Adresse.«

»Kenne ich nicht.«

Er legte seine Hand um ihren Hals. »Ich sagte: Verarschen Sie mich nicht.«

»Sie treffen sich regelmäßig in der Kneipe. Und manchmal gehen sie gemeinsam zum Fußball.«

Langsam drückte die Hand zu, presste ihren Kehlkopf zusammen. Angestrengt pumpte Katharina Luft durch die Nase. In diesem Augenblick klingelte das Handy des Mannes. Sofort ließ er von ihr ab, löschte das Licht und wandte Katharina den Rücken zu. Sie schnappte nach Luft. Dieser Ausbruch von Gewalt hatte sie völlig überrumpelt. Sie begriff, dass sie ihm keinen Millimeter trauen durfte.

Er war ihr Feind.

Noch immer klingelte das Handy.

Der Kidnapper zögerte, schien überrascht und irgendwie ratlos. Schließlich zog er sein Telefon hervor. »Ist gerade ungünstig«, erklärte er. »Rufen Sie später wieder an.«

Doch wer auch immer am anderen Ende der Leitung war, schien sich so leicht nicht abwimmeln zu lassen. Der Kidnapper jedenfalls hörte schweigend zu. In der Stille wagte Katharina, den Kopf Stück für Stück zu heben. Schließlich erkannte sie im Licht des Handydisplays das Profil des Mannes. Es wirkte anders als erwartet, weicher. Das irritierte Katharina, und sofort spürte sie wieder das Bedürfnis, Vertrauen zu ihm zu fassen. Möglicherweise war er gar nicht so grausam. Vielleicht waren es nur die Umstände, die ihn dazu zwangen. Er stand unter enormem Druck. Und wenn ihr gelang, ihm zu zeigen, dass sie ihn verstand, kam er vielleicht auch ihr entgegen.

»Was?«, fragte er nun hörbar überrascht. »Das ist nicht Ihr Ernst.« Mit diesen Worten verließ er die Hütte. Sofort spürte Katharina die ungeheure Anstrengung und den dringenden Wunsch, sich hinzulegen. Die Beine dicht an den Körper ziehen und eine Decke über den Kopf. Aber sie durfte nicht.

Draußen machte der Mann langsame, beinahe nachdenkliche Schritte durch das Laub, blieb stehen, hörte zu, ging weiter. Offensichtlich sprach er mit jemandem, der ihm Anweisungen erteilte. Mit jemandem, dem er sich nicht widersetzen konnte. Vielleicht unterschied sich ihre Situation tatsächlich gar nicht so sehr. War das ein Hebel, an dem Katharina ansetzen konnte? Angestrengt horchte sie nach draußen.

»Unmöglich«, lachte der Mann. »Das können Sie vergessen.«

Doch der Gesprächspartner schien nicht locker zu lassen.

»Hören Sie nicht zu?«, fragte der Kidnapper mit Ungeduld in der Stimme. »Das werde ich nicht tun. Ich tue, was vereinbart ist. Nicht weniger, aber auch nicht mehr.« Wieder machte er einige Schritte, bevor er erneut stehen blieb. »Was? Sie sind ja verrückt. Ist Ihnen das klar? Das ist komplett wahnsinnig.«

Nun wurden die Schritte schneller. Unruhig schien er hin und her zu laufen. »Tun Sie, was immer Sie wollen, aber halten Sie mich da raus.« Inzwischen hatte die Anspannung auch seine Stimme erfasst. Katharina zweifelte, dass es ein gutes Zeichen war. »Das werde ich nicht tun«, rief er, »verstanden?«

Wieder trat eine Pause ein, in der nur seine Schritte zu hören waren. Dann brachen sie abrupt ab. »Was? Was wollen Sie?«, fragte er seltsam tonlos. »Wenn Sie das tun, lasse ich Sie auffliegen. Dann mache ich Sie fertig«, drohte er, doch seiner Stimme fehlte die Kraft. Langsam machte sich Katharina ernsthaft Sorgen. Geriet hier etwas völlig außer Kontrolle?

»Sie sind krank«, sagte der Mann schließlich resigniert. »Sie sind ein verdammt kranker alter Mann.«

Unwillkürlich dachte Katharina an den anonymen Anruf vom Mai. An den Fremden, der sich bei Jacobi gemeldet und ihn aufgefordert hatte, die Suche nach Rebecca einzustellen. Der Stimme nach ein alter Mann, und Norman hatte den Eindruck gehabt, er sitze im Rollstuhl. Die Vorstellung, dass bei diesem ominösen Unbekannten tatsächlich die Fäden zusammenliefen, war aufregend für Katharina. Gleichzeitig ängstigte sie der Gedanke, wie leicht er den Kidnapper mit einem einzigen Anruf aus der Fassung bringen konnte. Vielleicht lag darin eine Chance für Katharina. Aber sie wusste nun auch, wie schnell die Situation eskalieren konnte. Sie musste höllisch aufpassen.

Nachdenklich betrat der Kidnapper wieder die Hütte, und Katharina richtete sich erneut auf. Doch er beachtete sie nicht. Er dachte nicht einmal daran, die Lampe einzuschalten. So konnte sie ihn im Licht, das durch die Tür einfiel, zum ersten Mal deutlicher betrachten. Er war nicht sonderlich groß, höchstens eins achtzig, schmale Statur, unscheinbar. Zu Jeans und Halbschuhen trug er ein kurzärmeliges graues Hemd. Leider wandte er ihr den Rücken zu, sodass sie sein Gesicht nicht sehen konnte. Bei diesem Gedanken durchfuhr Katharina eine Schockwelle. Sie durfte sein Gesicht nicht sehen! Ruckartig senkte sie den Blick. Hatte er bemerkt, dass sie ihn angestarrt hatte?

Erst jetzt schloss der Mann die Tür, und Katharina atmete erleichtert aus.

»Er ist verrückt«, sagte der Mann mehr zu sich, »komplett wahnsinnig.«

»Er ist alt«, antwortete Katharina.

»Ist das ein Grund? Allenfalls, ihn zu erschießen.«

»Dann tun Sie's doch.«

»Ja, das sollte ich wirklich. Leider verkriecht er sich.«

»Verstehe«, sagte Katharina gedehnt. »Er erteilt Ihnen seine Anweisungen per Telefon. Sie kennen ihn gar nicht, haben ihn noch nie gesehen.«

»Und wenn es so wäre?«

»Dabei sind Sie gewohnt, alles im Griff zu haben. Und jetzt müssen Sie zusehen, wie Ihnen die Kontrolle entgleitet.«

Katharina hatte den Eindruck, dass er sich zu ihr umwandte. »Und was denken Sie«, fragte er, »macht mich das berechenbar oder eher gefährlich?«

Langsam kam er wieder auf sie zu, und Katharina senkte den Kopf noch etwas tiefer.

»Sie haben eben etwas gesagt«, erklärte er.

»Was meinen Sie?«

»Er sei alt.«

Biss er an?

»Das haben Sie gesagt«, antwortete sie. »Am Telefon. Das Etablissement hier ist leider ziemlich hellhörig.«

Er blieb vor ihr stehen. »Nein«, sagte er leise. »Sie kennen ihn.«

»Ich? Woher?«

Wieder beugte er sich zu ihr herunter, bis sie seinen Atem an ihrem Ohr spüren konnte. »Sagen Sie mir, was Sie über ihn wissen«, flüsterte er. »Bitte.«

Katharina spürte ihren Herzschlag. Er schien ihr unendlich laut. Gerade vollführte sie einen Tanz auf dem Hochseil, unter ihr eine endlos tiefe Schlucht. Vielleicht konnte sie den Mann auf ihre Seite ziehen mit Informationen, die sie gar nicht besaß. Aber wenn sie aufflog, stürzte sie ab.

»Also?«, fragte er.

»Ich kenne ihn nicht, habe ihn auch nie gesehen.«

»Aber?«

»Wir haben einige Informationen.«

»Und?«

Katharina kniff die Augen zusammen. Beging sie gerade Selbstmord? »Er ist alt. Über sechzig, vielleicht älter.«

»Das sagten Sie schon.«

»Er sitzt im Rollstuhl. Und kommuniziert nur per Telefon.«

Sie hielt die Luft an, horchte. Wusste er das? Glaubte er ihr? Statt einer Antwort entfernte sich nach einer ganzen Weile sein Atem. Er schien sich aufzurichten, ein paar Schritte zurückzumachen. Vielleicht dachte er darüber nach, ob er das als besonders bemerkenswert oder demütigend empfand. Sie hoffte auf Letzteres.

»Was noch?«, fragte er schließlich. »Wie heißt er? Wo lebt er?«

»Was verlangt er von Ihnen? Was sollen Sie tun?«

»Das wollen Sie gar nicht wissen.«

»So schlimm?«

Er lachte schnaubend.

»Jetzt verstehe ich«, entfuhr es Katharina. »Er will Sie zum Sündenbock für alles machen. Für das, was Sie in seinem Auftrag getan haben. Denn Ihren Namen und Ihr Gesicht kennt er. Und damit erpresst er Sie und verlangt von Ihnen, noch einen Schritt weiterzugehen. Tun Sie es nicht, gibt er Ihren Namen an die Polizei. Und wenn Sie es tun, wahrscheinlich auch. Was ist es? Was sollen Sie tun? Wen sollen Sie töten?«

Katharina hörte einige Schritte und immer wieder das schnaubende Lachen. Hatte sie das Richtige gesagt? Immerhin hatte er sie nicht wieder geschlagen.

»Sie machen das gut«, sagte er aus der Dunkelheit. »Sie sind klug. Dann kennen Sie sicher auch seinen Namen. Verraten Sie ihn mir.«

»Seinen Namen kenne ich nicht.«

»Aber?«

»Wir wissen, wo wir suchen müssen. Wo, sage ich, wenn Sie mich gehen lassen.«

Eine ganze Weile rührte sich nichts. Offenbar dachte er über ihr Angebot nach. Schließlich kam er auf sie zu. Ihr Herz schlug wie wild. Würde er sich darauf ein- und sie tatsächlich freilassen?

Einen guten Meter vor der Pritsche blieb er stehen. Sie erahnte seine Schuhspitzen. »Ein verlockendes Angebot«, sagte er. »Aber ich arbeite doch lieber allein. Sie werden verstehen, dass ich sehr vorsichtig sein und mir gut überlegen muss, wem ich vertraue. Erst recht bei jemandem, der so charmant lügt wie Sie. Wenn Sie wüssten, wo er steckt, hätte die Polizei ihn längst geschnappt. Ich wette, Sie und die Kripo haben keine Ahnung.« Mit diesen Worten trat er zurück in die Dunkelheit, und Katharina ließ erschöpft den Kopf hängen. Es war alles umsonst gewesen. Er hatte sie durchschaut.

»Ach, und eins noch«, sagte er. »Es ist amüsant mit Ihnen. Leider denken Sie immer noch, das Ganze sei ein Spiel. Aber glauben Sie mir, das ist es ganz und gar nicht. Sie denken, es geht darum, Politiker zu töten? Vergessen Sie's. Das ist nebensächlich. Was dieser Mann vorhat, übersteigt alles, was Sie sich vorstellen können. Und wenn Sie hier lebend rauskommen wollen, rate ich Ihnen dringend, mit dem Spielen aufzuhören. Darin ist er haushoch überlegen. Ihnen. Mir. Allen.«

Katharina schluckte. Was der Mann gesagt hatte, klang nicht nach einer dumpfen Drohung, um sie einzuschüchtern.

Es klang nach echter Angst.

Katharina räusperte sich. »Und Sie? Werden Sie aufhören? Oder werden Sie tun, was er von Ihnen verlangt?«

»Ich? Ich werde Ihnen noch ein wenig Zeit geben zu überlegen, wo Jacobi stecken könnte. Die sollten Sie nutzen.« Mit diesen Worten ging er zur Tür, die er einen Spalt öffnete. Sofort senkte Katharina den Blick.

»Um Ihnen das Nachdenken zu erleichtern«, erklärte er, »habe ich Ihnen außer Wasser noch etwas in die Flasche gefüllt.«

»Was?«, entfuhr es Katharina.

»Salz.«

Sie schnappte nach Luft, während er die Tür von außen verriegelte. Schnell entfernten sich seine Schritte.

Katharina zitterte. Vor Erschöpfung. Weil sie aufgeflogen war und trotzdem davongekommen. Weil sich selbst der Kidnapper fürchtete vor dem, was er als Nächstes tun sollte.

Und wegen der Flasche.

Würde sie daraus trinken, würde sie wahnsinnig werden vor Durst. Rührte sie das Wasser nicht an, war sie in wenigen Stunden tot.

Katharina musste nicht überlegen, was sie tun würde.

Sie musste von hier verschwinden. Egal, wie.

KAPITEL 31

»Hatten die kein Bier dort, wo du die letzten Tage gesteckt hast?«, fragte Alma.

Irritiert sah Jacobi sie an.

»Du bist noch keine halbe Stunde hier, und es ist schon deine zweite Flasche.«

Seit er abgetaucht war, hatte Jacobi tatsächlich keinen Alkohol getrunken. Jederzeit hatte er einen klaren Kopf gebraucht. Jetzt genoss er die kurze Atempause. »Es war heiß und anstrengend«, erklärte er. »Aber ich werde mich zusammenreißen.«

Er saß in Almas Wohnzimmer, zwei Stockwerke über seiner eigenen Wohnung. Es dämmerte, und Juri lag zu seinen Füßen. Alles war angenehm vertraut, Almas Spott und der Geruch des Hundes. Noch ein paar Bier, und vielleicht konnte er sich sogar einreden, dass es vorbei war. Zumindest für den Moment.

»Wo bist du gewesen?«

Zögernd knibbelte Jacobi am Etikett der Bierflasche. »In einer Pension. Bei Freunden.« Dass er auch auf der Straße geschlafen hatte, sagte er nicht.

»Polizei und Presse haben einen ganz schönen Wirbel veranstaltet deinetwegen«, erklärte Alma. »Gesucht wegen Mordes an einem Politiker. Das muss man erst mal fertigbringen.«

»Glaubst du, ich habe etwas damit zu tun?«

»Natürlich nicht.« Sie hob eine Augenbraue. »Sollte ich?«

»Es tut mir leid wegen der Unannehmlichkeiten.«

»Unannehmlichkeiten, hm. Hörst du, Juri, wie überaus warmherzig er wieder von dir spricht?«

Träge klopfte der Hund mit dem Schwanz auf den Fußboden.

»Hauptsache, jetzt ist es vorbei«, sagte Alma. »Ist es doch, oder?«

»Ja«, antwortete Jacobi und hatte ein schlechtes Gewissen. Er kratzte sich an der Brust, wo das Mikrofon unter dem Hemd klebte, und hoffte, Körbers Leuten würden die Trommelfelle platzen. Zu seinem Schutz hatten sie sich auch in seiner Wohnung verstecken wollen. Das hatte Jacobi jedoch vehement abgelehnt. Das Mikro und ein Haufen Polizisten vor dem Haus waren der größte gemeinsame Nenner, den sie gefunden hatten.

Ein wenig kniff Alma die Augen zusammen. »Komisch, oder? So plötzlich. Und man hat gar nichts davon gehört.«

Wurde sie etwa misstrauisch? Er hoffte, nicht. »Alles ein blödes Missverständnis. Du kennst mich. Ich bin ziemlich gut darin, zur falschen Zeit am falschen Ort zu sein.«

»Und wer war es dann? Gibt es einen Verdächtigen?«

»Nein. Die Polizei hat keine Ahnung. Sind eben nur ein Haufen Idioten.«

Bedächtig nickte Alma, stand auf und ging zum Lichtschalter.

»Nein!«, rief Jacobi.

»Was ist?«, fragte sie erschrocken.

»Ich … ich würde lieber im Dunkeln bleiben. Ich muss mich erst wieder daran gewöhnen, sichtbar zu sein«, sagte er mit einem gequälten Lächeln und hoffte, dass sie ihm glaubte.

»Also gut«, sagte sie, »bleiben wir im Dunkeln sitzen, schweigen uns an und warten auf Juris nächsten Furz. Oder hast du eine bessere Idee?«

»Du könntest mir noch ein Bier holen.«

Alma hob eine Augenbraue. »Wehe, du kotzt mir auf mein Sofa«, sagte sie, bevor sie in die Küche ging.

In dem kurzen Moment allein spürte Jacobi, dass ihm nicht nach Reden war. Er wollte sehen, dass es Juri gut ging. Er hoffte, dass ihn Almas Stimme von seinen dunklen Gedanken ablenkte. Aber er erkannte, dass er sie in Gefahr brachte. Ein Griff zum Lichtschalter, ein unbedachter Schritt ans Fenster, und sie konnte ins Schussfeld des Mörders geraten. Das durfte er nicht riskieren.

Es war noch nicht vorbei.

Es hatte gerade erst wieder angefangen.

Alma kam mit zwei Flaschen Bier zurück. »Wenn du nicht reden willst, könnten wir was singen. Ich habe sehr schöne Karaoke-Versionen von Michael Jackson und den Bee Gees. Wenn du willst, greife ich dir in den Schritt.«

»Verlockendes Angebot, aber ein anderes Mal. Ich bin noch ziemlich fertig und heute wirklich kein guter Gesprächspartner.«

Er trug Juri die zwei Etagen nach unten, ohne Licht zu machen. Eine seltsame Stimmung beschlich ihn. Er war zu Hause und doch nicht. Im Wohnzimmer legte er den Hund auf dessen Platz auf dem Sofa. Vom Küchenfenster aus erkannte Jacobi mindestens ein halbes Dutzend Polizisten in Autos oder Hauseingängen. Er konnte nur hoffen, dass der Mörder blind war. Oder ein Volltrottel. Am besten beides.

Jacobi aß ein Stück Brot, verspürte jedoch keinen Appetit. Er machte sich ein weiteres Bier auf, aber es schmeckte ihm nicht mehr. Vor allem war es keine Lösung. Er ging zurück ins Wohnzimmer, und obwohl es nach hinten hinaus lag, hockte er sich auf den Fußboden vor das Sofa. Während ihn Juris fauliger Atem umwehte, fragte er sich, worauf er eigentlich wartete.

Er hatte gedacht, zurück in der Wohnung zu sein würde

bedeuten, zurück im Leben zu sein. Aber er verkroch sich genau wie zuvor. Es änderte nichts, und er fühlte sich schäbig beim Gedanken an Katharina. Um sich abzulenken, überlegte er, Lea anzurufen. Doch das wäre der endgültige Verrat an seiner Tochter, wenn die Schwachköpfe vom Staatsschutz alles mithörten.

So blieb er sitzen, bis er es nicht länger aushielt. Er trug Juri ins Schlafzimmer, schob ihn weit unter das Bett und befahl ihm, sich nicht von der Stelle zu rühren. Jacobi wusste, dass es irrational war, aber es gab ihm das Gefühl von ein wenig Sicherheit. Dann bewegte er sich langsam zurück über den Flur. In der Küchentür blieb er stehen und sah zum Fenster, das wie ein riesiges schwarzes Loch wirkte. Er hob die Hand. Sie zitterte. Ihm war klar, dass er ein enormes Risiko einging, aber er brauchte die Gewissheit, zurück auf dem Spielfeld zu sein.

Er schaltete das Licht ein.

Die Schritte zum Fenster fühlten sich an, als balancierte er über Holzplanken, die auf offener See trieben. Auf der Straße verfielen die Polizisten in Hektik. Trotzdem legte Jacobi den Kopf an die kühle Scheibe und zwang sich, die Augen zu schließen.

Zum letzten Mal?

Er konzentrierte sich auf seinen Atem, als das Telefon klingelte. Körber war außer sich, doch Jacobi erinnerte ihn daran, wie wichtig es war, dass der Mörder ihn fand. Und immerhin waren die Polizisten Profis. Damit legte er auf. Körber rief erneut an, doch Jacobi hob nicht ab. Schließlich läuteten sie Sturm an der Haustür, aber er reagierte nicht.

Stattdessen nahm er allen Mut zusammen und begann, vor dem Fenster in Prospekten zu blättern. Sein Herz schlug wild, und er verstand kein Wort von dem, was er las. Immer wieder sah er auf. Aufgeregt verständigten sich die Polizisten über Funk, aber nichts rührte sich. Nach zehn Minuten ließ die Anspannung etwas nach, und Jacobi kam sich albern vor.

Warum schoss er nicht einfach, damit es endlich vorbei war?

Bedächtig breitete Jacobi die Arme aus zu einer schlechten Jesus-Pose. Als er das Ziehen in den Oberarmen spürte, begriff er, dass der Mann hier nicht zuschlagen würde. Natürlich hatte auch er die Polizisten bemerkt.

Der Kerl war kein Volltrottel.

Erleichtert und gleichzeitig enttäuscht ging Jacobi hinüber ins Wohnzimmer. Dort setzte er sich an den Schreibtisch und vergrub den Kopf in den Händen. Er fragte sich, was er tun konnte, als ihn ein kurzes Piepen aufschreckte.

Das Handy, das ihm der Mörder im Botanischen Garten hinterlassen hatte. Es leuchtete auf.

Er schickte ihm eine Nachricht.

Jacobi zögerte. Was würde ihm der Mörder sagen? Dass er die Polizisten bemerkt hatte und Katharina nun tötete? Schon blitzten die ersten Bilder auf. Der Lauf der Waffe direkt vor ihrem Gesicht. Bevor der Schuss fiel, tippte Jacobi auf das Display. Der Text war kurz. »23.30 Rigaer Straße 41. Allein. Keine Polizei. Kein Mikro.«

Jacobis erster Impuls war Erleichterung. Katharina lebte, sonst ergab die Nachricht keinen Sinn. Und natürlich hatte der Mörder die Polizisten bemerkt und erkannt, dass er so nicht an sein Ziel kommen würde. Jacobi lief hinüber in die Küche und trat in der Dunkelheit neben das Fenster. Er konnte keine auffällige Gestalt entdecken. Aber sicher war er irgendwo dort draußen. Oder dort gewesen. Jacobi stellte sich vor, wie sie sich gegenüberstanden zum finalen Duell. Noch immer sah er das Gesicht vor sich, obwohl sich die Einzelheiten langsam auflösten. Sie traten aufeinander zu. Jacobi war bewusst, dass er keine Waffe und damit keine Chance besaß. Aber er spürte das überwältigende Gefühl, es ein für alle Mal zu Ende zu bringen. So entschloss er sich, der Aufforderung zu folgen. Für einen Moment überlegte er, Bruno zu informieren. Aber wenn er allein ging, trug hauptsächlich er das Risiko. Nahm er die Polizei mit, brachte er vor allem Katharina in Gefahr.

So ging er ins Schlafzimmer und knöpfte sein Hemd auf. »Ich glaube, er kommt heute nicht mehr«, sagte er ins Mikrofon. »Ich bin fertig. Ich geh schlafen. Und ihr haltet die Augen offen. Wir wollen ja nicht, dass mir was passiert.« Einige Male strich er absichtlich mit dem Stoff über das Mikro, bevor er die Bettdecke durchschüttelte. Dann kam der schwierigste Teil. Ganz behutsam zog er den Klebestreifen von der Brust, mit dem das Kabel befestigt war. Es tat blödsinnig weh, aber er gab keinen Laut von sich. Stolz ging er in die Knie und legte das Mikro dem schlafenden Juri vor die Nase. Gerne hätte er den Hund gefragt, ob er das Richtige tat. Stattdessen streichelte er ihm nur kurz über den Kopf, bevor er auf Zehenspitzen die Wohnung verließ und die Tür anlehnte.

Auf Socken schlich er die Treppe hinunter, und erst im Keller zog er die Schuhe an. Jacobi spähte in den Hof, erkannte nichts und lief in die Dunkelheit. Zwischen einigen Sträuchern wuchtete er sich über die Mauer zum Nachbargrundstück. So lief er ein ganzes Stück parallel zur Straße, bis er glaubte, genug Abstand zwischen sich und seine Beschützer gebracht zu haben. Aus einer Hofeinfahrt blickte er zurück auf die Polizisten und spürte einen kurzen Schwindel. Denn so unbemerkt, wie er aus dem Haus hatte abhauen können, hätte der Mörder auch hineinkommen können.

Am Schwedenplatz stieg er in ein Taxi, und kurz darauf sah Jacobi in die Nacht hinaus. Ihm blieb etwas mehr als eine halbe Stunde. Die Rigaer Straße sagte ihm nichts, und er fragte sich, was ihn dort erwartete. Ob er irgendeine Chance besaß oder geradewegs zu seiner eigenen Hinrichtung fuhr. Erstaunlicherweise verspürte er kaum Angst. Bis hierher hatte es überraschend gut geklappt. Und er wollte es endlich hinter sich bringen.

Er bemerkte den prüfenden Blick des Taxifahrers, verspürte aber kein Bedürfnis, irgendetwas zu erklären. »Ich weiß, dass ich ihm ähnlich sehe«, sagte er nur und blickte wieder zum Fenster hinaus.

Als das Taxi nach etwa fünfzehn Minuten sein Ziel erreichte, überkam Jacobi doch eine Gänsehaut. Im Scheinwerferlicht erkannte er mehrere Baukräne und erahnte Container, Erdhaufen und Stapel mit Material vor einem riesigen Gebäude. Der Mörder hatte ihn zu einer Baustelle mitten im Nirgendwo bestellt. So sah Jacobi dem Taxi besorgt nach, als es in der Dunkelheit verschwand. Jetzt war er also endgültig auf sich allein gestellt.

Warum hatte er nicht wenigstens Bruno mitgenommen?

Langsam tastete er sich voran, als das Handy wieder aufleuchtete. Reflexartig ging Jacobi in die Knie, blickte sich um, erkannte aber nirgends eine dunkle Gestalt. Trotzdem hatte ihn der Mörder sicher längst im Visier und konnte ihn töten, wann immer er es für angebracht hielt. Ein wenig Hoffnung machte ihm die Vorliebe des Kerls, seine Opfer aus nächster Nähe zu erschießen. Vielleicht hatte Jacobi eine winzige Chance, wenn es ihm irgendwie gelang, ihn auf Distanz zu halten.

Er öffnete die Nachricht.

»2. OG links, Großraumbüro.«

Das war alles.

Jacobi holte Luft, rannte geduckt hinüber zum Gebäude und drückte sich an die Wand neben der Eingangstür. Sie war ein Provisorium aus schwerem Metall, stand aber einen Spalt offen. Ein Nadelöhr, dachte Jacobi, die perfekte Stelle, um ihm eine Pistole direkt ins Gesicht zu halten. Er blickte hinter sich. Durch die Fenster würde er nicht hineinkommen. Jedenfalls nicht, ohne den Mann auf sich aufmerksam zu machen.

Er sah auf die Uhr. Ihm blieben noch etwas mehr als zehn Minuten. Und wenn er nicht erschien? Wenn er einfach kehrtmachte und sich in sein Bett legte? Schließlich konnte der Mörder Katharina nichts tun, solange Jacobi mit seinem Bild im Kopf herumlief.

Es bliebe beim Patt.

Ein endloses Patt mit Katharina als Opfer.

Weil Jacobi zu feige war.

Vorsichtig trat er neben den Türspalt und spähte hindurch. Ein größeres Foyer, in dem er jede Menge Arbeitsmaterial erahnte, Leitern, Eimer, Kisten. Auf der gegenüberliegenden Seite schien eine Treppe nach oben zu führen.

Jacobi schluckte, schob seine Angst mit aller Kraft in irgendeinen hinteren Winkel seines Körpers und zwängte sich durch den Spalt. Drinnen roch es nach Staub und Farbe. Mit fast jedem Schritt sah er sich nervös um und glaubte, schattenhafte Gestalten zu erkennen, doch nichts rührte sich. Nur Dreck knirschte unter seinen Schuhen. Nach etwa der Hälfte des Weges zur Treppe trat er gegen etwas am Boden, das mit lautem Scheppern gegen weiteres Material stieß. Der Lärm schien ohrenbetäubend, und Jacobi wollte sofort abhauen. Doch als das Echo verhallt war, senkte sich wieder Stille über das Foyer.

Ohne weitere Zwischenfälle erreichte er die Treppe und spürte Erleichterung, aus der Schusslinie zu sein. Im selben Augenblick wurde ihm bewusst, dass ihn der Mörder sehr gut am Ende der Stufen erwarten konnte. Sobald Jacobi den Boden der ersten Etage in Kopfhöhe erahnte, blieb er stehen und blickte sich um.

Er sah nichts als Dunkelheit.

Hastig lief er weiter und reckte den Kopf in die zweite Etage.

Wieder nichts.

Oben wandte er sich nach links und tastete sich an der Wand entlang. Er spürte den rauen Putz unter seinen Fingern. An der ersten Türöffnung blieb er stehen. Vorsichtig spähte er um die Ecke und erkannte ein relativ kleines Zimmer. Das konnte nicht das Großraumbüro sein, zu dem er bestellt war.

Weiter tastete er sich vorwärts, und hinter der übernächsten Türöffnung erkannte er einen riesigen Raum. Vor der Fensterfront gegenüber erahnte Jacobi große Kabelrollen, die Umrisse einer Tischkreissäge und Stapel mit Dämmmaterial. Rechts von ihm schien ein Teil des Raumes mit einer Plane abgetrennt zu sein. Dahinter bot sich vielleicht ein brauchbares Versteck.

Für Jacobi.

Für den Mörder.

So wandte sich Jacobi stattdessen nach links und hockte sich nicht weit von der Tür hinter einen Stapel Glaswolle. Die Ballen boten lausige Deckung, aber vielleicht bemerkte er hier, wenn der Mörder den Raum betrat. Jacobi verspürte ein starkes Bedürfnis, ihn zu sehen. Sich auf ihn zu stürzen und ihm die Fresse zu polieren. Gleichzeitig wusste er, dass es ihn zwar erleichtern, Katharina aber nicht helfen würde. Wie also würde ihre Begegnung verlaufen? Würden sie nett plaudern? Oder würde ihn der Mörder immer weiter in die Enge treiben, bis er Jacobi abknallen konnte wie ein Kaninchen?

Das Handy vibrierte.

In einem ersten Impuls wollte Jacobi abheben, als ihm klar wurde, dass er dadurch sein Versteck verriet. Er drückte das Gespräch weg, legte das Telefon neben sich auf den Boden und kroch hastig an der Wand entlang Richtung

Fenster. Dort kauerte er hinter einer Tischkreissäge. Sie bot noch weniger Deckung als das Dämmmaterial, aber er ertastete ein Holzstück. Damit konnte er notfalls einigen Schaden anrichten. Nur langsam beruhigten sich Atem und Herzschlag.

»Warum gehen Sie nicht ran, Herr Jacobi?«, fragte eine ruhige Männerstimme.

Jacobi zuckte zusammen. Er war also längst hier und der Richtung des Schalls nach nicht weit von der Tür entfernt. Gerade noch rechtzeitig hatte Jacobi den Platz gewechselt. Doch was konnte er jetzt tun? Wenn er nicht antwortete, verlor der Mörder vielleicht die Geduld, und alles war umsonst. Sagte Jacobi etwas, verriet er sein Versteck und saß in der Falle.

»Warum antworten Sie nicht, Herr Jacobi? Sind Sie nicht gekommen, um mit mir zu reden?«

Jacobi begriff, dass seine einzige Chance darin bestand, immer wieder den Platz zu wechseln, und das am besten unbemerkt. Er hatte keine Ahnung, wie das gehen sollte. »Sie haben mich herbestellt. Also sagen Sie, was Sie wollen.«

»Grüße von Frau Beck ausrichten. Sie macht sich große Sorgen.«

Jacobi biss sich auf die Lippe und zwang sich, nicht daran zu denken, was sie gerade durchmachte. »Sagen Sie ihr, es geht mir gut.«

»Sind Sie sicher?«

»Ich bin rehabilitiert. Die Polizei weiß, dass ich nichts zu tun habe mit dem Mord an Vahlen. Ganz im Gegensatz zu Ihnen. Wenn die Kripo ein Phantombild macht, können Sie sich nur verkriechen. Und von der anderen Seite nimmt Sie Ihr Auftraggeber in die Zange.«

Ein wenig weiter rechts erkannte Jacobi mehrere größere Kabelrollen. Auf allen vieren kroch er so schnell und leise wie möglich hinüber und kauerte sich dahinter.

»Warum verstecken Sie sich vor mir?«, fragte der Mann. »Ich möchte doch nur mit Ihnen plaudern. Zum Beispiel über dieses ominöse Phantombild. Ich glaube, das ist nur leeres Geschwätz. Kein Bild, nur ein Phantom.«

Die Stimme klang näher, und nun hörte Jacobi auch leise, knirschende Schritte. Der Mann kam direkt auf ihn zu, und er musste schnellstens wieder verschwinden. Wandte er sich aber weiter nach rechts, wäre seine Silhouette vor den Fenstern zu erkennen. Ihm blieb nur die Richtung, aus der er gekommen war. Jacobi schleuderte das Holzstück an den Fenstern entlang und kroch selbst zurück nach links, vorbei an der Kreissäge und wieder hinter die Glaswolle.

»Alles in Ordnung bei Ihnen?«, fragte der Mann, als das Scheppern des Holzstückes abgeklungen war.

Jacobi presste Luft durch die Nase und hoffte, sich nicht allein dadurch zu verraten. Er ertastete das Handy auf dem Boden und spähte um den Rand der Ballen herum. Dabei erkannte er die Umrisse des Mannes dicht vor der Fensterfront. Gut so.

Blieb die Frage, wie lange Jacobi diesen Wahnsinn durchhielt.

»Sie können Katharina gar nicht töten«, sagte er trotzig. »Sie ist Ihr Pfand. Ohne sie sind Sie zum Abschuss freigegeben. Ihre Lage ist nicht sonderlich rosig. Genau genommen ist sie ziemlich jämmerlich. Aber vielleicht kann ich etwas für Sie tun.«

»Ich bin gespannt.«

Jacobi horchte auf die Schritte. Sie kamen näher. Ihm blieb nicht viel Zeit. »Sie wissen, was ein Kronzeuge ist. Ich würde mich für Sie einsetzen, wenn Sie sich stellen und Katharina unversehrt freilassen.«

Die Schritte stoppten. Überlegte der Kerl tatsächlich? »Das würden Sie für mich tun?«

Auf der anderen Seite der Türöffnung hing die große

Plane. Jacobi hatte keine Ahnung, was sich dahinter verbarg. Aber er musste weg. »Ich habe das Wort des Kommissars. Er ist ein Freund von mir. Und ich werde über Kaltenborns Lügen schreiben und dass Ihr Auftraggeber Sie in eine Falle gelockt hat.«

Stille.

Der Mann schien sich nicht zu rühren. Dachte er tatsächlich nach oder schätzte er ab, wo sein Gegner sich verbarg? Jacobi hielt es nicht länger aus und krabbelte an der Tür vorbei Richtung Folie. Dabei stieß er an ein Werkzeug, das kreischend über den Betonboden rutschte. Hastig kroch Jacobi unter dem Kunststoffvorhang hindurch. Dahinter lagen weiteres Material und Stapel von Kisten. Der Raum schien kleiner als der auf der anderen Seite, bot aber bessere Deckung. Erschöpft hockte er sich mit dem Rücken an einen großen Kasten.

»Das würden Sie tun?«, wiederholte der Mann. Doch nun klang die Stimme deutlich näher! Jacobi schluckte und sah sich hektisch um. In diesem Augenblick bewegte sich eine schmale Silhouette vor dem Fenster, keine fünf Meter von ihm entfernt. Jacobi presste sich an die Kiste und wagte nicht zu atmen.

»Leider lügen Sie, Herr Jacobi. Sie können mir gar nichts garantieren. Und ein Mörder ist der Öffentlichkeit nicht als Opfer zu vermitteln. Nicht mal, wenn er korrupte Politiker tötet.«

Zitternd spähte Jacobi zur Fensterfront. Die Silhouette war verschwunden, und die Schritte entfernten sich. Er schloss die Augen und spürte seinen Herzschlag im Hals und in den Zehen.

»Wann begreifen Sie endlich, dass es kein Spiel ist, Herr Jacobi? Hören Sie auf, alle Welt manipulieren zu wollen. Das hat Frau Beck auch versucht. Jetzt geht es ihr nicht gut.«

Jacobi riss die Augen auf. »Was haben Sie mit ihr gemacht?«

»Es ist die Hitze. Sie hat großen Durst.«

»Sie Schwein! Sie gottverdammtes Schwein!«

»Genau das hat sie auch gesagt.«

Jacobi kostete es alle Selbstbeherrschung, nicht aufzuspringen und den Kerl zu erwürgen. Stattdessen kroch er weiter Richtung Fenster. Hinter einigen Kisten blieb er erschöpft sitzen. Er war mit seiner Kraft am Ende. In diesem Augenblick war ihm egal, ob ihn der Mörder doch noch entdeckte. »Glauben Sie allen Ernstes, dass Sie heil aus dieser Sache herauskommen?«

»Ja«, antwortete der Mann, »und zwar mit Ihrer Hilfe. Sehen Sie, ich will Ihnen gar nichts tun. Kommen Sie doch raus. Das macht das Reden leichter.«

»Ich bleibe, wo ich bin. Was wollen Sie?« Angestrengt wartete Jacobi auf Schritte, die sich näherten. Aber der Mann schien sich nicht zu bewegen.

»Sie wissen, dass im Taunus widerrechtlich nach Erdgas gebohrt wird?«, fragte der Mann. »Das ist gefährlich für Mensch und Umwelt.«

»Rührend, dass Sie so besorgt sind«, antwortete Jacobi.

»Und Sie haben einen guten Draht zu Kaltenborn.«

»Kommen Sie zum Punkt.«

»Ich möchte, dass Sie einen Auftritt von Kaltenborn organisieren. Vor Ort im Taunus. Öffentlich soll er sich zu seinen Tricks und Lügen bekennen. Und alle sollen ihm dabei zusehen, Presse, Fernsehen und die Bürger von Frankfurt. Ich gebe Ihnen zwei Tage Zeit. Andernfalls wird Frau Beck sterben, und zwar sehr qualvoll.«

Für einen winzigen Moment spürte Jacobi Erleichterung bei der Vorstellung, dass endlich Kaltenborn die Verantwortung übernehmen sollte für alles, was er angerichtet hatte. Dann erkannte er die ganze Tragweite des Plans.

»Sie wollen ihn töten, während die ganze Stadt dabei zusieht?«

»Entwickeln Sie plötzlich Mitgefühl mit ihm?«

»Sie sind krank, so unglaublich krank.«

»Sie sollten sich eher Sorgen um Frau Beck machen.«

Jacobi fiel schwer, es zuzugeben, aber der Mann hatte recht. »Ich will einen Beweis, dass sie noch lebt«, rief er. »Alle vier Stunden.«

»Bekommen Sie. Wir sind also im Geschäft.«

Jacobi schloss die Augen und sah Kaltenborn in dessen Büro. Getroffen vom Schuss sackte er in seinem Stuhl zusammen. Aber er lebte. Dieses Mal würde der Mörder ihn töten, daran bestand kein Zweifel. »Ich werde sehen, was ich tun kann«, sagte Jacobi. »Aber wenn das hier vorbei ist, mache ich Sie fertig. Ist Ihnen das klar? Ich werde Sie jagen, bis ich Sie erledigt habe wie einen räudigen Köter, verstanden?«

Der Mann antwortete nicht.

»Hat es Ihnen die Sprache verschlagen?«

Stille.

Vorsichtig lugte Jacobi um die Ecke.

Nichts.

Auf allen vieren kroch er zur Plane und schob sie ein Stück zur Seite. Sorgfältig tastete er mit den Augen die Dunkelheit ab.

Er schien tatsächlich allein zu sein.

KAPITEL 32

Die Tropfen waren perfekt.

Vollkommen rund, kühl und weich perlten sie über ihre Haut. Sie musste nur die Zunge ein kleines bisschen ausstrecken, und sofort würde sich die Feuchtigkeit in ihrem Mund ausbreiten. Eine kalte Erfrischung an einem heißen Sommertag. Für einen Moment sah sie sich einen Cocktail trinken, unter einem Sonnenschirm in einer Strandbar. Das Glas war durch die Eiswürfel leicht beschlagen.

Aber Katharina presste die Lippen zusammen. Sie würde nicht trinken, nicht einen Tropfen, weder aus der Wasserflasche noch ihren eigenen Schweiß, der über ihr Gesicht rann. Rücklings und in völliger Dunkelheit lag sie auf dem staubigen Fußboden unter der Pritsche. Eine gefühlte Ewigkeit hatte sie immer wieder versucht, mit den Fingern die Schrauben zu lösen, mit denen die Kette, die sie gefangen hielt, an der Wand der Hütte befestigt war. Dabei hatte sie sich die Nägel eingerissen und die Haut blutig geschürft. Schweiß und Dreck brannten in den Wunden, aber die Verankerung hatte sich nicht einen Millimeter bewegt. Nun stemmte sie sich mit den Füßen gegen das Holz und mühte sich, die Kette aus der Wand zu reißen.

Vergeblich.

Erschöpft ließ sie los und den Kopf zurück auf die Bodenbretter sinken. Nur langsam ebbte der Schmerz in Händen und Unterarmen ab. Dafür spürte sie den Druck im Gaumen. Doch sowenig, wie sie salziges Wasser trinken durfte, würde sie weinen. Bei Ralf hatte sie geweint, und er hatte ihr das Furchtbarste angetan, was sie sich vorstellen konnte. Danach hatte sie sich geschworen, nie wieder zum Opfer zu werden, nur weil sie zu brav oder zu schwach war. Gegen Wolff hatte sie sich gewehrt, obwohl sie keine Chance gehabt hatte.

Und sie hatte gewonnen.

Noch einmal kratzte sie alle Kraft zusammen und zog und zerrte an der Kette. Rücken und Nacken stachen, die Handflächen brannten. Katharina fluchte und stampfte wütend mit dem Fuß gegen die Wand, bis ihr das Metall durch die klammen Finger rutschte.

Zusammengekrümmt blieb sie liegen und atmete jahrealten Staub. So also sollte das Ende sein. Der einzige Widerstand, den sie noch leisten konnte, war, nicht aus der Flasche mit dem Salzwasser zu trinken. Sie würde qualvoll verdursten.

Katharina zog die Knie dicht an den Körper und legte die Arme um den Bauch, soweit es die Handschellen erlaubten. Wenn ihr Körper weiter an diesen schrecklichen Ort gefesselt war, wollte sie wenigstens in ihrer Fantasie von hier verschwinden. Sie presste die Augen zusammen und versuchte, sich an ihre Lieblingsmusik zu erinnern. Sie sah Baumkronen im Wind rauschen und aus ihrem Zimmer in den Garten ihrer Eltern.

Einschlafen und nie wieder aufwachen.

Mit dem Fuß stieß sie sich ab von der Wand, um zurück auf die Matratze zu kriechen, die immerhin etwas weicher war. Dabei spürte sie einen brennenden Schmerz im rechten Oberschenkel. An einem scharfen Metall, das aus dem Bettgestell ragte, musste sie sich böse gekratzt haben. Sie tastete ihr Bein entlang. Der dünne Stoff der Hose war eingerissen und die Haut darunter warm und feucht. Sie fluchte, trat mit dem Fuß immer wieder gegen das Metall, doch es gab nicht nach. Nicht einmal das klappte. Stattdessen würde sie sich nun auch noch eine Blutvergiftung einfangen. Mit den Fingerspitzen fuhr sie über das Bettgestell, bis sie einen scharfkantigen Metallstift spürte, der mehrere Zentimeter senkrecht nach unten wies. Der Durchmesser musste fast einen Zentimeter betragen. Dadurch ließ sich der Stift überhaupt nicht bewegen.

Vorsichtig befühlte Katharina die Ränder der Wunde auf ihrem Oberschenkel, als ihr etwas einfiel. Sie schob eines der Kettenglieder über den Metallstift und versuchte so, es aufzubiegen. Sie mühte sich, erkannte aber schnell, dass sie auf diese Weise nicht ausreichend Hebelwirkung aufbringen konnte. Ein weiteres Mal stemmte sie die Füße gegen die Wand, zog die Kette stramm, schob ein neues Glied über das Metall und versuchte mit aller Kraft, es nach links zu biegen. Ihr ganzes Gewicht legte sie in diesen Versuch, schürfte sich den Handrücken am Bettgestell und ließ erst los, als sie ihren Körper nicht länger halten konnte. Wenig optimistisch fuhr sie mit dem Finger über die Kettenglieder – und spürte eine Kante!

Es bewegte sich etwas!

Hastig spannte sie die Kette wieder über den Stift und drehte sich nun mit ihrem ganzen Körper nach links, um noch mehr Kraft zu entfalten. Das Metall knirschte. Katharina schnaufte, stöhnte und fluchte. Ihre Hände brannten, aber sie gab nicht nach. Schließlich tat es einen Knall, ein Ruck durchfuhr ihren Körper, die Kette schepperte, und Katharina kippte auf die Seite. Eine Wolke trockenen Staubes umwehte ihre Nase.

So blieb sie liegen, bis sich auch Schreck und Staub gelegt hatten. Dann zog sie langsam an der Kette. Glied für Glied ließ sie durch die Finger gleiten, bis sie das Ende in Händen hielt! Sie hatte es geschafft, tatsächlich geschafft! Sie schrie und jubelte, stampfte mit den Füßen gegen die Wand, während ihr die Tränen über die Wange liefen. Sie hatte sich gewehrt und es wieder geschafft.

Sie war frei!

Langsam und ungläubig kroch sie unter der Pritsche hervor. Dabei achtete sie auf das schabende Geräusch der Kette, die über den Boden glitt. Jeden Augenblick rechnete Katharina damit, dass sich das Metall spannte und sie sich ihre Befreiung nur eingebildet hatte.

Doch nichts dergleichen geschah.

Mühsam richtete sie sich auf, wackelig auf den Beinen. Sie spürte die Anspannung und Schmerzen im ganzen Körper, aber das war nichts gegen das unglaubliche Gefühl von Freiheit und Lebendigkeit. Sie stellte sich vor, endlich wieder frische Luft zu schnappen. In diesem Moment schien der Weg zurück durch den nächtlichen Wald, in dem sie sich befinden musste, nicht mehr als ein wunderbarer Spaziergang.

So tastete sich Katharina in der Finsternis einige Schritte Richtung Tür. Dabei machte sie bewusst einen Bogen um die Flasche auf dem Fußboden. Das Symbol ihrer Folter strafte sie mit Missachtung. Stattdessen rüttelte sie am Türgriff und hörte, wie das Vorhängeschloss von außen gegen das Holz schlug. Doch darüber machte sie sich keine Sorgen. Jetzt war sie sicher, hier herauszukommen. Sie konnte alles schaffen. Die Kraft kehrte zurück, und sie hatte das Gefühl, es sogar mit ihrem Peiniger aufnehmen zu können. Einen Augenblick stellte sie sich vor, er käme zurück, und sie würde sein Gesicht sehen. Seine Überraschung, die Erkenntnis, dass er verloren hatte. Sie würde es genießen, und sie schämte sich nicht dafür.

Langsam tastete sie sich in den hinteren Teil der Hütte, die gefesselten Arme weit vorgestreckt. Sie erspürte den Tisch, von dem sie inzwischen genau wusste, wo er stand. In kleinen Schritten bewegte sie sich seitlich darum herum, während die Kette hinter ihr über den Boden schleifte.

Ein wunderbarer Klang.

Mit dem Fuß trat sie gegen das Stuhlbein, das schabend über den Boden rutschte. Katharina tastete die Lehne aus altem Holz und setzte sich behutsam, den Kopf zur Pritsche gerichtet. Sie konnte nichts sehen, es war absolut dunkel. Trotzdem genoss sie unendlich das Gefühl, auf dieser Seite des Tisches zu sitzen. Nun stellte sie sich vor, der Kidnapper säße auf der Pritsche, gefesselt und durstig. Sie spürte ein kaltes Grinsen auf ihrem Gesicht. Dann wurde ihr übel.

Seitlich rutschte sie vom Stuhl auf die Knie. Hier in der Ecke hatte der Kerl einiges Material abgestellt, als er in der Dämmerung ein weiteres Mal aufgetaucht war. Katharinas Finger krochen über den staubigen Holzboden, bis sie auf kaltes Metall stießen. Eine Kiste. Darin schmale Eisenteile. Werkzeug. Ein Werkzeugkasten. Daneben ein größerer Plastikbehälter mit abgerundeten Kanten, oben ein Griff. Ein Kanister? Langsam kippte sie ihn ein wenig zur Seite und hatte den Eindruck, dass sich innen etwas bewegte, aber sehr träge. Also kein Benzin. Was dann? Sie hatte keine Ahnung, dafür ein beunruhigendes Gefühl. Schnell ließ sie ihre Finger weiterwandern und spürte etwas Rundes. Eine Scheibe aus Metall. Sie tastete am Rand entlang, dann nach unten. Eine Schnur. Oder ein Kabel. Eine Kabeltrommel. Was hatte das zu bedeuten? Ganz sicher würde ihr Entführer in der Hütte kein Licht verlegen. Plötzlich durchzuckte Katharina ein Schreck. Wollte er die Hütte in die Luft jagen, um Spuren zu beseitigen? Mit ihr darin?

Höchste Zeit, von hier zu verschwinden.

Sie zog den Stuhl hinter sich her zum Fenster. Es war von außen mit Brettern vernagelt, aber Katharina hoffte, dass sie in ähnlichem Zustand waren wie der Rest der Hütte. Mit beiden Händen hob sie den Stuhl an, kniff die Augen zusammen und drehte den Kopf zur Seite. Dann stieß sie zu. Die Scheibe schepperte, brach aber nicht. Mit halber Kraft würde sie nicht weiterkommen. So holte sie tief Luft und stieß den Stuhl mit voller Wucht gegen das Fenster. Das Glas splitterte, und auch zwei der Bretter lösten sich. Sofort strömte Luft herein. Katharina schloss die Augen und hatte den Eindruck, noch nie etwas Schöneres, Frischeres, Weicheres gerochen zu haben. Selbst die Geräusche des Waldes hatten in diesem Augenblick etwas sehr Beruhigendes. Nach einer Weile spürte sie sogar die Sonne auf ihren Lidern.

Einen Augenblick genoss sie ihre neue Freiheit, als ihr eine Erkenntnis schmerzhaft durch den Körper jagte.

Es war Nacht.

Die Sonne konnte nicht scheinen.

Katharina riss die Augen auf und bemerkte das Flackern einer starken Lampe in einiger Entfernung. Hatte Jacobi nach ihr gesucht und sie endlich gefunden? Sie spürte den mächtigen Impuls, laut zu schreien und zu jubeln, doch im selben Augenblick erstarb er in ihrem Hals.

Das grelle Licht. Der Entführer.

Er kam zurück.

Hektisch, panisch hämmerte Katharina mit den Fäusten gegen die Reste der Scheibe und die weiteren Bretter. Sie ignorierte, dass sie sich mehrfach schnitt. Stattdessen suchte sie immer wieder das Licht der Lampe. Sie hatte den Eindruck, dass es näher kam. Schnell näher kam.

Mit beiden Händen griff Katharina schließlich den oberen Rahmen des Fensters, zog sich daran hoch und sprang hinaus. Sie landete auf einem Ast und knickte um. Vom linken Knöchel bis in die Wade hinauf stach der Schmerz. Doch dafür hatte sie keine Zeit.

Humpelnd lief sie los, ohne ein Ziel. Nur weg vom Licht. Hinein in die Dunkelheit, die ihr vielleicht Schutz bieten würde. Die gefesselten Hände hinderten sie, und nun erzeugte die lange Kette im trockenen Laub infernalischen

Lärm. Immer wieder drehte sich Katharina um, und jedes Mal war das Licht näher gekommen. Längst musste der Mann erkannt haben, dass sie flüchtete. Sie musste schneller sein.

Schneller!

Katharina verbot sich, noch einmal zurückzuschauen. Stattdessen versuchte sie, im Laufen die Kette aufzusammeln. Dadurch würde sie schneller sein. Bei jedem Schritt biss sie sich auf die Lippe, um dem Schmerz im Fuß etwas entgegenzusetzen. Schließlich trug sie mit beiden Händen ein Knäuel aus Kettengliedern, als sie plötzlich ihre Füße in der Dunkelheit sehen konnte. Reflexartig fuhr sie herum und starrte in den Lichtkegel. Sie geriet ins Straucheln, verlor das Gleichgewicht und stürzte.

Mit ihrem ganzen Gewicht presste sie sich nun auf den kühlen Waldboden. Nur aus den Augenwinkeln wagte sie aufzuschauen. Schnell wanderte der Lichtschein hin und her. Wie bei einem Leuchtturm. Vielleicht hatte Katharina Glück, und der Entführer hatte sie tatsächlich aus den Augen verloren. Sie spürte ein wenig Hoffnung. Auf keinen Fall durfte sie jetzt einen Fehler machen. Den Kopf drehte sie zur Seite, um sich noch weniger vom Boden abzuheben. So wagte sie eine ganze Weile kaum zu atmen, während der Lichtkegel hin und her schwenkte.

Dann stoppte er.

Genau auf ihrem Körper.

Ruckartig hob Katharina den Kopf und sah direkt ins Licht. Panik überströmte ihren Körper. Sie sprang auf und lief in die entgegengesetzte Richtung, so schnell sie nur konnte. Das Laub rauschte unter ihren Füßen und das Blut in ihren Ohren.

Dreh dich nicht um! Lauf!

Äste schlugen ihr ins Gesicht.

Nicht umdrehen!

Schließlich sah sie wieder ihren eigenen Schatten. Noch einmal beschleunigte sie, doch der Schatten blieb. Sie schlug Haken, aber nichts änderte sich. Dann hörte sie das gefräßige Knistern seiner Schritte im Laub und drehte sich um. Vielleicht zehn Meter war er noch hinter ihr, als sie über einen Ast am Boden stolperte, taumelte und stürzte. Einige Male rollte sie um ihre eigene Achse, bis sie auf dem Rücken liegen blieb und in das grelle Licht direkt über ihr starrte. Katharina schnappte nach Luft und hob abwehrend die Hände.

Der Mann hinter dem Licht sagte nichts, aber sie ahnte, dass er wütend auf sie hinabsah. Fieberhaft überlegte sie, ob sie ihn irgendwie besänftigen konnte, als er die Kette griff und damit Katharinas Arme hinter ihren Kopf auf den Boden zog. Sie hatte das Gefühl, ihre Schultern würden zerreißen, und schob sich mit den Füßen nach hinten, um die Spannung ein wenig zu mindern. Doch auf jeden Zentimeter Entlastung reagierte der Mann mit noch mehr Zug.

»Sie rühren sich nicht von der Stelle«, befahl er schließlich.

Doch der brennende Schmerz in der Schulter war so stark, dass Katharina nicht anders konnte, als sich noch einmal zurückzuschieben. Sofort drückte der Mann seinen Fuß auf Katharinas Hals. Sie schnappte nach Luft und wandte den Kopf zur Seite.

»Ich sagte, Sie bleiben liegen«, erklärte er. Seine Stimme hatte jede Spur von Förmlichkeit verloren. Alles Geplänkel war vorbei. »Ich hätte nicht gedacht, dass Sie so dumm sind. Ich hatte gehofft, Sie hätten endlich begriffen, was hier passiert. Aber offenbar ist dem nicht so.«

Der Druck auf Katharinas Hals ließ nach, und hastig machte sie einige Atemzüge, als sich der Mann zu ihr hinunterbeugte und nun sein Knie auf ihre Kehle legte. Er war ganz nah, und sie roch seinen Schweiß.

»Ich werde Ihnen die Situation erklären«, sagte er, »aber nur genau einmal. Also hören Sie gut zu. Ich bin ein Killer. Ich verdiene mein Geld damit, Menschen zu töten. Und das geht nur, weil mir die Menschen vollkommen gleichgültig sind, verstehen Sie das? Ich empfinde nichts dabei und habe kein schlechtes Gewissen. Weder bei Forster noch bei Vahlen oder dem Pförtner. Und Sie können absolut sicher sein, dass es bei Ihnen nicht anders ist. Also machen Sie mich nicht wütend.« Der Mann wartete nicht auf Antwort, sondern richtete sich auf und zog wieder an der Kette. »Stehen Sie auf.«

Mühsam versuchte Katharina, auf die Beine zu kommen, und musste sich mehrmals am Boden abstützen. Alles tat ihr weh, doch der Entführer ging zügig voran. Katharina folgte ihm, ohne einen Laut von sich zu geben. Alle Konzentration war nötig, sich aufrecht zu halten und den Mann nicht noch wütender zu machen. Als sie doch einmal stürzte, hielt er nur kurz inne, bevor er sie weiter über den Boden schleifte. Katharina hatte das Gefühl, ihre Hände würden abgerissen, krabbelte hastig vor und richtete sich wieder auf.

Schließlich erreichten sie die Hütte.

»Hinlegen«, befahl er. »Auf den Bauch.«

Katharina gehorchte und legte sich vor dem zerborstenen Fenster ins Laub, die Arme nach vorn gestreckt. Der Mann kniete auf ihrem Kreuz, öffnete die Handschellen und fesselte damit ihre Hände im Rücken. Sofort zog er die Kette wieder an. Katharinas Schultern jaulten vor Schmerz. Sie war vollkommen bewegungsunfähig.

So hörte sie nur, wie der Entführer das Vorhängeschloss öffnete und die Tür aufschob. Muffiger Geruch waberte dicht über dem Boden nach draußen. Katharina wurde übel, aber mit aller Kraft drängte sie den Reflex zurück.

Nun riss der Mann sie hoch, zerrte sie in die Hütte und

stieß sie auf die Pritsche. Mit geschlossenen Augen atmete sie in die alte Matratze, während sie hörte, wie der Killer beide Enden der Kette mit dem Vorhängeschloss verband. Dann richtete er sie auf, und plötzlich spürte sie, wie sich das kalte Metall der Kette um ihren Hals legte, einmal, zweimal, noch einmal, mit jedem Mal enger. Katharina riss die Augen auf, sah einen fuchtelnden Arm in grellem Licht und schnappte nach Luft. Schließlich setzte sie der Mann auf das Bett, den Kopf gegen die Wand gelehnt, die Arme im Rücken gefesselt, die Kette um den Hals gewickelt. So leuchtete er ihr direkt ins Gesicht. Katharina kniff die Augen zusammen und atmete schwer.

»Sie hätten nicht so dumm sein sollen«, sagte der Killer. »Aber nun ist es so, und Sie müssen sehen, wie Sie damit zurechtkommen. Jedes Mal, wenn Sie sich bewegen, zieht sich die Kette ein Stück weiter zusammen. Probieren Sie's. Beugen Sie sich vor.«

Reflexartig schüttelte Katharina ein wenig den Kopf. Daraufhin trat der Mann einen Schritt vor und schlug ihr ins Gesicht. Ihr Kopf flog zur Seite, der Oberkörper beugte sich, die Kette rasselte, und sofort bemerkte sie die Enge am Hals. Schnell richtete sie sich wieder auf, doch die Spannung um die Kehle blieb.

»Spüren Sie das?«, fragte der Mann, und Katharina nickte eine Winzigkeit. »Dann sollten Sie es sich gut überlegen, ob Sie noch mal versuchen abzuhauen.«

Wieder hob der Kerl die Hand, und Katharina wandte den Kopf, um dem nächsten Schlag irgendwie die Wucht zu nehmen.

Doch es gab keinen Schlag.

Stattdessen hörte sie ein bekanntes Klicken. Das Schwein schoss ein Foto von ihr. »Ab jetzt werde ich regelmäßig nach Ihnen sehen«, erklärte er. »Alle vier Stunden. So lange müssen Sie durchhalten. Ich bin gespannt, wie Sie sich machen.«

Katharina antwortete nicht. Sie gab keinen Ton von sich und rührte sich nicht. Sie spürte nichts als schmerzenden Druck im Gaumen und Tränen in den Augen. Ihr einziger Wunsch war, dass dieses Monster endlich wieder verschwand.

Doch diesen Gefallen tat er ihr nicht.

Denn nun trat der Entführer einen Schritt zurück und beugte sich hinunter. Schließlich hörte Katharina, wie er den Verschluss der Wasserflasche öffnete.

Er würde sie weiter quälen.

Tatsächlich trat er wieder an die Pritsche und lockerte ein wenig die Kette an ihrem Hals. »Und jetzt trinken Sie«, sagte er und hielt ihr die Flasche an den Mund.

Heftig schüttelte Katharina den Kopf.

»Trinken Sie!«

Katharina presste die Lippen zusammen. Daraufhin zog der Mann an der Kette. Sofort schnürte sie Katharina die Kehle zu. Sie schnappte nach Luft, und der Mann schob ihr die Flasche zwischen die geöffneten Lippen. Die lauwarme Flüssigkeit ergoss sich über ihre Zunge. Sie füllte ihren Mund. Katharina wollte nicht schlucken. Sie spürte den Druck, im Gaumen, in der Nase, in der Stirn. Ihr Kopf schien zu platzen.

Sie schluckte.

Wasser.

Ohne Salz.

KAPITEL 33

»Bist du wahnsinnig?!« Bruno Demandts Stimme drohte sich zu überschlagen. »Wie um alles in der Welt stellst du dir das vor? Das ist ein riesiges Gelände! Mitten im Wald! Komplett unübersichtlich! Und dann Hunderte Leute! Vielleicht Tausende. Wie sollen wir das jemals sichern? Völlig unmöglich!«

Jacobi stand am Fenster in Brunos Büro. Auf der anderen Straßenseite spendete eine Reihe von Bäumen ein wenig Schatten. Dort versuchte ein Autofahrer, seinen Wagen samt Anhänger rückwärts einzuparken. Ein älterer Mann mit Hund sah ihm kopfschüttelnd dabei zu und gab irgendwann gestenreich Anweisungen.

»Hörst du mir überhaupt zu?«, fragte Bruno. »Selbst wenn wir uns darauf einließen – was wir nicht werden –, wie sollten wir Kaltenborn dazu bringen, das zu tun? Ich meine, genauso gut können wir ihm eine Knarre an den Kopf halten und ihm sagen, er solle abdrücken. Purer Selbstmord. Und wenn ihn der Killer nicht erwischt, dann lyncht ihn der Mob. Liest du eigentlich irgendwann mal Zeitung? Hast du eine Ahnung, was los ist in der Stadt? Mittlerweile halten ihn die Leute für einen Verbrecher! Daran bist du übrigens nicht ganz unschuldig.«

Zum dritten Mal fuhr das Auto aus der Parklücke wieder hinaus. Der Passant trat an die heruntergelassene Seitenscheibe und erklärte mit vollem Körpereinsatz, wann der Mann am Steuer wie einschlagen sollte. Auf der anderen

Seite der schmalen Straße mussten mittlerweile zwei Wagen warten. Noch schienen die Fahrer geduldig. Noch. Ein ganz normaler Samstag, dachte Jacobi. Das ganz normale Leben. Er hatte seines wieder. Katharina ihres nicht. In seiner Hosentasche hielt er das Handy umklammert, bis die Finger schmerzten. Der erste Schock war mittlerweile verflogen, aber die Angst steckte ihm weiter tief in den Knochen. Sie sah entsetzlich aus, und er fühlte sich schuldig und furchtbar hilflos.

»Schlag es dir aus dem Kopf«, sagte Bruno nun deutlich ruhiger. »So leid es mir tut, aber es ist ausgeschlossen.«

Jacobi wandte sich um. »Wenn wir nicht darauf eingehen«, erklärte er so sachlich wie möglich, »wird Katharina sterben.«

Zurückgelehnt saß der Staatsschützer Körber auf einem Stuhl vor Brunos Schreibtisch. Er hatte die Beine übereinandergeschlagen und wippte mit dem Fuß. Sein Blick war ernst, aber irgendwas in seinem Gesicht grinste hämisch. Wahrscheinlich genoss er, wie Jacobi ausgebremst wurde. Und er musste gar nichts dafür tun. »Sie hätte nicht auf eigene Faust ermitteln sollen«, sagte er gelassen.

Jacobi spürte Wut im ganzen Körper. »Wenn ich mich recht erinnere, war es Ihr Kollege Demandt, der mich um Hilfe gebeten hat. Nicht umgekehrt. Und Sie haben sich widerrechtlich an mich drangehängt. Ohne uns wüsstet ihr nichts von der Bohrung im Taunus, ihr würdet Sjögren nicht kennen und hättet keine Ahnung, worum es überhaupt geht. Und jetzt seid verdammt noch mal ihr dran! Macht endlich euern Job!«

»Und Sie sollten sich endlich raushalten!«, sagte Körber. »Mit der Spritztour nach Göteborg sind wir Ihnen schon sehr weit entgegengekommen. Wir lassen uns nicht länger auf der Nase rumtanzen. Das hier ist ein paar Nummern zu groß für Sie! Es geht um Anschläge auf Politiker. Auf die demokratische Grundordnung! Da ist Ihre kleine Freundin nicht mehr als ein Kollateralschaden.«

Jacobi baute sich vor Körber auf. Er zitterte vor Wut. Vor Hass. Der Polizist wirkte eingeschüchtert und rutschte auf dem Stuhl noch weiter nach unten.

»Norman, lass gut sein«, sagte Bruno.

Jacobi zog die Faust aus der Hosentasche.

»Norman!«

In diesem Augenblick knallte Jacobi das Handy neben Körber auf den Schreibtisch.

Nach einer Schrecksekunde wirkte der Staatsschützer sichtlich erleichtert. »Was ist das?«, fragte er.

»Das«, sagte Jacobi voller Verachtung, »ist meine kleine Freundin. Vermutlich genau in diesem Augenblick. Weil ihr so glänzend euern Job gemacht habt.«

Körber nahm das Telefon zur Hand und sah sich das Bild genauer an. Die Ketten um Katharinas Hals waren gut zu erkennen, aber noch deutlicher die Angst in ihren Augen. Sie wirkte unendlich erschöpft. Auch für Körber war der Anblick sichtlich schwer zu ertragen. Mit dem Finger fuhr er über das Display, doch die Wirkung der Aufnahmen ließ sich nicht wegwischen. »Woher haben Sie die?«

»Vom Entführer. Eine kleine Erinnerung, dass er es ernst meint. Uns bleiben noch etwas mehr als sechsunddreißig Stunden. Wenn sie überhaupt so lange durchhält.«

»Ihr Telefon?«

»Nein. Er hat es mir zukommen lassen.«

»Zukommen lassen? Wann?«

»Vor einigen Tagen.«

»Sie tragen seit Tagen ein Handy des Entführers durch die Gegend und sagen uns das erst jetzt? Sie sind wirklich komplett bescheuert. Ich nehme es mit und lasse die Verbindungsdaten überprüfen.« Körber wollte es in seiner Hemdtasche verschwinden lassen, doch Jacobi fiel ihm in den Arm.

»Sie wollen das überprüfen? So wie die E-Mails an Sjögren?«

Verlegen wich Körber Jacobis Blick aus.

»Und wie lange wollen Sie jetzt suchen?«, fragte Jacobi. »Zwei Tage? Eine Woche? Haben Sie sich die Fotos überhaupt angesehen? Begreifen Sie, was hier passiert? Wenn wir nichts unternehmen, hat Katharina genau drei Möglichkeiten: Entweder sie verdurstet oder sie erstickt oder der Kidnapper tötet sie. Kapieren Sie das?«

Noch immer starrte Jacobi auf Körber hinab, der nach Worten suchte. Schließlich legte Bruno ihm eine Hand auf die Schulter. »Du hast recht, das ist eine üble Situation für deine Katharina. Aber ihr hilft nicht, wenn wir uns anschreien. Wir müssen Ruhe bewahren. Du hast mit dem Kidnapper geredet. Hat er irgendwas gesagt, das uns weiterhelfen könnte? Irgendeinen Hinweis, wer er ist?«

Angespannt blickte Jacobi zwischen Bruno und Körber hin und her. Schließlich ließ er dessen Arm los und wandte sich ab. Er schüttelte den Kopf. »Kein Wort.«

»Und zu seinem Auftraggeber? Wenn es ihn überhaupt gibt.«

Wieder schüttelte Jacobi den Kopf und trat zurück ans Fenster. Der Wagen mit dem Anhänger stand akkurat am Straßenrand im Schatten. »Ich bin mir nicht sicher, ob er ihn überhaupt kennt.«

»Was ist das nur für ein Bastard?«, fragte Bruno.

»Ich weiß es nicht«, antwortete Jacobi. »Und es ist mir auch egal.«

»Okay«, sagte Bruno, »so kommen wir nicht weiter. Ich mache uns einen starken Kaffee, und dann überlegen wir, was wir tun können.«

»Ich will keinen Kaffee.«

»Und was schlägst du vor?«

»Zu tun, was er von uns verlangt.«

»Norman, bitte, das hatten wir doch schon. Das Risiko ist einfach zu groß. Stell dir vor, es werden Unschuldige verletzt.«

Jacobi fuhr herum. »Unschuldige? Sagtest du gerade ›Unschuldige‹?«

»Norman, wir drehen uns im Kreis.«

»Genau. Und deshalb sage ich euch, was wir tun werden.«

Körber verschränkte die Arme vor der Brust. »Ich bin gespannt.«

»Sie sorgen dafür, dass Kaltenborns Auftritt publik wird. Presse, Radio, Fernsehen, das ganze Programm.«

»Und wenn nicht?«

»Dann«, sagte Jacobi, trat auf Körber zu und zog einige gefaltete Zettel aus der Hosentasche, »dann wird das ganze Land am Montag das hier in den Zeitungen lesen.«

Körber faltete die Papiere auseinander und überflog den Text. Augenblicklich schwollen seine Adern am Hals. »Sie Arschloch! Sie gottverdammtes Arschloch!«

Jacobi beugte sich zu ihm hinunter. »Wenn Katharina stirbt, mache ich Sie fertig. Dann können Sie bis zur Rente im Präsidium die Klos putzen.«

Die beiden Männer starrten sich an. Körbers Kiefer mahlten, aber er brachte keinen Ton hervor.

»Okay, okay, wir tun, was wir können«, sagte Bruno beschwichtigend. »Aber hast du nicht was vergessen, Norman? Was ist mit Kaltenborn? Was, wenn er nicht mitspielt?«

»Den überlasst ihr mir.«

Zuerst hörte er die Sprechchöre. Es schienen nicht sonderlich viele Demonstranten zu sein, aber ihre Rufe von Lügen und Verrat hallten von den Häuserwänden wider. Als Jacobi um die Ecke bog, sah er etwa hundert oder hundertfünfzig Menschen vor der Parteizentrale. Einige reckten Transparente mit Parolen gegen Fracking oder gegen die Machenschaften der Politiker in die Luft, andere hatten ihre Spruchbänder auf dem Gehweg abgelegt. Bei dieser Witterung galt es, Kräfte zu sparen. An mehreren Mannschaftswagen lehnten gelangweilt jede Menge Polizisten mit breiten Schulterpolstern, während eine Frau mit zwei Kindern hastig die Menge durchquerte. Außerdem erkannte Jacobi einige Journalisten, die darauf warteten, dass etwas passierte. Er bemerkte auch jemanden aus Wuttkes Truppe. Kaum war Jacobi halbwegs aus der Schusslinie, krochen sie also wieder aus ihren Löchern. Mit ihm gesprochen hatte noch niemand.

In diesem Moment hatte auch Jacobi weder Lust noch Zeit, seinem Kollegen irgendwas zu erklären. Er erinnerte sich, dass er vor einigen Tagen über eine Mauer in den Hinterhof geklettert war, und zögerte nicht. Von dort ging er zielstrebig ins Gebäude. Im kleinen Foyer sah er die Umrisse der Demonstranten vor der Tür. Er hatte den Eindruck, dass der Ton rauer wurde. Fast tat ihm Kaltenborn ein wenig leid.

Aber nur fast.

Die Tür zu dessen Büro stand offen, der Kandidat sah in den Hof hinaus. »Sind Sie gekommen, um es zu Ende zu bringen?«, fragte er, ohne sich umzublicken. »Der Jäger will seine Beute.«

»Das haben Sie sich ganz allein zuzuschreiben.«

Nun wandte sich Kaltenborn um. »Aber für Ihre Karriere ist es Gold wert.« Er wirkte müde, war unrasiert und hatte die Krawatte gelockert. Es schien, als habe er sich schon lange nicht mehr vor die Tür gewagt.

»Sie könnten ein bisschen frische Luft vertragen«, antwortete Jacobi.

»Sie genießen es, nicht wahr?«

»Nein, ganz und gar nicht. Auch wenn Sie es nicht glauben: Ich hätte gern verhindert, dass es so weit kommt.«

»Sie haben recht, ich glaube Ihnen nicht. Ich hätte gleich misstrauisch sein sollen. Und jetzt zahle ich den Preis dafür.«

Jacobi hörte Schritte. Frau Lenbach, die Sekretärin, erschien im Durchgang zu ihrem Büro. Auch sie wirkte mitgenommen, grüßte ohne ein Lächeln und zog die Tür hinter sich zu.

»Also, was wollen Sie«, fragte Kaltenborn, »außer mich zur Strecke zu bringen?«

»Ich möchte Ihnen ein Angebot machen.«

Kaltenborn lächelte bitter. »Vermutlich eines, das ich nicht ablehnen kann. Ich nehme an, Sie können sich nicht vorstellen, dass ich das alles nur im Interesse von Frankfurt und seinen Bürgern getan habe. Es wäre eine einmalige Chance gewesen, die Stadt unabhängig zu machen, von Konzernen, Märkten, Spekulanten. Spätestens in zehn, fünfzehn Jahren hätte uns das ungeahnte Spielräume verschafft.«

Da war er wieder, der schmierige, etwas unbeholfene Bürokrat, der sein Wahlprogramm herunterleierte. Erkannte er immer noch nicht, dass er verloren hatte? Jacobi jedenfalls ertrug es nicht länger. »Hören Sie auf, Kaltenborn.«

»Nicht nur für die anderen deutschen Städte wären wir ein Vorbild gewesen. Ganz Europa wäre nach Frankfurt gepilgert, um von uns zu lernen.«

»Es hätte nicht funktioniert.«

»Es hätte funktioniert. Wir hätten nur Zeit gebraucht.«

»Und jede Menge Lügen und falsche Versprechungen.«

»Was erwarten Sie? Den Himmel auf Erden? Das Paradies per Knopfdruck? Ohne Mühen, ohne Enttäuschungen und alles zum Nulltarif?« Er schnippte mit den Fingern. »Einfach so?« Eindringlich sah Kaltenborn sein Gegenüber an.

Jacobi erkannte die Enttäuschung, die Verletzung und konnte den Anblick nur schwer ertragen. »Es ist vorbei!«

»Haben Sie mit Sjögren gesprochen?«, fragte Kaltenborn und schien sich an einen letzten Strohhalm zu klammern. »Was hat er gesagt?«

»Dass er seinen Kopf nicht für Sie hinhalten wird.«

Nun schien Kaltenborn endgültig zu begreifen, dass er verloren hatte. Dass er allein die Verantwortung für das Debakel tragen würde. Er rang sich ein Lächeln ab und nickte. »Also, Ihr Angebot?«

»Sie lassen im Taunus nach Erdgas bohren, ohne die Öffentlichkeit darüber zu informieren. Und Sie sind an der Firma beteiligt, die das Gelände erschließt.«

»Nichts davon ist verboten.«

»Sie haben die Frankfurter Bürger belogen und betrogen«, sagte Jacobi und sah Kaltenborn eindringlich an. »Und glauben Sie mir, es ist eine Kleinigkeit, Sie mit den Morden in Verbindung zu bringen.«

Kaltenborn lächelte süffisant. »Jawohl, Euer Ehren, schuldig in allen Anklagepunkten. Kommen Sie zur Sache.«

»Sie haben genau zwei Möglichkeiten. Entweder Sie schenken der Öffentlichkeit reinen Wein ein, vor Ort im Taunus, übermorgen –«

»Also eine öffentliche Exekution. Macht ja auch viel mehr Spaß.«

Bei diesen Worten zuckten Bilder durch Jacobis Kopf. Kaltenborn auf einer Bühne. Eine Menschenmenge. Ein Schuss. Der Politiker brach zusammen. Innerlich schüttelte sich Jacobi, bevor er sein Gewicht auf das andere Bein verlagerte. »Oder Sie überlassen es mir und lesen es am Montag in der Zeitung.«

Einen Augenblick schien Kaltenborn darüber nachzudenken. »Sie sind ein Schwein, wissen Sie das?«, sagte er schließlich ruhig.

»Nein. Ich baue Ihnen eine goldene Brücke. Ihre Karriere ist am Ende, so oder so. Aber Sie können wählen, ob

Sie sich vom Pöbel aus der Stadt jagen lassen. Oder ob Sie die Chance nutzen, ein paar Dinge klarzustellen und erhobenen Hauptes zu gehen.«

Einen Moment taxierten sie sich, warteten darauf, dass der Gegner Schwäche zeigte, aber Jacobi dachte nicht daran. Er hatte nur Katharina vor Augen. Sollte Kaltenborn nicht einwilligen, würde er ihn in den Taunus prügeln. »Zeigen Sie Rückgrat, anstatt sich zu verkriechen.«

»Aus Ihrem Mund klingt das irgendwie seltsam«, sagte Kaltenborn, »während Sie mich gerade erpressen.«

Schließlich nickte er.

KAPITEL 34

Schloss er die Augen, spürte er die warme Luft auf der Haut. Er roch das trockene Holz, und hin und wieder streichelte eine leichte Brise sein Gesicht. Für einen Moment stellte er sich einen lauen Sommernachmittag vor. Eine Hängematte. Ein kühles Bier.

Doch im nächsten Augenblick hörte Jacobi wieder die Schritte auf dem geschotterten Waldweg. Eine riesige Menschenmenge im gleichmäßigen Rhythmus, wie vor einem Fußballspiel. Und wie dort gab es nicht nur ausgelassene Anhänger der eigenen Mannschaft, sondern auch aggressive Fans des Gegners. »Kein Fracking im Taunus!«, riefen sie. »Der Berg gehört uns!«

»Kaltenborn, du Hurensohn!«, schrien andere.

Der Plan war, den Forderungen des Kidnappers zu entsprechen, aber so wenig Aufsehen wie möglich zu erregen. Deshalb hatte Kaltenborns Pressesprecher nur eine kurze Mitteilung rausgegeben. Die Pläne zur Energieversorgung würde der Kandidat der Öffentlichkeit dieses Mal an einem ungewöhnlichen Ort im Taunus erläutern. Insgeheim hatten alle gehofft, die Information würde kaum wahrgenommen. Aber schon bald hatte sie sich in den sozialen Netzwerken verbreitet. Es war klar, dass sie eine Lawine losgetreten hatten.

So war um die betonierte Fläche innerhalb des abgesperrten Geländes hastig ein weiterer Zaun gezogen worden. Ein Trupp der Bereitschaftspolizei tastete jeden ab, der in den inneren Bereich wollte. Mehrere Messer, Feuerwerkskörper und eine Leuchtpistole waren bereits sichergestellt worden. Übrig blieben harmlose Trillerpfeifen und mehr oder weniger intelligente Transparente. Die Kontrollen schienen also zu greifen.

Und genau damit musste Katharinas Entführer gerechnet haben.

Jacobi spürte, dass noch etwas kommen würde.

Unruhig sah er sich um. Schaulustige und Demonstranten sammelten sich im Innenbereich wie vor einem Konzert. Zur Sicherheit waren alles Material und der riesige Bohrturm noch einmal eingezäunt worden und wurden nun von breitschultrigen Polizisten bewacht. Davor war eine kleine Bühne mit Rednerpult aufgebaut. Hier sollte Kaltenborn öffentlich Buße tun. Die übrige Prominenz aus seiner Partei hatte eine Teilnahme dankend abgelehnt. Niemand wollte im Sog von Kaltenborns Untergang mitgerissen werden. Körber und Bruno hatten nichts dazu gesagt, aber die Erleichterung war ihnen anzusehen. Jedes weitere bekannte Gesicht hätte das Risiko nur zusätzlich erhöht.

Noch zehn Minuten.

Wieder sah Jacobi zur Bühne. In den letzten zwei Nächten hatte er so gut wie nicht geschlafen, sondern den immer gleichen Film gesehen. Kaltenborn am Rednerpult. Die Stimmung war aggressiv. Er kämpfte, rechtfertigte sich und machte doch alles nur schlimmer. Dann ein Schnitt. Die furchtbaren Fotos, die Jacobi regelmäßig vom Entführer bekam, schienen lebendig zu werden. Katharina schnappte nach Luft. Sie war mit ihrer Kraft am Ende. Sie drohte zusammenzubrechen und sich selbst zu strangulieren. Wieder ein Schnitt. Jacobi schloss Katharina in die Arme, lebendig. Jedes Mal war er ungeheuer erleichtert. Und wusste im selben Augenblick, dass er sich etwas vormachte. Immer dachte er nur an das Davor und Danach und nie daran, wer den Preis dafür zahlte.

Nun hörte er ein Rauschen über den Knopf in seinem Ohr, dann Körbers aufgeregte Stimme. »Verdächtige Person außerhalb des Zauns in östlicher Richtung. Orangefarbenes T-Shirt, Rucksack.« Die Einsatzzentrale war in einem erhöht aufgestellten Baucontainer direkt vor dem Bohrturm untergebracht. Von dort bot sich ein brauchbarer Überblick. »Er versteckt sich hinter einem Baum«, rief Körber. Sofort setzten sich seine Leute in Bewegung, Beamte in Zivil, um keine Panik auszulösen.

Eilig lief Jacobi Richtung Zaun und reckte den Kopf. So sah er, dass die Polizisten jemanden hinter einem Baum hervorzerrten. Auf die Entfernung konnte er das Gesicht nicht erkennen, aber für den Kidnapper war die Person eindeutig zu groß und zu kräftig. Vermutlich nur ein Zuschauer, der sich erleichtert hatte. »Falscher Alarm«, sagte Jacobi.

»Scheiße!«, fluchte Körber. »Lasst ihn laufen, Jungs. Unser Meisterdetektiv sagt, er ist es nicht.«

Jacobi sah hinauf zum Baucontainer und war froh, nicht in Körbers Haut zu stecken. Der Polizist wirkte enorm angespannt. Sollte irgendwas schiefgehen, würde ihn das den Kopf kosten. Neben Körber erkannte Jacobi am Fenster Bruno Demandt. Ihm war die Erleichterung anzusehen, sich hinter Körber, dessen Leuten und selbst hinter Jacobi verstecken zu können. Dessen Aufgabe war es, mitten im Getümmel Ausschau nach dem Täter zu halten. Schließlich war er der Einzige, der ihn bisher zu Gesicht bekommen hatte.

Noch fünf Minuten.

Jetzt bemerkte Jacobi einen jungen Typen, der am inneren Zaun um den Bohrturm hinaufkletterte. Sofort strömte Sicherheitspersonal aus und zerrte ihn herunter. Daraufhin schrien Zuschauer irgendwas von Polizeistaat. Eine große

Menschentraube drängte auf die Beamten zu, denen der Stress anzusehen war. Es wurde geschoben und geschubst. Jacobi wurde mitgespült und hörte wütende Schreie und schrilles Pfeifen direkt an seinem Ohr. Er wurde gestoßen und geriet ins Taumeln, als er aus den Augenwinkeln ein Gesicht und eine Statur bemerkte, die ihm bekannt vorkamen. Rüde verschaffte sich Jacobi Platz und folgte dem Mann nach links. »Da ist jemand«, rief er.

»Unser Mann?«, fragte Körber.

»Ich bin nicht sicher.«

»Was soll das heißen, Sie sind nicht sicher? Ist er das oder ist er es nicht?«

»Halten Sie den Mund, Körber. Ich folge ihm.«

»Wo, Norman?«, fragte Bruno. »Wo ist er?«

»Von euch aus bewegt er sich nach rechts. Dorthin, wo die Rohre lagern. Eins siebzig, schmal, kurzes hellblaues Hemd.«

»Ich sehe ihn nicht!«, kreischte Körber. »Verdammt, ich sehe ihn nicht!«

Jacobi versuchte, Körbers Hysterie zu überhören und sich ganz auf den Mann vor sich zu konzentrieren. Immer wieder wurde er von der Menge verschluckt und kurz darauf an anderer Stelle wieder ausgespuckt. In diesem Augenblick schwoll der Lärm in der Menge weiter an. Das Kreischen der Trillerpfeifen schmerzte in den Ohren. »Lügner!«, schrien sie. »Verbrecher!« Jacobi fuhr herum und erkannte eine schwarze Limousine, die sich langsam durch das Gedränge schob. Polizeibeamte zu beiden Seiten hatten Mühe, ihr den Weg zu bahnen.

Es ging also los.

Jetzt durfte er sich keinen Fehler erlauben, dachte Jacobi und wandte sich wieder um.

Der Mann im hellblauen Hemd war verschwunden.

Hastig drehte sich Jacobi um sich selbst, lief weiter und

schob Zuschauer unsanft beiseite. Dafür erntete er hässliche Kommentare und böse Blicke. Aber es half nichts. »Ich sehe ihn nicht mehr«, sagte er.

»Was?!«, rief Körber.

»Ich habe ihn verloren.«

»Sie Idiot! Sie gottverdammter Idiot! Finden Sie ihn, oder ich reiße Ihnen den Arsch auf!«

Jacobi hastete durch die Menge, stieß mit beiden Händen Leute zur Seite und wurde selbst geschubst. Doch sosehr er sich auch mühte, der Mann war verschwunden. Erschöpft blieb Jacobi stehen, und sofort blitzten die Bilder auf. Ruckartig fuhr er herum, als könnte er seinen bösen Ahnungen so entkommen. »Ich gehe zurück zur Bühne. Wenn er Kaltenborn hier töten will, muss er nah genug an ihn heran.«

»Wenn irgendwas passiert«, schrie Körber, »mache ich Sie persönlich verantwortlich, kapiert? Ich mache Sie fertig!«

Jacobi ertrug Körbers Gejammer nicht länger und zog den Knopf aus dem Ohr. Am Kabel baumelte er aus dem Hemdkragen, während sich Jacobi weiter durch das Gedränge schob, bis er in etwa fünf Meter Entfernung vor der Bühne stand.

Vom Killer war nichts zu sehen.

Während die Menge weiter ihre Schmährufe skandierte, stand Kaltenborn hinter dem Rednerpult, flankiert von zwei muskulösen Männern in dunklen Anzügen, die ihre Augen hinter Sonnenbrillen verbargen. Der Kandidat hielt sich aufrecht und wirkte erstaunlich gefasst. Ruhig blickte er in die vielen Gesichter, ohne erkennbare Wut oder Zynismus. Vielleicht schaffte es Kaltenborn tatsächlich, seinen letzten Auftritt mit Anstand hinter sich zu bringen und die Massen zu beruhigen. Jacobi hoffte es für ihn.

Und für sich selbst.

Langsam ebbte der Lärm etwas ab, und Kaltenborn trat

einen Schritt näher an das Mikrofon. Dann wurde es tatsächlich still.

»Liebe Bürgerinnen und Bürger von Frankfurt«, begann Kaltenborn, »ich bin heute zu Ihnen gekommen, um mich bei Ihnen zu entschuldigen.«

Nur vereinzelte Buhrufe ertönten.

»Ich kann Ihren Unmut verstehen. Das, was ich Ihnen jetzt sage, hätte ich Ihnen viel früher sagen müssen. Ich habe um Ihr Vertrauen geworben, aber Ihnen selbst nicht vorbehaltlos vertraut. Das war ein schwerer Fehler. Ich bedauere ihn zutiefst.«

Unsicher blickten sich die Leute an. Sollten sie Kaltenborns Entschuldigung akzeptieren, oder wickelte er sie wieder nur ein? Jacobi spürte die Erwartung, die Zweifel, aber auch die Spannung, die jederzeit in Wut umschlagen konnte. Gerne hätte er die Aufführung weiter verfolgt, aber er hatte Wichtigeres zu erledigen. So schob er sich parallel zur Bühne weiter durch die Menge und erntete dafür böse Blicke. Vom Killer war nichts zu sehen. Dafür drängten nach wie vor Menschen auf das Gelände. Die Lage wurde immer unübersichtlicher.

»Energie ist der Schlüssel für die Zukunft«, erklärte Kaltenborn. »Ohne Energie kein Fortschritt und Wohlstand. Aber die fossilen Ressourcen sind begrenzt. Deshalb liegt die Zukunft in alternativen Energien. Und wir wollen der Stadt diese Zukunft eröffnen, statt sie zu verbauen wie andere Parteien.«

Nun erläuterte Kaltenborn sein Konzept einer Energiegenossenschaft und verwendete dafür die abgenutzten Begriffe aus den Wahlkampfbroschüren. Jacobi fürchtete, dass er damit seine winzige Chance verspielte. Kaltenborn fehlte eben doch jedes Gespür für die Situation. Forster hatte es besessen.

Für Jacobi bedeutete das, sich zu beeilen, bevor die Stimmung endgültig kippte. Er bewegte sich zum Rand der Menge und von dort nach links, wo weitere Container standen und Material gelagert wurde. Er kletterte auf einen Holzstapel in der Hoffnung, so einen besseren Überblick zu bekommen. Von oben blickte er auf die riesige Fläche, die von einem Ameisenstaat bevölkert schien. Angestrengt suchte Jacobi nach Männern in hellblauen Hemden und begriff, dass er den Mörder so niemals finden würde. Das hieß also, hilflos zuzusehen, wie Kaltenborn vor aller Augen getötet wurde. Er würde nichts tun können. Bilder zuckten auf, und Jacobi presste die Hände an den Kopf, um sie im Zaum zu halten.

Es gelang ihm nicht.

So starrte Jacobi auf den Bereich unmittelbar vor der Bühne, als könnte er so einen unsichtbaren Schutzschirm vor dem Kandidaten aufspannen.

Inzwischen hatte die Unruhe deutlich zugenommen. Die Mehrheit hatte erkannt, dass Kaltenborn keine neuen Informationen mitgebracht hatte, sondern nur die alte Leier. »Schluss mit den Parolen! Wir wollen die Wahrheit!«, riefen immer mehr.

Mit ausgebreiteten Armen versuchte Kaltenborn, die Menge zu beruhigen. »Ich gebe zu, wir haben einiges unterschätzt. Aber unser Konzept ist tragfähig. Noch ist alles möglich. Doch dafür braucht es enorme Anstrengungen. Und für den Übergang müssen wir auf verschiedene Energiequellen zurückgreifen. Nur deshalb werden wir hier Gas fördern.«

»Warum sagst du das erst jetzt?«

»Lügner!«

»Du förderst doch nur heiße Luft!«

Wieder breitete Kaltenborn die Arme aus. »Es war nicht richtig, Informationen zurückzuhalten. Aber das geschah nicht aus Eigennutz, sondern nur, um das Projekt nicht zu gefährden. Wie Sie sehen, kann es nur zu leicht missverstanden werden.«

In die Rufe der Zuschauer mischten sich immer mehr Pfiffe und höhnisches Gelächter.

»Bitte, geben Sie mir die Chance, es Ihnen zu erklären.«

»Wir sind deine Erklärungen und Lügen leid! Verschwinde!«

Mit beiden Händen hielt sich Kaltenborn am Rednerpult fest und beugte sich dicht vor das Mikrofon. »Wenn Sie mir nicht zuhören«, rief er, »stärken Sie nur diejenigen, die Ihre Interessen und Sorgen von Anfang an ignorieren.«

Das war zu viel.

Schallendes, wütendes Gelächter hallte über den Platz, und Gegenstände flogen auf die Bühne. Die Bodyguards traten vor und spannten Regenschirme auf, um Kaltenborn zu schützen. Doch der Politiker war in Fahrt und schob seine Leibwächter zur Seite. »Mit Ihnen ist ein vernünftiges Gespräch ja gar nicht möglich! Damit zwingen Sie uns, Sie vor vollendete Tatsachen zu stellen. Wer nur profitieren, aber von den Schwierigkeiten nichts wissen will, kann für uns kein Partner sein. Das haben Sie sich selbst zuzuschreiben!«

Mit diesen Worten war die Frontlinie endgültig gezogen. Auf der einen Seite Kaltenborn und ihm gegenüber mehrere Tausend Frankfurter Bürger, denen der Kragen platzte. Wie auf Kommando drängte die Masse von allen Richtungen zur Bühne.

Wer in der Demokratie die Wahrheit sagt, wird von der Masse getötet, dachte Jacobi plötzlich. Erfüllte sich jetzt das zweite Zitat? Würden sie ihn tatsächlich lynchen?

In diesem Augenblick spürte Jacobi ein Vibrieren in seiner Brusttasche. Das Handy des Kidnappers. Wieder hatte er ein Foto geschickt. Jacobi dachte an eine weitere quälende Aufnahme von Katharina. Er schluckte und überlegte, die Datei nicht zu öffnen. Er tat es trotzdem und erkannte ein

Bild von Kaltenborn, hier auf der Bühne, mit ausgebreiteten Armen, aufgenommen von schräg links.

Jacobi richtete sich auf, sah aber nichts als eine aufgebrachte Menge, die gegen den Zaun und überforderte Polizisten flutete. Er sprang vom Holzstapel und lief mitten hinein in das Getümmel. Mit ausgestreckten Armen verschaffte er sich Platz und wurde selbst immer wieder herumgestoßen.

Dann sah er ihn.

Der Mann im hellblauen Hemd ging am gegenüberliegenden Zaun entlang. Er hielt sich aus dem dichtesten Gedränge heraus und bewegte sich ohne Hast Richtung Ausgang. Hatte er erkannt, dass er nicht an Kaltenborn herankommen würde? Hatte er seinen Plan geändert?

Jacobi war es egal.

Er wollte ihn kriegen.

Mit voller Wucht stieß er die Zuschauer zur Seite, bis ihn selbst jemand heftig anrempelte. Jacobi verlor das Gleichgewicht, taumelte, fiel zu Boden und musste mehrere Tritte einstecken. Schließlich rappelte er sich wieder auf und sah, dass sich der Sender seines Mikrofons vom Gürtel gelöst hatte. Das kleine schwarze Kästchen wurde von zahllosen Füßen herumgekickt wie eine zerbeulte Cola-Dose. Unmöglich, es in dieser Situation wiederzubekommen.

Jacobi blickte hinauf zum Container und erkannte Körber wild gestikulierend am Fenster. Panisch erteilte er seine Anweisungen, um das Chaos irgendwie in den Griff zu bekommen. Jacobi hatte er längst aus den Augen verloren.

Dann musste er es eben allein durchziehen.

Mittlerweile war der Killer noch etwa fünfzehn Meter vom Ausgang entfernt. Von dort kamen ihm uniformierte Beamte entgegen, um ihre Kollegen im Inneren zu unterstützen. So gab es niemanden mehr, der ihn aufhalten konnte.

Außer Jacobi.

Wie ein Rammbock pflügte er durch die Menge, bis auch er sie hinter sich gelassen hatte. Er erkannte, dass der Kidnapper das Gelände verlassen hatte und nicht weit hinter dem Zaun in einen Wagen stieg. Jacobi rannte zum Ausgang und erreichte ihn, als das Auto auf dem geschotterten Waldweg hinter einer Biegung verschwand.

Jacobi dachte nicht daran, dass er nun vollkommen allein war und unbewaffnet. Er stellte sich nur vor, wie ihn das Auto direkt zu Katharina führen würde. Er sprang in seinen Audi 80 und gab Gas. Schotter spritzte gegen die Radkästen.

Der gewundene Weg führte eine ganze Weile durch den Wald. Jacobi entdeckte keine Abzweigung, musste also weiter auf der richtigen Spur sein. Während der Wagen um eine weitere Biegung rutschte, wählte Jacobi hastig Demandts Nummer. Zuerst hörte er den Tumult, die Schreie, schepperndes Metall, dann Brunos Stimme. »Norman? Wo steckst du?«

»Ich habe ihn!«, rief Jacobi. »Und ich folge ihm. Dieses Mal schnappe ich ihn mir!«

»Norman? Ich verstehe kein Wort. Hier ist der Teufel los! Du musst lauter reden!«

»Ich folge ihm!«, schrie Jacobi, als er durch das Telefon einen furchtbar lauten Knall hörte. Wie ein Feuerwerkskörper, der in unmittelbarer Nähe explodierte. Sekundenbruchteile später spürte er eine mächtige Druckwelle. Der Wagen schien einen Sprung zu machen. Reflexartig warf Jacobi das Handy zur Seite, trat auf die Bremse und riss das Lenkrad herum. Dann gab es einen weiteren Knall und noch einen. Der Audi geriet auf dem lockeren Untergrund ins Schleudern und rutschte seitlich gegen die Böschung, wo er stehen blieb.

Es dauerte, bis die Erschütterung auch aus Jacobis Körper gewichen war. Behutsam richtete er sich auf und vergewisserte sich, dass ihm nichts passiert war. Erst dann hob er das Telefon vom Fußraum und führte es vorsichtig ans Ohr. »Bruno?«, fragte er leise, »Bruno, hörst du mich? Was ist passiert?«

Doch Bruno antwortete nicht. Alles, was Jacobi hörte, waren entsetzlich panische Schreie, zigfach, hundertfach. Er traute sich kaum, in den Rückspiegel zu sehen. Dort erkannte er nichts als dichten Rauch, der durch die Bäume waberte.

Und immer wieder die Schreie aus dem Telefon.

Er wusste nicht, was geschehen war. Nur, dass es furchtbar sein musste. Sicher gab es Verletzte, vielleicht Tote. Er musste zurück und helfen.

Aber was sollte er tun in diesem Chaos, er ganz allein?

Hinter ihm war undurchdringlich dichter Qualm.

Vor ihm war Katharina, die er vielleicht retten konnte.

Jacobi schaltete das Telefon ab. Nun herrschte gespenstische Stille.

Keine Schreie mehr.

Er gab Gas.

KAPITEL 35

Starr blickte Jacobi geradeaus auf das schmale Schotterband, das sich durch den Wald schlängelte. Die Kurven waren eng, kleine Steine spritzten zur Seite, und er brauchte alle Konzentration, den Wagen auf der Piste zu halten.

Nur nicht zurückschauen.

Trotzdem spürte er ein Zittern. Vom rechten Fuß wanderte es die Wade hinauf bis in den Oberschenkel. Jacobi hatte Mühe, den Druck auf das Gaspedal zu halten, und rutschte im Sitz herum. Plötzlich sah er Bruno Demandt, den besorgten Blick hinter der Glasscheibe. Er hatte geahnt, dass sich das Gelände und die Menschen darauf nicht schützen ließen. Dann der ohrenbetäubende Knall. Der Container flog auseinander, der Turm, die Bühne, die Menschenmenge. Schließlich eine Lawine aus undurchdringlichem Qualm, die alles verschluckte.

Nur die Schreie blieben.

Die Ränder der Schotterpiste schienen auszufransen, alles wirkte verwaschen. Mit dem Arm wischte Jacobi über die Augen, einmal, zweimal, doch die Unschärfe blieb. Stattdessen rutschte ein Hinterrad in das Gestrüpp neben der Fahrbahn. Jacobi riss das Lenkrad herum, der Wagen geriet ins Schlingern und blieb in der Mitte des Weges stehen.

Jacobi vergrub das Gesicht in den Händen. Doch statt Erleichterung zu spüren, überfluteten ihn wieder die Bilder. Die Explosion. Katharina, die nach Luft schnappte. Er zitterte, ihm wurde übel. Hart schlug er auf das Lenkrad ein und trat gegen den Boden des Wagens. Erst als er die Tür aufriss, wurde es etwas besser.

Er musste sich entscheiden.

Er konnte umkehren. Dann würde ihm nichts passieren. Vielleicht konnte er tatsächlich helfen und Menschenleben retten. Chaos beseitigen. Ordnung schaffen. Was auch immer das bedeutete. Nach den Ereignissen der letzten Wochen, Tage, Minuten klangen die Worte seltsam hohl in seinem Kopf.

Und dann hätte der Killer gewonnen.

Diese Vorstellung machte Jacobi wütend. So wütend, dass sie das Entsetzen und seine Hilflosigkeit ein wenig betäubte. Er trank einen großen Schluck lauwarmes Wasser, doch seine Kehle blieb trocken. Vorsichtig gab er Gas. Allmählich fand der Wagen in die Spur zurück. Jacobi fuhr bedächtig. Der Weg war unübersichtlich, und noch immer spürte er das Zittern.

Vor allem aber wusste er, dass es der Killer genau darauf angelegt hatte.

Perfekt hatte er alles eingefädelt. Er hatte Kaltenborn und die Bevölkerung in den Taunus gelockt. Dann war er durch die Menge stolziert, bis Jacobi ihn entdeckt hatte – und ihm folgte. Wahrscheinlich ging es bei alledem gar nicht um Kaltenborn. Vielleicht nicht einmal darum, den Bohrturm und damit das ganze Projekt endgültig in die Luft zu jagen. Möglicherweise diente die ganze Show nur der Tarnung. Wie bei einem Zauberkünstler, der das Publikum mit viel Tamtam ablenkt, um seinen eigentlichen Trick zu verbergen.

Und das Ziel des Ganzen war – er, Norman Jacobi! Unbelästigt von der Polizei, die ganz damit beschäftigt war, Verletzte zu bergen und das Chaos in den Griff zu bekommen, legte er sich Jacobi zurecht.

Um den einzigen lästigen Zeugen aus dem Weg zu räumen.

Natürlich war Jacobi darauf reingefallen. Wie ein dummes Schaf folgte er dem Killer zur Schlachtbank. Aber hatte er wirklich eine Wahl? Hätte er irgendetwas anders machen, irgendwo anders abbiegen können? Während er nach einer Antwort suchte, fiel ihm auf, dass sie wie die Ausreden von Kaltenborn, Bruno oder Sjögren klingen würde. Es waren die Umstände, der Täter, der ihn zu allem zwang. Jacobi sah ihn vor sich, mit einer Waffe in der Hand.

Drei Schüsse. Aus nächster Nähe. Mitten ins Gesicht.

Jacobi gab Gas, um den Bildern irgendwie zu entkommen.

Der Wald öffnete sich und gab auf der rechten Seite den Blick frei auf goldgelbes Getreide, das teilweise abgeerntet war. Links lagen Wiesen mit tiefdunklem Gras, durchzogen von bunten Farbtupfern. Nach einer Weile ging die Schotterpiste über in eine schmale Asphaltstraße, dreckig vom Schmutz der LKWs, und Baufahrzeuge. Jacobi beschleunigte.

Die Sonne stand nun direkt über ihm. Links stieg das Gelände an zu einem Hang, um den die Straße in weitem Bogen herumführte. Auf dem staubigen Asphalt driftete der Wagen leicht nach außen. Jacobi kniff die Augen zusammen und griff das Lenkrad noch fester, um nicht die Kontrolle zu verlieren. Er musste lächeln bei dem Gedanken, seinem Mörder zu entkommen, weil er mit dem Auto im Graben landete. Er sah den Killer vor sich, der vergebens wartete und schließlich enttäuscht nach Hause ging.

Endlich öffnete sich die Kurve zu einer längeren Geraden. Sofort bemerkte er den Wagen, der etwa hundert Meter entfernt mitten auf der Straße stand.

Die schmächtige Gestalt weiter vorn im Gras sah er sehr viel später.

Sie hob den Arm.

Etwas blitzte metallisch in der Sonne auf.

Ein Knall. Die Windschutzscheibe barst. Splitter flogen umher. Ein reißender Schmerz in Jacobis linker Schulter. Er trat auf die Bremse, versuchte, das Lenkrad herumzureißen, aber im linken Arm fehlte jede Kraft.

Noch ein Knall.

Das Heck brach aus, der Wagen rutschte über den Asphalt. Gras, Blumen, Bäume rauschten durch das Bild. Hinten rechts schlug der Wagen gegen einen Baum und wurde über die Fahrbahn zurückgeschleudert.

Der dritte Schuss zerfetzte die Windschutzscheibe vollends, verfehlte aber Jacobi, der durch die Fliehkräfte Richtung Beifahrerseite gekippt war.

Nun machte der Wagen zwei größere Hüpfer, geriet mit dem Vorderrad in die abschüssige Böschung rechts und stürzte mit der Front voran in einen Graben. Kreischend schabte Gestrüpp am Lack entlang. Jacobi wurde herumgeschleudert, stieß mit der rechten Schulter gegen das Armaturenbrett und mit dem Kopf gegen das Lenkrad.

Dann Stille.

Der Schmerz in der linken Schulter war grässlich. Er brannte den Arm hinunter und bis in den Rücken. Jacobi wagte nicht, seine Finger zu bewegen, sondern ließ sie schlaff herunterhängen. So lastete das ganze Gewicht seines Körpers allein auf Nacken und Schläfe. Das Ziehen im Hals war schon jetzt kaum erträglich. Aber es zeigte Jacobi, dass er offenbar nicht tot war, nicht einmal lebensgefährlich verletzt.

Er hatte überlebt!

Der Killer hatte ihm eine Falle gestellt, aber Jacobi war davongekommen. Eine Gänsehaut schoss über seinen Körper, die für einen Moment sogar den Schmerz betäubte. Er hatte es geschafft! Er musste nur noch aus dem Auto kommen.

Das allerdings war schwierig. Mit der Schnauze voran lag das Auto im Graben. Jacobi musste sein ganzes Gewicht in die entgegengesetzte Richtung wuchten. Er versuchte, den rechten Arm gegen das Armaturenbrett zu stemmen, fand jedoch keinen Halt. Dann tastete er hinter sich nach der Handbremse, um sich daran hochzuziehen, als ihm ein Gedanke durch den Kopf schoss.

Der Killer würde nicht einfach verschwinden.

Er musste auf Nummer sicher gehen und würde nachsehen, ob er Jacobi tatsächlich erledigt hatte.

Panik flutete seinen Körper. Er musste raus, konnte aber nicht. Und selbst wenn, wäre er leichte Beute. Er sah sich die Böschung hinaufkrabbeln und die Füße des Killers vor sich am Straßenrand. Jacobi hob den Kopf, blickte auf ein Lächeln und dann in die Mündung einer Pistole.

Drei Schüsse. Aus nächster Nähe. Mitten ins Gesicht.

Hektisch suchte er nach einer Idee. Er sah sich wegrennen, schreien, wälzte sich im Ringkampf mit dem Killer auf dem Boden. Absurde Bilder, die aufblitzten und im selben Augenblick zerplatzten. Es gab eine einzige Vorstellung, die halbwegs Bestand hatte.

Jacobi musste schon tot sein.

Hastig zwängte er seine rechte Hand unter dem Kinn hindurch und tastete nach der linken Schulter. Er griff mitten hinein in die Wunde, und ein stechender Schmerz durchzuckte seinen Körper. Aber er spürte auch die warme Feuchtigkeit an den Fingerspitzen. Schnell verschmierte er das Blut an der linken Schläfe.

Ein lächerlich dilettantischer Versuch, einen Killer hereinzulegen.

Seine einzige Chance.

Schritte von links auf dem Asphalt. Ohne Hast, dafür mit der Gewissheit, die Situation und alles darin zu beherrschen. Absolute Macht zu besitzen über Leben und Tod.

Jacobis Herz raste, und er presste Luft in kurzen Stößen aus der Nase.

Ein tödlicher Fehler.

Er biss sich auf die Lippe.

Unmöglich.

So presste er die Kiefer aufeinander, bis seine Zähne zu zerspringen drohten. Dann schloss er die Augen, sah nichts mehr und hörte nur das dröhnende Rauschen in seinen Ohren.

Ein unendlich großer dunkler Ozean. An der Oberfläche ein Schwarm gieriger Raubfische, der auf eine Bewegung lauerte, die die Beute verriet. So taumelte Jacobi reglos immer weiter in die Tiefe, entfernte sich vom letzten bisschen Licht, bis ihn vollkommene Schwärze umfassen und irgendwann seine Lungen implodieren würden.

Das würde sein Ende sein.

Aber er spürte auch Schwerelosigkeit. Und plötzlich sah er sich selbst, eine reglose Gestalt im Wagen, der blutige Kopf auf dem Lenkrad. Langsam bewegte er sich rückwärts. So, wie er Menschen und Chaos am Bohrturm einfach zurückgelassen hatte, so entfernte er sich vom Körper im Auto, schwebte die Böschung hinauf, sah, dass die Person immer kleiner wurde und irgendwann hinter Sitz und Kopfstütze verschwand. Er fühlte sich leicht, trieb über den Dingen, und der Mann im Auto war ihm gleichgültig. Dann sah er den Killer, der sich über die Straße dem Wagen näherte, aber der Mann sah ihn nicht. Es war, als bewegte sich Jacobi über ihn hinweg, durch ihn hindurch, tatsächlich unsichtbar.

Plötzlich ein Knall, der zu heftigem Dröhnen anschwoll. Wahrscheinlich nur ein Stein, den der Killer gegen den Wagen geschleudert hatte. Aber es genügte, Jacobi augenblicklich zurückzukatapultieren. Er war wieder hier.

Allein.

Verletzt.

Unbewaffnet.

Schritte im Gras. Langsam also näherte sich der Killer von links. In aller Ruhe sah er sich den Wagen an, die Person, die darin lag, wog ab, ob sie tatsächlich tot war oder noch einen Schuss brauchte.

Jacobi hielt die Luft an.

Kleine Schritte, um keine böse Überraschung zu erleben. Ein schleifendes Geräusch von oben. Die Hand mit der Waffe auf dem Wagendach.

Jacobi spürte das dringende Bedürfnis, den Killer anzusehen. Er hatte die irrwitzige Vorstellung, dass ihn das abschrecken würde.

Doch jedes Blinzeln wäre sein Todesurteil.

Dabei war es längst gefällt. Entweder für ihn oder für Katharina. Rührte er sich, erschoss ihn der Killer. Hielt er still, würde der Kerl verschwinden und Katharina töten. Er brauchte sie dann nicht mehr.

Weitere kleine Schritte. Jacobi bemerkte einen Schatten auf seinen Augenlidern. Der Killer musste direkt neben ihm an der Fahrertür stehen. Sicher beugte er sich langsam hinunter, nahm ihn genau in Augenschein. Hob sich der Brustkorb? Zuckte irgendwo ein Muskel? Jacobi spürte seinen Herzschlag im Hals. Er hatte das Gefühl, seine Kehle würde gesprengt. Warum nicht einfach zwei Schüsse durch die Scheibe, und es wäre vorbei?

Endlich vorbei.

Leises Klacken am Türgriff. Der Typ wollte es ganz genau wissen. Jacobi spürte schon die Hand an seinem Hals, den hämmernden Puls unter den Fingerkuppen.

Und dann würde er tot sein.

Wieder ein Ruckeln an der Tür, ein sanftes Schaukeln des ganzen Wagens. Er ließ sich nicht öffnen. Wahrscheinlich hatte sich der Audi so tief in den Graben gebohrt, dass auch die Tür auflag. Das bedeutete, dass der Kerl nicht an ihn herankam. Zumindest nicht von dieser Seite.

Der Schatten entfernte sich, die Schritte wurden leiser. Der Killer ging um das Heck, um es auf der Beifahrerseite zu versuchen. Klemmte auch dort die Tür, würde er garantiert wahllos ins Innere feuern. Ließ sie sich aber öffnen, dann hatte Jacobi vielleicht noch eine Chance.

Eine aberwitzig winzige Chance.

Wenn sich der Killer in den Wagen beugte, um Jacobis Puls zu fühlen, konnte er vielleicht dessen Hand greifen, ihn überraschen, überrumpeln, in den Wagen zerren und ihm die Waffe abnehmen.

Dann war er wieder obenauf.

Jacobi spürte in seinen rechten Arm, die rechte Hand hinein. Schlaff hingen sie vor dem Armaturenbrett hinab, aber sie waren frei und unversehrt. Vielleicht konnte es klappen. Es musste klappen. Und es musste schnell gehen. Die Luft wurde knapp und der Druck in Brust und Hals immer stärker.

Schritte um das Auto herum. Dieses Mal kein Schleifen auf dem Dach, dafür plötzliches Klacken an der Beifahrertür, vertrautes Klacken, hundertmal, tausendmal gehört, das Quietschen auf den ersten Zentimetern, der kleine Widerstand.

Dann absolute Stille. Jacobi sah nichts, hörte nichts, roch nur warme Luft und seinen eigenen Schweiß.

Wo war der Kerl? Wo die Hand mit der Waffe? Wann war der richtige Augenblick? Er hatte nur diese eine Chance.

Wann?

Plötzlich ein metallisches Klicken, das zu einem mächtigen Rauschen anschwoll, direkt an Jacobis Ohr. Das Durchladen der Pistole. Der Druck von warmem Metall an seinem Hinterkopf.

Er hatte den Moment verpasst.

Jacobi versuchte sich aufzubäumen, aber alle Kraft war aus seinen Muskeln gewichen. Stattdessen sah er sich wieder aus der Distanz. Seinen seltsam verdrehten Körper. Die ausgestreckte Hand des Killers.

Dann fiel der Schuss.

Der Knall brach sich am Metall des Wagens, hallte und schmerzte in Jacobis Ohren. Ein kurzes Zucken durchlief seinen Kopf. Der Lauf der Pistole kratzte an seinem Hinterkopf entlang, bevor er auf das Armaturenbrett schepperte. Es folgte ein leichtes Wackeln, ein kurzes Schwanken des ganzen Wagens.

Schließlich Stille.

Jacobi spürte den Schmerz in der Schulter und den Druck im Brustkorb. So war es also, wenn man starb? Fast war er enttäuscht, denn er fühlte sich weder leicht, noch schwebte er durch einen Tunnel einem strahlenden Licht entgegen.

Alles war genau wie vorher.

»Jacobi?«, rief eine Stimme. »Sind Sie in Ordnung, Jacobi?«

Eine Männerstimme. Nicht die des Killers, sondern dunkler, kräftiger. Eilige Schritte auf dem Asphalt, dann im Gras.

»Jacobi, hören Sie mich? Sagen Sie doch was.«

Nun war die Stimme ganz nah, kam von rechts, genau von dort, wo der Killer stehen musste. Das konnte nicht sein. Jacobi fand keine Erklärung, als er einen kräftigen Griff an der Schulter spürte. Eine Hand zog ihn zurück in den Sitz, und er konnte nicht anders, als nach Luft zu schnappen und die Augen zu öffnen. Er sah in ein Gesicht unter einer Sturmhaube. Der Mann trug eine Uniform und beugte sich über ihn.

»Was …?«, stammelte Jacobi. »Wer …? Wo ist …?«

Schließlich sah er den leblosen Körper, der halb im Fußraum vor dem Beifahrersitz lag, und das Blut am aufgeplatzten Schädel. Das Gesicht war nicht mehr zu erkennen, wohl aber das hellblaue Hemd mit den kurzen Ärmeln.

»Wie …? Wer sind Sie?«

»POK Raubrecht, Präzisionsschütze im SEK. KHK Demandt behauptet, man könne Sie nicht allein lassen. Ich sollte Sie im Auge behalten, egal, was passiert. Sind Sie so weit okay?«

Nur tröpfchenweise begriff Jacobi, dass er noch lebte und davongekommen war. Plötzlich ergoss sich wilde Euphorie über seinen ganzen Körper, die jedoch im selben Augenblick wieder aus ihm herausströmte. Als hätte jemand den Stöpsel gezogen.

»Wie sollen wir Katharina jetzt noch finden?«

KAPITEL 36

Er hatte überlebt. Der Killer war tot.

Jacobi blickte auf das Armaturenbrett, die zerschossene Windschutzscheibe, das Gestrüpp, das beim Sturz in den Graben auf die Motorhaube geflogen war. Er dachte, dass er sich unglaublich erleichtert fühlen musste. Stattdessen spürte er nur drückende Hitze und brennende Schmerzen in der Schulter. Er kam sich lächerlich vor.

»Seien Sie froh, dass Sie davongekommen sind«, sagte der Polizist, während er die Sturmhaube abstreifte. Kurze blonde Haare standen wirr vom Kopf ab. Über einem schwarzen T-Shirt trug er eine Schutzweste. Raubrecht wirkte nicht übermäßig groß, aber beeindruckend muskulös. »Um alles andere kümmern wir uns später.«

»Später?«, fragte Jacobi, während ein Stechen durch seine Brust schoss. »Später ist Katharina tot!«

»Wir kümmern uns. Aber zuerst hole ich Sie da raus.«

Raubrecht ging um den Wagen herum und versuchte, die Fahrertür zu öffnen. Er zog und rüttelte daran, doch es gelang ihm genauso wenig wie zuvor dem Killer. »Lassen Sie das Fenster runter«, sagte er.

Bedächtig tastete Jacobi mit der rechten Hand nach dem Knopf. Leise surrend senkte sich die Scheibe. Raubrecht legte die Hände in den Rahmen und zog mehrmals mit voller Wucht daran. Der ganze Wagen schaukelte, Jacobi kniff die Augen zusammen und biss sich auf die Lippen. Es kostete ihn Kraft, sich aufrecht zu halten. Endlich gab die Tür nach.

»Können Sie rausklettern?«, fragte Raubrecht.

Jacobi versuchte, sich nach oben und zur Seite zu drücken, konnte aber seinen linken Arm nicht nutzen.

»Was ist mit Ihrer Schulter?«, fragte Raubrecht.

»Nichts. Nur ein Kratzer.«

»Sieht aber nicht danach aus. Er hat Sie ziemlich erwischt.«

Der Polizist beugte sich in den Wagen und schob seine linke Hand vorsichtig unter Jacobis linke Achsel. Die andere Hand führte er hinter seinem Rücken zum rechten Arm. So zog er ihn langsam aus dem Auto. Jacobi wurde übel vor Schmerzen, und er blies stoßweise Luft aus, bis er das Gras am Hinterkopf spürte und auf Wolkenschlieren blickte. Einfach liegen bleiben, dachte er, nie wieder aufstehen.

Raubrecht war in die Hocke gegangen und beugte sich nun über ihn. Mit den Fingerspitzen öffnete er Jacobis Hemd. »Ach du Scheiße. Da muss sofort ein Arzt ran.«

»Später.«

»Später? Wenn sich das entzündet, haben Sie ein echtes Problem.«

Mit einem Hemdzipfel wischte Raubrecht vorsichtig Blut vom Rand der Wunde. Sein Verstand sagte Jacobi, dass er Hilfe brauchte. Vor nicht mal drei Minuten war er so gut wie tot gewesen. Und jetzt lag er im Gras und blickte in blauen Sommerhimmel. Dieser Kontrast überschüttete ihn mit einer schäumenden Mischung aus Entschlossenheit, Wut und Hass. Auf den Killer, vor allem aber auf seine eigene Hilflosigkeit. In diesem Moment ertrug Jacobi nicht, gepudert und gewickelt zu werden wie ein Baby. Mit der Hand versuchte er, Raubrecht wegzustoßen.

»Was soll das?«, fragte der Polizist und machte weiter.

Jacobi schlug ihm mit der Faust gegen die Brust.

»Sind Sie bescheuert?«

»In ein paar Stunden wird Katharina elendig verdursten.

Ich gehe nicht eher zum Arzt, bis wir sie gefunden haben. Kapieren Sie das?«

Einen Moment sah Raubrecht irritiert auf Jacobi herab. »Okay, ist Ihr Leben. Aber lassen Sie mich wenigstens versuchen, die Blutung zu stoppen.«

Widerstrebend nickte Jacobi. Der Polizist stand auf und trat an den Kofferraum. Unterdessen griff Jacobi in den Türrahmen und zog sich mühsam daran hinauf, bis er saß. Erschöpft lehnte er sich an den Wagen, als er Sirenengeheul hörte. Zuerst dachte er an einen einzelnen Streifenwagen, doch je näher der Alarm kam, umso mehr unterschiedliche Töne machte er aus. Es musste eine ganze Armee sein. Jacobi sah Raubrecht an, der mit dem Verbandskasten und dem alten Straßenatlas am geöffneten Kofferraum stand.

Jacobi schüttelte den Kopf.

Unschlüssig blickte Raubrecht zwischen ihm und der Straße hin und her. Der erste Streifenwagen erschien hinter einer Kurve. Ihm folgten weitere, außerdem mehrere Rettungswagen und Löschfahrzeuge.

Noch einmal sah Raubrecht zu Jacobi herüber, schließlich winkte er die Kolonne vorbei. Erleichtert lehnte Jacobi den Kopf an den Wagen. Raubrecht sah den Fahrzeugen nach, bis sie im Wald verschwunden waren. Dann kniete er sich neben Jacobi, während die schrillen Sirenen weiter durch die Bäume schallten.

»Danke«, sagte Jacobi.

»Dann beklagen Sie sich nicht, wenn's wehtut.«

»Ehrenwort.«

»Ihr Wort würde mir reichen.«

»Was ist im Wald passiert?«

Raubrecht sah auf, und Jacobi erkannte Fassungslosigkeit, die ihm Angst einjagte. Kaum merklich schüttelte der Polizist den Kopf und wandte sich wieder Jacobis Wunde zu. Dann zögerte er.

»Was ist?«

»Sind Sie sicher?«

»Machen Sie schon.«

»Okay, dann pressen Sie das hier auf die Wunde.«

Jacobi drückte Verbandsmaterial gegen seine Schulter, während Raubrecht sie großzügig mit Mullbinde umwickelte. Jede Bewegung und jede Berührung schmerzten.

»Ich bin eben kein Arzt«, erklärte Raubrecht.

»Ich sag ja gar nichts«, antwortete Jacobi gepresst.

»Und jetzt?«, fragte der Polizist, nachdem er Jacobis Schulter notdürftig verpackt hatte.

»Jetzt suchen wir Katharina, bis wir sie haben.«

»Irgendeine Idee, wo wir anfangen?«

»Er muss ein Telefon haben. Jedenfalls hat er mir Nachrichten geschickt.«

Der Polizist ging um den Wagen herum, während Jacobi sich mühte, sein blutverschmiertes, verschwitztes Hemd wieder anzuziehen. Es tat höllisch weh, klappte aber ganz gut. Die Knöpfe mit einer Hand zu schließen war allerdings eine Katastrophe. Er kam sich vor wie ein Zweijähriger, völlig hilflos. Das machte ihn wieder wütend, und am liebsten hätte er jemanden verprügelt oder erwürgt. Stattdessen presste er den Kopf gegen den Wagen.

»Okay, ich hab's«, sagte Raubrecht auf der anderen Seite und machte einige Schritte die Böschung hinauf, während er eine Nummer wählte. »Demandt? Hier ist Raubrecht. Wir haben den Killer. Er ist tot. Jacobi ist verletzt, so weit aber in Ordnung. Jetzt suchen wir die Frau. Dazu müssen wir wissen, wo das Handy, von dem ich Sie jetzt anrufe, zuletzt eingeloggt war. Und zwar möglichst schnell.« Einen Moment hörte Raubrecht zu, bevor er auflegte. Nachdenklich sah er auf das Display.

»Was ist?«, fragte Jacobi.

»Er ist ziemlich von der Rolle.«

»Ist er verletzt?«

»Nein … ich weiß nicht. Ich glaube nicht. Aber …« Raubrecht sah hinüber zum Wald. Jacobi wandte den Kopf und bemerkte die dichten Rauchwolken, die noch immer über den Baumkronen waberten.

»Verdammter Schweinehund!«, sagte Raubrecht. »Aber das darf uns jetzt nicht interessieren. Da drüben sind genug Kollegen. Wir würden nur stören. Also, was hat er Ihnen gesagt? Irgendwas, das uns einen Hinweis geben könnte?«

»Nichts hat er gesagt. Er hat mir nur hübsche Fotos geschickt, damit ich nicht auf dumme Gedanken komme. Sie müssen auf dem Handy sein.«

Raubrecht setzte sich neben Jacobi in das Gras und durchsuchte die Verzeichnisse. Schnell hatte er die Bilder gefunden. »Jetzt verstehe ich«, sagte er und hielt Jacobi das Telefon hin.

»Ich kenne die Bilder.«

Trotzdem musste er hinsehen. Er sah Katharinas Angst, ihre Erschöpfung und die absolute Hilflosigkeit. Er spürte Wut, vor allem auf sich selbst. Er allein hatte ihr das eingebrockt mit seinem blinden Eifer. Und das Schlimmste war, dass sie es von Anfang an geahnt hatte. Mit der Faust schlug sich Jacobi gegen die linke Schulter. Ihm wurde übel vor Schmerz, der für einen Moment alle anderen Gefühle betäubte.

»Fällt Ihnen irgendwas daran auf?«, fragte Raubrecht.

»Nein.«

»Auch wenn's schwerfällt: sehen Sie nicht auf ihr Gesicht. Nur auf das Drumherum. Sehen Sie durch sie hindurch.«

»Was soll der Scheiß? Glauben Sie, ich weiß, wo sie ist, und behalte es für mich?«, schrie Jacobi und stieß die Hand mit dem Telefon zur Seite.

Tief holte Raubrecht Luft und atmete langsam aus. »Wir

brauchen einen Anhaltspunkt. Irgendwas, mit dem wir anfangen können.«

»Ich sehe nichts. Der Kerl war extrem abgebrüht. Der hat keine Fehler gemacht.«

»Zuletzt schon.«

Eine Weile schwiegen sie. Jacobi blickte sich um auf der Suche nach etwas, das ihn vielleicht ablenken konnte, während Raubrecht die Fotos aufmerksam betrachtete. »Die Wand hinter ihr«, sagte er schließlich.

»Was ist damit?«

»Sie scheint aus Holz zu sein.«

»Na, großartig. Dann hält er sie eben in einem Schuppen oder Keller gefangen.«

»Glaube ich nicht. Das Holz sieht so alt und morsch aus, als ob es oft nass geworden wäre. Und hier, neben ihrem Kopf, sehen Sie das? Ich glaube, das ist Moos.«

»Und?«

»Das ist kein Keller. Das ist eine Hütte im Wald.«

»Und was macht das für einen Unterschied?«

»Einen großen. Erstens gibt es viel weniger Waldhütten als Keller. Und zweitens kommen wir leichter da rein.«

»Und wo sollen wir diese Hütte suchen?«

»Das letzte Bild wurde heute Mittag um zwölf Uhr siebenundvierzig gemacht. Wann haben Sie den Typen zum ersten Mal auf dem Gelände gesehen?«

»Ich weiß nicht genau. Kurz vor zwei.«

»Also eine Stunde später. Dazu muss er aus dem Wald raus. Hierher führen nur schmale Straßen. Das letzte Stück ist geschottert. Und wahrscheinlich war er schon früher auf dem Gelände, um in Ruhe die Lage zu sondieren.«

»Worauf wollen Sie hinaus?«

»Dass er in der Zeit nicht sehr weit gefahren sein kann.« Raubrecht sah Jacobi an. »Ich glaube, dass sie ganz in der Nähe sein muss.«

Gänsehaut überzog Jacobis Körper, während Raubrecht im Straßenatlas aus dem Kofferraum blätterte. »Wir sind jetzt hier. Wenn wir davon ausgehen, dass er maximal dreißig, eher zwanzig Kilometer gefahren ist, bleibt nur ein Radius …«

»… vom halben Taunus.«

»Schon, aber ich bin sicher, dass er sie nur tief im Wald verstecken kann, abseits der Wege, damit niemand zufällig auf die Hütte stößt. Das heißt, es kommen nur größere, zusammenhängende Waldgebiete infrage. Hier und hier und vielleicht noch das hier«, sagte Raubrecht, während er auf die Karte deutete.

Jacobi fragte sich, ob das einen Sinn ergab. Er wollte es zu gern glauben. Aber genügte das? Sie durften sich keinen Fehler leisten. Dazu fehlte Katharina die Kraft. Und ihm auch.

In diesem Augenblick klingelte das Handy des Killers. Überrascht sahen beide sich an. Wer rief den Mörder an? Ein Komplize? Der Drahtzieher? Raubrecht schluckte, bevor er sich zögernd meldete. »Ja? … Ah, Demandt, Sie sind's. Haben Sie was rausgekriegt?«

Während er zuhörte, fuhr Raubrecht mit dem Finger über die Karte auf seinen Knien. »Ja, sehr gut«, sagte er. »Das deckt sich mit unseren Vermutungen. Hören Sie, wir haben eine Idee, wo sie sein könnte. Aber um sicherzugehen, brauchen wir mehr Leute. Eine Hundertschaft … Ja, ich weiß, dass die schwer zu kriegen ist in dieser Situation. Aber selbst wenn wir ungefähr wissen, wo die Frau gefangen gehalten wird, bleibt es ein riesiges Gebiet. Und uns läuft die Zeit davon. … Okay, danke«, sagte Raubrecht und legte auf. »Er schaut, was er machen kann.«

Jacobi schnaufte.

»Was?«

»Wissen Sie, was es heißt, wenn Bruno schaut, was er machen kann?«

»Aber eigentlich mögen Sie ihn.«

Jacobi rang sich ein Lächeln ab.

»Ihm jedenfalls liegt viel an Ihnen.«

Statt zu antworten, griff Jacobi mit der rechten Hand in den Türrahmen und zog sich stöhnend daran hoch.

»Ein bisschen Geduld werden Sie schon brauchen«, sagte Raubrecht. »So schnell geht das nicht mit einer Hundertschaft.«

»Wir fahren schon mal vor.«

»Was?«

»Was hat Katharina davon, wenn wir hier rumsitzen? Kommen Sie. Wo ist Ihr Wagen?«

Fassungslos blickte Raubrecht zu Jacobi auf, bevor er ihm widerwillig folgte.

Unterwegs schwiegen sie. Raubrecht hatte seine Weste abgelegt, fuhr bedächtig und blickte immer wieder nach rechts. Vielleicht wollte er Erschütterungen vermeiden, vielleicht Zeit schinden. Trotzdem sagte Jacobi nichts. Die Hitze im Auto war drückend, und er spürte feine Tropfen an seinem Oberkörper. Er hoffte, dass es nur Schweiß war, wagte aber nicht nachzusehen. Er hatte kein Recht, zu jammern. Stattdessen versuchte er, sich an die schönen Momente mit Katharina zu erinnern. Ihre erste Begegnung. Als sie sich zum ersten Mal nähergekommen waren. Die Nacht im Park. Für einen Augenblick betäubten die Bilder die Schmerzen. Dann schufen sie neue. »Sind wir bald da?«

Nach einer gefühlten Ewigkeit fuhr Raubrecht auf einen großen Wandererparkplatz, auf dem kein weiteres Auto stand. In mehrere Richtungen führten Wege in den Wald und verloren sich bald zwischen dichten Bäumen. Was auf der Karte säuberlich abgegrenzt und überschaubar erschien, wirkte nun wie ein riesiges, undurchdringliches Dickicht. »Verstehen Sie jetzt, warum es keinen Sinn macht, auf eigene Faust loszurennen?«, fragte Raubrecht.

Jacobi ahnte, dass es unmöglich sein würde, Katharina hier zu zweit zu finden. Aber er konnte nicht ruhig sitzen bleiben, bis Bruno Demandt die Energie aufbrachte, Unterstützung zu organisieren. Etwas weiter rechts stand eine Tafel mit einer Karte des Waldgebietes. Jacobi stieg aus.

»Meine Güte, Jacobi, Sie machen's mir wirklich nicht leicht.«

»Sie können warten, wenn Sie wollen.«

»Das nächste Mal lasse ich Sie einfach draufgehen!«, rief Raubrecht und stieg ebenfalls aus.

Auf der Tafel war eine große grüne Fläche von einem Spinnennetz aus Wegen durchzogen. An einzelnen Stellen waren schwarze Tupfer zu erkennen, die aussahen wie die Hotels bei Monopoly. Jacobi spürte Erleichterung, die ihn zittern ließ. Sie mussten nur die Hütten abklappern, und Katharina war frei. Lächelnd sah er Raubrecht an und erkannte Falten auf dessen Stirn. »Was?«

»Das sind Schutzhütten.«

Jacobi begriff nicht.

»Hütten, in denen sich Wanderer bei Regen unterstellen können. Sie liegen direkt an den Wegen. Ohne Türen und Fenster. Da kann man niemanden verstecken.«

Jacobi sah abwechselnd auf den Plan und zu Raubrecht. »Was soll das heißen?«

»Das soll heißen, dass wir allein keine Chance haben. Ich rufe noch mal Demandt an.«

Während sich Raubrecht abwandte, sah Jacobi, wie seine Füße sich bewegten. Er ging einfach los, nahm den Weg direkt neben der Tafel. Er hörte das Knistern der Tannennadeln unter seinen Schritten, roch die warme, trockene Luft und den Duft von geschnittenem Holz. Plötzlich spürte er Katharinas Hand in seiner. Sie war klein, zerbrechlich. Er musste auf sie aufpassen. Katharina sah zu ihm auf und lächelte. Dann lief sie los. Schnell wurde der Abstand größer.

Lachend drehte sie sich um und forderte ihn auf, ihr zu folgen. Auch Jacobi lachte, und auch er begann zu laufen. Seine Schritte waren schwer. Er spürte den Schmerz in der Schulter, den Schweiß auf der Stirn und um den Mund herum. Die Luft drückte, und das Atmen strengte an.

Aber er durfte sie nicht verlieren.

Trotzdem wurde der Abstand größer. Jacobi versuchte, schneller zu laufen. Ihm wurde schwindelig. Das Blut hämmerte in Schulter und Schläfen, und er fühlte sich schwer, unendlich schwer. Gleichzeitig hatte er den Eindruck, dass seine Füße nicht länger den Boden berührten. Sie sanken in zähe Tiefe. In diesem Augenblick hörte er Schreie von hinten. Im Laufen blickte er sich um und sah, dass ihm ein Mann wild gestikulierend nachrannte. Als er wieder nach vorn blickte, war Katharina verschwunden. Jacobi spürte Panik in sich aufsteigen und glaubte zu ersticken. Er stoppte, stützte sich an einem Baum ab und schnappte nach Luft.

Schließlich erreichte ihn Raubrecht. »Sind Sie wahnsinnig? Dieses Gerenne bringt Sie um. Und mich auch.«

»Sie ist hier. Ich weiß es. Ich habe sie gesehen. Kommen Sie.«

Raubrecht hielt ihn zurück. »Ich weiß nicht, ob ich Ihnen das sagen sollte.«

»Was?«

Er sah in die Baumkronen. »Es wird keine Hundertschaft geben. Alle verfügbaren Kräfte werden bei der Explosion benötigt. Außerdem müssen Gebäude gesichert und Demonstranten zur Vernunft gebracht werden. Die ganze Stadt scheint verrückt zu spielen.«

Entgeistert sah Jacobi den Polizisten an. Dann lächelte er milde und ging einfach weiter.

Das dichte Blätterdach filterte das Sonnenlicht ein wenig. Trotzdem war die Hitze quälend. Jacobi war völlig erschöpft, und sein Blickfeld schien immer schmaler zu werden. Während Raubrecht einen halben Schritt hinter ihm ging, versuchte Jacobi, sich Katharina wieder vor Augen zu führen, um dadurch neue Kraft zu spüren. Als er auf seine Füße blickte, schienen sie sich tatsächlich schneller zu bewegen.

Bis er stolperte und vornüberstürzte.

Mit dem Gesicht landete er im warmen Waldboden. Die trockenen Nadeln kratzten auf der Haut.

Raubrecht half ihm auf. »Das hat doch keinen Sinn. Sie gehören in ein Krankenhaus.«

Jacobi wusste, dass Raubrecht recht hatte. Trotzdem schüttelte er den Kopf.

Dabei sah er sie.

Die Hütte lag an einem Hang schräg links hinter ihnen, halb verdeckt von Bäumen. Wäre Jacobi nicht gestolpert, wären sie vorbeigelaufen. Nun riss er sich los und rannte die Anhöhe hinauf. Er rutschte ab, griff in den Waldboden und ignorierte den stechenden Schmerz in der Schulter. Doch ihm fehlte die Kraft, sich wieder aufzurichten. So kroch er hinauf wie ein humpelnder Hund.

Schließlich erreichte er die Hütte. Sie war klein, alt und halb verfallen. Auf dem Dach lagen Moos und Äste. Das Fenster war mit Brettern vernagelt, die Tür mit einem Vorhängeschloss gesichert. Jacobi rüttelte daran. »Katharina! Katharina, hörst du mich? Ich bin's, Norman. Wir holen dich da raus. Ganz sicher!«

Die Tür gab nicht nach.

Raubrecht sah links und rechts um die Ecke, bevor er Jacobi zur Seite schob. Er nahm drei Schritte Anlauf und trat gegen die Tür. Sie knirschte, hielt aber stand. Noch einmal stieß er den Fuß mit voller Wucht gegen das Holz. Bretter splitterten. Mehrmals trat er auf sie ein, bis das Loch groß genug war, um hindurchzusteigen.

Ungeduldig stieß Jacobi den Polizisten zur Seite und kroch hinein. Als Erstes nahm er den modrigen Geruch wahr, während seine Augen einen Moment brauchten, sich an das Halbdunkel zu gewöhnen.

»Katharina?«

Langsam schälten sich die Umrisse eines alten Tisches aus der Dunkelheit. Dann erkannte Jacobi drei Plastikstühle. Daneben gab es nur noch ein kleines Regal und eine Holzkiste.

Keine Pritsche.

Keine Ketten.

Keine Katharina.

KAPITEL 37

Da war es wieder.

Ein entferntes Rascheln, in das sich hin und wieder ein leises Kratzen mischte. In ihrer Wahrnehmung verwoben sich die Geräusche zu einer Klangcollage, einem Stück moderner Musik, die lauter wurde, immer weiter anschwoll.

Er kam zurück.

Regelmäßig im Abstand von einigen Stunden sah er nach ihr. Dazwischen war Katharinas einzige Aufgabe zu atmen. Es war lächerlich, verlangte aber ihre ganze Aufmerksamkeit. Während sie auf ihn wartete, hockte sie auf der schäbigen Pritsche, den Rücken an die Wand gelehnt, die Hände dahinter gefesselt. Einzig ihre Beine wagte sie ein wenig zu bewegen. Mal stellte sie das linke auf, dann das rechte. Oder sie legte sich ganz langsam seitlich auf die Matratze, die Knie dicht an den Körper gezogen.

Die meiste Zeit schloss sie die Augen. Sie war müde, unendlich müde, durfte aber nicht einschlafen. Denn rutschte ihr Kopf dann an der Wand entlang oder veränderte sie die Position zu hastig, zog sich die Kette um ihren Hals wieder ein Stück weiter zusammen. Also konzentrierte sie sich auf ihren Atem, zählte ihre Züge bis hundert und begann wieder von vorn. Manchmal dämmerte sie trotzdem weg. Dann erwachte sie mit einem Schrecken und trat mit den Beinen aus, bis sie wieder wusste, wo sie war.

Nach ungefähr zwanzig Mal hundert Atemzügen hörte sie seine Schritte im Laub. Kurz darauf blendete sie der Kidnapper mit der Lampe, verband ihr die Augen, löste die Fesseln und führte sie hinaus. Die ersten Schritte waren Himmel und Hölle zugleich. Jedes Mal hatte sie das Gefühl, durch ein Meer aus Watte zu waten.

Draußen gab er ihr zu essen und zu trinken, und manchmal erleichterte sie sich hinter der Hütte. Danach führte er sie ein kurzes Stück durch den Wald, bis sie ihre Beine wieder spüren konnte.

Währenddessen sprachen sie nur das Nötigste. Zwischen ihnen schien alles gesagt. Katharina konnte ihm nicht länger verkaufen, dass sie etwas über den Auftraggeber wusste, und nach ihrem Fluchtversuch gab es für den Entführer keinen Grund mehr, ihr zuzuhören. Wahrscheinlich war sie ihm nur noch lästig.

So führte er sie nach wenigen Minuten zurück auf die Pritsche. Dort legte er ihr Handschellen an und die Kette um den Hals. Danach blendete er sie wieder mit der Lampe und nahm die Augenbinde ab. Als Letztes schoss er jedes Mal ein Foto, bevor er ging. Seine Schritte entfernten sich, die Klangcollage wurde gleichmäßig leiser wie bei einem guten Orchester, und irgendwann war es wieder vollkommen still.

Seltsamerweise war sie sogar erleichtert, wieder allein zu sein. Sie hatte keine Angst mehr vor ihm, hasste ihn nicht einmal. Auch dachte sie nicht mehr darüber nach, wie lange es dauern würde. Ob es jemals endete. Seine Besuche dienten nur dazu, die Zeit zu strukturieren. Noch zehn Mal hundert Atemzüge. Noch sieben Mal. Katharinas Leben bestand nur noch aus einem Davor und Danach. Und das Danach war auch nur das nächste Davor.

Jetzt war er überfällig. Fast sechshundert Atemzüge. Katharina spürte die Schmerzen im Rücken und den Durst. Sie hatte weder Hunger noch Appetit. Aber Durst.

Ganz langsam öffnete sie die Augen, als könnte sie den

Anblick der schäbigen Hütte nur in kleinen Dosen ertragen. Ein wenig Licht fiel durch das notdürftig abgedichtete Fenster, und manchmal schlich sich ein winziger Hauch frischer Luft herein. Jetzt sah sie, dass das Sonnenlicht schon fast den Tisch erreicht hatte. Als der Mann am Nachmittag zuvor gekommen war, hatte es noch den Metalleimer beleuchtet. Dazwischen lag mehr als ein Meter. Es war spät. Sehr spät. Auch das Rascheln war längst verstummt. Wahrscheinlich war es nur ein Vogel gewesen, eine Maus. Oder Einbildung.

Katharina schloss wieder die Augen und begann zu zählen.

Dreihundert Atemzüge später war er noch immer nicht da.

Dafür wurde der Durst stärker und stärker. Katharina hatte das Gefühl, ihre Zunge wäre geschwollen und mit zähem Schleim an ihren Gaumen geklebt. Konnte sie am Durst ersticken?

Plötzlich durchfuhr sie der Gedanke, dass der Killer vielleicht gar nicht mehr kam. Weil er seinen Auftrag erledigt hatte. Vor zwei Tagen, nicht lange nach dem Anruf des alten Mannes, hatte er ihr zum ersten Mal die Augen verbunden und danach einiges Material in der Hütte deponiert. Vielleicht hatte es einen neuen Anschlag gegeben. Erst jetzt fiel Katharina auf, dass der Kerl sie seit Tagen nicht mehr nach Jacobi gefragt hatte. Hatte ihn der Killer …? Tiefe Traurigkeit und Leere stiegen in ihr auf, doch dann schoss Panik durch ihren Körper. War Jacobi tot, brauchte der Kidnapper Katharina nicht länger. Dann würde sie warten und Atemzüge zählen, bis sie elendig verdurstete.

Nun war sie hellwach und hatte schon jetzt das Gefühl, keine Luft mehr zu bekommen. Sie schrie um Hilfe.

Horchte.

Schrie.

Horchte.

Doch sie nahm nichts wahr außer brennendem Halsschmerz. Das nutzlose Schreien kostete nur Kraft, die sie nicht hatte. Katharina musste sich beruhigen. Vorsichtig schob sie ihren Körper mit dem Fuß nach hinten, um sich etwas aufzurichten. Zusätzlich reckte sie den Kopf und hatte tatsächlich den Eindruck, sich so etwas Luft zu verschaffen.

Welche Möglichkeiten blieben ihr also, wenn er tatsächlich nicht wiederkam? Sie konnte nichts tun und sterben. Oder einen weiteren Versuch unternehmen, sich von den Fesseln zu befreien. In diesem Augenblick begriff sie, wie dumm sie gewesen war. So unendlich dumm. Als sie dem Kidnapper bei ihrem Fluchtversuch in die Arme gelaufen war, hatte er sie nicht getötet. Weil er sie noch brauchte. Solange er zurückkehrte, konnte ihr also gar nichts passieren. Tauchte er jedoch nicht mehr auf, hatte sie die verdammte Pflicht, alles zu unternehmen, um hier herauszukommen.

Aber wie?

Zweimal lief die Kette um ihren Hals und von dort an der Wand hinab unter die Pritsche, wo sie an der Öse im Holz befestigt war. Katharinas Hände waren hinter ihrem Rücken mit Handschellen gefesselt. Mit den Fingerspitzen konnte sie die Kettenglieder ertasten. Wenn sie jedoch daran zog, würde sie sich strangulieren. Genauso wenig konnte sie unter das Bettgestell greifen. Sie war komplett hilflos.

Das Schwein hatte sich das gut überlegt.

Wut stieg in ihr auf. Mit dem Fuß stampfte sie einige Male auf die fleckige Matratze und rutschte dabei ein Stück nach vorn, wodurch sich die Schlinge wieder etwas mehr zuzog. Sie durfte nicht hysterisch werden. Wut und Panik konnten tödlich sein. Katharina schien, als würde die Liste ihrer möglichen Todesursachen immer länger – im Gegensatz zu den Chancen, die ihr blieben.

Um sich hinzulegen, musste sie sich ganz langsam zur Seite sinken lassen, zuerst den Kopf, dann die Schultern. Dabei versuchte sie, sich mit den Händen am Holz in ihrem Rücken abzustützen. Die Beine zog sie dicht heran, um sich klein zu machen und die Kette nicht zu spannen. Zentimeter für Zentimeter neigte sie sich weiter nach links, bis sie das Gleichgewicht verlor. Panisch versuchte sie, sich aufzurichten, doch es war zu spät. Ihre Hände griffen ins Leere, immer schneller kippte ihr Körper zur Seite. Sie spürte einen Windhauch, ihre Wange schlug auf die Matratze, und Katharina erwartete den letzten ruckartigen Zug der Kette.

Doch er kam nicht.

So blieb sie eine Weile zusammengekauert liegen wie ein verängstigtes Kind und spürte den Erschütterungen nach, in der Pritsche, ihrem Körper, ihrem Kopf. So darf es nicht enden, dachte sie. Das wäre schäbig. Also, lass dir was einfallen. Irgendeine Möglichkeit muss es doch geben. Konnte sie unter das Bett gelangen, würde sie zumindest nicht ersticken. Und dort war es ihr schon einmal gelungen, sich zu befreien.

Der staubige Holzboden unter der Pritsche – das Ziel ihrer Träume.

Doch die Kette ließ nur den Weg hinter der Pritsche zu. Irgendwie musste sie das Bettgestell von der Wand bewegen. Zuerst presste sie die Hände gegen das Holz, dann den oberen Rücken und die Schultern. Sie schnaufte und pumpte Luft in ihre Lungen, doch das Gestänge war aus schwerem Metall gefertigt und rührte sich keinen Zentimeter. Wütend trat sie gegen das Fußende ihres Lagers. Es schepperte und donnerte und blieb ungerührt stehen. Immerhin erkannte Katharina, dass sie in ihren Beinen deutlich mehr Kraft besaß als im Rest ihres Körpers. So mühte sie sich als Nächstes, einen Fuß zwischen Pritsche und Wand zu pressen. Mit den Zehen suchte sie nach einer Lücke, an der sie ansetzen konnte. Dort stieß sie wuchtig hinein, rutschte ab und verletzte sich den Nagel. Sie spürte das warme Blut in ihren dünnen Schuhen.

Tränen stiegen Katharina in die Augen, weniger vor Schmerz als vor Enttäuschung.

Es durfte so nicht enden. Nicht so.

Wieder lag sie zusammengekauert auf der Matratze. Als der schlimmste Schmerz abgeklungen war, schob sie die Füße langsam am Holz entlang nach hinten auf ihren Körper zu. Nach einer Weile lag sie mit dem Rücken nahezu quer auf der Matratze und konnte die Füße auf der Wand aufsetzen. Zwar drückten ihre Hände so auf die Wirbelsäule, aber sie spürte wieder etwas Kraft in den Beinen. Ein wenig bewegte sie die Zehen, bis sie die richtige Position gefunden hatte.

Dann presste sie die Füße gegen die Wand.

Sie registrierte, wie sich der Druck von ihren Waden über die Schenkel ausbreitete. Ihre Schultern spannten sich an, die Handflächen unter dem Rücken verkrampften.

Aber die verdammte Pritsche rührte sich nicht.

Katharina ließ los, atmete tief durch und schloss die Augen. Sie würde alle Kraft aufbringen müssen, die sie noch besaß. Einige Male holte sie tief Luft, richtete ihren Blick starr an die Decke und stemmte ihr Beine mit voller Wucht gegen das Holz. Der Krampf in den Händen zog die Unterarme hinauf, die Schultern brannten, dennoch erhöhte sie den Druck. Sie presste sich aus wie eine Zitrone.

Und tatsächlich spürte sie eine Bewegung.

Katharina bemerkte, dass sie die Knie etwas strecken konnte, dass sich der Winkel zwischen Schenkel und Wade ein wenig vergrößerte. Und es waren nicht ihre Schultern, die sich rückwärts über die Matratze schoben. Nein, es musste die Pritsche sein!

Diese Erkenntnis setzte weitere Kraft frei, und noch einmal erhöhte sie den Druck. Immer mehr konnte sie die Beine strecken, und es schien immer leichter zu gehen. Längst verloren geglaubte Glücksgefühle fluteten durch ihren Körper.

Dann sah sie plötzlich nicht mehr die Decke über sich, sondern den Raum vor sich liegen. Das Blut strömte ihr in den Kopf und mit ihm eine schreckliche Erkenntnis.

Katharina hatte die Pritsche nicht von der Wand geschoben. Sie kippte! Und mit ihr Katharina. Wenn sie fiel, würde sie sich unweigerlich strangulieren.

In diesem Augenblick begann ihr Körper zu rutschen. Sofort zog sie die Beine an. Dadurch geriet noch mehr Gewicht auf die abschüssige Seite. Katharina riss den Kopf hoch, zog damit die Schlinge um ihren Hals enger und warf sich mit so viel Gewicht wie möglich Richtung Wand.

Für einen Moment schien die Pritsche reglos in der Schräge zu verharren. Als habe sie noch nicht entschieden, auf welche Seite sie kippen wolle. Leben oder sterben lassen. Daumen hoch oder Daumen runter. Beinahe schwerelos wog sie ab – und kippte zurück Richtung Wand. Scheppernd schlug sie auf dem Boden auf und schleuderte Katharina gegen die Holzwand. Ein paar Mal noch schaukelte das Gestell hin und her, bis es schließlich zum Stillstand kam.

Eine ganze Weile blieb Katharina reglos liegen. Durch ihre hektischen Bewegungen hatten sich die Schlingen um ihren Hals weiter zugezogen. Die Kettenglieder drückten auf die Luftröhre, das Atmen fiel ihr schwer.

Leichtfertig hatte sie ihre letzte Chance verspielt.

Katharina sah an die Decke, bevor sie den Kopf zur Seite drehte. Der schmale Streifen Sonnenlicht war noch ein Stück weitergewandert und umspielte jetzt eines der Tischbeine. Dort kroch ein Käfer über den Boden. Es war vollkommen still. Die Tür war zweieinhalb, vielleicht drei Meter entfernt.

Und trotzdem unerreichbar.

In diesem Augenblick begriff Katharina Beck, dass sie hier nicht mehr lebend herauskommen würde. Sie würde einschlafen und vielleicht noch einmal aufwachen. Aber einen weiteren Tag würde sie nicht überstehen.

Das Einzige, was sie tun konnte, war, weiter Atemzüge zu zählen, sich zu zwingen, nicht einzuschlafen. Aber sie war es leid, gegen sich selbst zu kämpfen. Seit fast zwanzig Jahren tat sie nichts anderes. Jetzt war sie müde. Sie wollte endlich ihren Frieden machen.

Katharina schloss die Augen. Sie hörte ihren kratzenden Atem und spürte die Schmerzen in den Schultern. Aber dieses eine Wort schwebte wunderbar weich durch ihre Aufmerksamkeit.

Frieden.

Es hallte lange nach, bis es sich in den Weiten ihrer Gedanken verlor und mit ihm alle Gerüche und Schmerzen. Es blieb nichts als Dunkelheit.

Nichts.

Und Katharina genoss, nichts zu spüren. Nichts zu zählen. Nichts zu müssen.

Nichts.

Bis sie Schritte hörte. Sie schienen sich schnell zu nähern. Katharina spürte ein wenig Angst. Gleichzeitig stellte sie sich vor, wie wunderbar es wäre, sich nicht länger zu fürchten.

Vorsichtig machte sie kleine Schritte und wunderte sich, dass die Kette sie nicht daran hinderte. Sie spürte das Metall an ihrem Hals, bewegte sich aber vorwärts, eindeutig.

Ihre Schritte wurden mutiger und auch leichter. Sie spürte Schotter unter ihren Füßen und einen leichten Luftzug auf der Haut. Endlich sah sie ein wenig Licht von vorn und erkannte, dass sie sich durch eine gewundene Röhre, einen Tunnel bewegte.

Die Schritte von vorn kamen näher, und schließlich hörte sie eine Stimme. Sie flüsterte und klang trotzdem ein wenig schrill. »Kommen Sie, Katja, kommen Sie.«

Katharina konnte es kaum glauben, aber sie kannte diese Stimme, ganz sicher. Und schließlich sah sie die Kontur vor sich, nicht sehr groß, die Hemdsärmel aufgekrempelt. Es war Professor Schindler, ihr Chef.

»Kommen Sie, Katja«, sagte er ungeduldig. »Das müssen Sie sehen.«

Unschlüssig räusperte sich Katharina, doch Schindler hatte sich bereits umgedreht und lief voran. Einen Moment zögerte Katharina, dann folgte sie ihm. Sie musste zügig gehen, um seine Kontur nicht aus den Augen zu verlieren. Schließlich wurde es mit jedem Schritt heller, und die Röhre öffnete sich zu einer Wiese. Unsicher blieb Katharina stehen. Die Fläche vor ihr war mit dichtem, saftigem Gras und Feldblumen bedeckt. Sie schien beinahe unendlich. Nur ganz weit am Horizont erkannte sie einige Bäume.

»Worauf warten Sie?«, fragte Schindler lächelnd. »Machen Sie schon. Gehen Sie.«

Langsam bewegte sich auch Katharina durch das Gras, das an ihren Waden kitzelte. Die Luft war angenehm frisch, eine leichte Brise lief durch das Grün, und Katharina spürte, dass sie lächelte. Sie ging schneller, begann zu laufen.

Plötzlich bemerkte sie rechts vor sich einen Mann. Sie hatte ihn nicht kommen sehen. Er war einfach da. Katharina stoppte und sah sich besorgt nach Schindler um, doch er war verschwunden. Sie spürte Angst, erinnerte sich aber, dass sie sich nicht länger fürchten wollte. So richtete sie sich auf und hob den Kopf, bevor sie langsam auf den Mann zuging. Es war Ralf. Sie stockte, stellte dann aber fest, dass er sie nicht ansah, nicht ansehen konnte, aus Unsicherheit oder Scham. Das gab ihr neuen Mut, und sie ging an ihm vorbei, während er sich von ihr abwandte.

So ging sie einfach immer weiter in der warmen Sonne. Irgendwann trottete ein Hund träge durch das Gras. Sie erkannte Juri und wollte ihn aus einem Impuls heraus begrüßen. Dann jedoch war das Bedürfnis stärker, einfach weiterzulaufen. Noch immer wunderte sie sich, wie leicht es ihr fiel, und sie konnte sich nicht vorstellen, je wieder damit aufzuhören.

Selbst nicht, als sie Jacobi sah.

In einigem Abstand lief er neben ihr und rief ihr etwas zu. Sie verstand kein Wort, und es war ihr auch gleichgültig.

Sie wollte nur weiterlaufen.

Es war so leicht.

Plötzlich hörte sie krachenden Donner. Überrascht blieb Katharina stehen und blickte zum Himmel, der von dunklen, schweren Gewitterwolken bedeckt war. Auch sie waren vor wenigen Augenblicken noch nicht da gewesen, da war sie sicher. Katharina wusste, dass sie sich einen Unterschlupf suchen musste, und sah sich um. Die Bäume schienen noch keinen Meter näher gekommen zu sein, und wieder krachte der Donner dicht über ihr.

Doch Katharina empfand keine Angst. Im Gegenteil. Sie lächelte und lief weiter.

Alles war so leicht.

»Katharina!«, schrie Jacobi, der wieder an ihrer Seite auftauchte, nun wild gestikulierend. »Katharina!«

Doch sie spürte weder Angst noch Panik. Sie fühlte sich nur wunderbar frei und wollte nichts als weiterlaufen. Mühelos beschleunigte sie und vergrößerte wieder den Abstand.

Im nächsten Augenblick kratzte ein Ast schmerzhaft an ihrer Wange. Sie hatte den Wald erreicht, ein dichtes Gestrüpp, beinahe ein Dschungel. Von überall schienen Pflanzen nach ihr zu greifen. Sie spürte Blätter und Zweige an den Armen, der Schulter, in ihrem Haar. Und auch Jacobis

Stimme war plötzlich wieder ganz nah. »Katharina! Sag was. Geh nicht fort. Bleib bei mir.«

Sie sah sich um, konnte ihn aber nicht entdecken. Sie war erleichtert, denn sie wollte nichts weiter als allein zurück auf die Wiese. Doch je mehr sie sich mühte, umso dichter wurde der Dschungel. Ihre Schritte wurden schwer.

»Katharina!«, schrie Jacobi dicht neben ihr.

Erschrocken schlug sie die Augen auf und sah in sein Gesicht direkt über ihr.

»Großer Gott«, sagte er, »bin ich froh, dass ich dich gefunden habe.«

KAPITEL 38

Katharina lächelte.

Der Himmel war wolkenverhangen, ein konturloser grauer Schleier. Seit Stunden regnete es, und dicke Tropfen hinterließen eine Kraterlandschaft in ihren Blumenkästen. Es sah aus wie eine schwarze Brühe, die langsam überkochte. Hin und wieder schwappte nasse Erde auf ihren Balkon. Trotzdem genoss Katharina jeden Atemzug.

Mittlerweile hatte sie aufhören können, zu zählen.

Jetzt sah sie wieder zu der kleinen Sporttasche neben der Tür und kicherte. Bisher hatte Jacobi nicht verraten, wohin sie fahren würden, ihr aber verboten, größeres Gepäck mitzunehmen. Natürlich verstand sie die Anspielung und registrierte voller Stolz, dass sie keine Angst verspürte. Es fühlte sich gut an, und Katharina stellte sich vor, sich irgendwann gar nicht mehr zu fürchten. Im selben Augenblick fragte sie sich, ob das tatsächlich so gut wäre. Aber vielleicht spielte es auch keine Rolle, denn seit einer Viertelstunde war Jacobi überfällig.

Wieder blickte sie aus dem Fenster. Endlich war es kühler. Kaum war es vorbei, hatten sich Licht und Temperatur verändert. Als hätte jemand einen Schalter umgelegt. Genau genommen war es ja auch so, dass jemand hinter der Bühne die Hebel bewegte und die Fäden zog. In diesem Moment wollte Katharina aber nicht darüber nachdenken, was das für die Zukunft bedeutete. Ob es weitere Aufführungen geben und welche Rolle sie dabei spielen würde.

Kaltenborn war tot. Die Explosion hatte ihn sofort zerrissen, genauso einen seiner Bodyguards und drei Zuschauer, die dicht an der Absperrung gestanden hatten. Katharina fröstelte. *Wer in der Demokratie die Wahrheit sagt, wird von der Masse getötet.* So hatte es der Killer an die Hauswand geschmiert. Und genauso war es gekommen. Trotz ihrer Ahnungen und Bemühungen und obwohl Katharina und Jacobi ihr Leben riskiert hatten, hatten sie es nicht verhindern können. Der Plan war aufgegangen, und wieder hatten sie ihren Teil dazu beigetragen. Katharina schämte sich, und noch immer musste sie sich bewusst machen, dass nicht sie die Verantwortung trug. Hätten sie nichts unternommen, wären die Politiker genauso gestorben.

Kaltenborns Beisetzung hatte im engsten Familienkreis stattgefunden, jedoch begleitet von einer schweigenden Mahnwache vor dem Friedhof, die an die weiteren Opfer erinnerte. Teile der Öffentlichkeit weigerten sich beharrlich, in ihm etwas anderes zu sehen als einen Machtmenschen, der über Leichen ging. Sie gaben ihm und dem undurchsichtigen Politikbetrieb allein die Schuld an der Katastrophe. Katharina fiel schwer, zu sagen, was sie von Kaltenborn hielt. Aber es war nicht länger von Bedeutung.

Körber vom Staatsschutz war von zahlreichen Splittern getroffen worden, würde aber weitgehend wiederhergestellt werden. Das Gleiche galt für die Mehrheit der etwa achtzig Verletzten. Im Windschatten von Körber hatte Kommissar Demandt nur einige Kratzer abbekommen. Zerknirscht hatte er Jacobi und Katharina im Krankenhaus besucht und sich entschuldigt. Trotzdem war Jacobi noch immer enttäuscht, wie sehr Bruno sein Vertrauen missbraucht hatte. So hatten sich beide darauf geeinigt, sich eine Weile aus dem Weg zu gehen und erst dann wieder gemeinsam ein Bier zu trinken, wenn sich alle erholt hatten. Immerhin hatte die Kripo Jacobi auf einer Pressekonferenz vollständig rehabilitiert, wenn auch ohne die genauen Zusammenhänge zu erläutern.

Inzwischen stritten Medien und Politik heftig um den zukünftigen Umgang mit Großveranstaltungen. Boten mehr Polizei, Kameras und Durchsuchungen tatsächlich mehr Sicherheit, oder höhlten sie nur den freiheitlichen Rechtsstaat aus? Mussten Politiker vor der Öffentlichkeit geschützt werden, oder war es vielmehr umgekehrt? Noch war der Ausgang der Diskussion offen, doch die Landesregierung hatte bereits einen Gesetzesentwurf angekündigt.

Als unmittelbare Konsequenz der Ereignisse war die Schiefergasförderung im Taunus sofort eingestellt und das Bohrloch versiegelt worden. Es sollte Gras über die Angelegenheit wachsen und am besten niemand mehr daran erinnert werden. Sogar die Bürgermeisterwahlen waren um sechs Monate verschoben worden, damit die Freien Bürger sich neu aufstellen konnten. Diese Entscheidung war heftig umstritten, denn immerhin war die Partei in äußerst fragwürdige Projekte verwickelt gewesen. So wirkte die Verlegung fast wie eine Belohnung.

Während alle ihre Wunden leckten, stellte niemand die Frage nach dem Warum.

Vielleicht hatte der Hintermann tatsächlich nur Kaltenborn, seine Partei und die Politik an sich vorführen wollen. Aber schon während der kurzen Zeit im Krankenhaus hatte Katharina das Gefühl beschlichen, dass es um etwas anderes ging. Um mehr. Sie hatte darüber gegrübelt, was dieses Mehr sein konnte, und keine Antwort gefunden. Das hatte sie beunruhigt, und so hatte sie beschlossen, auch darüber nicht länger nachzudenken.

Wieder einmal war sie gerade noch davongekommen. Nach wie vor spürte sie die Erschöpfung. Aber sie nahm auch eine neue Kraft wahr. Sie hatte den Eindruck, ein Stück gewachsen zu sein. Und das fühlte sich gut an.

Sie hoffte nur, dass Jacobi tatsächlich kam.

Katharina wusste nicht, was aus ihnen werden und wie lange es gut gehen würde. Aber in diesem Augenblick genoss sie die Vorstellung. Mit einem Kribbeln in den Beinen trat sie in die geöffnete Balkontür. Eine Windbö pustete ihr Feuchtigkeit entgegen und kühle Luft. Sie machte einen Schritt hinaus und spürte den kalten Fußboden unter ihren nackten Füßen. Nach einem weiteren Schritt prasselte der Regen auf ihre Zehen und spritzte an den Saum ihrer hellen Sommerhose.

Es war ihr egal.

Sie genoss das Prickeln auf ihrer Haut, den Wind im Gesicht.

Das Gefühl, zu leben.

Egal, ob der Idiot kam oder nicht. Schließlich war sie all die Jahre ohne ihn zurechtgekommen. Sie brauchte ihn nicht.

Katharina nickte, schloss die Augen und reckte den Kopf in den Wind, als es an der Wohnungstür klingelte.

Sie würde nicht aufmachen. Ihn zumindest zappeln lassen. Er hatte es nicht anders verdient.

Katharinas Herz klopfte, und sie zählte bis zwei. Dann lief sie zur Tür und ignorierte, dass sie dabei Tapsen auf dem Teppich hinterließ.

Jacobi stand vor der Wohnung, den linken Arm in einer Schlinge, in der rechten Hand einen Pappteller mit einem riesigen Berg Eis mit Früchten, Soße und Schirmchen. »Sorry, dass ich so spät bin. Aber es ist eine neue Kreation, und das braucht seine Zeit. Wir haben sie Himalaya Jungle genannt.«

»Großer Gott, wie sollen wir das jemals essen?«

»Was heißt hier wir?«

»Ich allein?«

»Wie versprochen.«

»Mir wird drei Tage übel sein.«

»Genau das ist das Ziel«, sagte er grinsend. »Aber ich werde mich um dich kümmern.«

Er streifte seine nassen Schuhe ab und ging zum Wohnzimmer, während sie zwei Löffel aus der Küche holte. Schräg saßen sie sich gegenüber, und zögernd kratzte sie an dem riesigen Gebirge.

»Das soll der Nanga Parbat sein«, erklärte er und deutete auf einen Hügel aus Vanille- und Walnusseis.

»Das habe ich mir gedacht. Nur die Ananasplantage auf achttausend Metern hat mich etwas irritiert. Und das hier ist der Everest?«

Jacobi lächelte beseelt, rührte das Eis aber nicht an.

»Bitte, hilf mir«, flehte sie.

Endlich griff auch er zum Löffel, und eine Weile aßen sie schweigend. Immer wieder lächelte er sie dabei an, während sich in Katharina ein Gedanke ausbreitete. Sie versuchte, ihn zu verdrängen, gab aber schließlich nach. »Es wird weitergehen, oder?«

Er sah auf und nickte. »Wer auch immer dahintersteckt, hat uns zwei Mal zum Narren gehalten. Jedes Mal ist sein Plan perfekt aufgegangen. Und wir wissen nicht mehr über den Kerl, als dass es ihn irgendwo geben muss. Solange er weiter Leute findet, die die Arbeit für ihn erledigen und dann auch noch den Kopf hinhalten, gibt es keinen Grund für ihn, damit aufzuhören.«

»Aber warum das alles? Was will er damit erreichen?«

Jacobi zuckte mit den Schultern. »Ich habe keine Ahnung.«

Katharina nahm einen kleinen Löffel Eis mit Fruchtsoße. »Wolff hat uns gebraucht, damit wir die Spuren entdecken und du darüber schreibst. Jetzt aber habe ich das Gefühl, dass deine Artikel gar nicht wichtig waren. Glaubst du, es ist irgendwann auch egal, ob wir etwas unternehmen oder nicht? Glaubst du, es passiert auch ohne uns?«

»Natürlich«, sagte er energisch. »Das alles hat doch nichts mit uns zu tun. Das ist ein durchgeknallter Typ, der sich einen Spaß daraus macht, Leute umbringen zu lassen. Der ist verrückt, komplett wahnsinnig. Und wenn wir uns jetzt auch noch fragen, ob wir eventuell schuld daran sind, dann hat er sein Ziel erreicht. So was darfst du nicht mal denken.«

Ernst blickte er sie an, bis sie schließlich nickte.

»Ich weiß, dass das alles irrsinnig ist«, erklärte er ruhig. »Und mir ist auch klar, dass wir es nicht wirklich durchschauen. Aber im Augenblick bin ich einfach froh, dass es vorbei ist. Und was wir tun, wenn es weitergeht, sehen wir dann.«

Wieder nickte sie. Jacobi löffelte etwas Eis, und Katharina setzte sich direkt neben ihn. »Tust du mir einen Gefallen?«

»Jeden, wenn ich kann.«

»Lässt *du* dich beim nächsten Mal beinahe umbringen, und *ich* rette dich in letzter Sekunde?«

Er hob die Augenbrauen und zögerte. »Ja, ich schätze, das wäre nur fair.«

Katharina spürte, dass sie zitterte, wollte aber nicht mehr zurück. Sie nahm seinen Kopf in beide Hände, beugte sich vor und küsste ihn zärtlich. Er schien nicht überrascht und öffnete ein wenig die Lippen. Sie waren weich und kalt vom Eis.

Sie sah ihn an und lächelte, ein wenig erleichtert, vor allem glücklich. »Okay, und jetzt lass uns losfahren. Ich bin wahnsinnig neugierig.«

EPILOG

Der Regen lief an den Scheiben des Taxis hinunter und ließ das Haus auf der anderen Straßenseite seltsam grau verwaschen aussehen. Aus dem Radio kam furchtbare orientalische Musik, und ihn fror.

Seit zwei Stunden waren sie nun bereits unterwegs. Am Anfang hatte er eine gewisse Neugier gespürt, beinahe Lampenfieber. Schließlich waren sie sich noch nie begegnet. Doch während der Zeit im Taxi hatte er erkannt, dass er all das nicht mehr lange würde tun können. In den letzten Wochen hatte sich sein Zustand etwas stabilisiert. Als würden die Geschehnisse noch einmal neue Energie freisetzen. Aber nüchtern betrachtet, ging es unweigerlich bergab. Inzwischen warf sein Anzug Falten, am Oberkörper, den Schenkeln. Er war nun einer dieser alten, kranken Männer, die zusehends schrumpften, aber nicht mehr die Kraft besaßen, ihre Kleidung daran anzupassen. Irgendwann würde er ganz verschwunden sein. Lange hatte er sich dagegen gewehrt, bis er das Paradox darin erkannt hatte. Nun blieb ihm nur noch, sich zu beeilen.

»Machen Sie bitte die Heizung an«, sagte er zum Taxifahrer und bemerkte wieder, wie verwaschen seine Stimme klang.

»Seien Sie froh, dass endlich bisschen kühler ist«, antwortete der Taxifahrer, ein Mann Mitte vierzig, offensichtlich Araber. »Hitze war zum Verrücktwerden. Sagt man so?«

»Bitte, mir ist kalt hier hinten.«

»Und wenn wir noch zwei Stunden warten mit laufendem Motor? Wissen Sie, wie viel Sprit mich kostet? Und von Umwelt ganz schweigen.«

Er spürte, wie die Kälte seine dünnen Beine hinaufkroch, und würde nicht darüber diskutieren. So mühte er sich, seine Brieftasche aus der Anzugjacke hervorzuziehen. »Zwanzig Euro, wenn Sie die Heizung einschalten«, sagte er, während er die Scheine zwischen den Sitzen nach vorn hielt. »Und noch mal zehn, wenn Sie die schreckliche Musik ausmachen.«

Irritiert sah der Taxifahrer nach hinten und dann auf das Geld. Nach kurzem Zögern griff er zu, schaltete das Radio aus, den Motor und die Lüftung ein.

Das gleichmäßige Rauschen hatte etwas Beruhigendes, und endlich spürte er den warmen Luftstrom. Erleichtert sah er wieder hinaus in den Regen.

Holm war anders gewesen als Wolff. Uwe Wolff hatte sich für einen Überzeugungstäter gehalten und geglaubt, auf einer Mission zu sein. Dabei war er oft nicht mehr gewesen als ein eitler Selbstdarsteller. Das hatte es mühsam gemacht. Holm dagegen hatte erledigt, was von ihm verlangt wurde, zuverlässig und schnörkellos. Nur als er gespürt hatte, dass er selbst an den Fäden hing, an denen er zog, hatte es für einen Moment so ausgesehen, als würde er in Panik geraten. Wolff hingegen war von Anfang an klar gewesen, dass er seinen Preis bezahlen würde. Während ein vorbeifahrendes Auto eine Wasserfontäne von der Straße gegen das Taxi schleuderte, fragte er sich, wer von beiden besser zu ihm gepasst hatte. Nach kurzem Abwägen war ihm jedoch klar, dass sie ihm immer gleichgültig gewesen waren.

Sein Interesse galt jemand anderem.

Trotzdem wusste er auch nach über zwei Monaten nicht,

was er von Jacobi halten sollte. Er zeigte Einsatz, ohne zu viele Fragen zu stellen. Das sprach für ihn. Gleichzeitig war es enttäuschend. Er kratzte sich am Handgelenk und stellte sich vor, mit Jacobi zu reden, hier im Taxi. Dabei gab er sich alle Mühe, die Zusammenhänge zu erklären, und war doch sicher, dass Jacobi nichts davon verstehen würde. Das machte ihn wütend.

Aber jemand anderen hatte er nicht.

Sie würden miteinander auskommen müssen.

Durch die Schlieren auf der Scheibe sah er auf eine Taube, die in einer Pfütze am Straßenrand an einer Zigarettenkippe pickte. Dabei erinnerte er sich an einen Beitrag über Laborratten, den er vor einiger Zeit gesehen hatte. Bei einigen von ihnen war durch einen Eingriff im Gehirn eine Demenz ausgelöst worden. Dann waren sämtliche Tiere in ein Wasserbecken gesetzt worden, in dessen Mitte sich eine Insel befand. Die gesunden hatten den festen Boden zielsicher angesteuert. Die manipulierten dagegen waren orientierungslos umhergeschwommen und hatten die Insel nur zufällig erreicht, wenn überhaupt. In dem Beitrag war einer der Forscher gefragt worden, ob er Mitgefühl mit den Tieren empfinde oder ob sie ihm alle gleichgültig seien. Natürlich, hatte er geantwortet, das sei die Voraussetzung für objektive wissenschaftliche Arbeit. Etwas später jedoch hatte er zugegeben, dass es immer ein Tier gebe, das einem Forscher aus irgendeinem Grund näher sei. Dagegen könne man sich nicht wehren, auch wenn es letztlich genauso behandelt werden müsse wie alle anderen. Vielleicht, so hatte der Forscher vermutet, vielleicht schütze die Bindung an dieses eine Tier davor, auch den anderen gegenüber Gefühle zu entwickeln.

Während er noch über diese Erklärung nachdachte, rührte sich endlich etwas auf der anderen Straßenseite. Jacobi kam aus dem Haus mit einer Sporttasche in der Hand.

Ihm folgte eine junge Frau. Vielleicht war sie die unbekannte Heldin, die zuerst Wolff zur Strecke gebracht hatte und nun Holm in die Hände gefallen war. Er hatte darüber gelesen. Es war gut, dass Jacobi Unterstützung hatte, dachte er. Er hoffte nur, dass sie ihn nicht vom Wesentlichen ablenkte. Sollte es jemals Anzeichen dafür geben, würde er jedenfalls nicht zögern, etwas zu unternehmen.

Nun liefen die beiden zügig durch den Regen auf den Mietwagen zu, mit dem Jacobi gekommen war, stiegen ein und fuhren davon.

»Soll ich wieder folgen?«, fragte der Taxifahrer.

Einen Moment dachte er nach. Dann begriff er, dass er seine eine Laborratte längst gefunden hatte. Oder sie ihn. Und dass er nichts für sie tun durfte, ganz gleich, ob sie es aus eigener Kraft zur Insel schaffte oder unterging. Denn sonst wäre das Experiment kein Experiment.

»Nein«, sagte er. »Wir fahren zurück.«

Die Ratte hieß Jacobi. Norman Jacobi.

Judith Winter im dtv

Emilia Capelli und Mai Zhou ermitteln in Frankfurt am Main.

Siebenschön
Kriminalroman

ISBN 978-3-423-**21489**-6

Der erste Fall für Capelli und Zhou

Zwei brillante junge Ermittlerinnen. Vier bizarr inszenierte Leichen. Eine mathematische Formel, die den Takt des Todes vorgibt.

Lotusblut
Thriller

ISBN 978-3-423-**21569**-5

Der zweite Fall für Capelli und Zhou

Ein außergewöhnliches Mädchen auf der Flucht vor einem skrupellosen Killer.

Sterbegeld
Kriminalroman

ISBN 978-3-423-**21616**-6

Der dritte Fall für Capelli und Zhou

»Eine heile junge Familie. Gesund. Situiert. Ohne Sorgen.«
Ausgelöscht.

Alle Titel auch als eBook!

Bitte besuchen Sie uns im Internet: www.dtv.de